新装版

西郷隆盛 一

海音寺潮五郎

目次

お部屋様

鹿児島市から鹿児島湾に沿って北に十五、六キロの地点に重富《しげとみ》という町がある。現在では国道沿いのごく小さな田舎町にすぎないが、昔は相当栄えたところである。藩主島津《しまづ》家の一門で、俗に重富島津家と言われていた家の城下であった。

現在では、鹿児島からここに至る間の海浜は、日豊《にっぽう》本線の鉄道があり、並行して国道第十号線が走っているが、昔は急峻《きゅうしゅん》な山の斜面がすぐ海におちて平地がなかったので、交通はその山のうしろの台地についた道によった。その道が重富におりる坂を白《しら》銀《かね》坂という。胸つくばかりの急な坂が四、五百メートルもつづくのである。

白銀坂を上り切って約四キロほどの間は、道は海に近い山上を通るので、実に眺めがよい。前方には大隅《おおすみ》半島の山々とあくまでも青い南国の空とを背景にした桜島《さくらじま》がゆったりと裾《すそ》をひろげ、脚下には鹿児島湾が紺碧《こんぺき》の海をたたえて、ナポリより美しいと言われている景色がある。

嘉永《かえい》六年（一八五三年）の、よく晴れた秋の一日であった。この道を鹿児島の方から来る二人の青年武士があった。一人はおそろしく雄偉な体格だ。たけは一八〇センチはあろう、横もこれにふさわしい。顔がまたかわっている。すべての道具が大がらで、とくにその眉《まゆ》と目が見事である。太く長い眉はまなじりがはね上り、目は大きくて、ひとみは真黒で、よくすんで、光が強い。英雄的相貌《そうぼう》というのが、もしあるとすれば、これである。

もう一人も、この大男ほどではないが、また特色的である。これも相当長身だ。痩《や》せている。顔は青白い。病的な色ではない。精神の冷静さと頭脳の明晰《めいせき》とを語っているかのごとき、いかにも俊秀な感じの青白さである。

二人は脚絆《きゃはん》・わらじがけであるが、急ぐ旅ではないらしく、菅笠《すげがさ》を片手にぶら下げ、澄明な秋の日に顔をさらしながら、ぶらぶらと来る。時々立ちどまっては、桜島の方を見て、

「実によかなあ、この景色は」

「いつ見てもようごわすなあ」

と、景色をほめた。

やがて、大男が言う。

「一蔵《いちぞう》どん、弁当にしようや、腹がへったぞ」

一蔵と呼ばれた方は、空を仰いで日ざしを見て、

「ようごわしょう。かれこれ午《ひる》でごわす」

二人のことばづかいは少しちがう。一蔵という青年の方が鄭重《ていちょう》だ。それは年がちがうからである。大男の方が二つ三つ上に見える。長幼の序がきびしく、一つ年がちがえばことばづかいから礼儀作法まですべて鄭重にしなければならない国がらなのである。

道から少し入った木陰に腰をおろして、背中に負うた風呂敷《ふろしき》づつみを解いた。赤ン坊のあたまほどの、麦まじりのむすびが二つ、竹の皮につつまれていた。

大男はおそろしく健啖《けんたん》だ。麦の方が多いくらいの、しかもおかずは真中に入れた梅ぼしだけというむすびを、パクリパクリと食べて行く。あまりうまそうなので、飯の方から飛び込んで行くようにさえ見えた。一蔵という方はそうは行かない。ていねいにそしゃくしながら食べて、やっと一つをおえた。

もうその時は、大男は二つともペロリと平らげて、竹の皮についた飯粒を、一つ一つ、太い指先でていねいにひろって食べていた。それを見て、一蔵は、ニコリと笑って、

「吉之助《きちのすけ》サア、おはんこれを食べて下さらんか」

と言って、一つのこったのをさし出した。

「おはんは食べんのか」

「わしは一つでようごわす。満腹しました」

「そんなら、いただこう」

吉之助という大男は、受取って、忽《たちま》ち食べて、竹の皮についた飯粒もまたひろって食べた。

一蔵は吸筒《すいづつ》から水を飲んで、たばこを吸いつけて、吉之助の健啖ぶりを見ていた。澄んだ切れ長な目に微笑がある。

「やあ、ごちそう。これはそちらにお返ししよう」

用のすんだ竹の皮をていねいにまるめて、一蔵にかえした。

「いや、お粗末」

一蔵は受けとって、大事そうに風呂敷につつんだ。

吉之助はたばこ入れを出し、一蔵から火をもらって吸いつけた。

しばらくして、吉之助が言う。

「おはんに見せようと思って持って来ながら、忘れとった。江戸の俊斎《しゅんさい》どんと三円《さんえん》どんから手紙が来た」

「ほう」

「これじゃ」

ふところから手紙を出して、相手に渡した。

一蔵は黙ってひろげる。

「ほう。水戸《みと》の藤田東湖《ふじたとうこ》先生に会うたと書いてごわすな。ほう、ずっとお出入りして、薫陶を受けているともごわすな。うらやましかなあ。早うお願いして江戸へ出て来いとごわすなあ。……時に、吉之助サア、おまんサアはお供を願い出しなさりもしたか」

来年の春、藩主島津斉彬《なりあきら》は江戸参覲《さんきん》の途に上ることになっている。そのお供の願いをしたかという意味である。

「うん、してはおきもしたが、出来るか出来んか、わからんな。ずいぶん運動をせんならんちゅうことじゃが、おいどんなそげん方々を頼んで歩きとうごわはんからな。それに路用の都合がな」

吉之助の調子は至ってのんびりしている。ぜがひでも行かなければならないとは思っていないようである。一蔵はするどい目で、きっと吉之助を見た。

「おまんサアは、行きとうはなかのでごわすか」

「そりゃ行きとうごわす。しかし、無理をしてまでは行きとうはなか」

「そげんのんきなことでどうなさる。行こうと決心した以上、ぜがひでも行かんければ。運動がいやじゃなどと、なまけ根性ではいきもさんぞ。ききめがあると思わるる向きには、全部運動なさるがようごわす。路用もつくりなされ。内職もよかろうし、借金もまた悪からずでごわす。無精してはいきもはんぞ」

きめつけるようなきびしい調子である。肉の厚い、堂々たる顔を、吉之助は少し赤らめながらも、すなおにうなずいた。

「その通りでごわす。おいどんの欠点でごわすな。すぐ面倒くさがってしまう。根性に惰弱なところがあるのでごわすな」

「おまんサアは貧乏じゃと言いなさるが、わしにくらべれば、まだよか方でごわすぞ。わしのことを考えて見なされ、江戸に行きたいにも行くことの出来ん身の上でごわすぞ。おまんサアはまだしあわせでごわす。そのしあわせを利用せんということがごわすか」

「その通りじゃなあ。その通りじゃなあ」

と、吉之助はますます恐縮した。

一蔵の父大久保次右衛門《おおくぼじえもん》は、数年前島津家にあったお家騒動に連座して、喜界島《きかいじま》に流されたまま、まだ帰還出来ないでいる。そのため、一蔵は一家五人の生活を、その痩せた肩一つに負うているのであった。

一蔵は笑った。

「吉之助サア、おまんサアに、その大きなからだをすくめて恐れ入らるると、もう何も言えもさんなア」

「もう言えんというても、あれだけやれば、十分でごわすがな」

二人はともに吹出した。

その高笑いがまだつづいている時、白銀坂の方から急ぎ足に来る二人の武士があった。二人とも長羽織に一文字笠、小紋のはかまのももだちを高くとり、きびしく足ごしらえして、細い竹杖《たけづえ》をついている。するどい目であたりを見まわしながら来たが、二人を見つけると、おどろいた顔になり、ばらばらと走りよって来た。どなりつけた。

「こら！　おはん方は、なんでこげんところにうろうろしていなさる！」

吉之助は不思議そうな顔で見ているだけであったが、一蔵は、

「無礼者！」

と先《ま》ず一喝しておいて、まくし立てた。

「おはん方は、一体なにものだ。武士の姿はしているが、礼儀を知らんにもほどがあるぞ。何の権限があって、われわれをとがめ立てなさるのだ。返答の次第では容赦しもはんぞ！」

一蔵には、この連中が何者であるか、見当がついていた。多分、重富城主である久《ひさ》光君《みつぎみ》の生母の先駆《さきおい》の者にちがいないと思ったのだが、後の用心のために一発ねじっておくのであった。

一文字笠共は、目に角を立てて、何か言おうとしたが、ふと自分らの来た方をふり

かえると、あわてた顔になった。

「話はあとでする。ずっと引っこんで、ずっと引っこんで。重富様のおふくろ様のお通りでごわす」

と、早口に言った。

一蔵の目にも、吉之助の目にも、異様な光が点じた。二人は顔を見合せ、もう何も言わず、道から数メートル入った位置まで退《さが》って、両手をついてひかえた。

二十人ほどの武士や下人に守られた女乗物が三梃《ちょう》、あえぎあえぎ急坂を上って、姿を見せた。先刻二人が中食《ちゅうじき》をした木陰まで来たとき、一つの乗物の中から、なにやら低い声が聞こえた。

供頭《ともがしら》の中年の武士が、小腰をかがめて、乗物の窓に耳をよせて、はあ、はあ、はあ、と、うなずいたが、腰をのばしてさけんだ。

「とまれ！」

ピタリと行列はとまった。

監視するように一蔵と吉之助の側にいた先刻の武士二人は、あわてて供頭のそばに走り寄り、何やら報告する。供頭は不快そうな目をこちらの二人に向けながら聞いていたが、すぐ命令を下しなおした。

「もう少し向うへ」

乗物はまたかき上げられ、小半町行ったところでおろされた。

乗物の戸があくと、すらりとした、立姿の美しい婦人が、かいどりの裾《すそ》をとっており立った。若い頃はさぞ美しかったろうと思われる、目鼻立ちのはっきりした婦人である。年頃は四十五、六。

他の乗物からもそれぞれ、御殿女中風の女が出て来た。婦人のあとに従う。

婦人は桜島の風光を見ながら、ゆるやかな足どりで歩く。乗物と供の者はぞろぞろとついて行く。景色を賞しながら少し歩きたいと言い出したのであろう。

吉之助と一蔵はずっと凝視していた。吉之助の大きな目にも、一蔵のするどい目にも、はげしいものが点じていた。

二人はこの婦人によい感情を持たない。よい感情どころか、憎悪すら抱いている。

「由羅《ゆら》め！」

と、吉之助の重い口がつぶやいた。一蔵もつぶやいた。

「由羅め！」

「はじめて見た、あのおなごめ」

「あれが妖女《ようじょ》でごわすぞ」

由羅と呼ばれる婦人の一行は、次第に遠くなり、林の陰に見えなくなった。

先の二人が走りもどって来た。ものものしい態度で尋問をはじめた。

「おはんらの身分と姓名とを聞きたい」

尋問者らの目は吉之助に向けられているが、一蔵が横から口を出した。

「おはんらは妙な聞き方をしやるな。まるでわれわれを罪人と見なしている聞き方じゃ。われわれに何の罪があると言われるのでごわす。うかがおう」

「重富様おふくろ様のご通行をもはばからず、お道筋に出ておじゃったではごわはんか。この道は、今朝から通行どめになっているのでごわす。これその罪でごわす」

まいったか、と言わないばかりの、いたけだかな調子であったが、一蔵は冷笑した。

「妙なことを言やるなあ。第一、われわれはこの道が通行どめになっていることを、少しも知らんじゃった。制札の立っているのも見かけんければ、番人の姿も見かけんじゃった。通行をさしとめてあるなら、その旨を表示すべきであろう。それがしてなかのは、そちらの手落ちでごわす。第二に、ご隠居様のご寵愛《ちようあい》浅からぬ人ではあっても、つまりは側室にすぎん人が、通行にあたって、諸人を通行どめにする権限があるものかどうか、われわれは疑いなきを得ん。太守様ですら、今の太守様は、そのご外出にあたっては、決してそういうことはなさらん。われわれは、これはお由羅殿のお心に出たのではなく、おはんら俗吏輩の見当ちがいの忠勤ぶりと断定するぞ」

ピシリ、ピシリ、と、きめつけるような弁舌だ。相手共は青くなり、赤くなりして、あごをふるわせて立腹した。

「口賢《くちがし》こく言いくるめて、名のらんというのか」

一蔵はにやりと笑った。

「名のらんとは申さん。おいどんは、お扈従組《こしよう》、大久保一蔵」

大男もにやにや笑いながら名のる。

「同じ組、西郷吉之助」

役人は帳面を出し、矢立の筆をとって書きつけた。

「屋敷は？」

「ともに下加治屋町《しもかじやまち》」

役人はまた書きつけて、

「いずれ、何分のご沙汰《さた》があるじゃろう。そのつもりで待つように」

と、スゴみをきかせたつもりで言いすてて立去った。

二人は大きな声で笑い出した。筒抜けに愉快そうな高笑いであった。役人らは気を悪くしたらしく、ジロリとふりかえったが、めんどうと見たのだろう、そのまま無言で立去った。

「ばかめが！　おどかせば恐れ入ると思っとる。由羅にまだ神通力があると思うとるのか」

と、大久保が言うと、吉之助は大きくうなずいた。

「そうらしかなあ」

二人はなおとどまって、風景を観賞していたが、急に海の面《おもて》が暗くなった。見上げると、薄い雲がひろがりつつあった。風がそよぎ出して、林の木々の梢《こずえ》や灌木《かんぼく》のしげみをざわざわとさわがせ、尾花の白い穂が波のようになびき、薄ら寒く、ものがなしい風景となった。

「昼狐が出たら、天気がかわって来た。もうもどろや」

と、吉之助が笑いながら言う。

「そうでごわすな。ひょっとすると、一雨来るかも知れもはんな」

と、一蔵は空を見上げた。

「そらいかん。狐はまだ神通力を失うとらんらしかな」

二人は鹿児島の方に歩き出した。

一蔵が言う。

「神通力を失うてはおらんのでごわしょうな。その証拠には、わしが家のおやじ様が、まだ島からお呼びかえしになりもはんからな」

笑いながらのことばであったが、吉之助は打たれたように、神妙な様子になった。

「ほんとじゃ。恐れ多かことを申すようでごわすが、おいどんにはまだ太守様のお心がよくわからん。信賞必罰は政道の要諦《ようたい》じゃのになあ」

一蔵は笑った。

「言わんこと、言わんこと。言えばいきどおろしゅうなるばかりじゃ」

二人はもう口をきかない。肌寒い風に吹かれ、日のかげった道を、てくてくと行く。

二人の心には、数年前、藩中にあった大騒動のことが思い出されていた。


数年前、薩摩《さつま》にお家騒動があった。

当時の藩主は斉興《なりおき》。斉興に三人の子があった。長は現藩主斉彬、次は斉敏《なりとし》、末は久光。長男と次男は、鳥取の池田《いけだ》家から来た正室周子《かねこ》の所生、末は江戸高輪《たかなわ》の町家の娘であった側室由羅の所生。

次男の斉敏は備前《びぜん》池田家へ養子に行き、長男と三男の久光がのこったのだが、騒動はこの二人を中心にしておこった。

お家騒動の原因は、どこでも大体きまっている。父の愛や家中の有力者の心が、正統な継承権のある兄より弟の方に注がれるところからおこる。この場合も、斉興が斉彬より久光を愛したところに、根本の原因があった。主君の愛が久光に厚いので、重臣らにも久光に心をかたむける者が多かったのである。

斉彬は、十六の時に薩摩の世子《せいし》として将軍へのお目見え（初謁見）もすませており、長じてはその賢名が天下に聞こえ、まだ部屋住みの身で、首席老中の阿部伊勢守正弘《あべいせのかみまさひろ》をはじめとして、その頃賢諸侯という名のあった水戸《みと》斉昭《なりあき》、越前《えちぜん》侯松平慶永《まつだいらよしなが》、宇和島《うわじま》侯伊達宗城《だてむねなり》、土佐《とさ》侯山内豊信《やまのうちとよしげ》などと親交があり、尊敬されていたほどの人物であり、年も四十になっていたのに、斉興は一向世をゆずろうとしなかった。

斉興はわが子ながら斉彬がきらいだったのである。もちろん、理由がある。

斉興が世をついだ頃、薩摩藩は経済苦のドン底にあった。原因は色々ある。

第一は、太平による生活水準の向上にともなう出費の増加。これは全大名の経済困難の原因で、薩摩だけのことではない。

第二は、この時から百年ほど前に、幕府によって無理おしつけにされた木曾川《きそがわ》の治水工事だ。

第三は、斉興の祖父重豪《しげひで》の豪奢《ごうしゃ》だ。

重豪は、生れ時を間違えた豪傑であった。英雄的素質があって、英邁《えいまい》、闊達《かったつ》、三百諸侯中の第一の人物といわれた人であるが、封建の体制が碁盤の目のようにきちんとととのっていた太平無事の世に生れたため、英気は伸びるに由なく、おそろしく積極的な領内の政治となり、おそろしく豪奢な私生活となった。そのため、もうずいぶん苦しかった藩の財政は底をついた。ある時、重豪が金二分必要なことがあって、江戸中の四か所の屋敷を全部さがさせたが、それがなかったと伝えられているほどである。

領主の窮乏は、領民への取立てのきびしさとなる。苦しさのあまり、農民らは生れ在所をすてて他国へ逃散《ちょうさん》するものが相つぎ、土地は荒廃し、人情はけわしくなり、収入は益々《ますます》減少し、ニッチもサッチも行かない状態となった。

家臣らから俸禄《ほうろく》を借上げたのはいうまでもなく、男は刀剣の飾りを売り、女は髪道具を売って献金するという悲惨な状態が数年つづいた。江戸屋敷は雨もりしても修理が出来ず、人夫を雇う金がないので草ぼうぼう、一季半季の中間《ちゅうげん》や人足も給料がもらえないからよりつかない。殿様の登城にもこまったので、士分の者が中間・人足のかわりをつとめた。

その頃の藩債は五百万両だったというから、今の金にすれば二、三兆円にもあたろうか。

この財政立直しに手をつけたのは、重豪であった。重豪はもう隠居していたが、藩政の実権はにぎってはなさなかったのである。

彼は財政立直しのために、調所笑左衛門《ずしょしょうざえもん》という人物を登用した。調所は若い頃は茶坊主であったが、手腕のある才人であったので、町奉行等の要職を経て、隠居つきの側用人《そばようにん》兼続料《つづきりょう》がかりの職についていた人物である。側用人は官房長官、続料がかりは財務官である。重豪は多年側近として召使っている間に、その手腕を見ぬいていたのである。

召出して、

「その方に勝手方重役（大蔵大臣）を仰せつける。藩の経済を立直せ」

と、命じた。調所は、

「もってのほかのこと。とうてい拙者に出来ることではございません」

と、辞退したが、

「おれが見こんで、仰せつけるのだ。その方ならきっとやりとげる」

と、重豪はきかない。

いたし方なく、調所は決死の覚悟で引受けた。

調所は超人的な根気と努力をもって、ことに取りかかった。はじめの間は歯も立たない感じであったが、数年して、どうやら曙光《しょこう》が見えて来た頃、重豪は八十九という高齢で、死んだ。斉興ははじめて藩政の実権をにぎることになった。

彼は調所を心から信任して、家老格にして、万事を打ちまかせた。調所もまた一心に働いた。

立直しにかかってから十五、六年後の天保《てんぽう》十五年になると、藩の財政はすっかり立直ったばかりでなく、百五十万両の非常準備金まで出来て、江戸、大坂《おおさか》、国許《くにもと》の三か所に積み立てたほどとなった。

こうして、薩摩藩は貧乏の水ばなれが出来、上下ともにほっとしたのであるが、苦しみというものは、現実にそれを経験している時より、過ぎ去ったあとからふりかえ

る時の方がいやなものである。斉興も、調所も、他の重臣らの多くも、また一般武士らの大方も、昔を思い出しては、

「二度とあんなことは真ッ平だ」

と、身ぶるいする気持にならずにはいられなかった。

この気持が、斉興が斉彬をきらうようになった第一の原因である。

斉彬という人は重豪に大へん可愛がられて育った人である。斉彬にとっては曾祖父《そうそふ》なのであるが、長命であった重豪が死んだ時、斉彬は二十六になっていた。つまり、幼年の時から青年期の中ほどまで可愛がられて育ったのだ。

重豪は外国の文物が好きで、侍臣との日常会話は中国語で弁じ、『南山俗語考《なんざんぞくごこう》』という中国語の辞典までつくっている人だ。西洋の文物もまた好きで、代々の長崎のオランダ商館長と親しく交《まじわ》り、彼らが将軍にあいさつのために江戸に出て来た時には、必ず重豪を訪問し、重豪もまた彼らの宿舎を訪問した。商館つきの医者であったシーボルトとも交際している。幕府の許可を得て、帰国の途中、長崎に立寄り、オランダ船を見物したこともある。こんな人だから、西洋の器物や書籍を、金をおしまず買い入れた。オランダ語も少しは学んで、侍臣らへあたえた手紙に、オランダ語まじりのローマ字で書いたのが、いく通かのこっている。

斉彬は曾孫《ひまご》だから、積極的な性質を遺伝もした上に、長い間の感化で、西洋好きに

なっていた。

時代がちがうから、同じ西洋好きといっても、重豪の方は趣味的なもので、珍奇であるからその器物を愛したのだが、斉彬は日本の現在と将来を考えて、西洋が好きなのである。洋学者を保護して、西洋の書物の翻訳をさせたり、邸内に物理化学の実験所をこしらえて、銃器、火薬、電気、造船、写真、ガラス製造などの研究をした。

重豪は外様《とざま》大名ながら天下の政治にも関心があって、娘を十一代将軍家斉《いえなり》の夫人にしたが、この点でも斉彬は似ていた。天下の政治に関心があって、まだ部屋住みでありながら、老中阿部正弘と交際するほか、当時の政治づいている大名、たとえば水戸斉昭、たとえば松平慶永、たとえば伊達宗城、たとえば山内豊信などと親しく交際している。

斉興にしてみれば、西洋好きとはどんなものであるか、重豪の時の経験でよくわかっている。大へん金がかかるのである。天下の政治にたいする関与もわかっている。金がかかる上に、外様大名には危険千万なことだ。

「よくも、こうまで栄翁《えいおう》(重豪の隠居名)様に似たもの」

と、斉興は思う。重臣らも思う。家中一般も思う。

「とうてい、これには世はゆずれぬ。世子の身分ですらああである以上、当主となって藩の全権をにぎったら、何をやり出すかわかったものではない。身代はまためちゃめちゃ、悪くすると幕府の怒りに触れて家を潰《つぶ》すかも知れない」

と、斉興は思い、腹心の老臣である調所らに、よりよりそう語る。調所らも同感である。苦心さんたんしてやっともりかえした財政をめちゃめちゃにされるのがいやなのは当然である。

斉彬が気に入らないとなれば、どうしても久光が目につく。

久光は賢い生れつきで、学問は好きだが、その学問の好みは漢学・国学であって、洋学などきらいである。これが堅実な性質のあらわれと思われて、斉興には好もしい。調所らにはもちろんのことだ。爪で火をともすようにして財を成した人は、自分のあとつぎが堅実に用心深くその財を守ることを欲する。積極的な性質のむすこは不安でならないのである。

その上、久光は愛妾《あいしょう》由羅の所生であった。由羅は美しくもあったが、賢くもあったので、斉興は気に入って、江戸に出て行く時には江戸に、国許に帰る時には国許に召連れた。久光は、そんなに愛している妾《めかけ》の産んだ子である。斉興にはいやが上にも、可愛いはずである。

久光には、さらに利点があった。久光は薩摩で生れて、薩摩で育ったのである。斉彬は江戸生れの江戸育ちであるから、薩摩語なども、聞いてよくわかりはするが、自分では使えない。斉彬より久光に好意を持つ者が多いのは当然である。

こうなれば、由羅だって、子の愛にひかれる。おりにふれては斉興を口説きもするし、重臣らを説いて、久光擁立のなかまをつくりもする。

一騒動おこらねばならない条件はそろったのである。

斉彬を廃嫡出来るものなら、斉興はそうしたかったろうが、斉彬は正式に世子となって将軍家に拝謁している。賢名が天下に聞こえてもいる。出来ない相談である。

最も陰険、悪辣《あくらつ》なことがはじまった。古来薩摩に伝わる兵道《ひょうどう》という呪術《じゅじゅつ》をもって、斉彬とその子供らを呪殺しようとした。命を受けて兵道家らは、磯《いそ》の別邸内や領内の山々にいかめしい壇をもうけ、おごそかに荘厳《しょうごん》し、心魂をすりへらして、修法をはじめた。

何せ、この派は、藩主である斉興をはじめとして重立った老臣ら多数によって組織されているのだから、誰をはばかることもない。ほとんど公然として行われた。

呪詛《じゅそ》だの、調伏《ちょうぶく》だのということが、効験《こうけん》のあるものかどうか、現代人の常識では疑わしいが、斉彬の子女らが生れる片はしから死んで行ったのは事実だ。四男三女、短きは数か月、長きも四歳のはかなさで、次ぎ次ぎに死んだ。斉彬の身に異状がないのは、その気力が旺盛《おうせい》であるため、呪いをはね返すからであると解釈された。

嘉永元年（一八四八年）に、藩にとって大問題がおこった。藩は属国である沖縄《なわ》を通じて中国と貿易することを、幕府から許されていた。はじめは年額二千両であったが、調所が財政立直しにかかった時、将軍の岳父《がくふ》という重豪の地位を利用して、年額三万両にしてもらった。ところが、薩摩は昔から必ずこの公許額を上廻《うわまわ》って貿易する。いわゆる薩摩の密貿易だ。二千両の頃も三万両や四万両はしていたのだから、三万両となっては三十万両はする。これは公然の秘密のようなもので、世間も知っており、幕府も知っていて、それまで問題になったことはなかったのだが、この年になっていきなり、不審のかどありと、問題にした。

これは阿部伊勢守がわざと仕組んだことであった。阿部は日本の近海にしきりに欧米の船が出没し、日本が四面環海を利用して外国から孤立しての平安を守ることの出来ない日の近づいて来つつあることを予想し、こんな重大な時期に、斉彬のような賢明な人物を世子の身でいさせるべきではないと思って、この工作をしたのである。すなわち、密貿易のことをきびしく糺問《きゅうもん》し、責任を斉興にまでおよぼし、隠居せざるを得ないところに追いこめば、しぜん斉彬の襲封《しゅうほう》となると見込んだのである。江戸藩邸ではおどろき恐れ、国許に報告した。

調所は申しひらきのため、江戸に出て来た。調査は行きとどいており、糺問は厳重で、鋭利をきわめた。調所はとうてい言いのがれは出来ないと見たので、一切の証拠書類を始末して、毒を仰いで死んでしまった。

幕府は手がかりを失い、打ち切るよりほかはなかった。

斉興はするどい人だけに、幕府の真の意図がどこにあったか、わかっている。そして、この事件の裏面には斉彬がいて、阿部と通謀して、斉彬の手から秘密を阿部に知らせたと疑った。あるいはこれは事実であったかも知れない。ぼくは吉川弘文館出版の『島津斉彬文書』を詳細に読んだが、その疑いは十分に抱けると思った。

「早く当主になりたさのために、家の秘密を漏らしたやつ。けしからん不孝者め」

と、斉興の斉彬にたいする怒りは一層強く燃え立った。

幕府にたいする申訳のためにも、調所の家は取潰し、その遺族は知行《ちぎよう》をへらし、家格を下げなければならないのだが、斉興は名字をかえさせただけで、一層優遇した。

また、調所の死によって、調所の部下の経済官僚らの汚職行為がはっきりとなったのだが、これも処罰しない。

「もう、斉彬にはぜったいに家は譲らない」

と、かたく決心しているようであった。

斉彬は賢明な人だから、尊敬し、その代となることを切望している藩士らもいる。これは数はそんなに多くないが、人物としては立派な人ばかりだ。学問があって、人格的に高潔な人々である。この人々は、この状勢にいきどおり、数度会合して、斉彬の襲封を促進することと、汚職的行為のあった経済官僚らの処罰を要求することを決議した。

ところが、これが反斉彬派の重役らに漏れた。スパイが入っていたのである。重役らはこれをクーデターによって由羅を殺し、久光をも殺そうとくわだてていると斉興に報告した。斉興は激怒した。

「けしからぬ奴ばら、一人ものこさず召捕れ！」

と、はげしい命令を下した。

大検挙がはじまり、あるいは切腹、あるいは遠島、蟄居《ちっきょ》、おしこめ等、惨烈をきわめた。一蔵の父大久保次右衛門は琉球《りゅうきゅう》館附役《つけやく》であったが、職をはがれて、遠く喜界島に流された。

赤山靫負《あかやまゆきえ》は藩の名門で、西郷の家と親しく、靫負は西郷の人がらを愛して、いつも可愛がっていたが、切腹を命ぜられた一人であった。その切腹の際、西郷の父吉兵衛《きちべえ》が頼まれて介錯《かいしゃく》したが、靫負は死にのぞんで、

「わしが着ているこの襦袢《じゅばん》、血に染むであろうが、持ちかえって、吉之助にやってくれよ」

と言って、腹を切った。かねて頼もしい青年と見こんでいた吉之助に、襦袢とともに自分の志を伝えようとしたのである。

吉兵衛は血に染んだ襦袢を持ってかえり、吉之助にあたえた。吉之助は雄偉なからだと英雄的な相貌《そうぼう》に似ず、最も感じやすい心を持っている。血染めの襦袢を抱いて、

終夜泣きむせんだ。

うかつなことであるが、大久保も、西郷も、藩内が両派にわかれて、そんな暗闘をつづけていたことを、この時はじめて知ったのだ。しかも、当時の人らしく、アンチ斉彬派の元兇《げんきょう》は由羅で、色香をもって斉興をまどわし、斉彬をしりぞけてわが子久光に家をつがせようとしているのだと思って、

「妖婦《ようふ》め！」

と、ずっと由羅を憎むようになった。

斉彬派を一掃して、斉興を中心とするアンチ斉彬派は、幕府の要人らにわいろを贈ってこれを籠絡《ろうらく》し、おりを見て理由を見つけて、斉彬を廃嫡する願いを出そうと心組んでいたところ、意外なことから、一切が幕府に暴露した。

鹿児島城下の諏訪神社《すわじんじゃ》の宮司井上出雲守《いのうえいずものかみ》は斉彬派の一人であったが、検挙のはじまった時、いち早く国外に逃亡して、福岡《ふくおか》藩主黒田《くろだ》長溥《ながひろ》にさわぎのことを訴えた。少しおくれて、井上の友人の木村仲之丞《きむらなかのじょう》、加治木《かじき》郷士《ごうし》竹内伴右衛門《たけうちばんえもん》、岩崎千吉《いわさきせんきち》も脱走して来て、長溥に訴えた。

長溥は重豪の子で、黒田家に養子に行っている人で、斉彬には大叔父《おおおじ》にあたる。斉彬の賢明を愛して、かねてからなかがよいのである。実家のさわぎを聞いて、同じく重豪の実子で、自分にとっては兄である豊前《ぶぜん》の中津《なかつ》侯奥平昌男《おくだいらまさお》、八戸《はちのへ》侯南部信順《なんぶのぶゆき》と相

談して、宇和島の伊達宗城にも相談した。宗城はこれを阿部伊勢守に告げた。

阿部にしてみれば、先年は失敗したが、こんどは向うからころがりこんで来たとうれしかったろう。

「よろしい」

と、のみこんだ。

次の年、嘉永四年の正月、斉興は新年の祝辞言上のために登城して、将軍に謁した。こんな場合には下賜品があるのが例になっている。そして、その下賜品は家によってきまっていて、品物も数量も毎年判でおしたように同じであるのがきまりである。

ところが、この時は、いつものものではなくて、茶壷《ちゃつぼ》であった。

これは大名を隠居させたい時、幕府のとる常例の手である。茶でも飲んで、余生を楽しみなさいという意味なのである。これは大名の常識だから、斉興はドキリとしたが、あくまでも剛腹な彼は、知らん顔で通した。斉興には、これは先年のむし返しで、斉彬と阿部との細工であると思われたから、その手に乗るものかと思ったのである。

しかたがないから、幕府は、次にまた斉興が登城した時、

「これは特別に賜わる」

と口上をそえて、朱色の十徳《じっとく》を下賜した。十徳は世外の者の着るものであり、朱色とあっては隠居以外のものしか用いようはない。最も露骨な諷喩《ふうゆ》だったのだが、斉興

の強情は底が知れない。これも頬《ほ》っかむりで通した。

「おやおや、何という強情なおやじだろう」

と、阿部はあきれたが、こうなると、幕府の面目問題でもある。阿部は島津家と親しい西ノ丸留守居《るすい》の筒井《つつい》政憲《まさのり》に言いくるめた。筒井は家老の島津将曹と吉利仲とを自宅に呼んで、

「昨年来、公辺において、貴藩の評判がまことによくなく、きびしい沙汰《さた》におよぼうという方針になっている。しかしながら、この際大隅守《おおすみのかみ》（斉興）殿が直ちに隠居を願い出《い》でなさるなら、穏便にしておこうが、もし遅延なさるにおいては、公の沙汰になるから、大隅守殿のこれまでの奉公も打捨てられることになるだろうと、老中方の仰せだ。もはや大隅守殿が一時も早く隠居しなさる以外に、お家安泰の途《みち》はない」

と言って、斉興を説きつける方法を書いた書付までわたした。一切の逃げ口をふさいで、追いこむような調子であった。

しかたはない。斉興は隠居願を出した。幕府は即座に聴許、斉彬襲封となった。この時斉興は六十、斉彬は四十三であった。

斉彬派のもの、わけても西郷や大久保ら若い者は、心から、

「正義はやはり勝った」

と、心から祝福し、満足した。

彼らは当然、悪人共は処罰されるであろうと期待したが、斉彬はそうしなかった。反斉彬であった家老や重臣らは、閑職に転ぜられはしたが、依然として家老・重臣でおいた。斉彬のために働いたため流罪になった人々の赦免もなく、やっと家族らにたいするおとがめがゆるされただけだ。たとえば一蔵の家だが、一蔵のおとがめはゆるされて記録所書役助《かきやくじょ》に任ぜられ、さらに収入の多い蔵役《くらやく》にされたが、父の次右衛門は喜界島から帰ることを許されない。

天性正義を好み、姦悪《かんあく》を憎むことの強い西郷は憤激していると、斉彬は帰国するとすぐ、

「藩政について意見ある者は、何ごとによらず、書面にして差出すように」

と、藩内に布告した。

西郷はよろこんで、斎戒沐浴《さいかいもくよく》して、想をまとめ、建白書をしたためた。

その要領はこうだ。

一、ご治政の手はじめとしては、何よりも従来わがままを働き、国政をあやまった者共を処分なさることが大事である。

二、お由羅の方以下の姦人らを処分さるべきこと。

三、この前の騒動で流罪になったり、脱藩したりしている人々の罪をゆるし、速かに召しかえさるべきこと。

四、水戸を模範として兵制を改革し、士気を振興さるべきこと。

このほかに、農政について二か条あった。

西郷はこれを側用人の種子島六郎《たねがしまろくろう》に頼んで、斉彬に差出してもらった。

斉彬は読むと、その余白に朱でくわしく答弁を書いて、種子島に返して、種子島から西郷に説明させた。

その答弁はこうだ。

「一、二条は、孝道の立場から出来ない。父の非をあらわすことになる。『父は子のためにかくし、子は父のためにかくす、直きことその中にあり』という聖人の教えもあるではないか。

三条は、もっともな意見ではあるが、やはり上記のような意味で、急には出来ない。しかし決して自分は忘れてはいない。必ず時機を見て、赦免召還する。

四条は、これももっともな意見ではあるが、水戸家は御三家であるのに、あの軍備拡張のために、公儀からいろいろと疑われている。外様《とざま》藩であるわが藩はよほど注意しなければならない。これも追々とそうするつもりである」

この建白で、西郷が最も力をこめたのは、三条目までである。悪をこらし、善を賞するのは、政治の要諦《ようたい》であり、そうでなければ国は乱れ衰えると、西郷は信じきっている。だのに斉彬は孝のために、急にはそう出来ないと言っている。

「善政をほどこし、立派な国がらにすることこそ、国君としては第一の孝ではないか。おっしゃっている孝など、これにくらべては小さい小さいものだ」

と、西郷は納得出来ないのである。

実を言うと、斉彬の答弁はとりつくろったものであったのだ。斉彬が襲封するまでには、阿部老中としめし合せて、相当いろいろなことをしている。密貿易の暴露も、こんどの無理隠居も、裏面に斉彬の手が動いている。斉興はある程度それを見抜いている。これ以上、父に楯《たて》つくことはひかえなければならないのだ。だから、時機を待つことにしているのである。

そんな内面のことは、この頃の西郷にはわからないので、

「どうも腑《ふ》に落ちない」

と思うのである。

「なにせ、お供を願い出る者が多くてな。出来るだけのことはするが、引き受けは出来んぞ」

大久保に激励されて、吉之助はききめのありそうな人々の屋敷をたずねては、江戸参覲のお供人数に加えられるように頼んでおいたが、言い合せたように、こんな返答しか得られなかった。中には、

「失礼じゃが、おはんが行ったら、おはんの家はどうするつもりじゃ。あとがおこまりじゃろう」

という者もある。

「それは何とかなりもす。何分にもよろしゅうお骨折り願いもす」

と答えながらも、吉之助の心中には一種の不安がある。

彼の家庭の有様はさんたんたるものであった。彼の両親は、去年の秋から冬にかけて、わずかに二月の間に引きつづき死んで、現在の家族は、老祖母、彼、妹の琴《こと》、次

弟吉次郎《きちじろう》、妹の高《たか》、安《やす》、慎吾《しんご》（後の従道《つぐみち》）、小兵衛《こへえ》の八人だ。琴はすでに縁づいていて、どうやら役に立つのは二十の吉次郎だけで、慎吾は十、小兵衛に至ってはやっと三つだ。

薄禄《はくろく》である上に、父母の長わずらいの医療費と、引きつづいての二度の葬式とのために、貧乏には輪がかかっている。

親戚《しんせき》や知合に頼ることも、そう再々は出来ない。文字通りに三度の食事にもこと欠くことがある。吉之助や吉次郎はがまんするにしても、育ちざかりの幼い弟妹らはそうはいかない。飢えて食をもとめる幼い弟を見ると、吉之助のはばひろく厚い胸はしめつけられるように痛むのである。だのに、

「なんとかなりもす」

と、吉之助が答えたのは、吉次郎が兄の気持を知って、こう言ってくれたからであった。

「兄さんはおじゃりたいのでごわしょう」

「そりゃ行きたかわい」

「そんならおじゃるがようごわす。あとのことは、わしが引き受けもすから」

うれしく、頼もしいことばであった。実際、吉次郎は兄思いで、しかも才気に富んでいる。これまでも、重厚すぎる性質のために小手まわしのきかない兄を助けて、金

策もすれば、家事の切りまわしにもよく働いているのである。

「では、そうしてくれるか。頼むぞ」

と、吉之助は行く決心をしたのだが、それにしても、一家の家長でありながら、全部の責任を若い弟にまかせて行ってしまうことは、やはり心苦しい。あとのことが心配でもある。

吉之助の心は、行きたい思いと、行くことが許されなければよいという思いとの間を、たえずゆれていた。しかもなお、運動はつづけた。自分ながら定めかねる心であった。

十二月になって間もなく、お供人数の人名が発表になった。

この季節の鹿児島はまだずいぶん暖い。よく晴れた日には、外を歩くと、袷《あわせ》一枚でも汗ばむくらいである。その日もそんな日であった。

吉之助は、定めの時刻少し前に、掲示所に行った。掲示所は二の丸外の演武館だ。そのへんまで行くと、同じ思いを抱いた青年らが多数見られた。皆薩摩《さつま》の青年特有の、裄《ゆき》の短い着物に木綿袴《ばかま》をすそ短かにはき、左の肩をそびやかした、昂然《こうぜん》たる姿である。

掲示場は、犬追物《いぬおうもの》の稽古場《けいこば》の一角であるが、まだ掲示されていなかった。青年らは日のあたっている広い稽古場の方々に、思い思いにかたまっていたが、どのグループにも共通して話題になっているのは、米艦渡来後の江戸がどうなっているかであった。

ペリー提督にひきいられた米国東洋艦隊が相州浦賀《そうしゅううらが》に入って来て、幕府にたいして、米国大統領の開国要求の国書をつきつけたのは、この六月のことであるが、米国艦隊は浦賀に向う前に、薩摩の属領である琉球《りゅうきゅう》那覇《なは》に来て、月余にわたって碇泊《ていはく》していたし、浦賀から退去後も那覇に来て、また長く碇泊した。薩摩人にとっては、ひとしお関心が深いのであった。

「近頃では、大分民心もおちついて来たというが、一時はなかなかのさわぎであったというぞ。いつ戦がはじまるかも知れんというて、家財家具をまとめて逃げ出す者も多かったそうじゃ」

「何せ、太平打ちつづいて、威張ることだけを能にして、腐り切っている旗本や御家人じゃ、鎧《よろい》や武器の用意もなかのが多く、あわてて買いにかかったので、古具足や刀剣の値段が大あがりしたという話じゃな」

「遠い昔は、三河《みかわ》武士は日本一の精兵といわれていたそうじゃが、もういかんなあ」

「いかんのは、幕臣だけではなく、どこの藩も見苦しかったそうな。やれ、鉄砲が足らん、玉薬が足らん、具足が足らんというてのう」

「だが、わが藩だけはありあまるほどあって、具足など大分他藩に融通してやったそうな。多年辛抱しての財政立直しの効があったというわけじゃ」

「おもしろいのは、長州《ちょうしゅう》藩じゃ。海辺の守備区域が割当てられると、五百人の人数が、大砲三門をひき、百余梃《ちょう》の鉄砲をかつぎ、その他は槍《やり》をたずさえ、筒袖《つつそで》の着物にうしろ鉢巻、うこん木綿の包みをかついで、整々とくり出して行った。江戸の町人共はそれを見て、あの風呂敷《ふろしき》包みの中は具足であろうが、さても元就《もとなり》公以来の武勇の家柄、用意のよいことじゃと、感心したというが、実は具足ではなく、クサリカタビラとただの着物じゃったという。

「体裁つくりのゴマカシかあ。アハハ、アハハ」

「それにしても、ペルリは来春また来て、返事を聞くことにするというて立去ったのじゃろう。来春というと、もう来月からじゃぞ。幕府は対策が立っているのかなあ。心配なことじゃなあ」

「じゃから、われわれは行きたいと願い出たのではごわはんか」

「そうじゃ、そうじゃ！」

どっと笑いがまきおこった時、かかり役人が急ぎ足に来て、犬追物の行われる時藩公や一門衆や重臣らの見物席になる建物に入り、その壁に、人名の書かれている紙を張りはじめた。

長くついだ紙が張りひろげられて行くにしたがって、方々から、

「あった、あった」

と喜びの声が上る。

吉之助は図ぬけた身長を持っている。人々から顔半分は出ている。濃く太い眉《まゆ》の下

の大きな目を光らせて、くりひろげられて行く紙を見ていたが、「お扈従組《こしょうぐみ》、西郷《さいごう》吉之助」という文字が出て来たのを見ると、ふとった顔を真赤にした。

「あった」

と、低くひとりごとした。

よろこんだり、失望したりしている人々の群をあとに、演武館の門を出た。この喜びを先《ま》ず一蔵《いちぞう》に告げたかったのである。一蔵の役所であるお米蔵のある名山堀《めいざんぼり》の方へ向ったが、だんだん行く間に、うれしさがこみ上げて来た。

（ああ、行けるのじゃ。東湖《とうこ》先生にもお目にかかれる。そのほかの名士・先生方にもお目にかかって教えを受けることが出来る……）

たくましい足ももつれるほどであった。

お役所ばかりならんでいる広い通りを三町ほども行った頃、向うから来る一蔵の姿が見えた。

「やあ、一蔵どん！」

吉之助は片手をあげてさけんだ。歓《よろこ》びにあふれた大声になり、急ぎ足になった。一蔵はうなずいて見せただけで、かわらない足どりで近づいて来る。薩摩の青年として、一蔵ははなはだ特色的である。服装の質素なことは皆と変りはないが、その着方が実にキチンとして、粗暴な風がどこにもないのだ。姿勢も、歩きぶりも、いつも端然として正確だ。

「出とった。おはんのおかげだ」

西郷は大きな手で、相手の手をつかんだ。

「ほう、そりゃようごわしたな。わしもどうであろうかと思うたので、小休みの時間を利用して、見に行こうと、ここまで来たところでごわした」

立話も出来ん、わしの役所へ行こうと、一蔵が言うので、一緒にお米蔵に行った。

宿直《とのい》べやに入り、小者に茶を入れさせて、いろいろと話していると、吉井仁左衛門《よしいにざえもん》(後幸輔《こうすけ》、友実《ともみ》)と伊地知龍右衛門《いじちりゅうえもん》(正治《まさはる》)と福島矢三太《ふくしまやさんた》(この人は若くして死んだ)とが来た。三人は皆同年で、吉之助の一つ下である。伊地知は左の目に星がかかって視力がなく、足も悪かったが、学才があって、友人なかまで一番よく出来た。

「やあ、おめでとうごわす。お供人数に入っておられると聞きもしたので、お宅へ祝いを申しにまいりもしたが、まだお帰りにならんということなので、きっとここじゃと見当をつけて来たのでごわす」

と、伊地知が説明した。

五人になって、さらに愉快になって、談笑した。

この五人に、今江戸にいる有村俊斎《ありむらしゅんさい》を加えて、ずっと前から最もなかがよく、読書会をつくって、日をきめて会合し、『近思録《きんしろく》』という書物の共同研究をしていた。この書は、宋学《そうがく》の大成者である朱熹《しゅき》の著書で、朱子学《しゅしがく》の精髄といわれている書であるが、彼らが特にこれを研究対象にえらんだについては、一場の物語がある。

前に書いた島津重豪《しげひで》の隠居前のことだ。藩の財政が苦しいために、領民からの取立てがきびしく、領民らの苦しみは一通りなものではなかった。重豪はこれを聞いて、大目付《おおめつけ》らを召して、郡奉行《こおりぶぎょう》や目付に調査させた上で報告するようにと命じた。大目付らは郡奉行と目付を召集して、それを命じた。

「かしこまりました」

と、皆が答えたが、ただ一人、目付の秩父太郎季保《ちちぶたろうすえやす》がかしこまらない。

「秩父、そなたは」

と、大目付の一人がとがめると、

「百姓共はみな貧窮きわまり、餓死せんばかりでござる。今さら調査の必要はござらん」

と、ややあらあらしく答えた。

大目付は気色ばんだ。

「わしは君命を伝えている。調査の必要がないとは、君命をなみするものであるぞ」

「調査とは実状を知るためのものでござる。すでに実状明らかである故、必要なしと申したのでござる。百姓らは皆貧窮きわまり、餓死せんばかりでござる。一人のしからざるものなし。これが実状でござる。拙者はお目付でござる。知るところの実状を申し上ぐるは職分でござる」

整然たる論理に相手は言いつめられた。すると、もう一人の大目付が、権威にかかわると思ったのであろう、横合から、皮肉な調子で言った。

「おはんは郡奉行でもなかのに、どうしてそんなことがわかるのだ」

秩父はぐいと向きなおり、語気もあららかに言いはなった。

「近年、お取立てのきびしさのために、百姓共の生活は難儀をきわめています。これは三尺の童子も存じていること、お目付たる者が知らでなり申そうか。郡奉行やわれらに改めて調査させるなど、いらぬことでござる」

大目付らは腹を立てたが、言いかえすことが出来ず、席は白けた。

秩父が退席した後、大目付らは相談して、秩父の同役の目付らを呼んで、秩父の言ったことは別として、上役にたいする態度が不遜《ふそん》である、言い聞かせて、進退伺いを出させるように、と命じた。目付らはかしこまって、秩父のところに行き、これを通じた。すると、秩父は、

「拙者は職分をつくしたまででござる。何の罪あれば、さようなことをせねばならぬのでござる」

と、はねつけた。

大目付らは怒って、家老に上申して、上長をしのぎ、秩序を乱したという罪名で、秩父を免職し、蟄居《ちっきょ》を命じた。この時、秩父は二十九であった。

秩父の家は薄禄《はくろく》である。彼が目付として受ける役料は家計上きわめて大事なものだったのだが、それがなくなったので、忽《たちま》ち窮迫した。当時は社会の制度上、一族は共同責任体の形になっていた。一族の人々は、迷惑がりながらも、援助の手をさしのべたが、秩父はことわった。

「いらん。人の世話にはならん」

けんもほろろな態度だから、皆腹を立てて手を引いた。

秩父は邸内の空地を全部たがやして畠《はたけ》とし、麦をつくり、野菜まで輪作して、食料にし、売って金にかえ、まるでへこたれる色のないこと五年間であった。

しかも、夜間や雨の日は、学問をし、とくに『近思録』と朱子の先学である周敦頤《しゅうとんい》の『太極図説』との研究に力を入れた。

こういう節義の立て方は、いつの時代、どこでも、見事とされる。ましてこの時代の薩摩である。

「見事なもの」

「あっぱれ武士」

と、次第に名が高くなり、交りをもとめて来る者もある。彼はこの連中とともに、一層学問の研究に精を励ました。

やがて、重豪が隠居して、子の斉宣《なりのぶ》が当主となった。斉宣は当時三十七にもなっていたので、父の政治ぶりにたいしてひそかな批判もあり、自分の考えもある。かねて秩父のことを聞いて、その人物に感心していたので、三年立つと、秩父の罪をゆるし、目付《めつけ》裁許掛《さいきょがかり》に任命し、異常なスピードで昇進させ、一年四か月目には家老に任命して、全権を委任して、藩政の立直しをやらせた。

秩父は経済的には緊縮政策をとり、風俗的には古風に返すことを目的として、バリバリやりはじめた。これらはすべて、重豪の政策に全面的に逆行することであったから、重豪は立腹した。秩父が改革の手を江戸屋敷にもおよぼし、倹約のために藩主の江戸参覲《さんきん》を二、三回休ませてもらおうと運動をはじめたのを機会に、

「おれが政治に逆行するは不孝、参覲休止は将軍家にたいする不忠。君に不忠不孝をすすめるとは、大悪無道の者共である。捨ておくべきではない！」

と、叱りつけ、みずから藩政に乗り出し、秩父とその同志の役人らは全部免職、秩父と重立った者は切腹させ、他は遠島にし、斉宣は隠居させ、その子の斉興を当主にして、藩政の実権は後見として、自分がにぎったのである。

これを薩摩では、「秩父くずれ」または「近思録くずれ」と言い伝えているのであるが、秩父の剛強、清節、みごとな武士ぶりに、先《ま》ず西郷が感動し、大久保一蔵をさ

そい、吉井をさそい、伊地知をさそい、福島をさそい、有村俊斎をさそい、秩父の愛読書であった『近思録』の研究会が出来たのである。

つまり、秩父はこの当時における彼らの理想的人間像で、彼らの目的は、ひとえにみごとな武士になることにあり、そのための修行をしていたのである。

間もなく、吉之助は皆とわかれて、自宅に帰ったが、途々《みちみち》、その胸は次第に重くなった。

「どうして金をこしらえよう」

と、それが胸につかえて来たのだ。

お供をしての旅だから、途中の食費、宿料などはいらないが、旅装や小遣銭は自弁だ。多少のお手当はもちろん出るが、それでもなお五、六両はいる。そのくめんのしようがない。

当時の小判は天保《てんぽう》小判で、一両にふくまれている金分が六・三グラム強ある。今金は一グラムいくらするか、一両ではいくらになるか、五両ではいくらになるか、計算して、当時の金の価値を知っていただくのも、読者の慰みであろう。

吉之助の屋敷は下加治屋町《しもかじやまち》にあって、裏手は城下を貫流する甲突《こうつき》川にのぞんでいた。生垣をめぐらして、一〇〇〇平方メートルくらいの広さを持っている。現代なら大邸宅だが、この頃の武家屋敷としては小さいものだ。敷地の中ほどに五室くらいの家が建ち、周囲は菜園や果樹園になっている。これは吉之助の家だけではなく、この頃の薩摩の下級武士の屋敷の規格であった。

形ばかりの屋根をのせた小さい門を入ろうとした時、道の向うから来る吉次郎が見えた。腰に一本だけ脇差《わきざし》をさしているが、野良着を着て、鍬《くわ》をかついで、菅笠《すげがさ》をかぶっている。兄ほどのことはないが、西郷家の人の特色である、大がらなたくましい体格と太い眉《まゆ》をしている。薩摩の下級武士の家では、こうして田畑をたがやして、生活の補助にするのが普通になっている。

吉之助はたたずんで待っていた。

「ただ今でございもした」

「おお、お帰り、大儀じゃったな」

一緒に入り、吉次郎が裏の物置に鍬をおいている間に、井戸ばたで弟のためにすすぎだらいに水を汲《く》んだ。

「おお、これは恐れ入りもす。わしが自分で汲みもすのに」

「いいや、これくらいのことはせんと、罰があたる。アハハ」

吉次郎は礼を言って、顔を洗い、からだを拭《ふ》き、足を洗った。日が落ちると急に気温が下る。吉次郎のからだから水蒸気の立つのが見えた。吉之助が屋内から持って来てくれた着物を、礼を言って着ながら、吉次郎は言った。

「参覲のお供人数に入れもしたか」

「うん、入れた」

「そりゃ、ようごわした。そりゃ、ようごわした」

心からうれしげであった。

一家そろって、粗末ではあるが、にぎやかな夕飯が終った後、吉之助の居間になっている表座敷に、吉次郎が入って来て、改めて、祝いを言って、

「雑用《ぞうよう》がどれくらいかかりもすか」

と、たずねた。

「五、六両はいるじゃろな。いや、五両で足りるかも知れん。なに、心配することはなか。何とかなるじゃろう」

と、吉之助が笑うと、

「何とかなりませんでは、こまりもすからな」

と、吉次郎も笑った。

何とかなるだろうとは言ったものの、全然あてはない。親類中を駆けまわることも考えたが、何か億劫《おっくう》だ。一体、人にものを頼むことがにが手な性質なのである。しかし、まだ間もあることだからと思っていると、年が改まって間もなく、にわかにお触

れがあった。

「ご参府ご出発は三月上旬のご予定であったが、公儀より出来るだけ期を早めて出府するようにとのご命令があったから、正月二十一日にご出発になる」

にわかに忙しいことになって、皆どよめいていると、属領の琉球那覇の港に、十二月下旬からアメリカ艦隊が来ていて、ほどなく相州浦賀に向う予定と言っていると、在番奉行から報告して来た。去年浦賀で言いおいたことば通りにするつもりであることは明らかであった。

「さてこそ、このための期日おくり上げだ。主席老中の阿部勢州《あべせいしゅう》殿は太守様をご相談役にお呼びになるのじゃ」

と、合点し、皆張り切って支度を急いだが、泡を食ったのは、吉之助だ。足もとから鳥が飛び立つ気持だ、これではお供ご免の願いでも出すよりほかはないと思っていると、ある夜、吉次郎が吉之助のへやに来て、黙って二分や一分の金銀をとりまぜてひとにぎりほど、紙にのせて差し出した。

「どうしたのじゃ、これは?」

吉之助はおどろいた。こんな沢山の金は、生れてこの方、数えるくらいしか見ていない。

「都合して来もした。みんなで六両ありもす。倹約していただければ、どうやらお供が出来もそ」

「どこで、どこで都合して来たのじゃ」

大きな胸があえぎ、声がふるえた。

吉次郎は笑った。

「親類中駆けまわって、兄の江戸行きの費用が少し足りもはんから、用立てて下されと言うて、あちらで三分、こちらで一両という工合《ぐあい》にして借りて来たのでごわす。少し不足でごわすから用立てて下されと言うたところが、工夫でごわした。どこでも、餞別《せんべつ》じゃと言うて下されたのでごわす」

愉快げに笑っている顔を見ているうちに、吉之助は目が熱くなり、涙がこぼれて来た。覚えず、両手をついた。

「すまん。弟が兄をうやまい、兄が弟を可愛がるのは、兄弟の道じゃが、わしはそなたの世話にばかりなっている。兄とはいいながら、わしはそなたにおよぼん。これから、わしはそなたを兄と思うぞ」

「なにを言いなさる、兄さん。そげんことはやめて下さい。手をあげて、手をあげて……」

吉次郎はあわてていた。泣いていた。

作者はつくり話を書いているのではない。これは事実あったことなのである。六つも年の違う兄が弟にたいして、両手をついてこんなことを言うのは、普通ではない。しかし、西郷はそういう人だったのである。彼は英雄でありながら、純情すぎるほど純情な人だったのである。

いそがしいことになった。妹らはいく日も夜なべし、嫁に行っている琴まで手伝って、吉之助の旅の着物や脚絆《きゃはん》・足袋《たび》を縫ったが、それがようやく出来上った頃、琉球から急報があった。

「この十日に、碇泊《ていはく》中のアメリカ艦隊八隻は、那覇の港を出て、日本に向った。多分、浦賀に向うたのであろう」

琉球から鹿児島へは、急ぎの報告の場合は、飛舟《ひしゅう》という舟をつかうのである。二隻のくり舟を横につらね、すぐりぬいた漕手《こぎて》が十数人で力漕《りきそう》し、ほぼ五日で到着するのである。報告を受けて、鹿児島中わき立った。

「いよいよ来たか。どうでも、太守様がお出ましにならねば、おさまることではなかような」

と、皆緊張し、言い合った。

いよいよ出発の正月二十一日の前夜、どこの家でもそうであったが、西郷の家でも親戚《しんせき》や知人を招待して、ささやかな祝宴を張った。大久保をはじめ友人らは皆来てくれた。

その人々が散会したあと、もう夜なかに近かった。

吉之助は台所に来て、手習いに来ている親戚のおばさんらに、おそくなってめんどうをお願いするが、膳部《ぜんぶ》を一つこしらえてもらいたいと頼んだ。

「どうしやるのですかえ」

「権兵衛《ごんべえ》のところへ持って行くのでごわす」

権兵衛というのは、西郷家の譜代《ふだい》の下人《げにん》である。忠実な性質で、父母が亡くなってから貧乏に輪がかかった家に一層忠実につかえていたのだが、数か月前から病気になって、自宅で寝こんでいるのであった。

権兵衛の忠実は親戚中知らないものはないので、それはよくお気づきだった、すぐつくりもそと言ったが、また言った。

「しかし、オマンサアは明日は朝が早か。吉次郎サアに持って行ってもらって、オマンサアは早くおやすみなされ」

吉之助は首をふった。

「いやいや。これからさき何年かは会えんのでごわす。わしをもりして育ててくれた権兵衛でごわす。しみじみと話をして来たかのでごわす。なに、すぐもどって来もすから、心配なく」

吉之助は、こしらえてもらった膳部を両手でかかえて、家を出た。権兵衛の家は下加治屋町のはずれ、高麗橋《こうらい》に近いところにある。二十日のおそい月が桃の横に上りかけて、おぼろな光をひろげている屋敷町には人通りがたえていた。

権兵衛の家はもう寝ていた。まずしい、小さい家は、淡い月光の下にしずまって、暗かった。吉之助のおとずれに、権兵衛の妻がおどろいて起きて来た。

「こげんおそうなって来て、気の毒するのう。知っての通り、わしは明日立たんければならん。それで、別れに来た。この膳部は、今夜の上《のぼ》り祝いの膳部じゃ。権兵衛に持って来た。食べさせてやってくれ」

と、膳部をわたしておいて、上にあがった。

たった二間《ふたま》しかない家だ。奥が病室になっている。権兵衛は床から這《は》い出そうとしていた。吉之助はいそいでとめた。

「なぜ起きたりなどするのじゃ。寝とれ、寝とれ」

大きな手でおさえて、無理に横にならせた。

病にやつれ、髪が乱れ、ひげのぼうぼうとのびた権兵衛の顔は、今にも泣き出さんばかりになったが、妻が膳部を枕許《まくらもと》に持って来て、吉之助のことばを伝えると、ほんとに泣き出した。

「旦那《だんな》様、病気ばかりして、一向役にも立たんのに、こげん気づかいをしていただいて、申訳ございもさん。……この通りでございもす。この通りで……」

やせた手を合せておがみ、ぽろぽろと涙をこぼす。

「何を言うか。子供の時から、世話をかけ通しにかけて来たわしじゃ。こげな場合、このくらいのことをするのは、あたり前じゃ。おがんだりなんどするな」

「いいえ、ほんとなら、旦那様の初お上りでございもす。お供をして行かんければならんのに、こげんことになって、申訳ございもさん」

くぼんだ眼窩《がんか》からあふれる涙が、しわの深いまなじりに流れ、枕をぬらした。

吉之助も胸がせまって、今にも泣けそうになったが、わざと笑った。

「もうそげんことは言うな。今夜はわしが夜どおし看病してやるから、よう寝てくれ」

「もったいない、もったいない」

権兵衛も、妻も、辞退したが、吉之助はきかず、ついに終夜看病して、夜明けになごりをおしみながら帰った。鹿児島で今でも語り伝えられている話である。

帰宅して、顔を洗い、からだを洗い清めて、旅装し、家族そろって食膳につき、首途《かどで》の祝い酒をくんでいると、親戚の人々や友人らが来た。大久保も、吉井も、伊地知も、福島も来た。

「昨夜はいろいろ」

「いや、何の風情もごわはんじゃった」

「向うへおじゃったら、俊斎どんによろしゅう言うて下され」

と、吉井は言い、大久保は、

「出来るだけしげしげと、そしてくわしゅう天下のことを書いて、手紙を下され」

という。大久保の今の境遇では、当分江戸行きは出来ないが、出来るだけ中央の情勢を知って、時代におくれたくないのである。

吉之助にはそれがわかる。

「きっとそうしもすぞ。便のある度にしもすぞ」

藩の公用便が月に二回出ることになっていて、江戸勤番の武士らはそれに託して便りを出したのである。

やがて時刻が来た。一同はわらじをはきしめた旅装束かいがいしい吉之助を取巻いて門を出た。

鹿児島から江戸まで三百五十里、今日では特急で一昼夜半しかかからないが、当時は一月半もかかった。今の人がヨーロッパに行くよりも遠い思いがしたろう。

正月二十一日といえば、今の暦なら二月末、暖いこの土地では、梅はとうに過ぎて、柳が芽吹き、桃がさかりだ。毎日好晴の日がつづき、日はうららかに照り、かげろうが立ち、大地は若葉にいろどられる季節である。

大手前の広場に行ってみると、やっと出た朝日のなかに、もう無数の人が集まっていた。お供する人々とその見送りの人々である。

いく度か太鼓が鳴り、組頭の連中が走りまわり、供揃《ともぞろ》いが出来、やがて粛々として行進をおこした。先頭に槍《やり》、毛槍、金紋の挟箱《はさみばこ》、お徒士《かち》、士分、騎馬の者、お乗物、鞍《くら》をおいたご乗馬《じょうめ》数頭、最後に小荷駄、七十七万石の格式の行列は、数町の間つづいた。

どこの藩でも同じだが、藩主の国入りと出府の際は、城下通行中は騎馬ということになっている。見送りの人々は馬上の斉彬をおがみ、お供をして行く家族や知人に無言の合図を送った。

城下を出て西に向うと、二キロほどで山間《やまあい》の道に入り、一キロで山路にかかる。水《みず》上坂《かみざか》である。今日では旧道になって通る人もまれになって荒れはてているが、これが江戸時代を通じて鹿児島城下から他国へ出る幹線道路であった。上りつめたところに藩侯のお茶屋があって、ここで藩主が国入り、出国の際、服装を改めることになっていた。国入りの時は旅装を脱ぎ乗物をすてて騎馬となり、旅立ちの時は旅装に改めて馬をおりて乗物に乗るのである。

その間は随従の者は休息することになるから、家族や親戚や朋友《ほうゆう》らもここまで来て、別れをおしむ者が少なくなかった。また、ここからはお城下も見えるし、ことに桜島の全貌《ぜんぼう》が見えるが、あとは見えなくなるのだ。薩摩人にとって、桜島ほどなつかしい山はない。しばらく帰らない旅に出るのだから、心ゆくまで見てから立ちたいのである。当時の人にとって、水上坂の休憩はありがたいものであったのだ。

随従の家臣らが三々五々にわかれて、見送りの者らと何くれとない話をしている時、西郷は吉次郎や大久保らと話をしていた。

斉彬は、着がえをすますと、お茶屋の縁に立ち出《い》で、近習《きんじゅう》の者をふりかえり、

「こんどの供の者の中に、西郷吉之助という者がいるはずだが、ここから見えるところにはいないか」

とたずねた。その者は、しばらくあたりを見まわした後、

「あそこに数人若い者が見送りに来ていますが、あの中にずぬけて大兵な者がおりましょう。あれが西郷でございます」

と言った。

「ああ、あれか」

斉彬はしばらく凝視していた。

実を言うと、吉之助をお供人数に入れたのは、斉彬だったのである。彼は襲封当時、西郷の建白書を読んで、その名を知り、その人物を見こんだのである。書かれている内容は常識的なものにすぎなかったが、正しいと信ずることを堂々と主張する勇気と文字の間にただよう誠実さを得がたいと思ったのである。とくに、農政に関する意見には、農民にたいする同情と愛があふれていた。

「見込みのありそうな若者」

と思っていたので、こんどお供人数の人名を書きつらねた書類が決裁を仰ぐために手許にとどけられた時、西郷の名前を書き入れて下げわたしたのであった。

ともあれ、斉彬はこの時はじめて西郷を見たのである。もちろん、西郷は見られているとは知らない。この時二十八であった。

二月いっぱい旅におくって、三月六日、行列は江戸に着いた。この旅の間中、どこへ行っても、ペリーの再来のうわさで持ちきっていた。ペリーは、那覇を出帆して、四日目の一月十四日に浦賀に入ったのである。こちらは一月半もかかって、てくてくと行かなければならないのに、彼は琉球から江戸湾口まで四日で達したのだから、勝負になるものではない。

「開国よりほかはない。打払いなど、ぜったいに出来ることではない」

と、斉彬の感慨は痛切なものがあったが、彼の江戸到着三日前の三月三日に、条約は結ばれていた。十二か条から成る条約であるが、要領は、

「日米両国なかよくしよう。伊豆《いず》の下田《しもだ》と、北海道の箱館《はこだて》とを開港し、アメリカ側のもとめる物資は金銀をもって売りわたす。十八か月後からは、下田に米国官吏が一人駐在することを許す」

というのであった。この内容は、まだ斉彬も知らなかったのだから、吉之助はもちろん知らない。

三田《みた》四国町の上屋敷に入り、玄関前で行列は解散された。吉之助はそこに張り出されているお長屋の割当表を、人々にまじって見ていると、

「吉之助サア」

と言って、うしろから背中をつつく者がある。ふりかえってみると、有村俊斎であった。それにならんで、樺山三円《かばやまさんえん》がいる。二人とも茶道坊主であるから、青々とそりむくった頭をしている。そのくせ、服装は普通のさむらいで、両刀をさして、武張った姿だ。他藩ならめずらしい姿だが、薩摩ではそうではない。

薩摩藩には薄禄《はくろく》の藩士の家の家計を助けるため、子弟が十七、八になると、本人の持っている技能に応じて役目を授けて手当をあたえる制度があった。大久保一蔵が前に記録所の書役助《かきやくじょ》となり、今は蔵役助《くらやくじょ》になっているのもそれだ。西郷も少し前まで郡《こおり》方書役《かたかきやく》をつとめていたが、やはりそれだ。二人は書が上手だったからもの書きの役目に任用されたのだ。そのほか、武術の上手なものは練武館《れんぶかん》の助教などに任用されたが、あまり芸のないものは茶道方に採用された。俊斎や三円はそれだったのだ。本来は武士で、茶道は一時の任用だから、頭は剃《そ》っても、両刀を帯びて、武士としてふるまっているのであった。

「おお、こりゃ」

吉之助の雄偉な顔は見る見る笑いくずれた。

「とうとう出ておじゃしたな」

と、俊斎は言った。

「うん、うん」

吉之助はうなずいた。感動がこみ上げて来て、急には口がきけない。

「早速、いっぱいやりもそ」

と、三円が言う。俊斎ほど親しくはないが、よく知っていて、相当には親しくしていた。こちらには俊斎より前から来ていて、俊斎が水戸の藤田東湖や戸田《とだ》蓬軒《ほうけん》のところへ出入りするようになったのは、三円の紹介によることも知っている。

「話したかこともたまっとるし、聞きたかこともたまっとる」

と、俊斎も言う。

「うん、うん。しかし、いっぺんお長屋に行ってみたか」

にこにこしながら、吉之助が言うと、二人はかわるがわるいう。

「お長屋は逃げはしもはんが、この感激は間をおくと消えもす。あとでわしらが手伝って、よろしくやってあげもす。出もそ、出もそ」

「そんなら、出ようか」

藩邸を出て、少し行ったところにある町家町《ちょうかまち》にある料理屋に入った。

奥まった座敷に通って、酒をくみながら、三人はつもる話をする。先《ま》ず国許《くにもと》の友人らのことや、藩内のいろいろな出来ごとを、吉之助が語り、二人は熱心に聞いた。

「さあ、これで大体話してしもうたと思うが、何か聞きたかことがごわすか」

吉之助はあまり酒量がない。ほんの数はいでほろほろと酔って、肉の厚い大きな顔が真赤になっていた。

「あるにきまっていもすが、今日のところはようごわしょう。後日の楽しみにしもそ。なあ、三円サア」

と、俊斎がいうと、三円はうなずいた。

「よし、そんなら、こんどはこっちが聞く番でごわす」

吉之助はすわりなおし、端座して、一層高くなった位置から、二人を凝視した。太い眉《まゆ》の下の巨《おお》きな眼がじっとすわって、かがやきが強くなった。

「改まって、何でごわすか」

俊斎は笑って盃《さかずき》をさした。吉之助は手をふった。

「酒はもうよか。十分にいただいた。聞きたかのは、ほかでもごわはん。ペルリ一件でごわす。どういう工合《ぐあい》になっとりもすか」

「そのこと、そのこと、実に実に、残念の至りでごわす」

と、二人の答えは同時であった。

「ペルリが去年来た時の暴慢無礼は、オマンサアも聞いておじゃろう。やつらは日本の国法を無視して、江戸湾の入口の浦賀に来た。そして、四隻の軍艦を浦賀の町に向って横にずらりとならべ、全部の大砲の蓋《ふた》をはらって、言うことを聞かんければ、直ちに砲撃するぞと言わんばかりの様子を示し、それから、国書を受取れ、それもこの国の最高の役人が、ここに来て受取れと、論判にかかったのでごわす」

と、俊斎が言うと、三円が言いつぐ。

「まるで、刀をぬいて突きつけておいて、帯を解いて横になれという態度じゃったのでごわす。びろうなたとえでごわすが、つまり強姦《ごうかん》でごわすよ。藤田東湖先生も、そう言ってお出《いで》でごわす。時勢の推移、万国交際の本義から申しても、今や日本が東海の一隅に鎖国をつづけることの出来んのは明らかじゃが、国を開くには開く道がある、強姦されて開くようでは、国の体面が立たんと」

俊斎がまたかわる。

「じゃのに、その威迫に、幕府は屈服したのでごわす。向うの言いなりに、国法を曲げて、久里浜《くりはま》を受取場として、浦賀奉行の戸田伊豆守が国書を受取ったのでごわす」

吉之助は、一言も口を入れず、聞いていた。きびしく口を結び、大きな目は燃えるようにかがやき、時々うなずいていた。しかし、この時、聞きかえした。

「その時の江戸のさわぎは一通りや二通りのものではなかったそうにごわすの」

俊斎は大きくうなずいた。

「今にも戦がはじまって、江戸が火の海になるちゅううわさが飛びもしてな。町人共は荷物をまとめて逃げ出す始末でごわした。町人のこと故、それはまあよかとしても、あきれたのは、旗本やご家人の連中でごわすよ。ご直参じゃご直参じゃと、かねては威張りまくっていたくせに、鎧《よろい》もなか、鉄砲もなか、刀さえろくなものは持っておらんという有様でごわしたので、それらのものの値上りは天井知らず、百倍にもなったちゅうことでごわす」

三円が笑いながら言う。

「江戸人というやつは面白うごわすな。そげんまで大さわぎをして、おびえおそれたくせに、一旦《いったん》それがしずまると、もうシャアシャアとして、こげん狂歌なんど詠んどるのでごわすからな」

　太平の夢をば破る蒸気船（上喜撰《じょうきせん》、上等な煎茶《せんちゃ》の名）、たった四はいで夜も眠れず
　日本をあまく見たのか浦賀沖へ、べったりとつくアメリカの船
　陣羽織、唐人《とうじん》が来て洗ひ張り、よくよく見れば浦賀大変

一首一首に、吉之助は笑った。ついには大きなからだをゆすり上げゆすり上げ、からからと哄笑《こうしょう》した。

「うまいものでごわすなあ、うまいものでごわすなあ」

あまり吉之助の様子が面白げなので、さそわれて、俊斎も三円も笑い出し、しばら

く哄笑の合奏がつづいた。南国人の快活さであった。慷慨《こうがい》悲憤すべきことのさなかにも、明るさを失わないのである。

話はこんどのペリーの再渡来のことになった。

二人はかわるがわる説明する。

ペリーはこんどは浦賀を乗りすぎて江戸湾に乗りこみ、小柴沖《こしばおき》というところへ碇《いかり》をおろした。船数も、今年は七隻、それにあとからまた二隻来たので、総計九隻という数。

浦賀から江戸までは海上十二里余、小柴沖は浦賀から四里こちらだ。

またまた大へんなさわぎになった。幕府は、浦賀へ退《さが》ってくれ、でないと江戸の民心がおちつかないからと、交渉したが、退るどころか、さらに進んで、本牧沖《ほんもくおき》へ来る始末であった。

こうして、ペリーは十分におどしつけておいて、去年の返答をうけたまわろうと、ひらきなおった。幕府では、なるべく江戸から離れたところを談判場所にしたいと思い、浦賀、久里浜、鎌倉《かまくら》といろいろ交渉したが、まるできかない。

「万国交際の習慣では、かかる談判は首都、またはその付近ですることになっている。故に江戸またはその付近ですべきである」

と言いはる。

神奈川沖まで艦隊を乗り入れ、全備砲を向けての強談判《こわだんぱん》だ。どうすることも出来ない。ついに、横浜にしようと言うと、やっとペリーも承知したが、その談判にかかる前に、ペリーはこう脅迫した。

「こちらの要求は、必ず容《い》れてもらわなければならない。もし不承知であるなら、開戦になると覚悟あれ。余はその時のために、日本近海に五十隻の軍艦を待機させている。開戦ということになれば、それは直ちにやって来るであろう。さらにまた本国西海岸のカルホルニヤにも五十隻の軍艦が待機しているから、これまた二十日のうちには来るであろう。よくよく性根をすえて返答されることが肝心であろう」

こういうことで、横浜で談判がはじまった。そして、結ばれたのが、日米和親条約。

二人は、条文の一つ一つを語った。

聞きおわって、吉之助はうなった。顔は真赤に充血し、大きなからだがはげしくふるえ出した。へや中が震動するようなふるえようであった。うめくように言った。

「日本が強うならんかぎり、こげん侮辱はいつまでもつづきもす。アメリカを憎いと思うより、自らの劣弱を憤るべきでごわすぞ」

大きな目に、あふれるばかりの涙があった。

ふたりの良師

一週間目に、吉之助は最も強い衝撃を受けた。

それは三月十三日のことであった。この日、アメリカ艦隊が品川《しながわ》近くまで入って来たのである。幕府は大いに狼狽《ろうばい》し、江戸の市民らのさわぎは一通りでなかった。条約の締結は十日前にすんでいるのに、こんなことをしたペリーはどういう気持だったのであろう。一応威嚇しておいた方が、後のためになると思ったのであろうか。間もなく、艦隊は江戸湾を退去して、下田《しもだ》港に入ったのだが、吉之助の受けた感銘は一通りのものではなかった。

「日本は強くならなければならない。強くならないかぎり、いつまでもこんな侮辱をしのばなければならない。それどころか、日本がほろんでしまう」

と、思ったのである。

こういうことがあったからであった。

有村俊斎《ありむらしゅんさい》に、藤田東湖《ふじたとうこ》先生の家へ連れて行ってくれと頼んだ。俊斎は、

「それはわしより、三円《さんえん》どんの方がようごわす。東湖先生の家では、三円どんの方が先輩でごわす。わしも三円どんに連れて行ってもらったのでごわすから」

と言って、三円に頼んでくれた。

「ようごわすとも、こんどの非番の日にまいりもそ」

と言って、三月下旬のある日、連れ立って出かけた。

水戸《みと》藩は、当時の心ある青年にとっては、聖地的存在であった。光圀《みつくに》以来学問がさかんで、尊王思想のさかんであったところではあるが、それだけが青年らの心を引きつけたのではない。

尊王思想は、水戸だけのものではなかった。徳川《とくがわ》第一世の家康《いえやす》は天性学問が好きであった上に、戦国乱世のあらあらしい人心を変じて理性的にし、平和な世にするためには、学問が最も効果的であると思案して、学問を奨励した。学問のようなものは、平和な世になれば益々《ますます》さかんになるものであるから、相まってさかんになった。

当時の学問といえば、いうまでもなく、儒学である。儒学には孔子《こうし》以来、大義名分の思想がある。この伝統は、江戸時代に日本で最もさかんであった朱子学《しゅしがく》には最も濃厚であり、とくにその一派の山崎闇斎《やまざきあんさい》の崎門学《きもんがく》ではさらに強烈である。

大義名分とは、絶対善の主体を定めて、これに反するものは悪、これに順《したが》うものは善とすることである。孔子は絶対善の主体を周《しゅう》の王朝とし、朱熹《しゅき》は漢民族による正統な王朝としたが、江戸時代の日本の儒者らは皇室がそれであるとした。これははじめは儒学だけの考え方であったが、中期に国学がおこると、国学者らは国粋的気持から、やはり皇室の絶対尊厳性を主張した。

こうして、幕末に近い頃になると、日本の知識人——武士階級、庄屋《しょうや》、豪農階級、大町人等は、みな尊王思想を持つようになった。尊王思想は、今日考えられるように、特別な人々の特別な思想ではなかったのである。

だから、水戸藩が単に尊王思想がさかんであるだけでは、青年らの心をひきつけはしない。水戸が魅力ある存在となったのは、水戸の学者らが尊王思想を時局救済の中心精神とする思想に構成したからである。

この時代の六、七十年前から、西欧の船が日本近海に出没し、とくに北方にはロシヤの船があらわれ、時には乱暴をはたらいたりして、何となく国難来の感じが日本にはあるようになった。水戸藩はこれにたいして最も敏感に反応して、藩主斉昭《なりあき》（烈公）はしきりに幕府に建白し、自藩の軍備を充実した。また水戸の学者らは日本の思想的武装をかためるために、皇室を日本人の精神のよりどころとする国体の美しさや国粋思想を説いた。

他の学派が外国の脅威がひしひしとせまっている時局にたいして何の対策も持たな

かった時代に、水戸学は対策を持っており、その実行にも乗り出しているのだ。青年らにとって魅力でないはずはなかった。

その上、斉昭の受難という事実が加わった。斉昭の急激な軍備拡張に、幕府は疑惑を抱き、ついに無理隠居させ、閉門同様な処分にした。これには藩内の党争その他のことがからんで、この結果になったのだが、主たる原因は斉昭の熱心な国防施設にたいする幕府の疑惑であることは間違いない。

この受難によって、斉昭の名声と水戸藩の名声は一層高くなり、天下の心ある人、わけても若い人の間に、水戸信仰熱が巻きおこり、斉昭は救世主のように崇拝され、その信任を受けている藤田東湖、戸田蓬軒《ほうけん》の二人は、「水戸の両田《りょうでん》」と呼ばれて、天下の青年らに仰ぎ慕われた。吉田松陰《よしだしょういん》も、橋本左内《はしもとさない》も、坂本竜馬《さかもとりょうま》も、水戸人と交際し、水戸学者の指導を受けている時期がある。水戸はたしかに維新運動の精神的震源地だったのである。

吉之助は薩摩《さつま》にいる頃から、水戸にあこがれを持っていた。斉彬《なりあきら》に最初に差出した建白書の中にも、水戸にならって軍備をととのえるべきであると書いているくらいである。その後樺山三円や有村俊斎が江戸に出て、水戸屋敷に出入りして、藤田や戸田の教えを受けていると知らせて来たので、うらやましくてならなかったのである。

東湖の住いは、小石川《こいしかわ》の、今の後楽園《こうらくえん》一帯を占めていた水戸藩の上屋敷の中にあった。玄関に立って、案内を乞《こ》うと、内弟子らしい青年が出て来た。

「やあ、樺山さん」

と、なつかしげに微笑したが、その側に大きなからだと雄偉な顔をした吉之助が立っているので、おどろいたような顔になった。

「これは、同藩の西郷吉之助という男です。先生にお目にかかりに、連れて来ました。どうか、お取次ぎ下さい」

「しばらくお待ちを」

青年は奥へ消えたが、すぐ出て来た。

「お通り下さい」

客間に通される。八畳の、書院棚《しょいんだな》のある座敷である。一間の床の間に、「尽忠報国《じんちゅうほうこく》」と書いた南宋《なんそう》の忠臣岳飛《がくひ》の拓本の大幅《たいふく》をかけ、違い棚に、金の唐草を象眼した十匁銃《づつ》をのせ、隅に硯箱《すずりばこ》と料紙箱とがあるだけで、他には何の飾りもない。

「先生ご自慢の鉄砲でごわす。先生はあれを抱え撃ちにされるのでごわす」

三円は自分のことのように自慢げに説明する。

「鉄砲も撃ちなさるのでごわすか」

「鉄砲だけじゃごわはん。剣術も上手、槍《やり》も上手。先生は単なる学者でなく、大豪傑にして大学者を兼ねていなさる方でごわす」

「ほう、ほう」

吉之助は、感嘆するばかりであった。

水戸家には儒者という特別な家はない、それは学問は武士たる者は誰でも修めなければならないものであるという光圀の考えからそうなったのだという三円の説明を感心して聞いていると、廊下伝いに、大きな男が来た。せいの高い、肩はばのひろく厚い、たくましいからだをして、顔は浅黒く、目の光がするどい。腰におびた小刀も、片手にさげた大刀も、太く長い。

からだつきに似合わない、軽くさわやかな身ごなしで、座敷に入って来た。

「これは、先生」

と、三円がおじぎをしたので、吉之助も無言で、両手をついた。

「やあ、よくお出《い》で。しばらく見えなんだな」

東湖は主人の席にすわった。すわると、膝《ひざ》の分厚なのが目立った。吉之助に視線を向けた。その目が射るようにするどい。

三円が紹介した。

「唯今《ただいま》、お取次ぎにまで申し入れましたが、これは同藩の西郷吉之助でございます」

東湖はうなずいた。

「わしが藤田虎之助《とらのすけ》。ほう、あんたが西郷君か。あんたの話は、いつぞや、有村俊斎君に聞いた。俊斎君は、あんたと大久保《おおくぼ》一蔵《いちぞう》君というのを、朋輩《ほうばい》中第一の人物と言っておられたので、会いたいものだと思っていた。なるほど、でかいからだをしておられるなあ。偉丈夫じゃなあ。どれ、立ってごらん。わしとどちらが大きいか」

と言いながら、自分から立った。子供のようなと思いながらも、吉之助は素直に立った。大分ちがった。吉之助の方が六、七センチ高かった。

「やあ、これはでかい。どれ、腕をつかませてごらん」

ひじを曲げて力こぶを出させておいて、グリグリと拇指《おやゆび》でおしてみる。

「すごい、すごい。さあ、すわりなさい」

すわらせて、自分もすわった。

三円が笑いながら言う。

「こんどは、腕押しでございますか」

「ハハハ、今日は腕押しにはおよばん。わしより強いにきまっている」

ぽんぽんと手をたたいた。書生が出て来て、ひざまずいた。

にやにやと笑いながら、東湖は言う。

「薩摩から豪傑が二人見えた。酒があるべきじゃろう。そう母上に申し上げて、もらって来なさい」

「はい」

書生もにやつきながら退《さが》って行った。

酒が来るまでの間に、東湖は、ちょっと失礼するとことわっておいて、違い棚から料紙箱と硯箱をおろして来て、手紙をしたため、封書とした。

先刻の青年が膳部《ぜんぶ》をささげて入って来た。

「おお、来たか」

東湖は子供のように無邪気なよろこびの表情になって、青年の手から受取って、みずから吉之助の前にすえた。

「さあ、次も急いで持って来い」

次の膳も、受取ってみずから三円の前にすえた。

最後の膳を自分の前にすえ、それから、先刻の封書を青年にわたした。

「これをとどけてくれよ。ご返事は口頭でよろしい。その前に、母上にもう一人前お願いしておくように」

青年は封書の名あてを見て、

「かしこまりました」

と答えて、退って行った。

東湖は銚子《ちょうし》をとり上げた。

「何にもござらんが、わしが老母の心づくしの手料理です。食べていただきたい。先《ま》ず、酒。西郷偉丈夫君。今日はあんたが正賓じゃ。さあ、盃《さかずき》をあげなさい」

吉之助はおどろいていた。こんな調子の口のきき方をする人を、これまで見たことがない。薩摩は明るくあたたかい国なので、人間も快活で明るい。豪放な人も少なくない。しかし、こんなに快活で、豪放でありながら、品位を失わない態度や口のきき方の人には、まだ会ったことがない。これはその学識の深さのためだと思った。

ともかくも、盃をあげて注いでくれる酒を受けた。

「次客、樺山君」

三円も受けた。

東湖は自分の盃にも注いで、盃をあげた。地軸から生えぬいたように動かない姿で真直ぐにすわり、盃をささえている右手のひじが直角に横にのび、美しく、また堂々たる酒のかまえであった。きっと両青年を見て、

「さあ、やっていただく」

というや、グイと一気にかたむけた。いかにもうまそうに、タンと舌をならした。

「ああ、うまい」

天性、酒がそういけない吉之助であったが、東湖の天衣無縫なのみぶりを見ていて、なんとなくいい気持になった。酒がうまいように感ぜられた。酒好きの三円はなおさらである。

「さあ、注《つ》ごう」

東湖はまた二人に注いでやり、自分のにも注ぎ、前と同じ見事さでのんだ。三ばい目に、朗々と吟じはじめた。

天もし酒を愛せずんば
酒星、天にあらず。
地もし酒を愛せずんば、
地に酒泉なかるべし。
天地すでに酒を愛す。
酒を愛して天にはぢず。
すでに聞く、清（清酒）は聖に比し、
またいふ、濁（濁酒）は賢の如しと。
聖賢すでにすでに飲む、
また何ぞ必ずしも神仏をもとめんや。
三杯、大道に通じ、
一斗、自然に合す。
ただ酔中の趣きを得るのみ、
酔者と伝ふるなかれ。

錆《さび》のある、いい声であった。目をつぶり、ゆらりゆらりと上体をゆすりながら、恍《こう》惚《こつ》として吟じている。時々吟声がたえるのは、酒を飲むためであった。一口に盃をあけては、その盃を吉之助の前につき出したり、三円の前につき出したりする。酌をしてくれという意味である。二人はかしこまって酌をしてやった。

やがて、吟誦《ぎんしょう》はおわった。

「ご承知か。李太白《りたいはく》が酒の賦。——三杯大道に通じ、一斗自然に合するとは、うまいことを言うたものだなあ、両君。ハッハ、ハッハ」

そこへ、書生が来た。

「申し上げます。お出でございます」

「や、早やお越しか。すぐご案内申せ」

東湖は立って、みずから床柱の前に席をこしらえた。

書生に導かれて、一人の武士が来た。ほぼ東湖と同じ五十年輩、やせて、長身で、高歩する鶴のように清秀高雅な感じの人物であった。

「やあ、お出で下さいましたな。お呼び立て申して恐縮であります」

「いやいや、よろこんで参上しました」

「さあ、どうぞこちらへ」

その武士は、青年らに軽く会釈して、すすめられた席についた。

「お引合せいたす。これはわが藩の戸田蓬軒先生」

と、東湖は言った。

二人はおどろいて、平伏した。

戸田蓬軒、本名は忠太夫《ちゅうだゆう》、かつて藩の執政をつとめ、その名は東湖とともに天下に鳴りひびいている人物である。

東湖は戸田に言う。

「今手紙にもしたためておきましたが、この二人が薩摩の豪傑青年です。でかい方が西郷吉之助君、これはこんどはじめて江戸に出て来ました。坊主あたまで、瘦《や》せて眼のするどい、嚙《か》みつきそうに猛烈な風采《ふうさい》のが樺山三円君、これは以前から拙宅へ遊びに来ています。いずれも、お見知りおき下さい」

薩州霧島《さつしゅうきりしま》の山中で獲《と》れましたる奇獣でござるといいたげな説明ぶりである。戸田はほほえんだ。

「わしが戸田です。いずれもおりっぱな人がらです。お知り合いになれて、うれしいですぞ」

酒がすすんで、話題は時勢談になった。

三円は、幕府がアメリカと和親条約を結んだことの可否について、両先生はいかがお考えでありますかと聞いた。

東湖はにこりと笑った。

「貴殿方はどうお考えだ？」

「わかりません。それでおたずねしているのであります」

「西郷君は？」

「拙者もわかりません。しかし、大へんに口惜しいと思いもす」

「よろしい！」

びっくりするほど大きな声で、東湖は言った。

「口惜しいと思う心、尊いのはそれだ。万事はそこから出て来る」

と、先ず破題しておいて、説明する。

「鎖国は祖法であると、一口に申すが、祖法は祖法でも、寛永《かんえい》の島原《しまばら》の乱以後のものだ。決して日本古来のものではない。また、万国交際の法から申しても、万国の中で日本だけが、国を鎖《とざ》して交際せんということも、よいとは申せない。

つまり、日本もいずれは万国と交際の途《みち》をひらいて、世界の進運におくれんようにしなければならんことは言うまでもないが、開くには開く時機もあれば、法もある。

時機があるとは、準備をして後という意味だ。二百年にわたって鎖国をつづけて来た日本は、いわば外の風にも、日光にもあたらんでいた、ひよわい人間だ。急に刺激の強い外界に触れては、必ずや色々と故障が出て来る。ある程度の準備期間が必要であるのは当然である。

わしはまた、法があるといった。国には体面がある。威力をもって脅迫されて開くなど、もってのほかのことだ。今、両君と路上に逢《あ》って、いきなり刀のつかに手をかけて、君らをにらみつけ、

『拙者と交際を結べ、しからずんば貴殿を斬る』

という者があったら、両君はどうなさる？

必ずや、承知なさらんだろう。たとえ、その者が学識すぐれ、その者との交際が両君に利益をもたらすことがわかっていても、これを拒絶し、場合によっては決闘も辞されんだろう。

今日のことは、このたとえ話にそっくりであると、両君は思いなさらんかね」

吉之助も、三円も、深くうなずいた。

「仰せられる通りです。まことに残念しごくです」

東湖は、黙々として一人盃をあげながら東湖の議論を聞いていた戸田の方を見た。

「戸田先生、アジアの大勢について、少し説明してやっていただけませんか」

「はあ」

戸田は微笑し、ちょっと会釈して、口をひらいた。

それは簡単な西力東漸史《せいりょくとうぜんし》であった。

一八四〇年、日本の年号では天保《てんぽう》十一年、今から十四、五年前におこったアヘン戦争以来、西欧列強のアジア諸国にたいする侵略が、年を追うて激化しつつある形勢を説明したのである。

シナ渡来の不完全な翻訳書から得た知識であるから、現代人の知識に照らせば不完全なものではあったが、要領ははずしていない。現代人にない烈々たる憂国の至情がある。言々句々、熱情に満ちている。

二人の薩摩青年は、魂の底から揺りうごかされた。とりわけ、アヘン戦争のことが二人を打った。

アヘンは毒物である。シナがこれの飲用を禁止し、これの輸入を禁止したのはあたり前である。国家としての当然のつとめと言ってよい。だのに、英国はその不正な利を失うことをおそれて、柄《え》のないところに柄をすげて、シナを責め立て、兵力をくり出してこれを撃破し、償金を取り、広東《カントン》、廈門《アモイ》、寧波《ニンポー》、福州《ふくしゅう》、上海《シャンハイ》の五港を開かせ、香港《ホンコン》を割譲《かつじょう》させたのだ。

「西洋人には、正邪善悪の区別はないのでしょうか。横車を押すにもほどがあるではありませんか」

と、三円が歯ぎしりしていきどおると、

「残念でごわしたろうなあ、シナの人々は。――ああ、日本もそげん目に逢わんとはかぎりませんなあ」

と、吉之助は言った。顔が真赤になり、大きな目がぎらぎらと光って、全心的な怒りに大きなからだがふるえていた。

東湖が言う。

「戸田先生の今のお話によって、両君は最も大事なことを学ばれたはずだ。すなわち、国は強くなければならんということだ。世界の列強が力をもって立ち、力をもって地をひらき、境をひろげ、そのためにはどんな無理難題、どんな横車でも押す今日の情勢では、何よりも力だ。何よりも力を養わなければ、おさえつけられ、うばわれ、ふみにじられるのだ。今日の日本人はどうすべきか、志ある青年はどこに目標をおくべきか、今や明らかになった。両君、忘れてはいかんぞ！　一切はそこから出て来るのだ。忘れてはいかんぞ！」

「忘れません！」

答えは同時に出た。吉之助はすでに前から感じていることだ。一層それが深くなった。

また酒がさかんになった。

そこに、老婆が出て来た。まことに品のよい、まことに小柄な、真白な髪を切髪にした老女であった。

「皆様、ようこそおこしになりました。虎之助の母でございます」

ああこれが幽谷《ゆうこく》先生の奥方だった人かと、青年らはすわりなおして、あいさつをかえした。戸田もあいさつする。これは平生よく知っているので、至って懇意そうに打ちとけた様子であった。

ふと、青年らは、東湖の様子に気づいた。大あぐらで、虹《にじ》のような気焔《きえん》をあげていた東湖が、ひどく謹んだ様子になっている。ひざをきちんとそろえ、肩をすぼめ、小さくなってかしこまっている。いたずら小僧が叱られているようであった。

「虎之助どのや」

と、老母が言う。

「はい、母上」

中隊長に呼ばれた二等兵のようであった。大きな肩がぴくりとふるえて、かしこまった。

「あちらで聞いていますと、ご亭主のそなたが誰よりもおしゃべりをし、誰よりもよくおのみのようですの」

東湖は益々《ますます》恐縮する。

「亭主というものは、そう自分ばかりのんだり、おしゃべりしたりするものではありませんぞえ。お客様に気持よく召上っていただき、気持よくお話をしていただくように、おもてなしするのが、心掛けです。そなたのように、自分ばかり上機嫌になっては、よくありませんぞえ」

「恐れ入ります」

酔《よい》も一時にさめたような顔になり、ひたいに汗をかいている。

老母はやっとお説教をやめて、

「それではまあ、ごゆるりと。田舎女の手料理で、粗末ではございますが」

と、人々にあいさつして、退《さが》って行った。

その足音の遠ざかるのを聞きすまして、東湖はほっと大息をつき、首をすくめながら、

「どうも、いくつになっても、母上だけはこわい。汗をかいてしまった」

と言って、袖《そで》をあげて、ひたいの汗をごしごしと拭《ふ》いた。

飄逸《ひょういつ》な様子に、皆笑った。礼儀上、大きな声では笑わない。微笑したのである。笑いながらも、青年らの胸には、東湖にたいする一層強い尊敬が湧いていた。こんな大学者でありながら、こんな豪傑でありながら、母上にたいしてはこんなに至孝だ、子供のような純真な心を失っておられないと思うのであった。

日暮に近く、東湖の家を辞去した。

「またおいで。在宅であれば、いつでも会いますぞ」

と、東湖は言った。

「拙宅へもお出《い》でなさい」

と、戸田も言ってくれた。

少し風の出た町を、酔顔を快く吹かせて三田《みた》に向ったが、ちょうど丸《まる》の内《うち》の大名小路を通っている時、ふと、吉之助はにこにこ笑いながら言った。

「三円どん。東湖先生は、まッで山賊の親分のようでごわすなあ」

三円はおどろいている。吉之助はつづける。

「手下を千人ぐらいも持っとる山賊の親分のようじゃった」

とっ拍子もない見立てに、三円はあっけにとられ、少し機嫌を悪くした。

「オマンサア、それは悪口でごわすか」

吉之助はからからと笑った。あまりその声が大きかったので、半町も向うを行くどこかの勤番侍らしい三人づれがふりかえったほどであった。

「ほめとるのでごわす。大学者でありながら山賊の親分のよな風貌《ふうぼう》なんどは、めったにはごわはんど。千万人中の一人というのは、東湖先生のことでごわすわい。ハハハ、ハハハ」

吉之助は、今夜は大久保に手紙を書いて、このことを知らせてやろうと思った。

月がかわって四月はじめ、新たにお供して上って来た人々に、それぞれに役目がついた。吉之助は「お庭方」に任命された。

お庭方は、表向きの職務は、読んで字のごとく庭園がかりであるが、手続きを要せずして藩主の前に出られる便宜がある。だから、徳川将軍家では、八代将軍吉宗《よしむね》以後、お庭役は将軍直属の密偵になっている。薩摩のお庭方もそれだという人があり、吉之助は斉彬直属の密偵になったのだという人もあるが、ぼくはそうは思わない。

斉彬は吉之助を見こんで、自ら教育しようと考えて、しげしげと会うことの出来るこの役に任じたのであると解釈している。実際、以後、斉彬は吉之助を訓育するのである。

もっとも、この当時の西郷は、斉彬にそんな考えがあるとは知らない。尊敬する殿様をしげしげと拝むことの出来る役目になったのをよろこんだにすぎない。

拝役して数日後、吉之助はお庭を見まわった。

もう初夏だ。桜はとうにすぎて、広い庭園の木々は新緑にもえていた。吉之助は庭師らに色々とさしずしながら、斉彬の居間に近いあたりまで行くと、ふと、前方から近づいて来る足音があった。萌《も》え立つ新緑の間から半身が見えて近づいて来るのは、斉彬であった。

とりあえず、庭師らを手まねで物かげに去らせておいて、自分はその場にひざをついていた。

斉彬は飛石の上に、からりからりと庭下駄《にわげた》を鳴らしながら近づいて来て、吉之助の前に立った。

「西郷吉之助だな」

「はッ！」

「顔を上げよ、顔を上げよ」

「はッ、はッ、はッ」

恋人の前に出た、うぶい少年の心と言ったら、現代の人には一番よくわかるだろう。まさしく吉之助のその時の気持はそうであった。胸をとどろかせ、顔を染めて、おずおずと顔を上げた。

斉彬の色白な、端正な顔には、くるみこむような微笑があった。

「わしは、そちのことをよく覚えているぞ。国許《くにもと》での度々の意見書も、感心して読んだぞ」

吉之助はもう口がきけない。目も見えない。せぐり上げて来る涙にくれた。

吉之助にとっては、充実しきった日の連続であった。非番の日には水戸屋敷に東湖をたずねて、教示を受けた。

この頃、彼がしげしげと東湖を訪問していることは、彼が母方の叔父《おじ》椎原《しいはら》与右衛門《よえもん》と同権兵衛の二人にあてた手紙が語っている。

「東湖先生のお宅にうかがいますと、清水に浴したようで、心中一点の雲霞《うんか》なく、ただ清浄な気持となり、帰りを忘れるほどです。お察し下さい」

とある。東湖もまたこの南国の巨大漢が大へん気に入って、行けば、

「偉丈夫、見えたな」

と、破顔して迎え、警抜な論法と堂々たる雄弁をもって、時勢を論じ、青年の責務を説いた。

勤務の日は、斉彬は日に一回は必ず吉之助に会って、親しく打ちとけた話をした。世界の大勢に関する話もあれば、天下の政治や藩政に関する話もあり、個人の修養に関する話もあり、また世間話もあり、いろいろであったが、それらは皆行きとどいた観察と鋭い創見をもって組み立てられていた。吉之助にとってはこの上ない学問だ。乾いた砂が水を吸いとるように吸収した。

「こんどお庭役になった西郷吉之助という若者は、太守様のえらいお気に入りじゃ。あの男を召して話をしてお出での時は、灰吹きをたたきなさるきせるの音が違うぞ。ごきげんよく膝《ひざ》をすすめすすめ話をしてお出でのことが、音を聞いただけでもわかる」

と、人々がささやき合うほどであった。

斉彬がいかに西郷を愛したかは、後年、越前《えちぜん》侯松平《まつだいら》春嶽《しゅんがく》がこう言っていることでもわかる。

「ある時、島津斉彬殿がわしにこう申された。『拙者の家中には多数の若者がいますが、

役に立つ者はまことに少のうござる。ただ西郷一人は、わが家の至宝です。しかしながら、この者は独立の気象が強うござるので、拙者でなくては使いこなせますまい』」

「独立の気象」とは漢文的表現であるから、現代人には説明の必要がある。英雄的気象に駆られて、ややもすれば独走するという意味である。

また、この頃、斉彬が微行で水戸屋敷に行って斉昭に会った時、東湖と蓬軒とが接待役として出ると、斉彬は二人に、

「わしはこの頃よいものを手に入れた。西郷吉之助という家中の若者だ。身分のひくい者であるが、なかなかの素質を持っているように、わしには見える。そのうちに遊びにやる故、引立ててもらいたい」

と言ったところ、二人は、

「その人物には、先般からおりおり会っています。はじめご家中の樺山三円君が連れてまいりました。仰せの通り、なかなかの大器と、拙者共にも見えます」

と答えたという話も伝わっている。

江戸に出て来て、天下のことに目ざめた時、吉之助は二人の良師を得たのだ。斉彬と東湖。この時代、この二人にまさる師匠が他にあろうとは思われない。最上の修行環境を得たといえよう。

誠忠組結成

間もなく、うっとうしい梅雨が来たが、それが明けて、やけつくような暑熱の日のつづく六月末、とつぜん、斉彬《なりあきら》が病気になった。

「お風邪である」

と、典医は診断した。

大して心配な容態ではなかったが、微熱がしつこくからんで、なかなかすっきりしなかった。それから間もなく、七月半ば、若殿の虎寿丸《とらじゅまる》が病気になった。多数いた男女の子供がつぎつぎに若死にしたことは、首章の「お部屋様」の巻で説明した。今ではたった一人の若君で、その時六つであった。

「若君に万一のことがあったら、殿様のお血筋は絶える」

と思うと、吉之助《きちのすけ》はじっとしていられない。しかし、お側近く侍して看病出来る身分ではない。あせり、また、あせった。

「この上は、神仏の加護を祈るよりほかはない」

と思案して、目黒《めぐろ》の不動尊に祈ることにした。目黒の不動尊は、目黒にある薩摩《さつま》の下屋敷の近くにあって、当時霊験があるとの評判が高かった。

吉之助は、朝の出勤前、払暁三田《みた》から目黒に行って、滝に打たれて水垢離《みずごり》をとり、夕方はまた勤務後出かけて水垢離をとった。祈願するところは、斉彬と虎寿丸との平癒であった。

ある非番の日、吉之助は、今日は終日祈願のつもりで行って、滝に打たれていると、昼頃、俊斎《しゅんさい》と三円《さんえん》が来て、おどろくべきことを語った。三円の親戚《しんせき》の娘で、奥仕えしている者が、今日宿下りして来て、奥向きでひそかにささやかれている話をした。こうだ。

江戸の生れで、薩摩の高輪《たかなわ》屋敷に仕えている、奥向きの雑用をつとめている竜平《りゅうへい》という小者がいる。数日前、久しぶりに暇をもらったので、日本橋《にほんばし》の親類の家に行って、酒のご馳走《ちそう》になって、夜更けになって帰途について、高輪稲荷《いなり》の前を通りかかると、境内の杉木立の中で、ぼうと灯影《ほかげ》が見えて、カンカンと釘《くぎ》を打つ音がかすかに聞こえる。

時刻といい、場所といい、物音といい、てっきり丑《うし》の刻《とき》まいりにちがいないと、総身ぞっと寒気がして、恐ろしくて、足も腰もうごかなくなった。

うずくまって、ふるえながら見ていると、やがて木立の中の灯影はこちらに近づいて来て、灯《ひ》を吹き消すや、ひらりと玉垣をこえて道路に出、闇の中を走り去った。

息をひそめて死んだようになって見ていた竜平の目は、灯の吹き消される瞬間に、その人の顔をはっきりと見た。それは薩摩屋敷の武士の一人であった。

竜平は一層こわくなり、半死半生の思いで、やっと藩邸に帰りついたというのである。

「この話を聞いて、わしはピンと来るものがごわした。早速、親戚の家を出て、高輪稲荷に行って見たところ奇怪千万なものを見たのでごわす。境内で一番太か杉の幹に、薄墨の消え消えではごわすが、『酉年《とりどし》の男』と書き、その上に呪いの釘が数十本打ちこまれていたのでごわす」

「酉年の男というのは、虎寿《とらじゅ》様のことでごわすぞ。虎寿様は今年おん年六歳、酉年のお生れでごわす」

俊斎がかわって言う。性急な男で、一気に結論に入った。

吉之助は呼吸がはずんだ。

「その家中の武士というのは誰でごわす」

「それはまだ調べていもはん。竜平という小者に聞けば、すぐわかりもす。それより、一時も早くオマンサアに知らせるべきじゃと思うて、駆けつけもした」

「よし、すぐ帰ろう」

夕方近く高輪につくと、先《ま》ず高輪稲荷の鳥居をくぐった。

高輪稲荷は大木戸にある。片側が海になっている高輪街道を前にして、江戸の神社にはめずらしく広い地域をしめていた。三人は社前に礼拝した後、神殿をまわって、夕陽が縞模様《しまもよう》になってさしこんでいる杉木立の中に入った。どこかで鈴を振るような蜩《ひぐらし》の声がして、森の中は夕闇がこめかけていた。

神木になっているのだろう、二かかえは優にある大きな杉の、真直ぐな幹の、目通りより少し上にしめ縄が巻いてあるそばに、二人は連れて行き、

「これでごわす」

と、指さした。

吉之助は呼吸を引き、声をのんだ。しめ縄から少し下った位置が、方五寸ばかり色がかわっている。よく見ると、それはびっしりと釘を打ちこんであるのであった。およそ四、五十本、鍵形《かぎがた》になった釘は、頭が樹皮にめりこむくらい深く打ちこんである。

「ほら、文字も見えもす」

と、三円がその釘の頭の間に消え消えに見える墨のあとを、指先でなぞって見せる。

墨が薄いのと、釘にかくされているため、ごくおぼろだが、どうやら、「酉年の男」と読める。次第に暮色の濃くなって来る森の中に、それは何ともいえず無気味であった。吉之助の心には、去年の秋、白銀《しらかね》坂の上で見た由羅《ゆら》の白い顔や、それをめぐる姦《かん》悪《あく》な老臣らの姿が思いえがかれた。はげしい怒りが燃え立った。普通の人を呪うさえあるに、累代の主君の若君を呪うとは悪道無道であると思った。

呪詛《じゅそ》や調伏《ちょうぶく》ということが効果のあるものかどうかは、この際問題ではない。鋭い釘の先が若君のいたいけな肌を破り、肉をつらぬき、骨につきささり、内臓を破るのを目の前に見る気持であった。

「釘ぬきを借りて来て下され」

吉之助は言った。

「よし」

俊斎が走り出した。すぐ釘ぬきを持って帰って来た。

吉之助は受取って、一本一本ぬきにかかった。強く打ちこまれている釘は、錆《さび》ついていて、なかなかぬけなかった。呪詛をはじめてから相当日数が経っていることが推察された。どうやら数本抜くうちに、あたりはとっぷり暗くなって、ますます抜きにくくなった。

「灯を借りて来る！」

と、俊斎が走って行き、すぐ灯をつけた蠟燭《ろうそく》を持って来た。

「神主が、どうしたのかと聞きおった」

「どう答えなさった」

と、吉之助は聞いた。俊斎は逸《はや》り気で、思慮の周密を欠いている点がある。馬鹿正直に言われては、お家の恥になる。

「わしは聞こえんふりして、早う借せ、早う借せと言うて、借りて来たのでごわす」

「よかった。めったなことを言うてはなりもはんぞ」

「知っちょりもす。それくらいのことは」

　俊斎は頬をふくらした。

　蠟燭の光で手許《てもと》を照らして、なお抜きつづけていると、足音が近づいて来て言う。

「どなたらじゃ。何をしていなさる」

　神主であった。白衣に薄青色の袴《はかま》をはき、とがったあごに薄いひげをしょぼしょぼとはやして、うさんくさそうに見ている。

　三円が答える。

「やあ、これは。当社の祝《はふり》殿ですか。呪い釘ですぞ。当社参拝のついでに、ここへわけ入ってみますと、ご神木にこうしてござる。怪《け》しからんと、ぬいているところでござる」

「おお、これは？　いつ誰が？　何たる悪業！　これはおぞましい。早速にお祓《はら》いをいたします」

　神主はとってかえし、祭服に着がえて来た。祝詞《のりと》をとなえながら、ご幣《へい》をさっさっとふりつづける。さわやかなその音を聞いているうちに、吉之助らは虎寿丸の容態が薄紙をはがすようによくなって行く気がした。

　翌日、三人は竜平という下人に会おうと、高輪屋敷へ行ってみると、品川《しながわ》屋敷につ

とめがえになったという。しかも、昨夜からだという。不吉な予感があった。ともかく行ってみると、かかりの者は、

「来てはおらん。当屋敷につとめがえになる話など、聞いてはいない」

と言う。予感は不幸にも的中したと思われた。

品川屋敷は、小川をへだてて斜めに、昔沢庵禅師《たくあんぜんじ》が開いた東海禅寺《とうかいぜんじ》に向い合っている。ひとまずそこへ入って、相談した。

「悪逆な奴らじゃ。昨夜、われわれがあの呪い釘をぬいたことを気づき、探索して、竜平の口から出たことを知り、手早く殺《や》ったに相違ごわはんぞ」

と、俊斎が言う。

吉之助も三円も、うなずいた。

「わしらもそげん考えとった」

竜平の親類という日本橋の町家のことも、さんざ苦労して聞き出し、たずねて行ってみたが、そこにも来ていないという。その家から藩のかかり役人に問い合わさせると、

「その者は、二、三日前に願い出て、当家をやめている」

という返事が来た。

こうして三人が苦心さんたんしている間に、虎寿丸の容態は軽くなって来た。

「ああ、あの呪いの釘をのぞき去ったからにちがいなか」

と、三人はよろこんだのだが、その数日後、七月二十三日のこと、容態が急変した。正午頃から急に元気がなくなったと思うと、高熱を発し、同時に下痢がはじまり、夜に入るまで十二回も下し、夜になって益々《ますます》はげしく、ついに夜の十時頃、幼い魂はこの世を去った。

容態急変と聞いた時から、吉之助は奥御殿の庭先に出て、刻々に発表される病勢を聞いて、胸をいためていたが、死去と聞くと、気も狂わんばかりになった。彼には、姦人共の悪をあばき、これを誅《ちゅう》することの出来なかったのが、一切の原因であると思われ、ぽろぽろと涙をこぼしながら、

「すべては自分らの努力が足りなかったからじゃ。おいが責任じゃ」

と、思った。

こうなると、斉彬の病気も心配になった。これもまた、姦人どもの呪詛によるとしか思われない。

長屋にこもって、文字通り心血をそそいで、斉彬への上書を草し、一睡もせず、浄書して、斉彬の側役《そばやく》児玉愛之助《こだまあいのすけ》の長屋を訪ねた。児玉は上士ながら、志もあり、斉彬にも愛せられている人物である。西郷に好意を抱いている。

児玉は二十五、六の、大柄で、ふっくらと色の白い、風采《ふうさい》のよい人物である。出仕前なので、上下《かみしも》姿になっていた。

「早朝、ご出仕前にうかがって、恐縮でごわす」

と、吉之助は礼儀正しくあいさつして、言う。

「この度は思いもかけぬことで、残念の至りでごわす」

「ご同様、まことに残念千万なことでごわす」

と、児玉も言う。

「この上は殿様のご容態が心配でならんのでごわすが、どんなご様子でごわすか」

吉之助の様子には、誠実と憂えの色とがあふれている。児玉はいいかげんなことは言えないと思って、一語一語に注意して答えた。

「ご容態は一進一退でごわす。格別ご重態と申すことはごわはんが、お熱がとれず、ご食欲がござらんため、ほんの少しずつではごわすが、衰弱されるようでごわすので、お側の者一同、胸をいためておりもす」

吉之助の顔には苦痛の表情に似たものが走り、大きな目が光をまして、じっとすわる。

「お熱と申しても、そうご高熱というのではなく、微熱なのでごわすが、時々それがグッと高くなって、一両日つづき、その間はまるでご食欲がなく、水ばかり召上っているのでごわす。ご衰弱の進むのは、そういう時でごわす」

吉之助の胸には、あの陰惨な呪いの釘《くぎ》のさまが浮かんだ。誰かがお干支《えと》を書いた文字の上に、夜な夜な釘を打っているのではないか、ご容態が悪くなるのは、とくに思いをこめて強く打つ時なのではないかと思った。また由羅のおもかげが胸をかすめる。

怒りと、焦慮がこみ上げて来た。ふところから、上書を出して、さし出した。

「今日、お邪魔いたしたのは、これをお手許にお差出しいただきたいと、お頼み申しにまいったのでごわす」

高輪稲荷《いなり》の呪いの釘のことから、竜平のことまで、手短に語った。

見る間に児玉の顔色がかわり、熱心に聞いた。

「ようごわす。たしかにお取次ぎ申す。ああ、なんという悪逆の奴ばらでごわしょう」


病中でも、斉彬は読書をやめない。やめることが出来ないといった方がよいかも知れない。

彼の胸中は、さまざまな計画でいっぱいだ。藩政のこと、西洋の進歩した武器と兵学による兵制の改革、西洋の科学を利用した殖産興業のこと、日本の当面している外交問題、日本の安全、国力の増進、そのための政治改革、等、々、々、胸中に渦を巻いてひしめき合っている。しかも、そのいずれもが急を要することだ。

「これらは、すべておれでなければやれないことだ。高言のようだが、三百諸侯を見わたしたところ、才幹から言っても、貫禄《かんろく》から言っても、藩の力から言っても、おれ以上のものはない。おれは病気なんぞしているひまはないのだ。だのに、病気になった。まことに残念だ。しかし、病気に負けてはならない。だから、病中でも、時間を空費してはならない」

枕許に、読むべき書物——多くは、彼が洋学者らに依頼してやらせた西洋の書籍の翻訳書であった。兵書もあれば、法律書もあり、科学書もあり、風聞書もあり、記録もある。

筆紙も備えてある。

病床にありながら、これらの書物を読み、大事なところは抄書《ぬきがき》し、思いついた計画やヒントがあれば書きとめ、思いついた指令をさしず書として、その向きへ伝達させる。

「そんなに心力をお使いになりましては、よろしくございません。ご病中というのに、太守様は普通の者の三倍も四倍もお働きでございます」

と、医者はとめるが、斉彬は笑って言う。

「わかっている、わかっている。しかし、わしにはこうしているのが一番楽しいのだから、そう心力を疲らすはずがない。まあ、大目に見てくれよ」

それでも、熱の高い日には、書物を読みかけては、うつらうつらと眠りに入ることが多かった。

虎寿丸の葬儀がすんで、二、三日後のことであった。その日は朝から調子の悪い日で、熱が出ていて、まどろみがちであった。昼頃、奥の夫人からお使者があって、夫人の消息をとどけた。

斉彬は熱にふるえる指で封じ目をはがした。「手向草《たむけぐさ》」とはじめにしるして、二首の和歌があった。

末長く頼みしものを先立てて　共に消え行く心地こそすれ
撫子《なでしこ》の花の上なる玉と見し　露はもろくも消えてはかなき

虎寿丸の死をかなしんで詠んだものである。新たな悲しみで、胸がしめつけられた。夫人の深い悲しみがはかられた。いつか、まぶたが濡《ぬ》れて来た。

（こんな時には、読書に身が入らない。おれも歌を詠もう）

と思って、虎寿丸の冥福《めいふく》をいのるために、「南無阿弥陀仏《なむあみだぶつ》」を冒頭において、六首の歌をつくることにした。

考えごとをするからと言って、人々を遠ざけた。仰臥《ぎょうが》して、呼吸を大きく数度して心気を静め、思念をこらした。

南　なにごとも仮寝の夢の浮世ぞと　思ひなしても袖《そで》ぞぬれける
無　紫の雲の上なるうてなぞと　導く法《のり》を頼むはかなさ
阿　悪しき風防ぎしかひも撫子の　露と消え行くことぞかなしき
弥　身にかへて世の行末を頼みしも　今はかひなき仇《あだ》し野の露
陀　手向にと供ふる今日の言の葉を　書きとる筆のおきどころなき

仏　伏しをがむ神の頼みもかひなしと　空しき跡と見るぞかなしき

出来上るままに書きとめて行くと、すらすらと六首出来てしまった。満足感があった。いつかまたうとうととまどろむと、ふとへやに入って来る人のけはいが感ぜられて、目がさめた。

近習の児玉愛之助が、寝床の裾《すそ》に平伏していた。用ありげに見えた。

「近うよれ、枕許《まくらもと》に来い。用はなんだ」

児玉は示された位置に進み出て、ふところから一封の書状を出して、さし出した。

「お庭方の西郷吉之助の上書でございます」

受取ってひらいた。

児玉は、吉之助の物語によって、内容を大体知っている。両手をついたまま、上目づかいに、斉彬の様子をうかがっていた。しかし、やつれの目立つ斉彬の顔は水のように平静で、何の変化もあらわれない。さらさらと巻きおさめ、手文庫に入れた。仰臥したまま、目をつぶっていたが、そのままの姿勢で言った。

「吉之助にも久しゅう会わんな。明日、そこの縁先へ連れてまいるよう」

児玉が斉彬に吉之助の上書を差出している頃、茶道方詰所で、同僚である一人の青年が、樺山《かばやま》三円に向って言った。

「ちょっとおはんに話したかことがごわす。おさしつかえがなければ、お庭先までご足労を願いとうごわす」

大山正円《おおやましょうえん》という男である。薩摩固有の剣法示現流《じげんりゅう》の使い手で、軒の雨だれが軒をはなれて地面に落ちるまでの間に、三度ぬきうちが出来るほどの至芸の持主であった。長身で、色の浅黒いひきしまった顔に、するどい目のきらめく、いかにも薩摩隼人《はやと》らしい精悍《せいかん》な風貌《ふうぼう》をしている。

三円には格別いそがしい用事はなかった。

「お供しもそ」

何の用かと思いながら、一緒に庭に出た。

庭の隅の深い木立の中まで行って、正円は鋭い目で周囲の人のいないのをたしかめてから、言う。

「どう思いなさる？」

唐突な言いぶりだが、それが何を意味するか、三円にはすぐわかった。しかし、しらばくれた。

「何の話でごわす」

正円はかんしゃくのおこりそうな顔になった。

「うわさを聞いてはいなさらんのか」

なじるような強い調子だ。

三円はこの同僚を、信頼するに足る人物と、かねてから見こんでいる。声をひそめた。

「高輪稲荷の一件でごわすか」

「そうでごわす。我々は太守様ご家督によって、姦党《かんとう》共は改心して、屏息《へいそく》したものと思うていもしたが、甘い考えでごわした。やつらはずっと悪謀をつづけていたのでごわすよ。正義を愛する若い者として、我々はこれを坐視《ざし》すべきではないと、考えていもす。おはんの心を聞きたい」

低い声ながら、思いこんだはげしい心のうかがわれる語勢であった。

三円はまたあたりをたしかめてから、

「わしもいろいろと考えていることがごわす。しかし、こげんところでは話が出来ん。退出召したら、わしの長屋へ来て下さらんか。改めてご相談しとうごわす」

正円はうなずいた。

日が暮れて間もなく、三円が俊斎を呼んで、正円の話をしている時、正円がやって来た。酒徳利《さけどくり》と竹の皮包みをぶらさげていた。

俊斎との間柄は、そう親しくはないが、他意なく口はきき合っている。

「やあ、おはん方がきっとおじゃるじゃろうと思うたので、これを持参しもした」

と、持って来たものを見せて、からからと笑った。

「吉之助サアを呼ぼう」

と、三円が提議すると、

「よかろう。おいが行って来る」

と、俊斎は言下に立上って出て行った。

三円と正円とが火をおこしたり、酒の道具を出したりして、どうやら用意の出来た頃、俊斎が吉之助を連れて来た。

酒が一、二巡すると、三円が切り出す。

「おたがいもう十分にわかっていることじゃから、説明する必要はなか。問題は、おいどんら正義を愛する若者として、これにどう処するかだ。一身の安きをぬすんで坐視して、姦悪への跳梁《ちようりよう》にまかすか、正義のために一身をなげうって姦悪を誅《ちゆう》するか、道はこの二途を出ん。諸君の存念を聞きたい」

正円の目がぎらりと光って、片膝《かたひざ》を立てた。

「言うまでもなか！　おいどんらはなんのために寝食を忘れて、文武の修行をしているのか。こんどのような場合、忠誠の道を立てるためではごわはんか。悪を刈り、姦をのぞいて、お家を泰山の安きにおくこと、それ以外に、われらの今日の道はなかはず」

激越な調子だ。俊斎が真っ先に賛成する。

「正円サアの言わるる通りじゃ。おいどんらの今日なすべきことは、斬奸《ざんかん》以外にはなか。言うまでもなかことじゃ！」

と、これも気負った調子であった。

「おいどんはそれを聞きたかったのじゃ。が、問題は、どういう手段をもって、誰をやるかだ」

と、三円は言った。

吉之助は口をひらかなかった。腕を胸に組んだまま、大きな目をすえていた。三人の視線が集まったが、それでもだまっていた。

三円が問いかける。

「吉之助サア、オマンサアの考えを聞きとうごわす。まさか異存があるのではごわすまいな」

「異存はごわはん」

と、先《ま》ず言っておいて、腕組みをといて、つづける。

「このことは、江戸だけのことではごわはん。また一人や二人斬ったくらいですむことでもごわはん。従って、我々だけでは足らん。国許に言うてやって、同志をもとめて、たがいに呼応してやらんければなりもはん。念も十分に入れる必要がごわす。一人や二人やったくらいでは、かえって敵に口実をあたえて、五年前のあの崩れをくりかえすだけでごわすぞ」

言われてみれば、その通りである。皆、黙って、次のことばを待った。

「わしは太守様に上書を差し出しもした。その中に、こんなことを書いた。太守様がご襲封あってすでに足かけ四年にもなられるのに、ご襲封前、太守様に悪逆を働いた者共を処罰なさらないのは、ご隠居様の非違をあらわすこととなると、遠慮遊ばしているからである。しかし、これがもし幕府の命ということになれば、文句はなかはず、されば、水戸《みと》家に頼み、水戸家から幕府を動かして、天下りの命令を下してもらえばよか道理である。おゆるし給わらば、われわれの思い立ちとして、水戸家に運動しますと、こう書いたのでごわす。国許に言うてやって同志をもとめる一方、これはこれとしてやりたいのでごわす」

三人が感心して、うなずいた時、樺山の名を玄関で呼ぶ者があった。樺山は立って行ったが、すぐかえって来た。

「児玉サアの家の下人でごわす。吉之助サアに用事じゃそうでごわす」

吉之助は立って行った。下人は、児玉が今御殿から退《さが》って来たが、この前のお頼みの件について話がある故、すぐお出《い》でいただきたいと言っているという。下人の様子から、悪いしらせではないと直感された。

奥の座敷に帰り、

「今お話し申した上書の一件で、児玉サアからのお呼びでごわす。ちょっと行って来もす。吉左右《きっそう》はすぐ帰って来て知らせもす」

と言って、外に出た。

もうとっぷりと暗い、外気が、酒気にほてったからだに快かった。大きな息を深くいく度も呑吐《どんと》しながら、児玉の長屋に急いだ。

児玉がふだん着にくつろいだ姿であったが、それでも袴《はかま》をつけていた。

「色々とお世話を」

とだけ言って、吉之助は大きな膝をそろえ、両手を膝において、話を聞く姿勢になった。

「おはんの上書は、早く差出さんければならんと思ってあせったが、いいおりがなく、今日やっとさし出しもしたところ、上首尾でごわした。太守様はごらんになると、しばらくご思案のご様子でごわしたが、やがて仰せられもした。『吉之助にも久しゅう会わん。明日、病室の縁先につれてまいれ』と」

いつか、吉之助は両手を膝からおろしてたたみにつき、平伏していた。強い力で胸がしめあげられ、目が熱くなっていた。

児玉の家を辞去すると、三円の長屋に引きかえした。

翌日、吉之助は斉彬に目通りした。斉彬は児玉に命じて、吉之助を縁に上らせ、病室のすだれを上げて会った。床の上に、脇息《きょうそく》にもたれてすわっている斉彬は、やつれてはいたが、明るい顔をしていた。久しぶりに顔を拝するのだ。吉之助は胸を熱くして、涙ぐんだ。

「久しいの。なつかしいぞ。顔を上げて、よく顔を見せい」

やさしく、あたたかいことばであった。

「お久しゅうございます」

とだけしか言えず、ただ目を熱くした。

斉彬は侍臣らに、しばらく密談したいから、余人を近よせぬようにと言って、廊下口や庭の方々に散って見はらせてから、

「吉之助、そちの上書は見たぞ」

と言った。

「はっ」

「あの中には、大体二つのことが書いてあったな」

「はっ」

「水戸家を介して、公儀に訴え、公儀の命令で云々《うんぬん》するというのが一つであったが、あれは少々めんどうである故、ここでは申さぬ。あとでわしの考えを書面にして下げわたす。そう心得るよう」

「はっ」

「もう一つは、呪詛《じゅそ》云々のことであったが、わしの修める西洋究理の学では、あんなことは信じられないのだ。虎寿は、単に疫痢《えきり》でなくなったとわしは信じているぞ」

「太守様！」

吉之助はさけび、顔を上げた。

「なんだ」

斉彬は一層にこやかに笑った。

吉之助は大きな膝を進めた。

「拙者は、西洋究理の学がどげんものであるか、存じもはん。しかし、上書中にしたためておきもしたように、若君にたいして悪逆な呪詛をした者のあったことはたしかなのでごわす。その悪逆があり、若君ご死去という事実がある以上、その間に因果の理法が働いていることは、疑いを入れるべき余地はないと思考しもす。西洋究理の学とは、因果の法則とは別のものでありましょうか」

吉之助とて、時代の子である。欧米人の日本にたいする無理難題を眼前に見ている当時の日本人の、ほとんど全部がそうであったように、西洋にたいしていい感情を持つことが出来ない。したがって、その学問にたいしても好意を持てない。斉彬にたいして崇拝といってよいほどの敬意を持ちながらも、その西洋好みだけは気に入らない。太守様のたった一つのご欠点であるとさえ思っている。その感情が、いませきを切って出て来たのであった。

　斉彬は声をたてて、愉快げに笑った。

「究理の学とは、せんずるところ、原因結果の理法の学問だ。しかし、その原因結果の理を決定するにあたって、和漢の学問では、実例を集めることが至って少ない。わずかに二つか三つ、せいぜい五つ六つの実例があれば、それで理論をつくってしまう。ところが、西洋の学問では、それくらいでは不足とする。十も、二十も、三十も、出来るだけ多くの実例を集めなければ、因果の関係はたどれないとする。ここが、東洋の学問と西洋の学問の根本的なちがいだ。いいかな」

　熱心な様子である。いつもの通り、教えるような態度になっていた。

「ところで、高輪稲荷《いなり》の一件だが、それと虎寿の死との間に、因果の関係があると考えるのは、速断にすぎる。

　第一には、『酉年《とりどし》の男』とあったというが、酉年生れの男は、虎寿に限ったわけではない。干支《えと》は十二あるから、日本人の大体十二分の一は酉年生れだ。仮に日本の総人口が三千万人とすれば二百五十万人は酉年の生れということになる。男女の数はほぼ同数であるから、百二十五万人は酉年生れの男である。どうして虎寿一人と断ずることが出来よう。

　第二に、仮にその方の申す通り、その呪詛の標的《めあて》が虎寿であったとしても、高輪稲荷の杉に打ちこんだ釘《くぎ》が、どうして虎寿に感応することがあろう。その杉と虎寿との間には、何のつながりもない。わしは呪詛の効験などは一切信ぜんぞ。

すべて、これらのことは、高輪稲荷の杉に書かれていた文字が『酉年の男』というのであったということと、虎寿が酉年の生れであったということと、その釘を打った者が薩摩の武士であるのを見た者があるということ、わずかにこの三つをつなぎ合せたにすぎない。薄弱至極の論拠である。わしは信ずることは出来ないぞ。

虎寿は疫痢でなくなったのだ。それはその症状が十分に証明している。その方共の志のほどは、わしは十分にわかっているが、要するにくだらんことだ。そんなくだらんことに、あったらよい若い者が、心をなやますなど、あってはならん」

鋭い論理と、深い愛情を兼ねそなえた、説得であった。病気を忘れたような斉彬であった。

西郷は平伏していたが、内心は決して納得しない。太守様のおことばは理窟《りくつ》にすぎない。理窟で事実の打ち消しは出来ないと思いつめていた。

斉彬はからかうように微笑した。

「不服らしいの」

謙虚で、礼儀正しくて、口数の少ない男だが、大事な場にあたっては、相手がどんなに尊貴な権力者であっても、最もはっきりしたことばで言う男だ。勇気はその天性である。膝《ひざ》に手をあげ、きっと斉彬を見つめ、重々しく、またはっきりと言った。

「不服でございもす。太守様がなんと仰せられましても、事実は事実でございもす。理窟で事実は消えはしもはん」

「ほう」

　斉彬はますます面白げだ。

　吉之助はひた押しに押す。

「太守様のおことばの通り、若君のご死去と呪詛との間には、因果の関係はないかも知れもはん。しかし、重要なことは、お家の臣でありながら、かかる不臣をたくらむ悪逆なやからがあるということでごわす。これを放置しておいては、やがて呪詛以上のことをたくらむ恐れがあるということでごわす。次から次へと姦悪《かんあく》をくわだてるに相違ないということでごわす」

　吉之助はしばらく口をつぐんだ。次を言うのをためらっているようであったが、すぐまたつづける。

「まことに恐れ多かことを申しもすが、これというのも、太守様のご仁慈がすぎるからでございもす。いや、ご仁慈とは修飾した言い方でごわす。思い切って申し上げもす。ご処罰はもとより覚悟していもす。——つまりは、お心の優柔不断によるのでごわす！」

言いはなって、大きな目を光らせて、斉彬を見つめていた。

斉彬の顔には依然として微笑がある。

「思い切ったことを言うぞ。面白い。さあ、つづけい」

吉之助は訥々《とつとつ》としてつづける。

「太守様のご襲封あそばされた直後、拙者は上書して、信賞必罰は政治の要諦《ようたい》である、ご襲封をかれこれとさまたげて悪逆をたくらんだやからは、ご政治のはじめに厳罰遊ばさるべきであると、申し上げました。それにたいして、太守様はわざわざご朱批されて、種子島六郎《たねがしまろくろう》殿をつかわし給うて、拙者をお諭し下さいました。拙者は感泣して、納得いたしましたが、今にして思えば、あれがいかんじゃったのでごわす。心の底まで腐り切っているやつらでごわす。ご仁恵をありがたいとも思わず、悪のしどくと思うて、このたびのことをたくらんだのでごわす」

ずいぶん思い切った言い方だ。礼儀の埒《らち》を忘れていると言ってよい。吉之助もそれを自覚している。ふとった顔を真赤にし、全身汗にぬれ、呼吸をはずませ、一語一語力をこめ、掛矢《かけや》で杭《くい》でも打ちこむような調子であった。

斉彬は微笑をつづけ、病苦にやつれた顔もしだいにつややかになった。

「よしよし、よくわかった。そこまで申してくれるのは、そちなればこそのことだ。うれしいと思うぞ」

「はっ！」

張りつめた心がくたくたとなった。両手をつかえて、平伏した。ありがたさに涙がこみ上げて来たが、すぐ気をとりなおした。

（これではいけない。聞き流しにされるのであれば、何にもならない。実行にうつしていただかねばならない）

涙を拭《ふ》いて、斉彬を見上げた。その目を見かえして、斉彬はおごそかに言う。

「吉之助」

「はい」

「そちの申す通り、信賞必罰は政治の原則ではあるが、世の中は複雑だ。原則通りには行かぬことが多い。原則を踏むことによって、より以上の混乱が生ずる恐れがあるとすれば、他に工夫すべきではないかの」

斉彬のことばの真の意味は、数年前の吉之助の建白書にたいして答えたことと同じである。先代斉興《なりおき》はまだ健在だ。かつて斉彬にたいして非道をたくらみ、現在なおそれをつづけている者がいるとすれば、それは斉興の寵信《ちょうしん》している者共だ、これを処分することは、孝道にもそむくし、家中の混乱をもたらす、と言っているわけである。

「当家中の者は、本来は、皆当家にたいして忠誠心を存しているのだ。当主として、これを統一し、これを忠誠ならしめることが出来んとすれば、それは皆わしの心が至らないからである。わしは人を責めようとは思わない。自らを責めたいと思う。やがてはきっと正道に引きもどすことが出来ると信じてもいる。これを処罰するなど、思いもよらぬことだ」

斉彬は口をつぐみ、吉之助を凝視した。その顔にはもうあの愉快げな表情はない。一筋に道を追っている人のもの悲しげなものがあって、青白く澄んでいた。

吉之助は何にも言えず、胸をしぼられるような悲しみと切なさのうちに平伏していたが、やがて言った。

「恐れ入ります。この上はただ一つ、お願いがごわす。これだけはお聞きとどけ下さいますよう」

「ほう、改まって、何だな」

「お叱りをこうむるべきこと、あるいはお笑いをこうむるべきことと思いますが、太守様のお垢《あか》つきものを、お肌着なり、お下着なりを拝領いたしたく、お願い申し上げます」

斉彬は首をひねった。

「はて？　そんなものを、どうするつもりだ」

「加持《かじ》をしてもらうのでございます。かようなことは迷信にすぎんと、お叱りをいただくことであろうとは、重々わかっていもすが、わたくし共の安心のため、まげてお許しをいただきとうごわす」

姦臣《かんしん》共は太守様にたいしても呪詛調伏《じゆそちようぶく》の修法をしているに相違ないから、その防ぎの修法をしたいと言っているのである。

斉彬は無言で、吉之助を見ていた。苦笑に似たものがその口辺にあった。彼には、呪詛だの、調伏だのと、そんなことを信ずる心はさらにない。しかし、主人のことを思いつめているこの誠実無類の家臣の心を踏みにじってはならないと思った。

「よしよし、聞きとどけたぞ」

近習の者を呼んで、新しい寝衣を持って来させ、手伝わせて、着がえると、これまでの寝衣を片手につかんで、吉之助にさし出した。

「さあ、これを持って行け」

いざり寄って、両手をさし出して受取った。白綸子《しろりんず》のやわらかなきものには、斉彬のほのかな体温がのこっていた。

吉之助は、その日早退《はやびけ》の届を出して長屋に帰り、すぐ身支度して藩邸を出て、目黒の不動尊に行き、住持の法印に会って、加持の修法を頼んだ。

「これは拙者の目上の大恩人の寝衣でごわす。目下病臥《びようが》中でごわすが、その病気はある者共の呪詛によるのではないかと思われるふしがごわす。それで、加持の修法をしていただきたいのでごわす」

と言って、用意して来た奉書包みの金を出した。この間もらった手当金五両をそっくり入れたものであった。法印は引受けた。

とっぷり暮れて帰ってしばらくすると、俊斎、樺山三円、大山正円の三人が打ちそろって来た。斉彬に拝謁した結果を聞きに来たのである。

吉之助は委細のことを説明した。三人は黙って聞いていたが、説明が終ると、三円が言った。

「それで、これからオマンサアはどうしようと思うておじゃるのでごわす。水戸家に頼むということについては、あとで御書面を下さるということでごわすが、それを待って方向をおきめになるつもりでごわすか」

吉之助は首をふった。

「そのご書面にどんなことをお書きになっているか、拝見せんでも、大体の見通しはつきもす。家の恥を他人にさらすことはようない、それは孝道にももとるというのに違いごわはん」

皆ためいきをついた。俊斎と正円は残念げに歯ぎしりした。

吉之助はまた言う。

「太守様のお立場としては、ご無理ではなか。何というても、ご隠居はまだ元気でいなさるのじゃ。子として、父の過ちを天下にひろめるようなことの出来んのは、誰にしても当然のことでごわす。しかし、太守様はそうでも、われわれはそうであってはならんと思う。お家に仇《あだ》なす姦人ばらを、われわれの手で除くべきでごわす。それは臣たる者の道でごわす」

「チェストー！」

いきなり、俊斎がどなって、丁《ちょう》と小《こ》膝《ひざ》を打った。俊斎は皆のおどろく顔を見かえして、からからと笑った。

「吉之助サア、よう言うて給《たも》った。その通りでごわす。太守様のお立場はお立場として、われわれのなすべきことはなすべきことでごわす。やりもそ。国許《くにもと》の連中としめし合せて、一人一殺して、姦人共をのこらず斬りもそ。それがよか、それがよか」

相談は一決して、早速国許の大久保一蔵《いちぞう》らにあてて手紙が書かれ、色々と協議が行われ、結社の名は「誠忠組《せいちゆうぐみ》」と名づけられた。薩摩藩の維新運動はこの誠忠組が母胎となって、やがて推進されるようになるのであるが、その当初においては、その目的は日本の革新にはない、藩内の粛正にあったのである。

安政震災前後

数日の後、斉彬《なりあきら》が手ずから書いた文書が、児玉《こだま》を通じて吉之助に渡された。持ち前の明晰《めいせき》で、平易で、達意の文章で書かれていた。

要領はこうである。

水戸《みと》家に頼んで幕府に話してもらい、その手によって信賞必罰の裁きをしてもらおうとのその方の意見であるが、自分は反対である。

第一、家の恥を天下にさらけ出すことになる。

第二、せっかく静平にかえっている藩内を動揺させる。

第三、老公（斉興《なりおき》）のお心をなやまし奉る不孝の所為となる。

第四、憎悪は憎悪を生み、暴は暴を生む。血で血を洗う闘争がはてしなくつづけられる結果となることは必然である。

以上の理由をもって、自分はその方の意見を容《い》れることは出来ない。

さらに斉彬は、水戸の藩情について、こう書きそえていた。

「その方は、水戸藩の今日の姿を見て、大へんあこがれているが、自分の見るところは別である。それは、水戸藩には両派の党争が藩初以来ずっとつづいているからである。水戸の党争は、本来は単純に忠姦《ちゆうかん》正邪をもって区別することの出来ないものなのだ。両派共にその心はひたすらにお家のためと考えているのであって、手段と方法を異にしているにすぎないのであるが、敵味方にわかれて抗争しているために、白らを忠正とし、他を姦邪として、その憎悪感情は宗教戦争の当事者のように、極度にとぎすまされたものとなって、今日に至っている。

このような対立からは、決してよいものは生れて来ない。やがて見ていよ。たがいに殺し合い、残害し合って、水戸藩の人物は種切れになってしまうにちがいないから。自分はこれに鑑《かんがみ》るところがあって、わが薩摩《さつま》には決してかかる愚かなことをあらしめたくないと、かたく決意している。

その方が、言いにくいことをはばからず言う忠誠について、自分は感謝はしているが、以上の次第であるから、反復考えなおしてくれるように」

末の末、先の先まで考えている斉彬の心に、吉之助は打たれた。今さらのようにその明敏さと深い人がらとを感じた。しかし、思い立ったことをやめる気にはなれなかった。

同志三人にもこの手紙を見せたが、三人もまた同じ意見であった。

秋の中頃、大久保《おおくぼ》から返事が来た。

「おん申し越しのこと、全面的に賛成である。志ある者と思われる者に、一人一人談じてみたところ、皆同意である。その人々の名前はしかじか。大いにやろう。こちらでもぬかりなくやるから、そちらでもぬかりなくやってもらいたい」

とあって、江戸、国許の二つにわけて、姦人と目さるべき人物の名前を列挙してあったが、その江戸詰め姦人の筆頭に島津《しまづ》豊後《ぶんご》の名があった。

豊後は以前は主席家老で、お由羅《ゆら》騒動の時も、反斉彬派の中心人物であったが、斉彬の世となると隠居つきの家老となっているのだ。すなわち、反斉彬派第一の大立物である。

「先《ま》ずこれをたおそう」

と、吉之助は提議した。

「ようごわしょう」

三人はすぐ同意して、誰がその役目を受持つかの相談になった。

「たれかれということはごわすまい。わしが言い出したのでごわすから、わしがもらいもそ」

と、吉之助がいうと、

「オマンサアが」

と、大山正円《おおやましょうえん》が問いかえした。危ぶむ表情であったので、吉之助はむっとした。

「文句がごわすか」

と、大きな目を光らせて見かえした。

正円は、吉之助が武術の道には、角力《すもう》以外は不鍛練であることを知っている。少年の頃決闘して右の肱《ひじ》を負傷し、なおっても手が真直ぐにのびなくなったので、剣術にのぞみを絶ち、学問に精出したのである。そこで、危ぶんだわけだが、吉之助にこう出られては、強くは言えない。助けをもとめるように、樺山三円《かばやまさんえん》と有村俊斎《ありむらしゅんさい》とを見た。

俊斎がからからと笑って、吉之助に言った。

「吉之助サア、そらいきもはん。オマンサアの得手は学問と角力で、剣術は得手ではごわはん。それからもう一つ、オマンサアは人を憎み切ることの出来んお人でごわす。どたん場になって、あわれ心などが起きては、しょせんはやれはしもはん。この役目は、正円サアか、わしがうけたまわりもそ」

「いや、この役目はわしがやらしてもらいもす。いかにも、おはんの言やる通り、わしは剣術は不鍛練でごわす。しかし、人を殺すに何の術が要《い》りもすか。こちらのいのちが助かろうと思えば、術も要りもそが、さしちがえるつもりなら、短刀一ふりですむことでごわす。それからまた、人を憎み切ることの出来ん性質じゃと言やるが、豊後輩を憎むことが出来んくらいなら、はじめからこの計画は立てはしもはん。おいどんな、心《しん》から悪人ばらが憎いのでごわす」

侮辱を感じて真赤になって弁じ立てた。

三円が口を出した。

「待たっしゃれ。待たっしゃれ。そげん立腹召してはいきもはん。おだやかに話しもそ」

と、しずめておいて、言う。

「吉之助サア、オマンサアが豊後を憎み切っていなさることは、よくわかりもす。否定はしもさん。しかし、もし、その場に豊後の末子や孫がいたり、婦人がいたりして、いかにもなごやかな肉親の交情があったら、どうでごわしょう、オマンサアの性質として、やれまいと、わしは思いもすがな」

答えることが出来なかった。大きな腕を組み、沈吟し、大きな息をついた。

「……そうでごわすなあ、しかし、そげんことがごわしょうか」

堂々たる風貌《ふうぼう》でありながら、弱り切っている。三人は笑いをおさえかねた。何というい男だろうと、愛情と尊敬をそそられた。

「やつは子もあれば、孫もごわす。ある方が多いと思うべきでごわす」

と、三円が言うと、正円が受けついだ。

「じゃから、オマンサアは適任ではごわはん」

と、とどめをさした。

西郷がまた言う。

「おはん達は、わしには何もさせんつもりでごわすか。姦人共は皆相当年輩でごわす。皆妻子があり、孫があるのでごわすぞ」

三円が答えた。

「その通りでごわす。じゃから、それはオマンサアの役目ではごわはん。オマンサアには別な役目がごわす。それはオマンサアにだけ出来て、ほかの者には出来んのでごわす。すなわち、必要に応じて、われわれの立場を、太守様に申し上げることでごわす。最も大事な役目でごわすぞ」

こんな次第で、豊後刺殺の役目は大山正円と有村俊斎とが引受けることになったが、吉之助は心ひそかに別に思うところがあった。

ちょうどその頃、由羅が江戸に出て来て、斉興の住んでいる高輪《たかなわ》屋敷に住むようになったので、これをたおそうと考えたのである。

斉興が長男である斉彬を立てることをきらって、なかなか家督させなかったばかりか、陰険な方法で消そうとまではかったのは、ずっと前に書いたような心からであって、単に由羅にたいする愛に溺《おぼ》れたのではない。それもいくらかはあったろうが、斉彬の積極的な性格が家の財政をまた危くすると思ったのが、主たる原因である。しかし、当時の人はそうは思わない。中国と日本の古今のお家騒動の定石通り、姦悪な美女の讒言《ざんげん》によると思ったのである。吉之助もまたそうであった。

吉之助は同志の誰にも知らさず、計画をめぐらした。その頃、吉之助が園丁《えんてい》として使っている喜平治《きへいじ》という者がいた。江戸生れの気のきいた男である。吉之助の人がらを慕って、実に忠実であった。吉之助はこの男にある程度の事情を打明けて、高輪屋敷に配置して、由羅の様子をさぐらせた。

有村と大山も豊後をつけねらっていたが、なかなか機会がない。

間もなく、斉彬が全快した。吉之助らのよろこびは言うまでもない。吉之助は目黒《めぐろ》不動に飛んで行って、法印に礼を言った。

やがて、年が明けて、安政《あんせい》二年になった。

その二月、豊後が帰国することになった。

「よし、道中でやろう。道中なら、きっとすきがある」

と、大山と有村は帰国願いを出した。これを聞いて、樺山も帰国願いを出す。人数が多い方がよいというのである。しかし、許可のおりるのはだいぶおくれて、豊後が出発してから一週間も立ってからであった。

「追いつかんかも知れんが、その時は国でやる」

と、三人は言って、出発した。吉之助は川崎《かわさき》あたりまで送って行って大いに飲むつもりで、金を三両用意していたが、急に公用が出来たので、その金を路用不足でこまっていた樺山にはなむけした。

それから間もなくのこと、吉之助らの企画していることが、斉彬にわかった。斉彬の小姓に伊藤才蔵《いとうさいぞう》という青年がいる。志のある青年で、吉之助らのグループと親しく交《まじわ》っていたのだが、いつかその計画を知って、斉彬に告げたのである。

斉彬はおどろいた。彼がきびしい忍耐と克己をもってひたすらに穏便にしているのは、日本の大事に傾注すべき藩の勢力を藩内の争いなどで消費すまいと思えばこそである。

（水戸の真似をするのもいいかげんにするがよい）

と、苦笑したであろうが、ある日、吉之助を呼んだ。

「その方共は妙な企てをしているというな」

「はっ」

どきんと胸にこたえた。平伏しながらも、大きな目で見上げた。その目をしずかに見返して、斉彬は言う。

「以前から再々のわしの訓戒はその方にはとんとわかっていないようだな。そんなことどころではない日本であることをなぜ考えんのか。余の者なら知らず、わしはその方はもっと見込のある者と思っていた。その方が主謀者であると聞いて、わしはおどろくどころか、情なくなったぞ。わしのいつも申し聞かすことがよくわかってくれる頼もしい若者と思っていたのに、少しもわかっていなかったのだな」

恐れ入りながらも、吉之助は何か言おうとした。

「その方の申したいことはわかっている。天下のことをなすには、先《ま》ず身を正してかかるべきだ、今のような藩の有様では、天下のことどころか、こちらの足もとが危ないと言いたいのであろう。水戸殿へ傚《なら》えとも言いたかろう。

ところが、この前も書面でも申し聞かせたが、水戸家はあんなことをして得が行ったかな。足もとは確かかな。なるほど、一見はなやかだ。全藩が一丸となって、日本のために働こうとしているように見える。しかし、内側には最も危ないものを持っているぞ。活眼をひらいて、よく見るがよい。

わしを信じ、わしにまかせ切って、黙ってついて来ることは出来んかの」

神のように尊敬している斉彬にこうまで言われては、どうしようもない。吉之助は国許《くにもと》の同志にこれを知らせて、計画を中止するように言ってやった。

それから間もなく、斉彬の側室の一人が妊娠していることがわかった。これを聞くと、吉之助は日夜に丹誠をこめて、男子出生を祈願し、国許の樺山三円にもこう言ってやっている。

お子様がご出生遊ばされるのであるから、俊斎君らとも相談されて、日新公《じつしん》、大中公（忠良《ただよし》、貴久《たかひさ》、ともに戦国時代の島津家の先祖）へ、至誠をもって、若君が誕生なさるように祈願していただきたい。われらの忠誠心をもっての祈願を、神霊は決して無にはなさらないであろう。合掌して頼みます。

薩摩で新たに出来た軍艦昇平丸《しょうへいまる》が江戸に回航して来たのも、この頃である。この軍艦は三本マストの帆船で、長さ十間余、はば三間余、深さ十間余で、大砲一門を装置することが出来るようになっていた。今日では小さいものだが、当時としてはおどろくべき巨船であった。なによりも、設計から工事まで一切が、日本人の手になった最初の洋式帆船であるところに、人々の目をおどろかすに十分なものがあった。

マストに大小二つの日章旗をひるがえして入って来たのである。この前々年、幕府が大船建造禁令を撤廃した時、斉彬は、

「今後日本にも大船が多数出来ます。諸外国の船とまぎれないように、日本の総船じるしをご制定になる必要がありましょう。愚案では白地に赤の日の丸がよいと存じます」

と建議した。それが昨年になってゆるされ、日本の総船じるしとして公布されたので、それをかかげて来たのであった。これが日本船が日章旗をかかげた最初である。この当時は日本の総船じるしというだけであったが、明治三年になって、国旗と定められたのである。

阿部伊勢守《あべいせのかみ》らの老中をはじめとして、若年寄、その他の幕府の要人らは、昇平丸を見物するために、田町《たまち》の藩邸に来た。斉彬はこれを迎えて、大砲の射撃、洋式による歩兵の調練、野戦の場合における大砲の速射、小銃の速射などを、家臣らに演じさせ

て見せた後、西洋型のボートで、沖に碇泊《ていはく》している昇平丸に案内し、帆を上げて実地に運航し、船上の大砲も発射して見せた。

昇平丸をよほど幕府は気に入って、

「備えつけの大砲類とともに献上してくれまいか」

という話があった。斉彬は、

「大船を建造しましたのは、皇国のおんためを思ってしたことですから、ご用に立つものなら、本望の至りであります」

と答えて、早速献納した。

十数年後には最も険悪ななかになる薩摩と幕府であるが、この時代にはこんなになかがよかったのである。人情の変転というより、激流のような時代の変転がそうさせるのである。

この頃、吉之助の交友は他藩にひろがった。水戸藩の原田《はらだ》八兵衛《はちべえ》、これは藤田東湖《ふじたとうこ》、戸田《とだ》蓬軒《ほうけん》とともに水戸の三田といわれた原田兵介《ひょうすけ》の子である。同藩の桜任蔵《さくらじんぞう》、越前《えちぜん》の矢島《やじま》錦助《きんすけ》、熊本《くまもと》の津田山三郎《さんさぶろう》、柳川《やながわ》藩の池辺藤左衛門等である。矢島錦助は立軒と号して儒者であったから、霊岸島《れいがんじま》の越前藩邸内の矢島の家に毎月日をきめて集まって、国内政治や外交の問題等を研究した。

われわれは、西郷が斉彬の訓戒によって、天下のことに目ざめて、天下のことを積極的に研究しはじめたことがわかるのである。

日下部伊三次《くさかべいさじ》が、薩藩に召抱えられたのはこの頃である。日下部の父は本名を海江田連《かいえだむらじ》といって、薩摩藩士であったが、罪を犯して薩摩を出奔し、名字を日下部とかえて水戸藩の領内に住んでいる間に、妻をめとり、伊三次を生んだ。伊三次は成長して水戸家に召抱えられたが、この時から十一年前に水戸斉昭《なりあき》が幕府の咎《とが》めを受けて隠居謹慎させられた時、江戸に出て幕府の疑いを解くのに奔走したところ、これが藩当局ににらまれた。斉昭にたいする幕府の咎めは、藩内の反対派の運動によるものであったので、日下部の運動はこまるのである。このため、日下部は浪人させられ、この頃は幕府の勘定奉行川路聖謨《かわじとしあきら》の食客《しょっかく》となっていた。川路は幕府の要人の中で最も進歩的な思想を持ち、また賢明な人で、斉彬と親しかったので、日下部が元来薩摩藩と関係のある人物であり、人物もなかなかしっかりしていることを語って、

「お召抱えいただけますまいか」

と言ったので、斉彬は召抱えたのであった。

日下部は忠誠な人物であり、多年政治運動の経験も積んでおり、年も長じているので、吉之助は大いに喜んで、接近して、教えを受けた。この頃、大山正円にあてた、彼の手紙にこうある。

先日は日下部伊三次をお召抱えになった。伊三次は水戸につかえていた時、死を

決意すること四度、幕府に捕えられようとしたこと五度という。このように大難をくぐって来たので、いろいろ事に老熟している上に、忠誠の人物である。かかる人物がお家の臣となったことは、まことにありがたく、力強いことである。自分はいろいろと指導を受けている。

九月のある日、斉彬の側室は出産した。男の子であった。吉之助のよろこびは一方でない。男君誕生を自らも祈願し、同志らにも祈願させていた吉之助にとっては、この若君は自分らの真心をもって祈り出した人のような気がするのである。

「これで、お世嗣《よつぎ》は出来た」

と、毎日夢見心地のうれしさであった。若君は哲丸《てつまる》と名づけられた。

月がかわって二日、大へんなことがおこった。この日は細かな雨が時々降って、じめついた日であった。夜に入って雨はやんだが、はっきりとせず、朦朧《もうろう》とした空模様であった。夜の十時を少し過ぎた頃、いきなり激しい地震が来た。いわゆる安政の大地震だ。家屋の倒壊するもの無数、その上火事が出て、おそろしい惨禍となった。江戸の町の大半が焼失し、死者四千六百二十六人、重傷者二千七百八十九人、ほかに武家屋敷の死者が二千六十六人におよんだ。

幸いにして、薩摩の三田《みた》の屋敷は大破はしたが倒壊はまぬかれ、人間の被害もなかった。その他の屋敷も無事であった。

が、水戸屋敷の災害はひどかった。藤田東湖も、戸田蓬軒も、小石川《こいしかわ》の上屋敷で圧死したのである。東湖は一旦《いったん》は庭へのがれたが、老母が屋内にのこっていたので、引きかえして、母を抱いて出て来る時、またぐらぐらと来て、うつばりが落ちて来た。母をかばい、背にうつばりを受けて死んだのであった。母は東湖に抱かれて、かすり傷一つ受けず、無事であった。

この母は、吉之助もよく知っている。この母にたいして東湖が至孝であったことも知っている。吉之助の悲嘆は一方でない。二日後に樺山三円に出した手紙に、

去る二日の大地震はまことに天下の大変で、水戸の両田も揺打《ゆりう》ちにあわれた。何とも申しようもない次第である。とんとこれきりで、口もきけない。小生の気持ご遥察《ようさつ》下さい。

と書いた。昨年の春はじめて東湖に会い、生涯の師とも頼んだのに、わずかに一年半でその死に逢《あ》ったのだ。この簡潔な手紙に無限の悲哀がこもっている。

地震さわぎが一応おさまった十一月はじめのある日、斉彬は小姓の伊藤才蔵をして、吉之助を、庭の四阿《あずまや》に召させて、思いもかけないことを言った。

「わしのあとつぎには、久光《ひさみつ》殿の長男又次郎《またじろう》（後の忠義《ただよし》）を立てたい。いろいろと考えた末、これが一番よいとの結論に達したのだ」

吉之助は驚愕《きょうがく》した。口もきけない。斉彬はつづける。

「あの人々の望みは、久光殿を立てたいのであろうが、その子の又次郎をわしのあとつぎにすれば、満足して、おさまるであろう」

あの人々とは、隠居斉興であり、由羅であり、二人の腹心となっている島津豊後以下の連中らである。

吉之助は憤然として、言った。

「恐れながら、それはよろしくございません！　お考え直しを願います。それではご家中がおさまりません。吉之助らは承服いたしかねます」

斉彬がとくに吉之助を呼んで、誰よりも先に打明けたのは、吉之助がいつもこのことについて上書しているからでもあるが、彼が家中の正義派の若者の首領的地位にあるからである。それを知っているから、吉之助は「吉之助らは承服いたしかねます」と言ったのである。

「落ちついて聞け。そちはそれでは家中がおさまらんと申すが、わしは家中をおさまらすために、この決心をしたのだ。いつぞやも申した通り、今の日本は一藩一家中のごたごたなどにかかずらっておられる時ではない。日本中が心を一つにして、世界の万国に対処しなければならない時だ。こんな時に、わが藩が分裂抗争をつづけているとあっては、天下にたいして恥ずべき至りだ。何としても、早急にこれを解決して、藩内一致しなければならない。それにはこれより方法はない。よく考えてみよ。そうであろう」

　斉彬の言うことはよくわかる。日本のためを思う熱い心もよくわかる。しかし、言わずにおられない。

「それでも、せっかく哲丸様もご誕生になりましたものを」

　と、涙声で言った。

　斉彬も目をうるませたが、言う。

「哲丸では幼なすぎる。わしがいつまで達者で当主でおられるか知らんが、仮に十五年としても、哲丸はやっと十六だ。これから先の二、三十年は、日本にとって大変な時代である。又次郎が立ってちょうどよいのだ。哲丸は又次郎の順養子《じゅんようし》にすればよい」

　斉彬の思案は行きとどいていたが、吉之助はなお承服しない。

「仰せ一応ごもっともでございもすが、それでは姦人《かんじん》ばらの思うようになったことになりもす。正が邪に破れ、善が悪に負けたことになりもす」

「さあ、そこだ。そこをあまりほじくり立てると、いつもわしが言うように、水戸のような党争の悲劇を当家に持ちこむことになる。彼らも当家の家来だ。当家のために不忠の心を抱いているはずはない。又次郎は最も近い当家の血筋を伝えている者だ。かしこい生れつきでもあるという。ましてや、今日は寸時も早く一藩が一丸とならなければならない時だ。又次郎をあとつぎに立てるのが最もよい。それとも、その方共は又次郎では主人として仰ぎつかえることが出来ないというのか」

「いえ、いえ、決してそうではございもさんが、そうなっては、先年非業にして死んだ者共、遠島の厄に遭っている者共の忠誠はどうなるのでしょう。彼らは忠義のしそこないをして死に、忠義の道を踏みちがえて遠島されたのでございますか。忠姦正邪の別が乱れては、薩摩の士風は泥にまみれてしまいます。お家の将来はどうなりましょう」

と、吉之助は強硬に言い張る。

「それについては、考えていることがある。わしを信じて、わしにまかせておくように」

と、斉彬は言ったが、どうしても納得しない。

「お考え直しをお願い申し上げます」

と、言い張って、動く色がない。

斉彬はほとほと手を焼いた。

西郷の最も顕著な性質の一つがここにある。彼は強情な性質ではない。人の意見にはごく素直に耳をかたむけ、善言には何のこだわりもなく従う。礼儀正しくて、あらい口をきく人間でもない。しかし、大事と信ずる場にあたっては、実に強硬である。何ものにも恐れない。読者はこの物語のうちに、これからいく度もそれをごらんになるであろう。

吉之助の強硬な反対があったからであろう、斉彬は又次郎を養嗣子に立てることを発表しなかった。時機ではないと思ったのであろう。従来の西郷伝では、吉之助はこの時斉彬の説得に屈したことになっているが、ぼくにはそういう資料が見つからないのである。ぼくの知っている資料には、ついに話がつかず、君臣不興でわかれたとあるのである。

しかし、間もなく、斉彬は父斉興の特旨という名目で、先年の騒動で遠島や蟄居《ちっきょ》・謹慎等に処せられている人々にたいする特赦令を出しているから、又次郎をあとつぎに立てる意志を斉興に告げてその心をやわらげてこの諒解《りょうかい》を得たことが明らかである。

この特赦令によって、大久保の父次右衛門《じえもん》は喜界島《きかいじま》から召還され、大久保も謹慎を解かれて、記録所書役助《かきやくじょ》に復職することが出来た。

王昭君

吉之助は、後年、

「自分は生涯のうち最も尊敬する人物が二人いる。一人は藤田東湖《ふじたとうこ》先生、一人は橋本《はしもと》左内《さない》君である。先輩として東湖先生、同輩として橋本君、この二人に啓蒙《けいもう》されたことが一通りでない」

と言っている。島津斉彬《しまづなりあきら》もそうであるはずだが、これは別格なのである。

左内は越前《えちぜん》松平《まつだいら》家の奥外科医橋本長綱《ながつな》の長男として生れた。左内は通称、名は綱《つな》紀《のり》、号は景岳、中国宋《そう》の忠臣岳飛《がくひ》を景慕する心を寓《ぐう》したのだという。

左内は早熟の天才であった。幼年の頃から儒学を修めて秀才の名があり、十歳で藩の医学所済世館《さいせいかん》に入って漢方医学を修めて、また秀才の名があった。性質はまことに温和で、決して友達と争ったことがなく、友達が小鳥や昆虫類を捕えていじめているのを見ると、じゅんじゅんと訓戒するのがおとなのようであった。読書が大好きで、食事の間も書物をはなさなかった。

かと思うと、こんなことがあった。ある日、友達が手にけがをして、左内のところへ来た。

「君は外科医の子じゃから、治療が出来るじゃろう。やってくれ」

「ああ、ちょっと待ちたまえ」

左内は真赤に焼いたコテを持って来て、いきなり傷口におしあてようとする。友達はおどろきあわてて、

「あッ、なにをする！」

「ぼくはなま傷の治療法は知らんが、ヤケドの治療法は知っている。それでヤケドにして手当しようと思うのだよ」

と言った。おとなしくはあっても、豪傑の気性のあった人なのである。

十五の時、有名な『啓発録《けいはつろく》』を作った。

一、稚気を去れ（子供じみたあまったれた依頼心を去って、独立独歩の心をおこせ）。

一、気を振え（何ごとにも勇気をふるいおこしてあたれ）。

一、志を立てよ（やる気をおこせ）。

一、学に勉《つと》めよ。

一、交友をえらべ（なにかにすぐれたところのある人を友とし、いくじなしと交《まじわ》るな）。

の五項目を立てて、一つ一つに自戒の文章を書いたものである。論旨《ろんし》卓抜《たくばつ》、文章ま

た暢達《ちょうたつ》で、とうてい数え年十五の少年の作とは思われない名文である。彼が早熟の天才であったことがわかる。

十六の時、蘭方《らんぽう》医学を修めるために大坂に遊学して、緒方洪庵《おがたこうあん》の適々斎塾《てきてきさい》（略して適々塾、適塾ともいう）に入った。ここでも、秀才の名が高く、洪庵は、

「橋本は池中の蛟龍《こうりょう》である。後に必ずわが塾の名をあげるであろう」

と言っていたという。

二年数か月の後、父が病気になったので帰国し、その年の冬、父が死んだので、家督を相続して藩医となった。

一年の後、安政《あんせい》元年、藩の許可をもらって江戸に出、坪井芳洲《つぼいほうしゅう》、杉田成卿《すぎたせいけい》、戸塚静海《とつかせいかい》についてまた蘭方医学を学び、一方塩谷宕陰《しおのやとういん》について漢学を修めた。

彼が国事について熱情的な興味を持ちはじめたのは、安政二年――すなわち今年からである。今年六月、帰国して医籍を脱して士分に取立てられ、書院番となり、十一月末、学校制度取調べのため、また江戸に出て来た。

彼もまた当時の政治青年と同じく、さかんに水戸《みと》学者の家に出入りしはじめたのである。

この年の十二月二十七日、西郷《さいごう》が小石川《こいしかわ》の水戸屋敷内の原田八兵衛《はらだはちべえ》を訪問すると、先客があった。年頃二十二、三、小柄で、色白で、女のようにやさしい顔の青年である。

「これは越前のご家中、橋本左内殿であります」

と、原田は紹介し、西郷のことも紹介した。

西郷はあの風貌《ふうぼう》に似ず最も礼儀正しい性質であるから、丁重にあいさつしたが、左内が実に柔弱に見えたので、心の中では少々軽く見ていた。

席上、話題になったのは、時節がら外交問題である。昨年春、ペリーの威嚇に屈して日米和親条約を結んだ幕府は、英国とも、ロシアとも、オランダとも結んだ。一度身をけがした女が、言いよる男につぎつぎに身をまかせるに似ていると、西郷には思われたのだ。

西郷は、外交については藤田東湖流の体面論を信奉している。何が何でも外国人は追いはらい、交際はしないというのではない。脅迫されていやいや交際を結ぶのでは、国の体面が立たない。国力を養い、国の姿勢を整備した上で、自らの意志をもって、こちらから進んで交際を結ぶべきであるというのである。だから、幕府の卑屈で、惰弱な外交ぶりが腹が立ってならない。

「拙者は東湖先生のご生前、親しくご教諭を聞いたことがごわす」

といって、東湖の言ったことをくりかえし、幕府のやり方を批判したが、つい情が激して、涙がこぼれて来た。

この初対面の印象を、橋本は『備忘録』に書いている。

「卯年《うどし》（安政二年）極月二十七日、始めて原八（原田八兵衛）宅に於《おい》て相会す。燕趙《えんちょう》悲歌の士なり」

というのだ。中国の春秋《しゅんじゅう》時代、燕・趙には時事に慷慨《こうがい》して悲憤する人物が多数出たので、後世唐《とう》の時代の文豪韓退之《かんたいし》が、「燕趙、悲歌の士多し」と文章中に書いた。それ以来、時事に慷慨する人を「燕趙悲歌の士」というようになったのである。橋本が西郷の人がらによほどおどろいたことがわかる。

東湖の話が出たので、橋本は東湖のことをたずねた。橋本もまた東湖にあこがれていたのに、会わない先に東湖が死んだのを残念に思っていたのだ。

「東湖先生は豪快なお人がらではありましたが、平生はまことに質素で、一文の銭もみだりに費されることはありませんでした。常に諸葛孔明《しょかつこうめい》の出師表《すいしのひょう》の眼目は、『先帝識㆓臣謹慎㆒（先帝、臣が謹慎を識《し》りたまふ）』の六字にあると申されまして、人は誠実、質実でなければ、どんなに才学があっても、尊ぶにたりないと申しておられました」

と、西郷は語った。語りながら、西郷は東湖のことを思い出して、また涙をこぼした。東湖を慕う西郷の情の厚さに、橋本は心を打たれた。西郷の方は西郷の方で、橋本が政治問題や外交問題について、世界情勢との対比の上から論ずるのを聞いて、その議論の雄大で、しかも鋭利であるのに驚嘆した。

これは西郷の美点であるが、彼はすぐれたものには最も素直に感服し、心から尊敬し、決して意地を張らない。はじめ見かけの柔弱げであるのに軽蔑《けいべつ》感をもったことを後悔した。得がたい人と知合になったとよろこんだ。

こうして、斉彬から教育され、また親しい友人らとの交りによって、西郷は益々《ますます》磨かれて来た。斉彬は西郷の様子を常に注意して見ているので、これがわかる。そこで、次の訓練にかかる。使者に出すことにしたのだ。正式の使者ということになれば、相当高い身分でなければならないから、秘密の用件で、斉彬の親しくしている者のところへやるのだ。相手は越前侯や宇和島《うわじま》侯のような大名から、川路聖謨《かわじとしあきら》のような旗本、諸大名の家老・重臣、その他民間の学者等に至るまで、いろいろであったが、皆天下の名士というべき人々であった。はじめての人のところへつかわす時には、斉彬は必ず手紙に、

「これは拙者の家来、西郷吉之助という者で、拙者の最も信近している者であるから、何事でも拙者にたいすると同じように腹蔵なく仰せられたい」

と書きそえた。

西郷は当時の日本の精髄ともいうべき人々に会って親しくその話を聞いて見識を磨くと同時に、次第にその名が売れて来た。

「薩摩《さつま》に西郷吉之助という者がいる。まだ身分も低く、年若ではあるが、薩摩侯ほどの人が最も信任されている人物である」

と、天下の名士の一人に数えられるようになったのである。

斉彬は薩摩の当主になってすぐ、老中阿部伊勢守正弘《あべいせのかみまさひろ》と相談して、徳川《とくがわ》家と婚姻関係を結ぶことにした。

当時の将軍家定《いえさだ》は独身であった。はじめ京都の鷹司《たかつかさ》家の姫君をもらったのだが、病死して、次に一条《いちじょう》家からもらったが、この人も病死して、その後は独身でいた。一体、家定は体質も病弱であり、頭脳も一人前ない人であったから、彼自身は独身で不自由を感じなかったろうが、阿部はこの将軍に薩摩から夫人を迎えることによって、幕府と強藩薩摩との結びつきをかたくして、斉彬の見識と薩摩の実力を利用したいと思って、斉彬にこれをすすめたのだ。斉彬は大いに乗り気になった。時代の危機を早くから知って、日本の運命を憂慮している彼は、自分が将軍の岳父《しゅうと》となっておれば、外様《とざま》大名であっても強い発言力を持つことができると思ったのだ。

徳川本家と島津家とが、これまで姻戚《いんせき》の関係がなければ、こんな考えは阿部にも斉彬にも浮かばなかったろうが、先例が二つもあるのだ。八代将軍の吉宗《よしむね》の時、五代将軍綱吉《つなよし》の養女竹姫《たけひめ》というのが、当時の薩摩藩主継豊《つぐとよ》に縁づいており、斉彬の曾祖父《そうそふ》重豪《しげひで》の姫君は十一代将軍家斉《いえなり》の夫人であったのだ。家斉がまだ一橋《ひとつばし》家の当主だった頃に縁づいたのだが、家斉はすぐ将軍になったから、重豪は将軍の岳父になって、大へんな羽ぶりとなったのだ。

阿部と斉彬との相談がまとまったが、斉彬には年頃の姫君はいない。薩摩の、今温泉地として名高い指宿《いぶすき》の近くの今和泉《いまいずみ》を領して今和泉家といわれている一門の、島津安芸忠剛《あきただかた》の娘敬子《すみこ》を養女として、入輿《にゅうよ》させることにした。

阿部は幕府内部で、斉彬は外から、運動にかかったが、なかなかスムーズに行かない。老中のなかにも、大奥のなかにも、反対がある。親藩にも反対の人がある。水戸斉昭《なりあき》などは最も強硬に反対した。

「これは薩摩の野心じゃよ。阿部はだまされているのじゃ。一体、薩摩は東照公《とうしょう》の敵じゃった家じゃ。そんな家から将軍夫人を入れるのは、危険千万じゃ。徳川家の天下は薩摩にうばわれてしまうぞ」

こんな風で、大難航であったが、阿部も、斉彬も、一旦《いったん》とりかかったことを、途中でへこたれて投げ出すような人ではない。根気よく運動をつづけて、ついに話がきまった。それは、安政三年のはじめであった。

入輿の日も、その年の十一月のある日ときまった。

斉彬は、その輿入《こしい》れの姫君の持参する道具類の選定、注文、購入を、西郷に命じた。たんす、長持、挟箱《はさみばこ》の類《たぐい》から、鏡台、くし箱、脇息《きょうそく》、衣桁《いこう》、手箱、火鉢、たばこ盆、文机《ふづくえ》、びんだらい、衣類、夜具、髪かざりの末に至るまでだ。この時代の上流階級の婚儀は、その人が生涯使うものを全部持参するのが習わしになっていたから、おびただしいものであった。

後年、西郷があの風貌に似あわず、漆器や、玳瑁《たいまい》(べっこう)や、さんごや、金銀細工の鑑別に長じているので、人々が不思議がって、そのわけをたずねたところ、

「昔、天璋院《てんしょういん》様(敬子のこと、入輿して姫号を篤姫《あつひめ》といい、家定の死後、こう法名した)のご入輿の時、わしはご調度品一切の調達を命ぜられもした。その時、覚えたのでごわすよ」

と、笑って答えたというが、まじめな性質だけに、間違いがあってはならないと、それぞれの道の上手について、一々熱心に研究したのである。

やがて、入輿の日もきまった。十一月十一日である。入輿の道筋もきまった。渋谷《しぶや》の下屋敷から出て、青山《あおやま》通りを赤坂《あかさか》の方に行き、お城に達するのである。

言うまでもなく、この結婚は政略結婚である。家定将軍は精神薄弱児的である上に、体質も弱くて、男女の交りも出来ないと言われている人だ。斉彬はこんな人に嫁して行かなければならない敬子をあわれんで、入輿の日の前日、微行《しのび》姿で、渋谷の下屋敷へ出かけた。

「急に思い立って来た。かまうな、かまうな」

斉彬は、おどろき、狼狽《ろうばい》して迎える、屋敷詰めの役人らを制して、玄関を上った。畳がえをし、障子、ふすまを張りかえて、すっかり明日の準備のととのっている座敷

には、明日江戸城に持って行く諸調度品が、整然とならべられていた。おびただしい数だ。みな定紋をつけた油《ゆ》單《たん》をかけてある。

斉彬はそれらを見ながら奥の一室に通って、家臣の捧《ささ》げる茶を一服して言った。

「数寄屋《すきや》（茶室）の支度をさせるよう。明日入輿すれば、もうこれまでのように心安く会うことは出来ぬ。別れの茶の湯をして、しみじみと物語りしたい」

「かしこまりました」

退《さが》ろうとすると、ちょっと待てと言って、

「吉之助はいるか」

「おりますでございます」

「呼ぶように」

「かしこまりました」

引きさがると、間もなく西郷が入って来た。なれないことの奔走のために、豊かな頰に少しやつれが見える。

（こいつは何ごとにもいのちがけであたるやつ）

と、斉彬は思う。ほほえんで言った。

「不なれなことであろうに、ずいぶんと骨折った模様。すっかり出来たようだな。うれしく思うぞ」

「恐れ入ります」

「今日はお敬《すみ》をお客にして、茶儀をしたい。その方に数寄屋の見張りを申しつける。数寄屋近くには誰も近づけぬように。茶道《さどう》（茶坊主）も遠慮させよ」

「かしこまりました」

よほど大事なことを、姫君に申しふくめられるのであろうと思った。自分をとくに選んで、見張りを仰せつけられたのを光栄と思った。

斉彬は吉之助一人を従えて、茶室に行き、内外を点検した。庭には打水をしてあり、茶室内も拭《ふ》き切ったように清掃され、しっとりとしたすがすがしさがあふれている。もちろん、諸道具も手落なく用意してある。

吉之助は水屋《みずや》内にひかえていたが、やがて姫君が来て、茶儀がはじまると、そっと抜けて外に出、にじり口の下にひざまずいて、周囲を見張った。

茶室内で、今日の斉彬は茶の湯が本意ではない。さらさらと平手前《ひらでまえ》ですませ、道具を水屋に引いた後、じっと敬子を見た。

敬子はこの時二十一であった。大がらなからだつきで、丸顔で、ぬけるほど色が白く、いかにも可愛い顔立である。紅《あか》い口もとになんともいえないあどけない感じがあった。

（あわれな）

という思いが、斉彬の胸をついた。

漢家の安泰のために、遠く夷狄《いてき》の単于《ぜんう》（中国の北西方の蛮族匈奴《きょうど》の王）にとついで行った王昭君《おうしょうくん》の故事が思い出された。かれは蛮族の王、これは日本の支配者である将軍であるが、肉体的にも精神的にも尋常でない人にとついで、暗鬱《あんうつ》な生涯を送らなければならない点は同じである。国家や政治というものの無慈悲さがしみじみと感じられた。

「お敬」

と呼びかけた声は、おぼえずしめった。

「はい」

無邪気に、はっきりと答える。

この無邪気さも、斉彬の胸をいたませる。心をはげまして、つづけた。

「この話がおこった時は、わしはそなたに、将軍家へ入輿してもらうのは、一薩摩のためをはかってもらうためではない、ひとえに日本の国のためにつくしてもらうためであると申しましたな。覚えていますね」

「よく覚えています」

はっきりという。かしこそうで、そして罪のないよく澄んだ目がみはられて、斉彬を見つめて、熱心に聞いている姿だが、これも何か子供じみて、いたいたしい。

こらえて、斉彬はつづける。

「今の日本はおそろしい場に立っている。おわかりだな」

「はい。これまでの日本は国を鎖《とざ》して、どこの国とも交際をしないで来ました。日本だけの日本でありました。しかし、これからの日本はそうは行きません。諸外国と交際することになりました。世界の日本となったのです。ところが、その世界の国々の中で、西洋の国々やアメリカは、その富も豊かであれば、武力もすぐれており、文明も進んでいます。そして、弱い国と見れば、これをおかして自分のものとしようと、いつも狙っています。日本は、この恐しい国々の中に立つことになったのです。狼の群の中の羊のようであってはならないのです。強くならなければなりません。狼の中の羊が必ず食われてしまうように、必ずほろぼされてしまうからです」

よく教えこまれた勉強好きの子供が、先生の試問に答えるようであった。くりかえしくりかえし、一心に覚えたものに相違なかった。目がしらの熱くなるのを感じながら、斉彬はうなずきうなずき聞いた。

「そうです。その通りです。それで、今の日本は、何をおいても早く、出来るだけ早く富み、そして強い国にならなければならない。周囲が狼なら、虎や獅子《しし》のように」

「はい」

「それには、国の中心である幕府がしっかりしなければならん。中心が弱くて、全体が強くなることはないのですからのう。ところが、今の将軍家は、その中心を強くするに適当したお人ではない。わかりますね」

斉彬はくわしい説明ができない。当人が嫁いで行く人なのだから。ところが、姫君ははっきりと言った。

「わかります。ご多病であるばかりか、ご精神もご尋常でないとうけたまわっています」

斉彬は恐れに似た思いすらした。あまりにも無邪気すぎる。夫婦というものがどういうものであるか、はっきりとわかっていないのだとしか思われない。痛ましさがまた胸にせまったが、言うだけのことは言っておかなければならない。

「その通りです。そなたの夫になる将軍は、そういう方なのです。それ故に、将軍家にご世子を立て、それを将軍家の名代として、日本の中心である幕府の中心となって、日本を富強にすることが、今日の最も大事なことです。これは、わしと阿部老中との意見の一致したところです。越前家の慶永《よしなが》殿もそのご意見です。のみならず、越前殿は、それに一番ふさわしい方は、一橋慶喜卿《よしのぶきょう》だと言いなさる。そこで、わしも、阿部殿も、一橋卿にお目にかかって見ました。越前殿ほどのお人が見込みをつけられただけあって、まことにお立派な人です。わしも、阿部老中も、賛成して、この人をおし立てるように働こうと、きめました」

「…………」

「こういうわけ故、そなたは入輿《にゅうよ》したら、将軍家にお説き申して、将軍家のお心がそうなるようにつとめてもらいたいのです。これがそなたの入輿の目的です。いいですかな、わかりましたかな」

「よくわかっています。わたくし、一命にかえましても、きっとそういたします。敬は、お国のためにおつくし申すこんな大事なしごとをあたえていただきましたことを、心からありがたいと思っています」

はっきりとして、一所懸命な調子である。ぬけるように色の白い顔に、美しい血の色が散っていた。昔の物語にある烈婦のように自分を感じているように見えた。たのもしいと思うより、この幼さと純情とが、斉彬の胸には切なかった。おぼえず涙がこぼれて、ていねいに頭を下げた。

「よく言ってくれました。では、頼みますぞ」

声がうるんだ。斉彬のこの涙を見て、姫君は不安になったらしい。にわかにおびえたような声で言う。

「そんな、そんな、そんなにむずかしいことでございましょうか」

可愛い顔が青くなり、声がおろおろとふるえていた。すっかり自信を失ったような風である。

斉彬はわざと笑って見せた。

「そんなにむずかしいことではありません。夫婦の仲です、ごきげんよく打ちとけての話の中で申し上げなされば、なんでもないことです。ただ、気をつけなければならないのは、江戸城の大奥の奉公人にはいろいろなものがいます。たとえば、徳川のご本家を大事に思い、誇りにしているあまりには、天下のことなどまるで知らず、その上、外様《とざま》大名である薩摩を軽蔑《けいべつ》し、毛ぎらいしているものもいるかも知れません。また、どういうものか、大奥は昔から水戸家をきらっているそうです。慶喜卿は水戸の斉昭公のご七男で、一橋家をついだお人です。きらっている水戸のお生れで、軽蔑している薩摩が推しているとあっては、邪魔するものも相当にあると思わなければなりません。しかし、これは天下のためなのですから、何としても、うまくやってほしいのです。おわかりかの」

姫君は急には答えない。容易ならない任務であることが、はじめて胸に来たようであった。返事をうながすように凝視している斉彬の目つきにうつ向き、それから、低い声で、さっきのことばをくりかえした。

「一命にかえましても、きっと果します」

西郷はこれらの問答を、にじり口のくつぬぎの側にすわっていて聞いた。

斉彬の心苦しさ、姫君の幼いながらに純一懸命な覚悟、その犠牲心、そして、それを必要とする日本の現在の立場が、今さらのように胸にせまった。

一橋慶喜を将軍世子に立て、それを将軍の名代として政府を代行させるという斉彬らの計画は、この時はじめて知ったことである。最も重大なことではあるが、感じやすい西郷は、今はそれどころではない。ほとんど声をあげて泣きたいようになり、あふれる涙を両手で拭《ふ》きつづけていた。

予定の通り、翌日、輿入《こしい》れは行われた。さかんな行列であった。先頭はすでに城門に達しているのに、後陣はまだ渋谷の下屋敷にあるというほどの行列であった。沿道に黒山のようにつめかけて人垣をつくって拝観している市民らは、その壮大さと、数知れずつづく調度品のおびただしさに驚嘆し切っていた。

敬子の立場が立場だから、斉彬はうんとはずんで、物量によって大奥の女中らの心に畏敬《いけい》の念をおこさせようとしたのであった。こんな策略は、時としてなかなか効果を上げる。豊臣秀吉《とよとみひでよし》など、それを最もよく心得ている人であった。

敬子――改めて篤姫の入輿によって、幕府にたいする斉彬の地位は重いものになったが、斉彬はこのような権力を性急にふりまわして、人の反感を挑発するような人ではない。周密な思慮と謙譲な態度をもってふるまい、意見はこれまで通り阿部伊勢守を通して進言することにした。

一橋慶喜を将軍世子にしようという運動は、ずいぶん早くからのものであったろう。家定は嘉永《かえい》六年六月に、父家慶《いえよし》の死によって将軍になっているが、ちょうどその頃が、ペリーが最初に浦賀《うらが》に来た時だ。日本は最もむずかしい時機にさしかかるのだ。家定のような将軍では心細いことは、言うまでもない。心ある人々には、その頃から賢明な世子をおき、その人に政務を代行させるがよいという考えがおこったはずである。

老中の中では阿部伊勢守がそうであり、親藩では第一の家門である越前慶永がそうであり、譜代《ふだい》大名では土浦藩《つちうら》の土屋《つちや》寅直《ともなお》がそうであり、外様大名では伊予《いよ》宇和島の伊達《だ》宗城《てむねなり》、島津斉彬、土佐《とさ》の山内豊信《やまのうちとよしげ》、佐賀《さが》の鍋島直正《なべしまなおまさ》らがそうであり、幕臣では川路聖謨、岩瀬《いわせ》忠震《ただなり》、水野《みずの》忠徳《ただのり》などの人々がそうであった。この人々は、大名は賢君の名の高い人々であり、幕臣は頭脳優秀で進歩的であるといわれている人々であった。つまり、慶喜擁立は当時の日本の最も優秀な人々の意見だったのである。

彼らは相談して、よりよりその運動を進めていた。島津家の姫君が入輿したのが、その運動の一環でもあることは、すでに述べた通りである。

ところが、この運動に反対の一派があった。それは紀州《きしゅう》家の附家老《つけがろう》である紀州新宮《しんぐう》の城主水野忠央《ただなか》の野心からはじまった。忠央はなかなかの野心家で、独立の大名となり、やがて老中となって天下の政治にもあずかる身となりたいとの志を抱いて、ずいぶん以前からその布石をしていた。たとえば、自分の妹を二人も大奥へ女中奉公に出した。姉の方は家定の父家慶の側室となって二男二女を産んでおり、妹の方は大奥の年寄となっていた。ご三家の附家老は大名と同格である。たとえ相手が将軍家にしても、妹や娘を妾《めかけ》奉公や女中奉公させるのは、恥とするのである。しかし、忠央は敢《あえ》てこれをした。そのままでは出来ないので、旗本の薬師寺元真《もとざね》という者の養女ということにして、大奥に入れたのだ。こんな無理なことまでして、大奥に布石したのは、よほどの野心があったのである。

水野の野心は、最初の間は、大奥の手を借りて家慶将軍に運動して、自分の出世の道をひらこうというのであったろうが、家慶が死に、家定の代になると、手のこんだものになった。家定の世子に紀州侯慶福《よしとみ》をすえて、慶福附きの家老となって幕府へ入ろう、そうなれば、もう直参の大名だから、老中にもなれると計算したのである。

家定が将軍になった嘉永六年には、慶福はわずかに八歳であった。

こういう水野であるから、なかなか巧妙な運動をした。大奥方面には妹二人を通じて運動し、将軍の側近にはさかんに賄賂《わいろ》を使って取入った。

その頃、家定将軍の最も気に入りの近臣で平岡丹波守道弘《みちひろ》という人物がいた。水野は深く取入って、いろいろな名目をつけて賄賂をおくったが、その一つとして、水道《すいどう》橋《ばし》外の平岡の屋敷の前の河岸に、新宮から取りよせた木炭を山のように積み上げ、平岡家では丹波守自身も、その家来共も、自由にとって使ってよいようにはからったので、「炭屋」というあだ名がついたという話もある。

大奥の方は、二人の妹を通じておりにふれては女中らを説得させるとともに、女中らの喜ぶような品物や金銀をばらまいた。また、慶福にせっせと大奥に上らせた。私的に将軍を訪問させるわけである。美しく、また可愛らしい少年である慶福には、女性という女性には皆ある母性感情に訴えるものがあると計算したのである。

水野はまた江州彦根《ごうしゅうひこね》の城主井伊直弼《いいなおすけ》とも結んだ。当時の直弼はまだ大老ではなかった。しかし、譜代大名の中では井伊家は最も重い家柄であった。禄高《ろくだか》も一番多いし、ほとんど代々大老職になっている。譜代大名中では一番の発言力のある家なのであった。

このように、水野の運動は実に行きとどいていたが、ごく潜行的だったので、慶喜擁立派はほとんど気づかなかった。

世子問題が最も活潑《かっぱつ》に論議されるようになったのは、安政四年の秋頃からであった。越前慶永が全力的に運動をはじめたのである。慶永は自らも老中や、尾張《おわり》侯や、その他の親藩諸侯、幕府の重職らに会って運動するとともに、橋本左内に活躍させた。

ところが、この運動に運の悪いことが二つあった。その一つは老中阿部正弘がこの年の六月、病死したことである。阿部は幕閣内にあって、幕閣の意志をまとめてくれる約束のあった人なのだ。大打撃であった。

その二は、慶喜は元来水戸斉昭の七男で、一橋家を嗣《つ》いだ人なのであるが、その実父の斉昭をきらう人が、幕閣内にも、大奥にも多いことであった。この人々は、もし慶喜が将来将軍になったら、斉昭が大御所面して幕府に乗りこんで来るであろうと恐れたのである。

これにつけこんで、水野忠央が周到な運動をして、大奥の女中らを抱きこみ、家定将軍の生母である本寿院《ほんじゅいん》をすっかり説きつけてしまい、本寿院に説かれて、家定も水戸が大きらいになってしまった。

家定は精薄児的な人であるから、水戸斉昭のような個性強烈な人物には圧迫感があって、元来好意を持てないところに、あれこれとその悪口を聞かされては、大きらいになる道理である。また、慶喜にも好意を持たなかったという話も伝わっている。慶喜という人は、少年の頃から賢くて、容貌風采《ようぼうふうさい》も美しかったので、家慶将軍は一時、家定を世子とすることをやめて、慶喜を世子に立てようと考えていたという。また、慶喜が美男子なので、何かのことで慶喜が大奥に来ると、女中らがどよめいた。精薄児で、男女の交りも出来ないほど病弱な体質でも、嫉妬《しっと》感情はあって、慶喜に好意を持たなかったというのである。

将軍世子に誰を立てるかは、日本の政治的中心人物をきめることであるから、こんなばかげたことが決定の条件になるのはおかしいのであるが、一面から言えば、これは徳川家の家督問題でもあるから、こういうことにもなるのである。

こんな風であったので、越前慶永の運動はなかなか難航した。

この時点に、島津斉彬はどうしていたかといえば、この年（安政四年）四月に江戸を出発して、鹿児島に帰っていたのである。だから、阿部老中の病死も国許《くにもと》で聞き、また世子問題が難航していることも国許で聞いた。それからまた、この年十月、昨年から伊豆《いず》の下田《しもだ》に駐在している米国総領事ハリスが、将軍に謁して、和親条約を改めて通商条約にすることを強要したのだが、このことも聞いた。

斉彬は、当時の日本では最も進歩的な心の人であり、世界の大勢にも最も通じている人であったから、これまでのように日本が世界から孤立して、諸外国との通商はしないという態度を守り通せるものではない、大いに通商することによって国の文明を進め、国の富を増し、国の力を増強するほかはないと考えていたが、そこにはいろいろ段取りがあり、不用意なことをしてはゆゆしいわざわいを招くと思っている。また、当時の日本には幕府内部をはじめ、諸藩にも頑固な保守主義者がいて、悪くするとその連中の主張が幕府を誤らせるかも知れないと考えた。阿部伊勢守のような賢明な人がいれば、見事に舵《かじ》をとるであろうが、阿部がいなくなった現在では、まことに心許ないのである。幕閣では、阿部にかわって、堀田正睦《ほったまさよし》が首席老中となっている。この人はなかなかの西洋好きで、進歩主義者ではあるが、阿部ほどの政治手腕がないのである。

江戸を遠く離れた鹿児島にいて、斉彬はいろいろ不安だ。手腕があり、また諸藩の重臣らにも信用されている者を江戸につかわし、情報を送らせたり、慶喜擁立運動にも働かせたいと思った。

　その人物に、斉彬は西郷をえらんだ。

　十月下旬のある日、西郷を呼び出して、中央の現在の形勢を語って、その方江戸に行くようにと命じた。

「かしこまりました」

「途中はそう急ぐことはない。ゆっくりと世間の情勢を見ながら行け。報告はもちろんするよう。路用その他はかかりの者から受取るよう。これはその方留守宅の用にするよう」

と、奉書紙包みの金をあたえた。西郷の家の貧しいことをよく知っているのであった。

　一体、幕末維新のさわぎの原因は単一ではない。いろいろさまざまな原因が輻輳《ふくそう》しておこったのであるが、動機となったのはペリーの開国強要である。これによって、日本は和親条約を結んだが、それとともに有識者の間に日本強化運動がおこり、これが将軍世子問題となった。一方、和親条約は通商条約にエスカレートした。だからこの時点においては、将軍世子問題と通商条約問題とは、日本の最も重要なことだったのだ。この二つの問題がからみ合い、幕府がそれをうまく処理することが出来なかったために、混乱がおこり、さわぎが大きくなり、幕府の根底がゆり動かされ、ついに倒壊したのだ。

当時の西郷が、そう先の先まで見通していたとは、もちろん考えられないが、この両《ふた》つが当時の大問題であることはわかる。これにいわば薩摩代表として働けというのだから、感激し、勇み立ったことは言うまでもない。

「男が全身的にふみこんで働くべき時だ」

と思いながら、帰途についたが、ふと大久保《おおくぼ》のことを考えた。

大久保はまだ他国に出たことがないのだ。少年の頃からの盟友である有村俊斎《ありむらしゅんさい》や、樺山三円《かばやまさんえん》はずっと前から江戸に出ており、吉井幸輔《よしいこうすけ》は去年から大坂藩邸詰めになって行っており、伊地知龍右衛門《いじちりゅうえもん》も江戸に出て昌平黌《しょうへいこう》に入学して、激動する時代の空気を直接に経験しているが、彼ひとりは家庭の事情でそれが出来ない。お由羅《ゆら》騒動に連坐《れんざ》して父が遠島になったり、赦免されて帰って来てからは老衰しているので、彼が一家の柱となって家族を養わなければならないからだ。

「せめては、一蔵《いちぞう》どんを熊本まででも連れて行きたい」

と、西郷は思った。一蔵は足一歩も藩内を出たことはないが、友人らからの手紙によってよく中央の事情に通じ、また、それらを綜合《そうごう》しての理解や見通しは舌を巻くほどのものがある。だから、西郷は、おしいおしいと、いつも思っていたのだ。

そこで、大久保の宅を訪れて、数日中に君命を受けてまた江戸に出ることを語り、

「おはんも、熊本まで一緒におじゃらんか。熊本藩のご家老の長岡監物《ながおかけんもつ》殿はなかなか

の人物じゃ。お会いになったら、大いにためになるじゃろうと思う。また、熊本にはわしが江戸でごく親しくつき合った津田山三郎《つださんさぶろう》殿がいる。これにも紹介したい」

と言った。

大久保はよろこんだ。

「願ってもなかことじゃ。ぜひ連れて行って下され」

と二つ返事であった。

すぐ藩庁へ手続きして、熊本までの国外旅行と数日の休暇をとった。

十一月一日、二人は鹿児島を出発した。陰暦の十一月一日だから、今の暦では十二月はじめから中旬頃である。もう冬である。

鹿児島から熊本まで、三、四日の道のりである。熊本につくと、はたごを取っておいて、すぐ長岡監物の屋敷を訪問した。

長岡氏は細川《ほそかわ》家の一門で、代々の家老の家がらである。細川家の始祖幽斎《ゆうさい》が京都近くの長岡を所領して、一時長岡幽斎と名のっていたところから、細川家家中に長岡を名のる家が出来たのである。長岡家は家禄《かろく》一万五千石、家中第一の名門である上に、監物は最も道義的で、また最も賢明で、見識の高い人物であったので、天下にその名が高かった。西郷は斉彬の使いをうけたまわって、しげしげとこの人を訪問して、その人物を敬慕していたのであり、監物もまた西郷の人物を認めて、両者の間には身分の違い、年の違いを忘れた親交があったのである。

「薩摩の西郷君が、同藩の友人と一緒にまいられたと？　すぐお通し申せ」

と、監物は快く引見した。

大久保もまた監物の気に入ったようであった。いろいろと談論した上、西郷に尾張藩の家老田宮弥太郎《たみやamong》にあてた紹介状を書いてくれた。田宮は如雲《じょうん》と号して、達識の智者として、また三家尾州《びしゅう》家の家老として、天下の人に重んぜられる名士であったのだ。

この時、監物の書いてくれた紹介状に、西郷のことを、

「役は小官であるということですが、薩摩侯の前に出て意見を申上げるほどの信任を得ている人物です」

「憂国の志ある人物です。天下のことについて、薩摩侯の意を受けて江戸に出るのだそうです」

「決して乱暴な空論などする人物ではありません。また口軽に秘事を漏らすような浅薄な人物ではありませんから、打ちとけてお話し下さい。しごく重厚誠実な性質で、江戸では水戸藩はじめ諸藩の有志者とも親しくして、天下の形勢などもよく見渡していますから、話しごたえは十分にあると思います」

と、書いている。

西郷が天下の名士中の新進者としてみとめられていたこと、監物が西郷を十分に信

頼していたことがわかるのである。

長岡邸を辞去して、津田山三郎の宅に向ったが、その途中、大久保はしみじみと、

「天下一流の名士といわれている人にはじめてお目にかかりもした。えらい人でごわすな。残念ながら、わが藩にはあれほどのご家老はおりもはんな。いいお人に会わせてもらいもした。お蔭《かげ》でごわす」

と言って、感謝した。

津田山三郎は、前もっての連絡で、西郷の来ることを知っていたので、綿入れの胴着を新調させて待っていて、

「寒中のご旅行、お難儀なことでござろう」

と、西郷に贈っている。美しい友情である。大久保が津田と交際を結んだことをよろこんだのは言うまでもない。

翌日、大久保は薩摩にかえり、西郷はさらに北に向った。

薩摩から中央の地へ出るには、この頃は福岡を通るのは順路ではない。久留米《くるめ》から直方《のおがた》を経て黒崎《くろさき》に抜け、小倉《こくら》に出たのであるが、この時はとくに福岡に立寄るべき用事があった。

先年の藩の騒動の時、薩摩を脱走して、黒田藩主長溥《ながひろ》に委細を報告した四人の薩藩士があったことは前に書いたが、長溥はこの四人を庇護《ひご》して領内にとどめている。そ

のうちの加治木郷士《かじきごうし》竹内伴右衛門《たけうちばんえもん》と岩崎千吉《いわさきせんきち》とは城下をはなれた郡部に居住させているが、城下士《ざむらい》の井上出雲守《いのうえいずものかみ》と木村仲之丞《きむらなかのじょう》とは福岡・博多《はかた》に居住させていた。当時、井上は工藤左門《くどうさもん》、木村は北条右門《ほうじょううもん》と名前をかえていた。

この人々は斉彬にとって大忠臣である。この人々が国許《くにもと》のさわぎを長溥に報告したので、長溥がいろいろと運動し、ついに閣老阿部正弘が動いて、斉興が隠居し、斉彬の襲封が実現したのであるから。斉彬としては、国許に召還して、大いに功を賞したいのであるが、斉興のきげんをはばかって、それが出来ない。だから、斉彬はとくに西郷に言いふくめて、二人を訪問させ、金子《きんす》をとどけさせることにしたのであった。

西郷は二人に会い、斉彬のことばを伝え、持って来た金を渡した。

当時、二人は筑前《ちくぜん》藩から年五十俵ずつ、加治木郷士二人は四十俵ずつの扶持米《ふちまい》を給せられていたのだが、その生活ぶりはかなりに貧しいように、西郷の目には見えた。

二人は斉彬の恩情に涙をこぼしてありがたがった。ものに感じやすく、また涙もろい西郷も涙がこぼれた。

「拙者らは信ずるところを行って、今の境遇になったのでごわすから、少しも不平不満を申すべきではありませんが、凡人のかなしさには、国許の家族共のことが、おりおりは案ぜられます。せめては、時々文通が出来たらと思いますよ。お笑い下さい」

と、工藤が言うと、西郷は一途《いちず》に同情した。

「ごもっともでごわす。何とかなりそうなものでごわす。何とか骨をおりましょう」

といって、その夜宿屋で手紙を書き、飛脚便で妹婿の市来正之丞《いちきまさのじょう》に出した。

「井上、木村のご両人に会って、太守様のご恩命を伝えたところ、ご両人とも泣いて感激された。お二人の生活は国許で考えていたよりはるかに貧しく、気の毒でならない。また国許のご家族衆と音信が出来ないことをなげいておられた。これまたもっともな次第と、同情にたえなかった。お二人の手紙を、貴殿または太守様のご信任の厚い家老座書役蓑田伝兵衛《みのだでんべえ》殿あてにして、変名で公用便として出させ、それをお二人の家族にとどけるというようなことは出来ないものだろうか。一つ工夫して、小生までに知らせて下さい。また、お二人の待遇の改善についても、何とかお骨折り願いたい」

というのが、その大意である。

翌日、西郷は福岡を立ったが、工藤は別れるに忍びず、小倉まで送った。

工藤は鹿児島にいる頃は城下有数の名社諏訪《すわ》神社の宮司で、国学、史学の造詣《ぞうけい》の深い人である。小倉までの途々《みちみち》いろいろと西郷と談話する間に、その深い学識に、西郷は感心した。

小倉で別れる時、工藤は下関《しものせき》郊外竹崎の白石正一郎《しらいししょういちろう》にあてた紹介状を書いてくれた。

白石正一郎は豪商である。憂国の志が深く、長州藩の志士らはもちろん、広く天下の志士らにも名前を知られ、この海峡をこえる者は必ずこの人の世話になった。つまり当時の愛国志士らのシンパサイザーだったのである。

白石はよろこんで西郷を迎えた。西郷はよほど白石が気に入って、後に妹婿の市来正之丞にあてた手紙の中に、おとなしやかで、学問も和学をおさめており、上品ですなおな人がらなので、おもしろく一昼夜も語ったと書いている。

白石は防長《ぼうちょう》地方（今の山口県）三百軒の染物屋に阿波《あわ》（徳島県）産の藍玉《あいだま》を売りさばいていたが、阿波の藍玉屋が値上げにつぐ値上げをするので、腹を立てていた。藍玉は薩摩でも出来るのだが、阿波の藍玉ほど名前も売れていず、上質でもないのだが、白石はこれに乗りかえようと思っていた。だから、この話を西郷にして、お国の物産がかりの役所に紹介していただけまいかと頼んだ。

元来、西郷は人間の悪の根源は欲にあるという考えを持ち、欲念を絶つことを自己修養の根本にした人である。だから、商売の話など大きらいであったが、阿波の藍玉屋共の強欲をいきどおる白石の心には大いに同感した。

「骨をおって見ましょう」

といって、市来正之丞に手紙を書いた。

わしがこんなことに口を入れるのは大きらいなことは、貴殿もよく知っておられることだが、阿波の悪商人共のやりかたは憎むべきであり、白石のいきどおりはいかにももっともだ。家老衆に申上げて、何とかしてやれるものなら、してやっていただきたい。

という意味のものだ。

この話はうまく行って、白石は薩摩藩から藍玉を仕入れることが出来たのだが、これが機縁になって、薩摩藩の御用商人となり、薩摩人はまた維新運動に多大な便宜を得るのである。

西郷は下関を立って、瀬戸内海《せとないかい》を船で大坂に入った。大坂には斉彬の同志である譜《ふ》代《だい》大名土屋寅直が大坂城代となって来ている。土屋の用人の大久保要《かなめ》は、当時の名士であり、相当な学者であり、大坂城代という要職の人の用人なので、幕府内部の事情にもよく通じている。西郷よりはるかに年長でもう六十を越えていたが、親しいなかであった。西郷は藩の蔵屋敷にも立寄らず、船を上るとすぐ大久保要を訪問した。大久保はよろこんで迎えた。

「貴殿、こんどはどういうご用でお上りでござるか」

西郷は使命を説明した。

「そうですか。それでは、江戸のことは何にも知らんで出て来なさったのですな」

「そうです。何かあったのでごわしょうか」

「あった段か。メリケンの総領事のハリスが下田から江戸に出て来て、とうとう将軍家に拝謁し、メリケンの大統領の国書を呈上したのです。十月二十一日のことでした」

十月二十一日といえば、西郷の国許出発の九日前である。

「そうですか。とうとうそういうことになりもしたか」

ハリスがどんな要求を幕府につきつけるか、西郷は斉彬から話されて知っている。早晩来るべきものが来たとしか感じない。斉彬の憂えは、幕府がそれをどう受けとめ、どう世間——朝廷、幕閣内の保守分子、諸藩、天下の人々全部だ——を納得させるかにある。

「それで、どうなりました」

「受取られただけで、まだ返事は遊ばしていません。いろいろ反対の説もある模様です。しかし、ハリスはぜがひでも貫徹せずんばやまぬ心でいるらしく、数日の後には堀田老中のお屋敷に行き、お公儀の外交事務担当の役人方全部を前にして、二時間余にわたって大演説を行いましたとか。世界の大勢を説き、日本が多数の港をひらいて諸外国と交易を行うのは、この大勢に従うことで、そうでなくては日本は世界の進運にとりのこされ、ついには存立出来なくなるであろうと説き、また目下シナでは英・仏両国の連合軍がシナと戦争しているが、シナは必ず負ける、そうなれば両国は戦勝の余威を駆って日本に来て、通商条約を結ぶことを要求することは必定である、恐らく、それは日本にとって大へん条件のわるい条約であろうが、とうてい、日本はこばむことは出来んだろう、それより、わが国と早く条約を結んで、これが先例であるといって応接されるがよい、わしも中に立って、お力になりましょうと、こう説いたそうです。なかなかの雄弁で、しかも誠意あふれていたという話です」

「そうですか。ご承知の通りの主人でごわすから、条約が公正なものならば、決して反対ではないのでごわすが、アメリカの条件はどうでごわしょう」

「細目は相談の上、きめることにしたいと申している由ですが、港のことだけは申したそうです。江戸、大坂、長崎、新潟、それに蝦夷地《えぞち》（北海道）の箱館《はこだて》の都合五港を開くことを要求しましたとやら」

「それは難題でごわすな。長崎、新潟、箱館はたやすく受入れられましょうが、江戸と大坂はむずかしゅうごわすな」

江戸は将軍家の膝《ひざ》もとであり、大坂は朝廷のある京都間近である。一は日本の政治の中心、一は日本人の精神の中心に近い。猛烈な反対のおこることは目に見えている。

「その通りです。港のことは、相談の上で何とかなりましょうが、問題は頑固な保守派の連中ですよ。朝廷はご反対でしょう。諸藩では水戸が大の反対にきまっています。堀田殿や外交がかりの連中は大いに気を動かしているようですが、よほどうまく運んでもらわんと、大へんなことになります」

「同感です。ついでにおたずねしますが、将軍家ご養君のことは、どういう風に運んでいましょうか」

「これがさっぱりわかりません。大体一橋卿《きょう》にきまったようなという風評があるかと思えば、新たに紀州公が候補に乗り出し、大奥がその色に染まったという話も伝わって来て、まるで渾沌《こんとん》としています。何分にも一橋卿は、大奥の女中衆にきらわれていなさる水戸のご隠居のお子様なのでねえ」

と、大久保は苦笑とともに嘆息する。

西郷は斉彬の口からも同じなげきを聞いたことがある。

「そうでごわすなあ」

といった。篤姫様もお骨のおれることじゃろうと思った。

西郷は水戸崇拝で、一時は水戸斉昭を神様ほどに尊敬していたのだが、この頃では少し気持がかわって来ている。水戸のご隠居はえらいお人であるが、もうお役目はすんだお人である、あの方は日本の危機に早く気づいて、いろいろと言いもなさり、実行もなさって、日本人を覚醒《かくせい》させなさったが、それでお役目はすんだようだ、これからはわが太守様のお役目だ、太守様以外には日本を背負って立てるお方はおられないという気になっている。

大久保の宅を辞して、蔵屋敷に行った。もう夕方、ちらちらと灯のつく頃であった。ここには親友の吉井が役人となって駐在している。

「やあ、やあ、国からのお手紙をもろうてから、日を数えて、今日おじゃるか、明日おじゃるかと、ずいぶん待った。えらいごゆっくりじゃったなあ」

と、迎えた。

「急ぐことはない、じっくり情勢を視察しながら上って行けという仰せつけじゃったので、その通りにして来た。今日は土屋ご城代のご用人の大久保要殿のところへ寄ってから来た」

「おお、そうでごわしたか。早う上りやれ。風呂《ふろ》がわいとる。旅塵《りょじん》を洗いおとしなされよ。国の話も聞きたいし、こちらも積る話があるが、それは町へ出ていっぱいやりながらのことにしよう」

請《しょう》じ上げて、入浴させ、一緒に町に出て、行きつけの小料理屋に入った。

西郷は生来酒は好きではなく、明治以後はほとんど酒を飲まなくなったが、この頃は少々は飲んだ。そのかわり、食べる方は人の二倍三倍だ。大坂は食べもののうまいところだ。しきりに食べる。吉井は酒は大好きだ。血統だろう、この人の孫に酒豪の歌人吉井勇《いさむ》が出ている。

西郷は国のことを語り、吉井は中央の政治情勢を伝える。しかし、大久保要から聞いたほどくわしくはない。そのかわり、京都のことは新しい情報であった。

「ハリスが将軍家へ拝謁して、通商条約のことを説いたと聞いて、近衛公《このえこう》はきついご心痛じゃそうな」

「おはん、誰からそれを聞いた」

「原田才輔《さいすけ》サアに聞いた。つい数日前、原田サアがちょっとこちらにおじゃって、蔵屋敷にお立寄りじゃったが、よもやま話の間にそう言いなさったのだ」

　原田才輔は元来薩摩の藩士であったが、数年前から近衛公の侍医となっている人物である。鍼医《はりい》で、その頃もう七十を越していたが、憂国の志のある人で、当時勤王僧として有名であった清水寺《きよみずでら》の月照《げっしょう》とも親交のある人であった。もっとも、この頃の西郷は原田とは面識があるが、月照とはまだ交際はない。

「それで、近衛公はどうご心痛なのじゃ。幕府が通商条約を結ぶようになるのが心配じゃというのか、それとも、条約締結はやむを得んが、どんな条件の条約になるか、あるいは通商をはじめた後の日本が心配じゃというのか」

　たった二、三ばい飲んだ酒に、西郷のたくましい顔は真っ赤になり、たたみかけて聞く。

「さあ、そこんところはくわしくは聞かんじゃったが、その第一の方じゃろと、わしは思うて、聞いた。くわしく聞けばよかったな」

　吉井はぬかったなという顔をする。

「よかよか、どうせ京都には行くつもりにしとるのじゃ。直接近衛公に拝謁してうかがうことにする」

　やがて、西郷は満腹し、吉井は大いに酔って、蔵屋敷にかえった。

床をならべて寝につき、吉井のいびきを聞きながら、西郷は今さらのように斉彬の見通しのするどさに感じ入っていた。

（太守様は通商条約の締結には、第一の難関は京都じゃと申されたが、やっぱりそのようじゃ。近衛公の考えは公家《くげ》衆全部の考えじゃろうからな。太守様は阿部勢州殿なら見事にさばけるのじゃが、堀田老中では心もとない、返す返すも阿部の死が残念じゃと申しておられた。もつれて来ねばよいが……）

と、思いつづけながら、眠りに入った。

翌日はまだ暗いうちにおき、八軒屋まで行って、朝の三十石船で淀川《よどがわ》をさかのぼり、日暮方伏見《ふしみ》につく。

ここにも藩邸があるのだが、立寄らず、夜道をして京都に入り、錦《にしき》の藩邸近くの鍵《かぎ》屋《や》直助《なおすけ》方にわらじをぬいだ。

鍵屋直助は屋号を鍵直といって、薩摩藩の定宿になっていた。ここから町二つへだてて、藩邸があって、北は錦小路、東は高倉《たかくら》、西は東《ひがし》ノ洞院《とういん》にわたる広い地域をしめていた。この時から数年後になると、諸藩の京都屋敷は皆拡張され、それぞれ大きなものになるが、この頃まではせいぜい京都物産の買入れくらいの用務しかないので、ごく手狭なものであった。だから、薩摩の藩邸は格外に大きかったわけである。大体、今の四条《しじょう》通の大丸デパートの裏にあたる見当である。この藩邸も、鍵直も、あとで出て来て西郷伝中の重要な場所になるから、覚えておいていただくとありがたい。

西郷はこの前帰国する時にも、ここに泊っている。あの雄偉なからだといかめしい相貌《そうぼう》に似合わず、西郷はやさしい心を持っている。誠実で、いかにも頼もしい性質である。時々途方もないじょうだんを言って、人を楽しませる愛嬌《あいきょう》もある。主人の直助も、雇人らも、皆西郷に好意を持っていた。皆よろこんで迎えた。

夜が明けると、近衛家に行って、斉彬からの手紙を差出して、都合をうかがった。近衛家と島津家は代々最も懇親の家がらだ。縁結びも度々している。つい先年篤姫が将軍家へ入輿《にゅうよ》した際も、形式は近衛家の養女ということになっているのだ。こんな島津家である上に、忠熈《ただひろ》は斉彬の賢明と、皇室にたいする忠誠心とを大いに頼りにしている。すぐ会った。

会うといっても、この時代は階級の制度が最も厳重だ。天皇につぐ尊貴な五摂家の筆頭である近衛家の当主が薩摩の下級藩士に同じ座敷で会うわけには行かない。みずからは座敷にすわり、西郷を庭にすわらせて会うのである。

別段高慢ぶっているわけでもなければ、侮辱しているわけでもない。これが礼儀なのである。こういう礼儀によって、当時の社会の秩序は保たれていたのだ。時代時代の約束なのだから、現代の常識を持って歴史時代を律してはいけないのである。もっとも、明治維新は、結果的には、こうした人間性に遠い礼儀を廃して、もっと人間的なものにしたのであるが。

近衛家の侍臣が、西郷の名を披露すると、

「そなた、この前斉彬殿がご帰国の時、供衆の中にいましたな」

と、忠凞は言った。微笑して、やさしい顔であった。忠凞はこの時四十九、おも長で、あごの細い、色の青白い人である。

「はい。おりましてございます」

西郷は最も豪傑の気に満ちており、最も剛胆な性質だが、横着なところはさらにない人物である。誠実で、礼儀正しいのである。天皇につぐ尊貴な人にこう言われて、汗を流すばかりに感動して、平伏した。

「その見事な体格じゃゆえ、まろは見覚えている」

と、忠凞は笑った。今年の四月、斉彬は江戸から帰国する途中、京都に立寄って、近衛家を訪問した。その時、西郷は供廻《ともまわ》りの一人だったのである。

忠凞は斉彬の健康のことなどを二、三聞いた後、

「そなたは斉彬殿のご用をうけたまわって江戸に行くのじゃと、このご書面に書いてある。それがどんなご用であるかは、そなたに聞くようにとも書いてある。話してくりゃれ」

西郷は主として二つのご用をうけたまわって行く、それはしかじかだと答えた。

忠濂はたばこ盆から長いきせるをとり上げて、ゆっくりと吸いつけ、二、三服した。思案している模様だ。

やがてきせるをおいて言った。

「どちらも大へんなことじゃのう。将軍の養子のことは、日本の中心をかためることと故、早うきめなければならんが、すらすらとは行かんようだの。ほのかに聞くところでは、紀州家の当主を推す動きもあるそうな。紀州殿はまだやっと十二じゃということじゃから、どんなに賢うても、この大事な時代には、将軍に適当じゃとは思われんが、井伊家などはえらい熱心で、堂上衆《とうしようしゆう》によく知られた和学者を上《のぼ》せて説きまわらせているので、ずいぶん同調している人もいるということじゃ。井伊家は譜代《ふだい》大名の旗頭で、代々大老になる家柄ゆえ、譜代大名にはにらみがきくのではないかな」

公家気質《かたぎ》というのだろうか、日本の大事だというのに、人ごとのようにのんびりとした調子である。しかし、話の内容は最も重大である。西郷は緊張した。井伊家がそんな運動をしているとは、はじめて聞くことだ。この頃はまだ井伊家の当主直弼は大老にはなっていない。しかし、忠濂の言う通り、譜代大名の旗がしらで、その当主は大てい大老となっている。有力な発言力を持つ家なのだ。

「その和学者とは誰でございましょうか」

「何とやら言うたなあ。何というたかな。今の井伊殿が部屋住みの頃の和学の師匠で、当主になってから家臣にしたという……、おお、そうそう、長野主膳《ながのしゅぜん》であった。鈴の屋のおきな本居宣長《もとおりのりなが》の系統の和学者で、和歌《うた》が上手で、堂上衆に弟子が多いのじゃそうな。たしか、二条さんも弟子になっていなさるそうな」

西郷は長野主膳という名前を、深く胸中にきざんだ。

忠凞はまたたばこを二、三服して、

「それも大事じゃが、さしせまって大事なのは、通商条約のことじゃ。伊豆の下田に来ているメリケンの出先き番頭のハリスとかいうのが、先月の二十一日、とうとう江戸に出て、将軍さんに会うて、これまでの和親条約を通商条約に改めたいと論判をはじめたそうじゃ。せんどのこともある。こんども押切られるのではないかと、御所では皆心配しとる。斉彬殿はそなたの出て来るまでは、このことはご存じなかったじゃろうが、話は前々からあったのじゃから、ご意見はあろう。何というてござるかな」

これは答えられない。朝廷の空気が条約反対であるとすれば、うっかり斉彬の本心をあかしては、こまった事態になろう、斉彬のさしずを仰いで、方法を工夫して解きほぐすべきであると思案した。

「そのことにつきましては、てまえは少しも主人の意見を聞いていません。しかし、日本の重大事として、考慮を重ねているようではございます。よくご承知のことではございましょうが、てまえ主人は、十二分の考慮と前途の十分の見通しが立たぬ以上、口にせぬ人物でございますから」

「その通りじゃな。しかし、この際、斉彬殿のお考えが聞けんのは残念じゃな。お聞かせ下さるように、そなた言うてやってくれんか」

「かしこまりました」

これで謁見はすんで、家臣に連れられて別室に案内され、茶をふるまわれて、辞去した。

帰りに藩邸に立寄った。当時の京都留守居《るすい》は伊集院太郎右衛門《いじゅういんたろうえもん》である。おとなしいばかりで、手腕も識見もない中老人であるが、西郷が斉彬の寵臣《ちょうしん》であることは知っている。愛想よく迎えた。

西郷はしばらく伊集院と話をした後、へやと筆紙を貸してもらって、斉彬へ報告書を書いた。大坂で大久保要に聞いたこと、京都で近衛忠凞に聞いたこと、通商条約にたいする朝廷の空気と井伊家が紀州侯を将軍世子に推す運動を京都でしていることとは、別してくわしく書いた。近衛が通商条約について斉彬の意見を聞きたがっていることを書きそえたことは言うまでもない。

書きおえると、厳重な封書にして、特別の至急便でお国許《くにもと》へ差立てていただきたいと、伊集院に頼んだ。

西郷は二、三日鍵直に滞在して、京都の情勢を観察した。彼は考えた。

「公家《くげ》衆が保守的であるのは自然のことである。人間は実務について、きびしい現実と常に対面していれば、現実的にならざるを得ない。従って進歩的にもなる。現実の変化が保守の殻に閉じこもっていることを許さないからだ。公家衆は武家政治がはじまって以来、七百年もの間、政治の実務から遠ざかっている。そのしごとはお祭りごとのような儀式だけである。また、徳川家康《いえやす》によって公家法度が制定されてからは、公家は朝廷の儀式以外は、学問と詩歌の道に励むことになっているが、その学問は現実の政治に関するものであってはならず、風流韻事のいわば遊びごとの学問に限ることになっている。これではは げしい現実の変化にたいしては居すくむばかりで、益々《ますます》保守の殻に閉じこもることになる。しかし、この人々は日本人の精神の中心である皇室をとり巻いて朝廷を組織している人々だ。これを説得して、心を広い世界の流れに向けさせ、考えをかえさせないかぎり、日本の新しい姿勢は確立しない。太守様は、阿部ならば出来るが、堀田では心もとないと、言っておられるが、むずかしいことになった」

またしても、これは太守様なら見事にお出来になるのだがと思わないではいられない。しかし、外様《とざま》大名である斉彬はその任にあたることが出来ないのだ。斉彬がいつも、特定の家がらの譜代大名と幕臣しか天下の政治にあずかることの出来ない制度を改革して、広く天下に人材をもとめることにしなければ、これからの日本は立ち行かないと言っていることを思い出し、まことにそうだと思った。

西郷はまた京都在住の浪人学者である梅田雲浜《うめだうんぴん》であるとか、頼三樹三郎《らいみきさぶろう》であるとか、池内大学《いけうちだいがく》であるとかいう人々が、しきりに宮様方や公家の家に出入りして、通商条約反対の論を説いていることを知った。

西郷の学問の根柢《こんてい》は儒学であるから、この学者らの学問には敬意をはらっているが、これはこまったものだと思った。儒学は尊い立派な学問ではあるが、儒学だけでは今日の政治問題はわからない。儒学のしっかりとした教養と共に今日の激動する世界情勢にたいする豊かな知識があって、はじめてわかる。自分も、太守様に世界の情勢とこの情勢の中におかれた日本の境遇とを教えられたから、どうにか目がひらけたのだ。

「りっぱな先生達には違いないが、世界のことはまるで知りなさらん。この人達が強い保守論を公家さん達に説きなさるのだ。学問のある人達だけに、議論の筋道は立っているじゃろうし、雄弁でもあろう。公家さん達はひとたまりもあるまい。益々保守的になりなさるじゃろう。ことはむずかしくなるばかりじゃ。こまったことじゃ」

と、思ったので、新しく報告書を書いて、これも斉彬に送った。学者らを訪問して議論することは、この時はしなかった。元来、議論は得手ではないのである。

十一月二十三日、京都を立って江戸に向った。京都滞在が長くなったので、せっかく長岡監物から、尾州家の家老田宮如雲あての紹介状をもらっているのに、名古屋《なごや》には立寄らなかった。当時の東海道《とうかいどう》は伊勢の桑名《くわな》から船で熱田《あった》にわたることになっていたから、名古屋は少し寄り道になるからである。このため、田宮あての紹介状は西郷の手許にのこり、今日西郷文書中にあって、後世の研究家の資料になり、この当時の一流の名士らがまだ若い西郷をどんな目で見ていたかを、われわれにはっきりと示してくれるのである。

江戸へは十二月六日の夕方ついた。翌日、越前家の霊岸島《れいがんじま》の下屋敷にいる橋本左内へ使を出した。

「昨日夕方、国許から出てまいった。明日昼頃、お訪ねしたいが、ご都合はいかがであろうか」

というのである。

「遠路のご到着、ご苦労です。明日はお待ちしています」

と、左内は返事をくれた。

翌日、西郷は出かけた。

久しぶりの面会のあいさつ、遠路の旅のねぎらいのことばなどがすむと、さしあたっての用件に入る。西郷は、左内の主人慶永にあてた斉彬の手紙を出して、慶永への手渡しを頼んだ後、もう一通とり出した。これは長岡監物から左内にあてた手紙である。

長岡は左内とは面識がなかったが、前から名前を聞いており、西郷から左内の人物と識見を聞いたので、天下のためにしっかりと働いてもらいたいという趣旨の手紙を書いて、西郷に托《たく》したのである。この手紙は橋本景岳全集におさめられている。この時、左内は数え年二十四だ。現代なら、大学の四年生くらいだ。大藩熊本の家老で、長岡ほどの人物から進んで交際をもとめられたのだ。いかにすぐれた人物であったかがわかるのである。幕末維新という時代は、まさしく日本の英雄時代であったのである。

話にかかる。

「唯今《ただいま》問題になっている通商条約についての拙者の主人の考えと、越前守（慶永）様のお考えとは、以前からぴったりと合っていることでありますれば、特に申しふくめはありませんでした。ただ、よろしくお願い申すとのこと。

次はご養君のことでござる。在国中で、思うようにお手伝い出来ず、まことに残念でござるが、み台所（篤姫）を通じての大奥への運動はせいぜい骨折ります。それについて越前守様もよくご存じの西郷吉之助を上府させます故、ご家臣と思召《おぼしめ》して、お心おきなくお召しつかいいただきたいと申しました。主人はまた拙者に、越前守様を主人と思うて忠節をつかまつれと申しつけました」

「薩摩守様のお志の深さ、感激のほかはございません。主人もいかばかりよろこぶことでございましょう。貴殿にはまた別にお礼を申し上げます。何分ともによろしくお願い申します」

と、左内は感動して礼を言った。

西郷は、京都で探索して来た、井伊家の国学者で長野主膳という者が、藩主の命令を受けて京に出て、将軍世子には紀州藩主の慶福が適当であると堂上方《とうしょうがた》に説きまわっていて、同調者が多いらしいこと、浪人儒者の連中が堂上家へ出入りして、しきりに通商条約反対の論を説いていることなどを語った。

左内は一時顔色をかえたが、すぐおだやかな顔になって、持ち前の冷静な調子で言った。

「そうですか、よいことを聞かせていただきました。井伊家のその国学者は、当地でも大奥の女中衆にいろいろと手入れしているのです。どうやら、浪人時代に紀州の附家老の水野忠央と知合になっていた模様で、これが中に立って井伊と水野とを結びつけたらしく思われます。

長野が慶福殿を推す議論はこうです。二通りの議論になっています。

ご養君問題は、徳川本家の家督問題である。分家筋の越前家や、赤の他家である外様大名たる薩摩藩や宇和島藩や土佐藩などが口ばしを入れるべきことではない。

養君を定めるは、すなわち次代の将軍家――天下の大政を総《す》べる方を定めることなのですから、単なる一家の家督問題ではないのですが、無智で感情的な大奥の女中衆には、この俗論はまことに通りがよい。そうじゃそうじゃと言い立てる向きが多くなりつつあるようです。女中衆だけではない。幕臣にも多くなりつつあります。二百五十年の間、譜代大名と幕臣だけで握りづめにして来た幕政でありますから、自分らのこの特権を守ろうとの心があるからでもありましょう。

もう一つの論は、こうです。

わが皇国においては、君主の資格は一筋に血統である。賢愚や年の少長にはない。もし賢愚や年の少長によって君位を定めるということになるなら、嫡々相承《う》けるという制度はないにひとしく、争乱やまないことになる。皇位も危いことになる。これを以《もっ》ても、賢者や長者をえらんで君主と定めるのは、外国の風であって、わが皇国の風ではないことは明らかである。従って、ご養君には血統の最も近くあられる紀州様をお立てするのが、最も正当であると、こうです。

この論は、皇室と他とを同一に見る偽りの論でありますが、一見したところは大義名分に立脚した堂々たる継統論でありますから、確乎《かっこ》とした見識を持たぬ連中にはなかなかの力があるようです。京の堂上衆には格別魅力がありましょう。長野の説が京で多数の同調者を得つつあるというのは、恐らくはこの論で説いているからでありましょう。大義名分、皇位の尊厳という議論をもってされては、堂上衆には抵抗が出来ますまいからね。

こまったことです。何とか、早急に手を打つ必要があります」

沈痛な調子ながら、最も冷静、最も明快に分析してみせる。西郷は感嘆するよりほかはなかった。

浪人儒者らのことについては、

「これも出来るだけ早く手を打たねばなりません。しかし、この人々は学問があるだけに物の道理のわからない人々ではありません。今の世界の形勢を知らないところから、一筋に旧来の制度がよいと思いこんでいるのですから、それを知らせれば、誤りをさとると思います。何とか、その方法を講じましょう」

夕方近くまで談じて、西郷は辞去したところ、深夜、左内のところから使が来た。

「お帰りになったあと、薩摩守様のご書面を主人に渡し、貴殿の口上をも申しましたところ、主人は、ぜひ直接貴殿に会いたい、明日、わたくしの小屋へ来てもらうよう連絡せよと申しますので、この使を差立てました。ご返事を待ち入ります。もし、お出《い》で下さるなら、これはごく内々のことである故、ご服装などは平常の通りでよいと思います。ご返事を待ち入ります」

という文面である。

西郷はよろこんだ。慶永とは以前から斉彬の私的な使をうけたまわって行って、いく度か会っているが、こんなに急いで会おうというのは、慶永がいかに斉彬の志をよろこんでいるかを示すものだ、自分の働き場もあたえられるのだ、と、うれしかったのである。

翌日、慶永は左内の長屋で、西郷に会った。慶永はこの時三十、澄んだ眼が大きく、おも長のりっぱな風貌《ふうぼう》の殿様であった。西郷に、慶喜擁立運動が思うように運んでいないことを説明し、なおくわしくは左内が申すであろうと言い、すぐ立去ったが、この時西郷に肴代《さかな》として三百疋《ぴき》を与えた。疋は古い時代は銭十文のことを言ったが、この時代は二十五文であった。三百疋では七千五百文、金貨に換算すれば一両三分二朱である。西郷は感激して受けた。

左内は西郷にたいして、将軍み台所の縁をたぐって、大奥方面へ運動してくれるように頼んだ。西郷自身も、国もとからそのつもりで出て来たのだ。

「かしこまった」

「昨日もあらましお話し申しましたように、長野主膳の手によって、大奥の紀州説はあなどるべからざる勢いとなっています。そのおつもりで、お骨折りいただきとうござる」

西郷はうなずいたが、すぐ言う。

「それについて、お願いがござる。一橋様のお人がらをわかりやすく文章に書いていただけますまいか。み台所様には、ご入輿《にゅうよ》前、主人からよく説明してあるのでごわすが、大奥の女中衆は水戸の老公をきらっていますため、一橋様をよく思っていないのではないかと思われるからでごわす。一橋様のりっぱなお人がらをわかりやすく書いたものがあれば、み台所様もそれを将軍家や女中衆に見せて、ご説得なさりやすいと思うのでごわす」

「それはよいところへお気づきです。書きましょう」

その日はそれで別れた。

数日後、左内は自分の書いた「橋公行状記」をとどけた。手紙がついている。風邪をひいたためにおそくなって、失礼したというだけの、ごく簡単な文面のものだが、この手紙には後日談がある。どういうわけか、西郷はこの手紙を死ぬまでたずさえていて、明治十年に城山《しろやま》で死んだ時、携帯していた革文庫の中に入っていた。吉井友実（幸輔）がこれをもらって表装して巻軸にして、明治天皇に献上した。橋本景岳全集には、これを宮内省から借り出して写して収録してある。原本は宮廷に現存しているはずである。

こうして、松平慶永は左内と西郷とを両翼にして、一橋擁立運動をまっしぐらにおし進めた。自らは幕閣の老中らに説き、左内には老中以下の幕府要人にあたらせ、西郷には大奥にあたらせたのである。

大奥にあたるといっても、将軍み台所に直接に会うことは許されないのだが、西郷はいい手蔓《てづる》を持っていた。ずっと前に書いたように、み台所入輿の時、西郷は話をまとめるためにも、支度の調度類をととのえるためにも、大いに働いているので、み台所について大奥に入った女中らと知合になっている。なかにも、老女の小《お》の島と幾島《いくしま》とは、西郷の誠実な性質が気に入って、信用していることが一方でない。西郷はこの人々を通じて運動した。幾島は女丈夫ともいうべき人がらで、胆太《きも》く、心剛で、顔にこぶがあって、人々は「こぶ」とあだ名して、恐れはばかったという。

三人の大車輪の働きにもかかわらず、なかなか効果があらわれない。老中らは慶永に説かれると、いかにも調子のよいことを言い、

「他の人々はどうともあれ、自分だけは一橋公を推します」

というのだが、形勢は少しも好転しないのである。

左内の幕府の要人らにたいする説得は最も力があり、川路聖謨が、江戸城内で慶永に逢《あ》った時、

「先日はご家臣の橋本左内殿が訪ねて参られ、いろいろ議論をかわしましたが、その知識の博大なこと、論旨の鋭利なこと、拙者は半身を切り裂かれたような気がしました。まだ年若で、顔つきなど少年のようでありますのに、おどろくべき人物であります」

と言ったという有名な話があるが、それはこの頃のことである。

このように、左内の遊説は力があったのだが、幕府の要人といっても、この人々は世子問題のような大事を決定する位置にはいない。いわば輿論《よろん》を形成するだけである。

西郷の方も難関に逢着《ほうちゃく》した。み台所は、直接将軍にむかって、

「ご世子のことについて、父斉彬は今日の時局から判断して、一橋公が最も適当であるという考えに達し、わたくしにその旨を申し上げるようにと申しよこしました」

と言う決心をつけ、将軍の乳母であった歌橋《うたはし》という女中を呼び、この決心を告げたところ、歌橋は、

「そういう大事なことは、表の役人衆（老中衆）がくわしく吟味して申上げるのがお公儀の定めで、大奥方面から申上ぐべきことではございません。また何事によらず、大名衆が手筋をもって奥向きへ願い出られることは、一切お取上げにならない定めになっています。お実家へはほどよく申しておことわり遊ばしますよう」

と、ぴたりと釘《くぎ》をさしたので、動きがとれなくなったのである。

この時代、将軍の実母で本寿院というのがいたが、これが最も強硬な水戸ぎらいで、歌橋はその本寿院派であり、水野忠央の二人の妹である前将軍家慶の側室お琴の方、大奥年寄の遐子《はるこ》と、大の仲よしだったのだから、こうなるのは当然のことであった。よりによって、こんな女に相談したみ台所もずいぶん迂闊《うかつ》だったわけである。

老中らがこの問題に熱心になれなかったについては、無理からぬ点もあった。ハリスの要求する通商条約をどうするかが、さしせまっての幕府の課題だったからである。通商条約締結は好むところではないが、やむを得ないだろうというのは、江戸では共通の考えだった。幕府の人々もそう思い、諸大名も、水戸藩のようなところすら、そう思っていた。ただ、どんな条約にするかが問題だった。

この頃、水戸斉昭が、幕府に意見書を差出した。その内容はこうだ。

「通商条約を結ぶのはやむを得ないが、聞くところによれば、メリケンは江戸を開港地の一つとし、江戸に商館をひらくことを要求している由だが、拙者は絶対に反対である。また港も五港を要求している由だが、三港で沢山である。外国と交易などしても、全然日本のためにはならない。日本は外国の物資などいらない。日本国内の物産だけで十分にやって行ける。外国人共は交易によって日本人を飼い馴《な》らし、やがて日本を奪おうと計画しているのだ。そういう彼らの商館を江戸においては、やがて姦悪《かんあく》な内通の徒としめし合せて、江戸を焼打にする危険がある。彼らがいかに口先巧みに親切らしいことを言っても、信用は出来ない。従って、通商条約は、わが国の武備が充実するまでの一時の方便であるべきだ。

ついては、拙者を公儀のお使者としてメリケンへ派遣してもらいたい。そうすれば、自分はメリケンの当局者に、日本内地には商館を設けるな、交易したいなら、当地において自分が一手に引受けて交易のことにあたるであろうと説得する。その際の自分の従者としては、浪人や百姓、町人の二、三男と、重追放や死罪にあたる者共を赦免あって、召連れたい。

百万両借用したい。その金で大艦、巨砲を製造し、武備をととのえて、大坂・京都の守衛に任じたい」

年のせいもあり、また藤田・戸田の両ブレーンを震災で失って以後は、斉昭は急速に頭脳の柔軟さを失っている。今では疑い深い、向う意気だけむやみに強い老人になっている。家臣らの誰にも知らさず、一人で書いて、差出したのだ。

条約を結んで、世界の各国と交易するより日本の行く道はないと見きわめをつけ、時の事情に最も適した条約を結ぼうとして苦心さんたんしている老中らが、おどろき恐れ、斉昭に最も痛切な嫌悪を感じたことは言うまでもない。水戸藩では、幕閣からの通知で、おどろきあわてて、

「なかったことにしてもらいたい」

と頼みこんで、意見書をかえしてもらったが、老中らの感情はもうもとに返らない。

これにつけこんだのが、水野忠央である。

「水戸老侯に謀反の企てがある」

と、デマを流した。斉昭のさし出した意見書は、もし疑惑の目を持って解釈すれば、底に謀反の心があると疑わせるに十分なものがある。百万両借用して、軍艦・巨砲をつくって、京坂を守衛したいという所などは、皇室を擁して反幕の挙に出る下心であると解釈出来ないことはないのである。水野のはなったデマはおそろしい勢いでひろがった。

これも、一橋慶喜擁立派に大打撃となった。

条約問題と世子問題

年の暮になって、幕府は通商条約について成案に達した。十月以来、ハリスと十余度の折衝を重ねた結果である。

その要領は、

「箱館《はこだて》、神奈川（横浜）、長崎、新潟、兵庫（神戸）の五港を開き、これを貿易の市場とする。但し、開港の時期は神奈川・長崎は十五か月後、新潟は二十か月後。また江戸と大坂でも貿易することを許す。しかし、この両所は貿易の期間だけ米国人の在留を許す。その開港期は江戸は四十か月後、大坂は五十六か月後」

というのであった。箱館と兵庫の開港期がぬけているが、これはなにか口頭で約束があったのだろう。

この条約案については、諸藩に色々な批判があった。純粋な攘夷《じょうい》鎖国論は　つもなかったが、江戸や大坂を交易場にし、交易期間だけでも外国人の在留を許すという件や、京都に近い兵庫港を開くという件は、当時としてはいろいろ文句があったのである。

幕府はこれを、朝廷の許可をもらうことでおさえつけようと考えた。

一体、幕府政治の本則は委任政治である。幕府が朝廷から統治の大権を委任され、内外の政治をとりさばくことになっている。だから、三代将軍家光《いえみつ》の時に鎖国政策をとることにした際も、事前に朝廷の意志は聞いていず、事後に報告らしい報告もしていない。委任統治であるという建前から、一切独断で処理している。

ところが、ペリー来航の時から、幕府は外交交渉については事の経過を朝廷に報告し、認証を受けることにした。太平が二百七十年間もつづき、文化が興隆したことによって、日本の知識人の間に皇室尊重が常識となったからでもあり、幕府の自信喪失のためでもあった。外交上のことは、事後承諾の形ではあるが、朝廷に報告し、認証(勅許《ちょっきょ》)を受ける先例が出来た。

この時も、そうすることになった。先例とは言いながら、はじまって間もないことなので、老中の中には、

「万一のこともある。取りかえしのつかんことになっては大へんでござる。それにはおよばんのではござるまいか。旧来の法によって、独断でいたした方が安全でござるぞ」

と、主張する者もいた。松平忠固《まつだいらただかた》がその説であった。

しかし、老中筆頭の堀田正睦《ほったまさよし》は、押切った。諸藩の異論をおさえるためには、勅許を得ることが最も効果的だと思われたからである。自信もあった。堀田は「蘭癖《らんぺき》があ

る」といわれているくらい欧米のことに興味があり、世界の情勢にも通じていたので、よく世界情勢を説けば、公家《くげ》衆は納得するはずと信じていたのである。

そこで、十二月半ば、先《ま》ず大学頭《だいがくのかみ》林《はやし》煒《あきら》と目付津田《つだ》半三郎《はんざぶろう》を上京させた。交渉の経過報告と下工作のためであった。ところが、案に相違して、二人の京都での評判はおそろしく悪かった。京都は鎖国孤立の風が吹きまくっていたのである。鎖国攘夷ではない。鎖国孤立だ。この時期にはまだ攘夷というほどの強烈なものではない。

乗りかかった船だ。幕府としてはもうあとへは引けない。何としてでも、朝廷の認証をとりつけなければならない。年が明けて安政《あんせい》五年の正月二十一日、堀田正睦は、川路聖謨《かわじとしあきら》と岩瀬《いわせ》忠震《ただなり》とを随員として、おりからの雪の中を江戸を出発して、京に向った。

数日おくれて、二十七日、橋本左内《はしもとさない》も慶永《よしなが》の命で京に向った。左内の使命は、堀田を助けて、公家らを説いて、開国主義に転向させるにあった。堀田は閣老中では一橋《ひとつばし》派だったので、これを援助して、うまく勅許を得させることが出来れば、一橋擁立にもいい結果になると、慶永は思ったのである。

京都へついた堀田は諒解《りょうかい》運動にかかったが、どうにもうまく行かない。連れて来た川路は幕府要人の中では最も才略手腕ある人であり、外国の事情にもよく通じ、久しく奈良奉行をして、天皇が最も信任していられる青蓮院宮《しょうれんいんのみや》（後の久邇宮朝彦親王《くにのみやあさひこ》）をはじめ、公家達と懇意にしていたのだが、公家達は会おうともせず玄関ばらいを食わせる。岩瀬も幕府役人中第一の外国通で、識見才腕ともに抜群で、これまでハリスとの談判委員として働き、ハリスがその日記中にその手腕を嘆称しているほどの人物だが、これまた会ってもらえない。会ってもらえないでは、説得のしようもない。堀田自身も鷹司太閤《たかつかさたいこう》に面会をもとめて、病気中だとことわられる始末だ。

公家は貧乏だから、金銭の誘惑には弱い。だから、前から幕府は何か朝廷に運動する時には、多額の金銀を用意して、進物にする手が使われていたので、その手を使うと、

「これは伊勢《いせ》のご祈禱《きとう》料にいたします」

と言って、受取りはするが、ききめはさらにない。

こんな風で、いつ望みが達せられるか見当もつかない。公家達の間には、浪人学者らにあおられて、鎖国孤立の風が根強くこめていたのである。

堀田はハリスとの調印期日を三月五日と約束して来ている。弱り切った。

左内は堀田の到着した二日後の二月七日に京都についた。六日もおくれて江戸を出たのに、こうだったのだから、いかに急いだかがわかる。寒風と降雪をおかしての旅であったことが、この時の左内の手紙でわかる。左内は体質の虚弱な人である。君命をかしこんで、一筋の憂国の熱情によって、風雪の中を急ぎに急ぐ情景を思うと、ぼくは書きながら胸が熱くなるのである。

左内も、つてをもとめて公家達に会った。青蓮院宮にも会っている。彼もまたずい

ぶん賄賂《わいろ》をつかったことが、当時の彼の手紙でわかる。数百年の習慣で、薄禄《はくろく》の公家とその家来らは、賄賂というものに罪悪感がなくなっていたのである。

左内の江戸を出る時の目的は、堀田のために助鉄砲《すけでっぽう》を打って公家衆を開国論に転向させるにあった。こうすることによって、一橋擁立運動も好転するという計算だった。越《えち》前《ぜん》家の評判がひどく悪くなったのだ。だから、この方針によって遊説をつづけたのだが、意外な結果があらわれて来た。越前家の評判がひどく悪くなったのだ。

「越前家の説は、全然西洋風で、皇国を思う情は少しも見えない」

と、京都では言い出したのだ。外交問題についてはもちろんのこと、養君問題についても、皇国風ではなく夷狄《いてき》風であると言って、けぎらいするようになったのだ。

これはもちろん、いろいろな原因によって公家達が固陋《ころう》な鎖国孤立主義にこりかたまっていたからでもあるが、一つには井伊《いい》家の説客長野《ぜいかくながの》主膳《しゅぜん》の大義名分論的継統論が、公家達の気に入っていたからである。長野は開国鎖国の論には一切触れず、継統論一本槍《ぽんやり》で説きまくっていた。井伊は間もなく大老に任ぜられ、幕府の責任者となって、朝廷の意見も世論も一切無視して通商条約に調印したので、後世の学者の中には最も勇敢な進歩主義者、開国主義者であったという人もいるが、もしそうなら、長野がこの時一言もそれに触れなかったのは、最も老獪《ろうかい》な態度であったといわなければならない。しかし、巧妙賢明であったとは言えるであろう。

左内は最も苦しい場に立った。

この少し以前から、斉彬《なりあきら》は勅諚《ちょくじょう》を幕府に下してもらうことによって、世子問題を一挙に解決しようとの策を立て、近衛《このえ》家を通じて朝廷に運動中であったが、このことを、西郷を通じて慶永に説いた。

「妙案である」

慶永は賛成して、左内に運動方針の転換を命じた。左内は戦術をかえ、開国論を説くことをやめて、慶喜《よしのぶ》世子論一本槍で行くことにした。

はしなくも、群疑渦巻く京都で、左内と長野との一騎打ちがはじまることになったのである。

興味的に見れば、この一騎打ちはなかなかの名勝負である。長野はこの時四十四歳の中年、その学問は国学、思想は保守主義、性質は井伊によってやがては幕政にも参与しようともくろんでいる野心満々の人、左内は二十五という青年、洋学者、進歩主義者、愛国者である。何から何まで正反対だ。共通するところは、二人ともなかなかの美男子であるということだけである。

はじめの形勢は左内に不利であった。長野は井伊家につかえるずっと前から多数の弟子を公家やその家来らに持っている。隅々に至るまで手が行きとどいていたのだ。九条《くじょう》関白やその諸大夫《しょだいぶ》の島田左近《しまださこん》は最も熱心な弟子でもあった。いわば、京都は長野の地盤なのだ。そこに切りこんで切りくずそうというのだから、困難な戦いであったはずだ。しかし、左内の熱情と雄弁とは、少しずつ勢いを得て行って、一橋慶喜の評判は大分よくなって来た。

この期間中、江戸では、京都朝廷が硬化しているのは、浪人学者らの入説《にゅうぜい》以外に、水戸斉昭《なりあき》が鎖国論を上流公卿《くぎょう》らに説いているからだといううわさが立った。これは長野が放った流言からおこったようだ。長野は左内とわたり合いながらもしげしげと江戸に下って来ているが、それは江戸方面における慶喜の評判をおとす工作をするためであったようだ。なかなかの凄腕《すごうで》である。

斉昭の評判がこうでは、慶喜の評判もおちる。西郷はゆゆしいことに思った。左内が京都で慶喜の評判を回復しても、幕府のひざもとで慶喜の評判が悪くなれば、どうしようもない。

そこで、左内の同僚である越前家の中根《なかね》靭負《ゆきえ》（後に雪江）と相談し、慶永にも申上げて、斉昭がそんなことをしていないという証拠をさがすことにした。

「水戸家の執政、安島帯刀《あじまたてわき》殿にお会いになったら、何かあると存じます。安島殿は拙者懇意でありますが、老公も近頃では昔とちがって、大分お考えもおだやかになられたと言っていましたから、うわさのようなことは万々ないと思います」

と、西郷は言った。

中根は水戸家に行って安島に会って話をすると、安島はしばらくお待ち下さいと言って、奥へ入って、出て来た。

「老公と相談しましたところ、老公はこんなものではどうであろうかと、これをお出し下さいました」

といって、書翰《しょかん》二通の下書をわたした。

見ると、この正月下旬、斉昭が鷹司太閤と大坂城代の土屋《つちや》寅直《ともなお》とにおくった手紙の下書だ。文句の違いはあるが、いずれも、

「どんな用件で堀田が上京したか知らないが、多分条約問題のためであろう。外国とは交際せぬが一番よいが、幕府の方針が条約を結ぶということになった以上、そうは行かなくなった。幕府の立場にもご同情あって、少々は叡慮《えいりよ》を曲げられても、ご勅許《ちよっきょ》下さるがよいと思う。そうでなくては、朝幕の間にひびが入って、双方のためによくないことになると思う。このところは、条約を結んだ上で、軍備の整備充実につとめ、万一彼が侵略行為などに出て来た時には、大いに打払うことにしたい」

という意味のものだ。

中根はよろこんで、それをもらって帰って来た。慶永も見てよろこぶ。西郷もよろこび、それをうつして、大奥の幾島《いくしま》に渡した。大奥方面から、長野の流したデマを破ろうというのであった。

一方、堀田の方だ。依然として諒解《りょうかい》を得ることは出来ない。実に強硬だ。湯水のように金をつかったが、まるで効果がない。第一、天皇が納得なさらない。上流公家の中で、以前から親幕的であった関白九条尚忠《ひさただ》をやっと説きつけることが出来たが、他の摂家である近衛も、鷹司も、一条も、納得しない。それ以下の人々に至っては、正面切って大反対だ。

この中を、堀田は熱心に九条を説得して、

「これはむずかしい問題だから、朕《ちん》は思案が及ばぬ。この上は関東において考えてくれるよう頼む」

という意味の勅答を下してもらうことに話をつけた。天皇はご不満であったが、関白の威をはばかって、

「まあよかろう、しかし、他の摂家の人や三条内大臣にも見せよ」

と仰せ出《いだ》された。九条に草案を見せられた人々は内心は不賛成だったが、やはり関白の威におされて、渋々ながら同意した。

これで、天皇がもう一度この勅答案をごらんになれば、この通りの勅答が下賜されることになったのだが、天皇は実は下賜なさりたくないのだ。ご信任厚い権人納言久我《こ が》建通《たけみち》を召して、日本の安危に関する重大事であるから、心配でならない、何とか書改めたいとのご内意をお漏しになった。

建通はこれを岩倉具視《いわくらともみ》と大原重徳《おおはらしげとみ》とに相談した。二人は当時の公家中で最も気力あり才気ある人々だ。少壮の公家達を集めて、これを発表した。

するとだ、今の学生運動のようなものだ、公家さん達はぱっと一時に燃え上って、八十八人が連署して、反対運動をおこし、九条家へおしかけまでした。公家さん達の集団デモだ。

こういうことは今も昔も同じだ。連鎖反応がおこる。東大におこれば、日大にもはじまり、地方の大学にも飛火するようなものだ。下級公家である非蔵人《くろうど》五十七人も連署して意見書を提出し、さらに下級の廷臣である九十三人も連署して意見書を差出すというさわぎになった。

九条尚忠は閉口して、

「勅答草案は評議しなおす」

と声明した。せざるを得なくなったのである。堀田の努力はすべて空しかったのである。

三月二十日、堀田を小御所《こごしょ》に召して、関白以下列席の場で、勅答をご下賜になった。

「鎖国は東照公以来の祖法である。これを変革するのは民心を不安にする。一時の難をいとって、永久の安全の道を捨てるのはよくない。まろは大へん心配である。先年の和親条約さえよいこととは思っていないのに、今またこんな条約を結ぶのでは、国威にも関すると思う。群卿の会議も、国の体面をけがし、後患はかりがたいと言上した。幕府は三家以下諸大名に命じて、さらに熟議した上で、改めて言上せよ」

という趣旨のものである。

ちょっと書いておくが、鎖国は三代家光の時からのもので、家康《いえやす》にはじまったものではないのだが、二世紀もの間鎖国の制度がつづいたので、朝廷でも、世間でも、家康以来のものと思いこんでいた。開国・鎖国のことが、あれほど紛糾して、幕末政治上の大問題になったのは、一つには歴史にたいするこの無知にも原因があるのである。もっとも、これは代々の幕府当局者の責任でもある。鎖国制度に権威をつけるために、「神君以来の祖法」と、ことあるごとに言いつづけて来たのは、代々の幕府の当局者だからだ。必ず本当のことを言うべきであり、ウソでごまかしていれば、必ずいつかは復讐《ふくしゅう》されるということの実例になることであろう。

さて、堀田は勅答をつくづくと読んだが、これも上述のあやまりには気がつかない。天皇のご意志のきびしさにだけ、はっとおどろいた。

「恐れながら、即答は出来かねます。退出の上、とくと熟考しました上で、ご返答を奉ります」

と、武家伝奏の公家に言って退出し、翌々日、伺書（質問書）を差出した。

「アメリカとの約束の調印の日はこの五日でありましたので、ハリスは江戸に出て来て、きびしく調印をせまっています。もはや三家や諸大名の意見を聞くひまはありません。ハリスにたいしては、百方事情を説明して、諒解を得ることにつとめますが、あるいは説得することは出来ないかも知れません。その時は、幕府が独断をもってさばいてもよろしいでしょうか。これは今後英国などにたいしても、先例となしてよろしきや、お伺い申上げます」

堀田がこんな伺書など出したので、幕府は益々《ますます》窮地に立たねばならないことになる。朝廷から、

「こんどの条約は絶対に許容出来ない。そのために戦争になってもやむを得ない。以上が叡旨である」

と指令されたからだ。最初の勅答にはいく分のゆとりがあったのに、これで自由裁量の余地は一寸もなくなった。これが後に井伊が大老となってした調印が、違勅であると満天下の人を怒らせることにもなるのである。

以上は条約問題についての首尾だが、将軍世子問題については、左内はねばりにねばって、鷹司政通《まさみち》、近衛忠煕《ただひろ》、三条実萬《さねつむ》の三人から、天皇にたいして、

「年長、賢明、人望の三条件をそなえた者を世子に選べとのご内勅を、関東に下し給いますように」

と奏請させた。

その内勅が下附されることになったので、左内のよろこびは一通りでなかったが、どたん場に邪魔が入った。九条関白が、
「年長の二字を除こう」
と主張したのだ。言うまでもなく、長野主膳の運動による。年長の二字を除いて、「賢明、人望」というだけにすれば、天皇のご意志は格別一橋慶喜にあるのではなく、紀州慶福《よしとみ》のことを指して仰せられているのだとも主張出来るからである。左内は必死になって説破した。九条も引っこめた。これで、左内も安心して、江戸邸の同僚である中根靭負にもこの経過を書き送ったくらいであったが、長野はこれくらいであきらめる男ではない。なお九条を説得して、内勅の文章をこうさせた。

急務多端の時節故、養君を定めて西の丸におき、政務を輔佐《ほさ》させれば、にぎやかにもなって、よろしいと、天皇は思《おぼ》し召されている。今日はよい機会であるから、この旨を幕府へ申し入れよとの勅諚《ちょくじょう》を、関白と太閤《たいこう》とがうけたまわりました。

（口語訳）

「年長、賢明、人望」の三条件を、全部はずさせたのである。九条関白はこれを、
「あまりくどく言うのは礼ではない。大体、人の家にたいして、養子をもらえという

のさえ、ずいぶん失礼なことなのに、誰にせよというのは、もう失礼を通りこしている。いくら天皇様でも、そうまで立入ってはいけない。このへんが限度である。こう言ってやれば、しからば誰にいたしましょう、ご意見を、と聞いてくるであろうから、そこで、年長、賢明、人望の三拍子そろった人が、時節柄適当であろうと、こう答えてやるがよい」

と説明したようである。

相談の席には、関白、五摂家、天皇の信任厚い三条実萬らの最高級公家《くげ》だけで、左内はいない。しかし、関白以外の人々は左内に説得されて、すっかり一橋派になっている。ごまかされない。強く主張した。しかし、九条は長野に説得されて、紀州派になり切っている。

なめらかな公家ことばながら、論争が長くつづいた。が、ついに九条は折れた。折れたが、それはこうであった。

「そういうことなら、〝年長の人〟ということを口頭で言いそえましょう。それで、一橋という意は通ずる道理です。年長、賢明、人望と言うと、紀州侯は賢明でなく人望もないというようで、角が立ちます」

相手は関白だ。他の人々も、それ以上は押しかねた。諒承《りようしよう》した。

三月二十四日、堀田を禁裡《きんり》に呼び出して、前記の勅諚を下附して、「年長の人」ということを口頭で言いそえた。

堀田は一橋慶喜に好意を持っている。また朝廷のこの意見を入れれば条約問題にたいする朝廷の心証を好転させることが出来るだろうという見通しもあった。しかし、幕府内部のアンチ一橋派の勢力が相当強いことも知っていた。大奥の女中らが全部そう、それに引かれて老中らも大体そうである。従って、

「この勅諚には口頭で言いそえられたこともあります。すなわち、時節がら年長の人が適当であるというのです」といっても、通らないであろうと、判断した。

そこで、

「唯今《ただいま》の口頭の分を、お貼紙《はりがみ》でお書きそえ願います」

と、要求した。

九条もしかたがない、「年長の人」と書いた細い紙を、行間にはりつけて渡した。ともあれ、左内の京都における運動は大成功といってよい。本文に書きこまれるのと、貼紙で示されるのとでは、大分迫力が違うが、最後の決定の場に出られないのだから、しかたがない。ここまで行けば、大成功といってよい。左内は満足して、四月三日、京を出発して江戸に向い、十一日に帰着した。

堀田はその二日後の五日に出発、二十日に江戸に着いた。

ところがだ、ここが長野主膳の辣腕《らつわん》たるところだ。京では負けたが、早くも江戸に

手をまわして、江戸の方をかためたのだ。紀州の附家老水野《みずの》忠央《ただなか》から、その親しくしている将軍のお側ご用取次の平岡丹波守道弘《みちひろ》、将軍の生母本寿院《ほんじゅいん》、将軍の乳母歌橋《うたはし》、水野の妹の養父となっている薬師寺元真《もとざね》などという連中に、将軍に、

「井伊殿はご養君問題については、わが皇国の国がらは、君位と臣列とは血統によって定まっている、血筋を第一にすべきで、賢いからとて、才能があるとて、君長とするのは、異国の風で、わが皇国の習わしではないとの考えを持っておられ、従って最もご血統に近い紀州殿こそ適当だと仰せられています由。井伊殿はまた家柄といい、人物といい、まことに頼もしい人でありますから、唯今のような多事の時世には、ご大老となして、すべてをおまかせになるがよいと存じます」

と、説かせたのである。

精薄児である将軍は、周囲の連中から日夜にこう説き立てられると、催眠術にかかったと同じだ。その気になって、薬師寺元真を密使として井伊邸につかわし、井伊を大老にする内意を達しさせた。それは堀田の帰着する数日前のことであった。

堀田はそんなこととは露知らない。四月二十日に帰着し、翌日登城して、他の老中らに報告し、

「しかじかであったが、朝廷では一橋殿をご養君になさりたいと、大へん熱心に仰せられる。こうして勅諚まで賜わったからには、違背申しては朝幕の仲が円満を欠くこ

とになる。従い申せば、条約の方の首尾もうまく行くと存ずる」

と言うと、皆同意したので、将軍の目通りに出て、今ご用部屋で老中らに語ったと同じことを言上し、

「ご用部屋一同、ことごとく同意いたしましたれば、ご裁断をいただきたく願い奉ります」

と結んだ。

将軍はうなずいて、何やら言った。元来どもりで、言語まことに明晰《めいせき》を欠いている。しかし、これはいつものことだから、堀田は問い返さなかった。うなずいたのだから、聞入れてくれたものと信じ切って、お礼を言って、退出した。

ところが、その翌日、将軍はまた薬師寺を井伊家につかわし、万事の打合せをさせた後、夕方、老中連署の奉書を井伊家にとどけさせた。

「ご用これあるにつき、明日午前八時に登城せよ」

という文面。

翌朝、登城すると、将軍はご座の間で引見し、老中列席の前で、大老職に任命した。井伊直弼《なおすけ》が幕末史の表舞台に登場したのはこの時からである。

この日は堀田も列席していたわけだが、さぞ面くらったことであろう。これまで老中筆頭であった自分の上に、井伊が大老としてすわることになったのだ。しかもその

任命たるや、自分の不在中に内定していて、全然聞かされなかったのだ。不快でもあったに違いないが、将軍専制というのが原則なのだから、いたし方はない。

もっとも、徳川幕府の大老は、五代将軍綱吉《つなよし》の初政時代の堀田正俊《まさとし》まではなかなかの威勢で、首相としての手腕をフルにふるったものだが、その後は飾りものにすぎなかった。ほとんど全部が井伊家から出ているが、実権は全然なかった。仕事もしない。数日おきにご用部屋に出て来て、めくら判をおすだけであった。また最高名誉職といった格のものであった。だから、この時も、老中らはそんなものだと思っていた。老中らだけでなく、他の役人らもそう思っていた。外国奉行の永井尚志《ながいなおむね》、鵜殿長鋭《うどのながとし》、岩瀬忠震の三人が、この日、老中らのところに来て、

「非常の時ゆえ、ご大老をおき給うのは当然でござるが、井伊殿がふさわしいご器量の方とは、拙者共には思われません。どのようなご定見があって、あの方をご推薦遊ばしたか、伺いとうござる」

と詰問したところ、老中らは、

「あの人は置物と思ってよろしい。ああいう人がおられると、諸事思い切ってやれる」

と答えたという話がある（『昨夢紀事』）。

井伊を責任引受所にして、大いにやれるではないかという意味である。

このように、老中らは井伊を軽蔑《けいべつ》し、従って大老に任命されても、これまでと変っ

たことはない、むしろ井伊に責任を負わせればいいのだから思い切ってやれるくらいの心でいたのだが、井伊はその日からご用部屋にすわりこんで、バリバリやりはじめたので、皆あっとおどろいた。井伊という人は若い時相当深く禅の修行をしただけに、奥が深いのである。これまではとぼけて愚を示していたのである。

おどろいたのは、老中らだけではない。松平慶永らもおどろいた。井伊は紀州擁立派の巨頭であることは、用心深く包んでいたので、慶永らはほとんど気がつかない。それ左内の言上でいく分の疑いを抱くようになったが、それほどとは思っていない。それに、人間は自分に都合の悪いことは認めたくない心がある。せっせと井伊に運動をはじめた。自分も訪問して口説き、同志の伊達宗城《だてむねなり》が井伊と親しいなかであるので、宗城からも口説かせた。井伊はのらりくらりと言いぬけて、はっきりした返事をしない。

慶永はいきり立って、川路聖謨、土岐頼旨《ときよりむね》、浅野長祥《ながよし》、岩瀬忠震等の、幕府の要人らを説いて、この連中から意見書を差出させたところ、井伊は、

「この者共の身分で、ご養君問題のような重大なことについて意見書などを差出すのは、僭上《せんじょう》至極である」

と立腹して、閑職に左遷してしまった。岩瀬だけが助かった。これは外国通だから、条約問題の未解決の今日、職を逐《お》うのは損であるという考えからである。だから、条約問題が解決すれば、同じ運命になるに違いないのであった。

世子問題はこういう工合《ぐあい》に、井伊は心の奥深く包んでいた。彼の計算ではそれでいいのであった。どたん場になって、これが将軍の思召《おぼしめ》しであると言って発表すれば、ちゃんと通ることである、前もってちらつかせてはことをめんどうにするだけであると思っていた。

しかし、条約問題はそうは行かない。ハリスはせっついてやまない。出来るだけ早くしなければ、日米間にめんどうがおこるに違いないのであるが、朝廷が釘《くぎ》をさしている。

「この問題は絶対に承認出来ない。三家をはじめ諸大名の意見を徴して、詮議《せんぎ》をし直して来い」

と、きびしく言っているのだ。堀田が朝廷を甘くみて、伺いを立てたものだから、こんな面倒なことになったと、堀田をにくんでさえいた。

一体、井伊は阿部伊勢守が、外交問題は重大だからというので、朝廷の諒解《りょうかい》を得ることを創《はじ》めたのから、気に入らないのだ。幕府は朝廷から国政全部——内治といわず、外交といわず、全部を委任されているのだから、それで通せばよいのである、それが神君の遺法ではないか、寛永《かんえい》の鎖国政策だって、幕府は独断で決定して、前もって朝廷に伺いも立てなければ、事後に報告もしていないのだ。神君の遺法にそむいて、気弱く伺いを立てるようなことをはじめたから、こんなことになったのだと、腹を立てている。

「やがて神君の法にかえす工夫をしなければならない」

と、心にきめてもいる。

ともあれ、急がなければならないので、諸大名に命じて、通商条約にたいする意見書を差出させたが、これがうまく行かない。第一、尾張と水戸の意見書が、ともに通商条約反対だ。水戸斉昭は当主とは別に差出したが、これは意外にも、全面的反対ではない。

「昔とは世界の情勢が違って来たのだから、鎖国の祖法を改めなさるのはいたし方ないことだが、外国の言いなりになって、祖法の根本まで改めるのは賛成出来ない。条約を結ぶにしても、朝幕が心を一致し、民心を定め、京と江戸との防備体制を整えてからすることが肝心であろう」

と、比較的におだやかなのである。

しかし、井伊はこれを文章のままには信じなかった。これは斉昭の計略だと思った。その証拠には、水戸の当主がきつい意見書を出しているでないか、これは斉昭が言いつけて出させているのだと思った。

これはある程度真実であったかも知れない。一橋家、鳥取藩、前橋《まえばし》藩の三藩が皆純然たる反対説の意見書を差出しているのだが、この三藩の当主は皆斉昭の実子で、養子に行った人達なのだから。少し前まで斉昭は鎖国論にたいして反省的になっていたはずだが、天皇が硬論を持しておられると聞いて、逆もどりしたのかも知れない。

賛成論ももちろんある。薩摩《さつま》、越前、土佐、宇和島の四藩は藩主らが政治上の同志であり、開国主義者だから当然だが、筑前《ちくぜん》、阿波《あわ》、佐賀、柳河《やながわ》、久留米《くるめ》等も、積極的開国論であった。

井伊としては、全部が開国論でなければ、朝廷を説得するにこまる。鎖国論が相当あり、その中には三家や三卿《さんきょう》まであるとあっては、説得力はない。何としても、全部を開国論にまとめなければならないと思った。

そこで、水戸や尾張への説得役は慶永に頼み、諸藩の説得役は伊達宗城に頼んだ。

二人は引受けたが、これをテコにして世子問題を有利に展開しようと考えた。まあ、当然のことと言えよう。

このために、問題はもつれにもつれた。

西郷は自分の運動も、味方の運動も、いい線まで行ったように見えては、いつかずるずると崩れて、少しも事情が好転しないのを見て、しぜんにこういう考えが組み上って来た。

「今はもう普通の運動や弁舌でらちの開《あ》くことではなか。これを解決するのは、実力だけじゃ」

こういう見切りの早さは、西郷の長所であるが、同時に短所でもある。作者のこの論断の理由は、先に行って自然読者諸君にもわかってもらえるであろう。今はわざと説明しない。

西郷は、国にかえることにして、橋本左内に手紙を出した。五月十七日のことである。

明日出発して帰国します。越前守様へこの旨をご披露願います。拙者の主人にあてての越前守様のお手紙などありますなら、おあずかりして行きます。主人に説明する都合もありますので、これまでの運動のことに関係ある文書類を、願わくはお貸しいただきたい。

左内は、すぐ返事をくれる。

明日、ご出発までに届けます。

翌日は朝からの雨だったが、のばすわけに行かない。旅立ちの用意をしていると、左内の使が来て、昨日頼んだ書類と、慶永の手紙その他を届けた。その他というのは、越前名物の紙と壺《つぼ》入りの雲丹《うに》であった。

これらの品物は主人がご餞別《せんべつ》として貴殿に贈るのです。ご不在中の連絡は、貴藩邸内のご同志、（当時、藩邸内には堀仲左衛門《ほりちゅうざえもん》、有馬新七《ありましんしち》、伊地知龍右衛門《いじちりゅうえもん》、有村俊斎《むらしゅんさい》の四人がいた）の方へ送って、お手許《てもと》へ届くようにします。なお、この頃京都から来た報告によりますと、堂上方《とうしょうがた》の結束も大いに崩れて、志堅固な人は今ではわずかに七、八人になったそうです。残念なことです。

本日は折あしく雨天、お難儀なことでありましょう。

西郷は急ぎに急いで東海道を馳《は》せ上り、京都で近衛家に行った。この時、清水寺成就院《きよみずでらじょうじゅいん》の隠居僧月照《げっしょう》にも会って、親しい交りを結んだはずだ。月照は近衛家の祈禱《きとう》僧であり、隠居の身でいつも近衛家に来ていたから、その交際は近衛家で結ばれたろう。しかし、西郷は先を急いでいたから、京都朝廷の空気など聞くと、すぐに大坂に下った。大坂には吉井《よしい》がいるが、これにも大坂地方の様子を聞くとすぐ別れを告げ、最も早い便船で、瀬戸内海を西に向った。

鹿児島に帰りついたのは、六月七日であった。江戸を出てから二十一日目である。普通の旅なら一月半かかるのだから、ずいぶん急いだのである。

西郷は自宅へも立寄らず、真直ぐに城に行き、城門に達した。番の武士はよく西郷を知っている。

「やあ、西郷どん、おはん、今おかえりか」

「今でごわす。太守様はお変りはごわはんか」

「なか、なか。益々《ますます》ごさかんでごわす。この頃は磯《いそ》のお茶屋に行ってお出《い》でごわす」

「そうでごわすか。それでは」

足をめぐらして磯に向う。

磯とは、鹿児島城下の北郊、鹿児島湾に沿った地域で、ここに島津家の別荘があった。現在では島津本家の本邸になっている。緑の濃い急峻《きゅうしゅん》な山地を背後にし、前面に桜島と紺碧《こんぺき》の鹿児島湾とを望んで、まことに景色のよいところである。

斉彬は、西郷が来たと聞くと、すぐ庭に出て来て、巨《おお》きな松が数株生えている中にある亭《ちん》で、西郷に会った。自らは陶の腰かけにかけ、西郷は石だたみの上に大きな膝《ひざ》をそろえて端坐《たんざ》してだ。

「その方の度々の知らせで、大体のことはわかっているが、どうもおもしろくない模様だな」

西郷は久しぶりに、神とも、主《あるじ》とも、師とも、親とも仰ぎ慕っている斉彬に会って、はばひろく厚い胸は感激にふるえ、急には返答も出来ない。おししずめて、

「仰せの通りでございます。まことに残念なりゆきでございまして、所詮《しょせん》駄目とより考えられない形勢にございます」

と答えて、旅ぶくろから一束の書類を取出し、まず一通を捧《ささ》げた。

「越前守様のご書面でございます」

斉彬は封じ目をはがして、目を通した。慶喜擁立の計画が百方の努力のかいもなく、少しも進展しない、どうやら井伊は紀州侯を立てるつもりではないかとの疑いがきわめて濃厚であるということと、条約問題のもつれとが書いてある。

斉彬の端整で血色のよい顔には、少しも動揺の色があらわれない。

読みおわるのを待って、西郷はのこりの書類を全部わたした。左内の書いたものと、西郷自身が書いたものとだ。両書とも、運動の経過を書いてある。

斉彬はかわらず物静かな表情で、二冊とも読みおわり、澄んだ目を西郷に向けた。

「大体わかった。案じてはいたが、やはりそうなったのだな。井伊の時勢をわきまえないやり方は、いかにも言語道断じゃ。越前殿をはじめ、同志の方々の心中は察するにあまりがある。しかし、これからの日本のためを思えば、泣寝入りは出来ない。そちはどうすればよいと思うか」

いつもの、師が弟子にたいするような態度が出て来た。斉彬の胸中にはすでに対策が立っているのだが、この大男の弟子も何か工夫しているところがありそうに見えるので、こう問いかけたわけであった。

西郷は、その最も特色的な大きな目をみひらき、爛々《らんらん》と光らせ、斉彬を凝視して言った。

「井伊が大老になった当初、越前守様も、宇和島様も、幕府の老中方も、要職方も、井伊を田舎育ちの知恵なし大名で、家柄だけで、飾りものの大老になったにすぎんと見ておられた由でありますが、その後の井伊のなすところを見ていますと、なかなかの人物であるようでございます。わたくしの目には、何としてでも水戸派の勢力をたたきつぶし、紀州殿をご世子にせんければならんとの、最も強い覚悟をもって大老になったに違いないとしか見えません。その威を張ること、近来の大老にはたえてないほどであると、川路聖謨様などは申しておられます。そのためでございましょう、同志の大名方も、威におびえて、すくんでおられるように、わたくしには見えます。形勢がこうなりました以上、もはや尋常一様の方法では、らちはあかんと思うのでございます」

斉彬は微笑した。

「それはどういう意味だ」

西郷の目が一きわ燃えた。きっぱりと言う。

「兵を用いるのでごわす！」

「兵？　容易ならんことを言うぞ、そちは。刀はきっかけなく抜いてはならんものだ。知っているだろうな」

「拙者はこんどの運動を通じて、今日の皇国の急務は、幕府の政治組織の改革であると痛感しました。今の日本の万悪の根源は、幕府の政治組織が、徳川家の安泰と繁栄のためにあって、日本のためには二の次、三の次になっているところにあります。

幕府が天下の公論を無視し、一人前でない将軍の意志や大奥の女中らの愛憎によって、次代の将軍を決定せんとしているのは、徳川家が日本を私物視しているためでごわす。幕府の最高機関たる大老や老中になり得るのが、譜代《ふだい》大名中の特定の家の主人に限られているのも、そうでごわす。若年寄、三奉行、その他の要職につき得るのが、譜代大名と旗本とに限られているのも、それでごわす。かねて、太守様が仰せられていることが、骨髄に徹してわかりました。今日の日本の何よりの急務は、単に将軍世子を誰にせよとか、条約問題をどうこうするとか、そんなことだけではごわはん。日本を日本の日本たらしめ、この制度を改革することも劣らず必要でごわす。しかしながら、これは口舌で達成出来ることではごわはん。力でごわす。武力でごわす。太守様にはその力がおわし、薩摩にはその兵力がごわす」

平生は至って口数の少い西郷だが、火のような熱弁であった。

斉彬は笑った。

「そちはなかなかおもしろいことを言うの。しかし、天下の人がそれを納得するかな。わしは公明正大、俯仰《ふぎょう》して天地に恥じぬ心のつもりだが、必ずや、世間は、徳川の天下を奪う野心を抱いていると見るだろう。天下の人が服せんでは、どうにもならんぞ。

そこをどう工夫している」

　西郷は太いひざを進めた。

「そこでごわす。幕政を改革せよとの、朝命を出していただくのでごわす。幕府は朝命だけではきかんにきまっておりもすから、奉ぜずんば伐《う》つという姿勢を示すために、兵をひきいて出るのでごわす。これで、大義名分は立ちもす。天下の人は必ず納得しもす。朝命ご下賜には、不肖ながら、拙者が段取りをつけもす」

　斉彬の顔から微笑が消え、大きくうなずいた。

「よく工夫した。わしも、それ以外にはあるまいと、考えていた。あっぱれであるぞ」

うれしげであった。愛する弟子の成長を心からよろこんでいた。

　西郷は大きな手を敷石について、平伏した。泣いていた。元来、涙もろい男なのである。

　間もなく、斉彬は西郷を退出させたが、その間際に、言った。

「いずれまた、すぐ大いに働いてもらわんければならん。それまではゆっくりと休息して、気力を養うよう。大儀であった」

　西郷の家は、この頃は加治屋町にはなく、同じ甲突《こうつき》川畔ではあるが、ずっと上流の、しかも右岸の地、上之園《うえのその》町に移転していた。当時の家族は祖母と、弟の吉次郎、慎吾、小兵衛、末の妹お安の五人であった。父母の死んだ時三つであった末弟の小兵衛ももう十になっている。情の厚い西郷は、乏しい旅費の中からそれぞれに土産を買って来ていた。

家族らは、思いもかけず兄が帰って来たので、大よろこびだ。魚屋町《なやまち》に走って久しぶりに魚を買って来て、団欒《だんらん》して夕食し、西郷も少々酒など飲んだが、それがおわる頃には、もう大久保《おおくぼ》らが話を聞き伝えてやって来た。

大久保らは日本の片隅にいながらも、天下のことに憂憤していたので、次から次へと質問し、西郷の答えを、呼吸《いき》をすることも忘れる思いで聞きほれた。いきどおり、また嘆いた。

西郷の話がすむと、話は藩内のことに移る。こんどは西郷が聞き番だ。

青年らは、去年西郷が鹿児島を出てからあとの斉彬の政治上の改革、軍制の整備、機械工場の増設等について語った。藩校造士館《ぞうしかん》は改革されて実学と人間鍛練の場になり、兵制は西洋式となり、毎日新式の銃をかついだ藩士らが調練をしているという。堅固な砲台を湾内の島々に構築したという。電気《エレキ》じかけで爆発する機械水雷をこしらえ、すでにいく度かの実験をして、実用化の域に達しているという。

「これらのことは全部、太守様お一人のご方寸とご監督とをもってなしとげられたのでごわす。とても人間わざとは思われもさん。薩摩は今や天下一の強国でごわすよ。何藩も、向うに立つことは出来んじゃろうと思いもす」

と言う者もあった。

「おまんさあも、一度天保山の調練場に行って見られるがようごわす。歩兵、砲兵、騎兵の調練が連日行われているのでごわす。太守様も時々お出《い》でになって、ご自身指揮をお取りになることもあるのでごわす。ぜひ、ごらんになる必要がごわすぞ」

という者もあった。

鹿児島市の天保山は、山という名はあっても、山ではない。甲突川河口の右岸の埋立地である。天保年間に調所笑左衛門《ずしよしようざえもん》の画策で、甲突川をさらって、その土砂をもってここを埋立てたところから、この名がおこった。この少し前大坂で安治《あじ》川を浚渫《しゆんせつ》してその土砂で河口の地帯を埋立てて天保山と名づけたのにならったのである。藩はここに樹木を植えたり、芝を植えたりして、練兵場とした。斉彬はここで藩士らに西洋式の兵術を調練しつつあったのである。

西郷はいく度もここに行って、烈日のもとに砂塵《さじん》を上げながら熱心に調練している歩、騎、砲の三兵を見物した。展開し、密集し、前進し、横進し、後退する様が一糸乱れず見事だ。人々は自信に満ちた顔だ。見ていて、胸がゆらぎ、熱くなる。

「これは皆、太守様の方寸から生れたものだ。えらいお人だ。幕政の大改革は、必ず成る！」

と、胸は自信とよろこびに高鳴った。

郊外の方々に、いろいろな工場——兵器工場、製鉄工場、製糸工場、製布工場等が建って、さかんに操業しているのにもおどろいた。これらは去年西郷の出発前にもあったのだが、一層さかんになっている。それは帰って来た夜、友人らに聞いたことだが、それでも感嘆せずにいられない。

「さかんなるかな！」

日本の将来の姿を見る気がした。

六月半ば、斉彬から呼び出しが来た。早速に磯別邸に行くと、斉彬は、

「ご苦労だが、その方はまた出府して、こんどのことについて働いてもらわなければならない」

といって、運動すべきおもなことを、一々指示した。

一つ、筑前に立寄って、筑前侯にこんどの計画を説明し、協力を説くこと。筑前侯黒田長溥《くろだながひろ》が斉彬の大叔父《おおおじ》で、斉彬と最も親しく、斉彬の襲封促進に最も骨折ったことは、前に説明した。この度もその協力を得ようという訳である。

一つ、京都で、近衛公その他の有力な公家《くげ》にも同様諒解《りょうかい》をもとめて、朝廷内に運動して、勅命の下るようにすること。このためには、別に江戸在番中の重臣鎌田出雲に、上京して運動するよう、すでに指示してやってあるから、連絡をとって働くよう。

一つ、兵をひきいて上京するとなると、今の京都藩邸では手狭であるから、大部隊

を駐屯させるような土地をもとめること。これについては、この前帰国の途次、京都に立寄った際、京都邸留守居役《るすいやく》の伊集院太郎右衛門に一応の命令をしておいたから、伊集院と相談していたすよう。

この前帰国の時というのは、去年の四月である。

(太守様はすでにその時から、今日のことを予想して、準備なさるところがあったのか)と、西郷は斉彬の神智に、恐怖に似た気持すら味わった。

一つ、江戸へ出たら、越前侯、土佐侯、宇和島侯にも趣旨を説明し、諒解してもらい、幕府内部にも同調の空気をつくってもらうようにせよ。

大体、以上であった。

斉彬の企画していることは、つまりはクーデターであるが、クーデターといっても、彼は素地をつくり、ムードを醸成し、十分な準備をしておいて、水到って渠《きょ》(堀)成るといった工合《ぐあい》に、無理なく、自然に出来るようにしたいのである。彼がなかなかの政治手腕の人であったことがわかるのである。

斉彬は用意しておいた手紙を西郷にわたした。近衛忠煕、越前慶永、伊達宗城、山内豊信等にあてたものであった。ほかに川路聖謨にあてたものもあった。

旅費、運動費もあたえ、別に反物を一反出して、

「これで羽織をこしらえるよう」

と言った。

六月十八日、西郷は出発した。七日に帰着して、十二日目である。

途中、福岡に立寄り、黒田長溥に謁した。長溥はすぐ西郷の説くところを諒解した。

「よろしい。出来るだけの助力はおしまないであろう」

と、頼もしく言う。

ここではまた工藤左門、北条右門《ほうじょううもん》の二人にも会って、斉彬の決心をつげた。北条は感激すること特に強く、やがて自分も上京して、この大事に参加させてもらうであろうと言った。

瀬戸内海は海路をとり、大坂についたのは、七月七日であった。

すぐ蔵屋敷に行って、吉井に会う。

会うと、吉井は勢いこんで言う。

「おいはおはんに手紙を出したのじゃが、それを見てから立っておじゃったか」

「いいや、おいは先月の十八日に国を出たが、途中で福岡に寄ったりなんどしておったもんじゃから、意外にひまどった。何か急なことでもおこったのでごわすか」

「おこった段か。江戸は大へんなことになったぞ」

「そう、どげな？」

「先《ま》ず将軍養子の決定が六月一日に触れ出された。触出しの文言は、単に養子をとることにきめたというだけで、一橋どんにきめたとも、紀州どんにきめたとも、言うてはおらんが、それは世論の沸騰を恐れるからで、実際はもう紀州どんにきまっとったのじゃ。幕府はこのあいまいな言い方で、朝廷にもお願い申して、養子をしてよかとの勅許をもろうた。つまり、朝廷をあざむき申したのじゃ。なぜなら、勅許をもろうと、二十五日には、紀州どんを養子にしたと発表したからじゃ」

「むッ！」

とうなって、西郷は巨眼を光らせた。そうか、とうとうそうなったかと思った。

「なおおどろくべきことがごわす。六月十九日、幕府はついに条約に調印してしもうた」

「朝廷のご諒解をもろうてごわすか」

「いいや、何のことわりもなくでごわす」

「そりゃいかん。そげんことをしては、大へんなさわぎになる！」

「その通りでごわす。もうさわぎになっとりもす。なんでも、水戸の老公や、当中納言殿や、尾張様が押掛登城して大老をはじめ老中らを叱りつけなさったとか、一橋卿《きょう》や越前様も文句を申しなさったとか、諸説ふんぷんじゃ。しょせん、このままではおさまりそうになか形勢でごわすぞ」

一体、この条約については、幕府は朝廷の諒解を得るために堀田老中が上京していろいろ運動したが、諒解をもらうことが出来なかったばかりか、まろは反対である、さらに三家や諸大名の意見も聞いて、詮議《せんぎ》をしなおして来いとはっきりと釘《くぎ》をさされている。それを調印してしまったのだから、単なる無断勅許ではない。天皇のご意志をふみにじっているのである。違勅である。江戸で議論が沸騰し、三家の人々の押掛登城となったのは当然といわなければならない。江戸だけでなく、やがて京都は江戸以上に沸騰し、朝廷は益々《ますます》硬化するに相違ない。さらにこれは全国に波及し、全国の世論の沸騰となることは明らかである。

このように、西郷は考えた。江戸を立って、斉彬に報告すべく帰国した時までは、ここまでのことは予想しなかった。ただ、口舌による運動が行きづまった以上、力をもっての打開以外にはないとだけ考えたのであったが、

(それでも、大体の見当は狂っていなかった。この上は、太守様のこんどのご秘策の実行あるのみじゃ。これだけが、日本を救うことが出来る)

と、信念は益々かたくなった。

「そうか」

西郷はうなずいて、こう言っただけであった。太守様のご上京を待つばかりだと思った。

数日の後西郷はなおくわしい話を聞くために、吉井を同道して、大坂城代土屋寅直の用人、大久保要《おおくぼかなめ》を訪問した。

西郷は大久保から、条約調印の時のくわしい話や、水戸斉昭らの押掛登城の時の話や、将軍の死はまだ発表されていないが、この七月四日にすでに死んだことや、井伊がその死を秘して、将軍の命であるという名目で、水戸斉昭に蟄居《ちっきょ》謹慎を命じたことや、井伊のこの処罰は、他の大名、たとえば一橋慶喜、たとえば越前慶永にもおよび、ついには伊達宗城、山内豊信にもおよばないでは、おさまりがつくまじき形勢であると、語った。

「あんたのところの殿さんもどうなるかわかりませんぞ。もちろん、拙者の主人もあぶない。大老は一橋卿をおし立てようとした人々は皆敵と思ってお出《い》でるのじゃから」

おどろきはしたが、恐れはしない。太守様が出て来なさるまでのことだ、いくらでも暴威を振うがよいと思っていた。

「大老は、京都朝廷の硬化したのを、水戸の隠居のしわざだと思いこんでいなさるそうな」

と、大久保は最後に説明した。

西郷は大久保から聞いた江戸の情況を文書にして、藩の公用便で国許《くにもと》に差立てた。

「情勢は熟し切っています。事の成ることは疑いありません」

と、末尾に書きそえた。

七月十三日、吉井を同道して、京にむかった。伏見で三十石船をおりて、伏見の藩邸をたずねてみると、思いがけなくも、伊地知龍右衛門が来ていた。伊地知は隻眼であるばかりでなく、足も片方悪かったので、同志の間では「山本勘介《やまもとかんすけ》」とアダ名をつけられていた。不具の身であったので、武術では奉公出来ないと思い、幼少の頃から学問に精出したので、同志の中で一番学問がよく出来た。昨年から学問修行のため江戸へ出ていたのだが、二、三日前江戸から上って来たのだということであった。

三人は藩の定宿である文珠四郎《もんじゆしろう》方に泊った。伊地知は江戸にいただけあって、事情をよく知っている。西郷らは飽かず聞いて、夜更けになって寝についた。

翌日、連れ立って、京に入る。鍵直《かぎなお》に投宿した。その頃、京でも大坂でも、コレラが流行しかけていたが、まだ大流行というほどではなかった。この年流行したコレラは、ロシア船で持って来たのである。はじめ長崎地方に流行したのだが、そこから北九州にひろがり、瀬戸内海沿岸を東にむかって流行して来て、今その尖端《せんたん》が京都まで来ているのであった。

鍵直へ入って少し休息すると、西郷はすぐ近衛家に行き、忠凞に拝謁を乞《こ》い、斉彬の手紙を渡した後、忠凞の問いにまかせて、いろいろと説明した。

忠凞は、斉彬が時局を救うために大奮発心をおこして上京して来ると聞いて、感激した。近衛家と島津家との関係は、鎌倉時代の初期以来最も親しいものがあるが、忠淵の感激はそれだけから生じたのではない。この時代、諸大名の中で、斉彬ほど賢明であり、薩摩ほど経済的にも豊かであり、兵力的にも強い藩はなかったのである。最も頼りになる人であるからであった。

西郷が、その斉彬の気に入りの家来であることは、もちろん、忠淵は知っている。

「ほかならんそなただから、語るが、斉彬殿へは別として、他には言うなよ」

と、前おきして、朝廷内の模様をいろいろと語ってくれた。

午後の二時頃、鍵直に帰っていると、月照が訪ねて来た。西郷は別室に通してもらって、会った。

「陽明家（近衛家のこと）にまいりましたところ、いろいろうかがいました。このたびは、太守公が大へんなご奮発をなさいました由で。太守公が出て来て下されば、唯《ただ》今《いま》の時勢は必ず救われます。皇国のため、こんなうれしいことはありません」

と、月照は心からうれしげであった。

「これまでもずいぶんお力になっていただきもしたが、こんどはまたいろいろとお世話にならなければなりもさん。よろしゅうお願いしもす」

と、西郷は鄭重《ていちょう》に言った。

「わたしで出来ることどしたら、何でもします。何ごとも遠慮のう言いつけて下さい」

西郷は、斉彬の企図をくわしく打ちあけた。この人は単に近衛家の祈禱《きとう》僧というだけでなく、尊王の志厚く、忠潔の信任の厚い人である。公家《くげ》さん達の間にも顔をよく知られている。こんどのような運動には、最も適当な人である。西郷はそれをよく知っていた。

月照は忠潔に話を聞いて来ている。西郷の言うことがよくわかる。一語も問いなおさず、了解した。

大体の話がすんだところで、吉井と伊地知を呼び入れて、月照に紹介した。茶をのみながら話している間に、月照はその頃の京都の浪人儒者らの話をした。京都朝廷の人々が、保守的で、外国嫌いで、従ってこんどの条約調印にひたすらに反対であるのを、井伊大老は水戸の老公のさし金によると思ってお出でだが、実際はそうではない、京都の浪人儒者の影響であると語った。

「浪人儒者はん方は、それぞれ出入りの堂上《とうしょう》家がおます。その堂上方に、外国人は人間の皮着た畜生同然のものどす、これを寄せつけてはならん、中華の聖天子や聖人はん方も、『戎狄《じゅうてき》これ膺《う》ち、荊舒《けいじょ》これ懲らす』いうて、野蛮人は打払えと教えていなさると、説きなさります。そんな工合ですさかい、堂上方全部、外国ぎらいにならはりますのどす」

なるほど、と、三人はうなずいた。

「その浪人儒者というのはどんな人々でごわすか」

と、西郷がたずねた。

「先《ま》ず梁川星巌《やながわせいがん》はん、梅田雲浜《うんぴん》はん、頼三樹三郎《らいみきさぶろう》はん、この三人はおもどす。このほかに、池内大学いう人もおらはります」

「皆、天下に名の聞えた人々でごわすな」

間もなく、月照は辞去した。


ちょっと、説明を加える。

京都朝廷は、源 頼朝《みなもとのよりとも》の武家政権の創始以来、現実の政治から離れて約七百年になる。人間は現実面から遠ざかっていると、しぜん観念的になる。その上、京都朝廷で行われていることは万事古いしきたりを忠実に守りつづけることだけだ。古いものと伝統とを神聖不可侵とする精神が、そこには支配している。いやでも、保守的となる。新奇なものや異例なものは受けつけない空気がある。これだけでも、外国との交際などいやがるはずである。

月照の言うように、もし浪人儒者らがそれを理論的にバックアップしているとすれば、その外国ぎらいは強烈な上にも強烈になるはずであった。なぜなら、儒学には外国人を蔑視《べっし》し、憎悪する思想が、相当強烈にあるのである。この時代のはやりことばであった「尊王攘夷《そんのうじょうい》」ということばも、元来は儒学のものなのである。

儒学は孔子《こうし》が学祖であるというのが、常識であるが、実際は孔子が創《はじ》めたものではない。孔子以前にも「儒」ということばはある。孔子自身も、論語の中で「述べて作らず」といっているように、孔子は単にシナ民族の古来からの生活の知恵を後世に伝えやすいように整理しただけである。本体は古代シナ民族の生活の知恵なのである。

シナ人は古代においては最も高い文化をもって、周辺の民族から卓越していたので、自分らだけが文化人で、他は野蛮人だという意識になった。いわゆる中華意識である。ここにシナ人が外国人を軽蔑することがはじまったのだが、彼らが外国人を単に軽蔑するだけでなく、憎悪するようになったのは、また別な理由がある。

春秋の時代、シナは中央政権である周《しゅう》王朝の力がおとろえ、周辺の蛮族がしきりにシナ本土に侵入して来た。これらの蛮族の中で、今の洞庭湖《どうていこ》の周囲に国を立てた楚《そ》は最も強大で、中国の諸侯を侵犯し、周王朝を圧迫した。

斉《せい》の桓公《かんこう》はこれをいきどおり、国力を養い立て、本土の諸侯を糾合して覇者となり、諸侯に周王朝に忠誠をつくすことを誓わせた。この時、桓公がスローガンとしたのが、「尊王攘夷」である。

このように、「尊王攘夷」は、外国人の圧迫をしりぞけて、中国人の中国を守り抜こうという心のあらわれのことばなのである。シナは歴代外国人の圧迫に苦しんだ国だ。シナ本土は地広く、物産豊かで、前述のように文化も進んだところであるが、境を接している北方や西方の国々は寒冷不毛でなければ砂漠のつらなる国だ。この地方の住民らはややもすれば中国に侵入して、掠奪《りゃくだつ》、殺戮《さつりく》した。入って定住して、長い年代にわたって政権を樹立した民族もある。尊王攘夷は儒教の中に定着した。儒教のこの精神によって、シナはいく度も外国人に本土を占拠されながらも、独立を回復して来たといってよい。唐《とう》の時代におこった安禄山《あんろくざん》の乱においての顔真卿《がんしんけい》や顔杲卿《がんこうけい》の壮烈な愛国忠誠の行為はその一例だ。

儒教の中で、最も強くこの精神を打出したのは、南宋《なんそう》の朱熹《しゅき》によって大成された宋学一名朱子学《しゅしがく》である。朱熹は日本の平安朝末期の崇徳《すとく》天皇の時代から鎌倉二代の将軍頼家《よりいえ》の頃まで生きていた人だ。

ちょうど朱熹の二十から三十頃までの間に、シナの北方におこった金《きん》という外国国家がシナ本土の王朝宋を圧迫して、宋は皇帝を北地に連去られ、年々多額の賠償を搾取され、国は南方におしつめられ、最も屈辱的な境遇に転落した。

民族精神をふるいおこし、外力をはねのけ、民族の独立をかちとるべき思想が、シナには切実に必要となった。朱熹はこの要求に応じて、民族精神の横溢《おういつ》した史学を樹立した。朱子の六、七十年先輩に司馬光《しばこう》（温公）という人があり、『資治通鑑《しじつがん》』という史書をつくった。シナの上古からのことを書いた史書だが、二九四巻という大部なものなので、朱熹はこれをダイジェストとして五九巻にし、全篇を大義名分という思想で統一した。大義名分の思想は、国としては中国を外国より上位におき、正当の王朝を覇者の王朝より上位におき、上位の者が下位のものに君臨するのが正しい状態で、その逆は不正にして悪であるという思想である。

朱子のこの学問は、鎌倉時代に禅僧によって日本に輸入され、南北朝《なんぼくちょう》の急乱の時代、南朝方の人々をささえた思想はこれであった。書物としては、『神皇正統記《じんのうしょうとうき》』や『太平記』の中心思想がこれである。両書とも、朱子学の「朱」の字も書いてはいないが、朱子学を知ってこの両書を読めば、はっきりとそうであることがわかる。

日本における朱子学は一時衰微したが、土佐と薩摩にはごく細々とした形ながら、のこった。江戸時代のはじめ、藤原惺窩《せいか》によって再輸入され、ちょうど世が太平になり、徳川家や諸大名が学問を奨励したので大へん盛んになり、この時代におよんでいるのである。

明治以後、日本では漢学がおとろえたので、専門の学者は別として、一般の人は学者といわれる人すら、儒学にたいする知識がない。朱子学は徳川幕府が特別に保護した学問であるというので、朱子学は幕府政権擁護の学問であり、ご用学問である、これに反して、維新志士の少なからぬ人、たとえば本篇の主人公西郷隆盛《たかもり》、たとえば吉《よし》田松陰《だしょういん》、たとえば高杉晋作《たかすぎしんさく》等が、王陽明《おうようめい》の儒学に感銘を受けているところから、陽明学こそ幕府をたおし、日本に新時代をもたらした学問であるといっているが、間違っている。

日本人に「正当と不当」、「王と覇」とは厳格に区別すべきものであるということを教えて、「皇室尊重、幕府賤視《せんし》」を教えたのは、朱子学なのである。こんな危険なものの内在している学問を、なぜ幕府が奨励保護したかという疑問があるが、江戸初期や江戸中期の幕府は気がつかなかったのである。学問をすれば、人品が高尚になり、平和愛好の心になるというくらいのことしか考えなかったのである。すべて、こういう鋭いものは、時勢が必要とする時代にならなければ、発現して来ないものなのである。

いかにも、前述した通り、西郷や、松陰や、高杉らは陽明学の影響を強く受けてはいるが、三人ともその教養の土台は朱子学である。陽明学の影響は、陽明の著書やその学派の人々の二、三の著書を読んで受けたにすぎない。陽明の学風は、最も主観的で、演繹《えんえき》的であるから、行動の理論を形成するには便利である。維新運動がだんだん煮つまって来て、「尊王」という単なる精神が、「勤王」という行動に変らなければならなくなった時点には、大へん便利であった。だから、陽明の説に強い感銘を受けたのである。

以上、書いたことは余計なことのようだが、これまでの人達の説くところが、まるで五里霧中のように思われるので、敢《あえ》て書いた。行動と思想との関係は、大事なのである。

月照の帰って行ったあと、ふと、西郷が言う。

「月照さんの話では、浪人儒者の人々の説が、朝廷の空気の根底になっておるらしかな。ひとつ、誰ぞのところへ行ってみようじゃごわはんか」

「よかろう。しかし、誰のところへ行こう」

と吉井が、受けた。

「梁川星巌さんがよかじゃろう。星巌さんは大先生じゃ。詩人としては、日本一じゃ」

と、伊地知は学問好きだけに、くわしい。

「よし。そいじゃ梁川どんにしよう」

午後の三時頃、真夏の京の町は暑いさかりだ。星巌の家は、鴨川《かもがわ》べりに近い三本木にある。てくてくと行った。

「薩摩藩士で、名はしかじか、ご引見あって、ご高教をいただきたい」

と、玄関で言うと、すぐ通してくれた。

数株の竹が庭にあって、路地を吹きぬけて来る風にさやさやとそよいでいる座敷に、白髪の老翁がゆるやかに団扇《うちわ》づかいしながら、二人の客に応対していた。

先客は二人ともまだ若い。いずれも三十前後だ。やせて、小柄で、切れ長な澄んだ目をしたのと、やせてはいるが骨格たくましい、目の鋭い青年だ。

「わしが梁川でござる。よくお出《い》で」

と、白髪の老翁は言った。

星巌はこの時七十歳だ。若い頃から詩人として名声があり、当時は日本一と言われていた。生来、温厚な性質で、政治など大きらいであった。四十四から五十七まで、約十三年間、江戸に出て、神田《かんだ》のお玉《たま》が池《いけ》に住いをかまえ、玉池吟社《ぎょくちぎんしゃ》という家塾をひらいて、中々繁昌《はんじょう》していたのだが、日本の周囲にしきりに外国船が出没して、海防のことが識者の間の問題になりはじめると、にわかに、

「わしは溝板《どぶいた》の上で踏殺《ふみころ》されたくない」

といって、繁昌している塾を閉じて、故郷の美濃《みの》に引上げた。いずれ外国と戦争になるにちがいないが、その際みじめな死に方をしたくないと、つまり疎開したのだ。

この平和好きな星巌が、七十の老翁になってから、突如として政治に異常な熱情を持ちはじめた。切迫した時局と、日本の危機とが、純粋な愛国心に駆り立て、条約問題と世子問題とが、その最大の関心事になったのであった。

詩人としての彼の名声、年齢、誠実な憂国心が、星巌を京都の浪人学者団の中心人物にし、三本木のこの家はいつもそんな人々でにぎわっているのであった。

「おたがい名前をお知りでないでは、気づまりでしょうから、紹介させてもらいましょ」

といって、星巌は人々の名前を言った。

やせて小柄なのは、頼山陽《らいさんよう》の三男頼三樹三郎、たくましいのは長州藩士大楽源太郎《だいらくげんたろう》であった。

主人と先客らとは、しかけていた話をつづける。

「不日《ふじつ》に、大老が自ら上京して、主上を関東へ移し奉ろうと計画しているというわさもありますな」

と、星巌が言った。

三樹三郎はうなずいた。

「あり得ないことではありません。条約問題にたいしての幕府の処置は、違勅ともいうべきで、主上のご逆鱗《げきりん》は一通りではおわさぬそうです。ほのかに漏れうけたまわるところによれば、こうまで踏みつけにされては、皇祖皇宗にたいして申訳ないことであるとまで仰せられているそうです。したがって、幕府としては承久《じょうきゅう》の乱の故事など思いうかべて、先手を打つ気になったかも知れません」

と、涙をこぼした。

「仰せの通りです。拙者も心配でなりません。もし幕府が至尊を関東に移し奉るというような暴挙をあえてすることがたしかなら、われわれはこれを傍観しているべきではありません。彼の暴のおよばない前《さき》に、西国か吉野《よしの》あたりにご遷幸し給うようにしなければなりません」

と、大楽は言う。

「そうでござるとも、元弘《げんこう》・建武《けんむ》の世のみだれは、今や遠い歴史上のことではなくなりました。われわれの現前の事実となったのです」

と、三樹三郎はまた涙をこぼした。

星巌は老年だから、若い二人のようにそう激情的ではない。白髪の頭をかたむけ、まばらで長いひげを撫《な》でながら聞いていたが、なだめるように言う。

「用心はしなければなりませんが、そう先走ってはいけません。いくら幕府が無謀でも、そこまでのことはせんでしょう。かえって、事を困難にするだけだということは、わかっていいようではありませんか」

「今の幕府は血迷っています。まさかと思うようなことをしたのです。すなわち、違勅――いや、それでは足りない、主上のご叡旨《えいし》を踏みにじったのです。非常識なのです。何をしでかすかわかったものではないのです」

と、三樹三郎は一層激情的になった。

これらの会話をわきに聞いていて、薩摩の三青年らは、太守様さえ出て参られれば、一切は即座に解決がつくのだと、優越の思いが胸に動くのをおさえることが出来なかった。しかし、これはまた口外してはならないことだ。頬にあがって来る微笑をおさえることに難儀した。

そこに、星巌の妻の紅蘭《こうらん》が茶を持って来て、先客らにはかえてやり、西郷らには新しく供した。紅蘭は閨秀《けいしゅう》詩人として、また画家として有名な人だ。若い頃は美貌《びぼう》の点でも有名であった。五十五という年になっていたが、なお上品な姿と顔をしていた。

「ごゆるりと」

と、あいさつして、退《さが》って行った。

西郷らは、日暮れ方、鍵直に帰った。

浪人志士らの憤激と興奮は、斉彬に報告する必要がある。西郷はくわしく書面にし、最後に、例によって、

「一刻も早くご上京を。機会は熟しています」

と、書き添えた。

しかし、この日、七月十四日、斉彬は国許《くにもと》で瀕死《ひんし》の病床にあったのである。

西郷が鹿児島を出発して以後、斉彬は藩内に、

「思うところがあるから、皇国のため、八月末から九月はじめにかけて、兵三千をひきいて、京都に出る。それ故、兵の訓練にかかる」

とふれ出して、毎日天保山の調練所に藩士三千を集めて、洋式の調練を励行した。

すぐりぬいて壮強な青年らである。おりしも真夏で、連日炎熱の日がつづいたが、皆よろこんで訓練を受けた。斉彬は夏中磯の別邸にいたが、毎日船で出かけて、馬上みずから指揮して訓練した。

月がかわって七月九日、この日、斉彬は朝から何となく気分がすぐれなかったが、別段気にかけず出かけて、終日烈日の下に指揮して、夕方いつもの通り船で帰って来ると、気分が急に悪くなった。度々少々の下痢があり、熱もあるようである。

侍医の坪井芳洲《ほうしゅう》は診察して、食あたりのようであると診断した。

「昨日、いつもの通りにしてこしらえておいた鮨《すし》を食べた」

と、斉彬は言う。

「それでございましょう。毎日のこの暑熱でございますから」

斉彬は天保山からの帰途、しばらく海上で釣りをして、獲《と》れた魚を自ら調理して、小量の塩と飯とを混じてフタモノに入れ、居間の違い棚にのせておき、両三日経って練れて鮨になったのを食べるのが好きであった。

単純な食あたりと見立てたので、芳洲はその手当をし、適当と思う薬をあたえたのであるが、気分は少しもよくならず、下痢はつづく。翌日になると一層悪い。

そこで、午後、城にかえって、本式に床についたのだが、病勢は急速に悪化した。一日に四十回も下痢する。

小納戸《こなんど》側役《そばやく》の山田壮右衛門は斉彬の信任厚い者である。普通には男の家臣は奥殿へは入れないのであるが、重態であると聞いて、度々奥へも入り、芳洲へ病状をきいた。

「何とも不思議なご容態です。先程はやったコロリかも知れません。しかし、コロリときめるわけにも行きません」

坪井芳洲は日本で有数な蘭方《らんぽう》医であるが、まことに頼りない返事である。

そこで、斉彬の忠実な女中でスマという者に聞いてみると、スマもまた、

「おかしなご病状です。お下しがひどく、度々はばかりへお通《かよ》いですので、どんなお工合《ぐあい》でございますかとおたずね申すのですが、何ともお答えはなく、ただ溜息《ためいき》ばかりついてお出《い》でです。何か深くお考えこみ遊ばされているご様子でございますので、私共としてはご案じ申し上げているほかはございません」

という。

スマのことばには、最もゆゆしいことを暗示していたはずだが、あまりにもゆゆしいことなので、山田もそこまでは考えがまわらなかった。日本の当面している国難を思い、自分の亡きあとのことを不安に思って、あれこれと心をなやまし、嘆息なさっているのであろうとだけ考えた。

ともあれ、坪井の治療だけに頼っているのが不安になったので、家老の島津下総《しもうさ》らと相談して、漢方の典医らから薬を調えて差出させたが、斉彬はその薬を服用しない。

これも、山田は太守様は大の洋方信奉で、漢方を全然信用なさっていないからであると判断したのだが、斉彬にはもっと深い考えがあったと、ぼくには推察される。

ぼくは思うのだ、斉彬はこの発病は自然のものではなく、毒を飼われたのだと思っていたのではないかと。

斉彬が父の斉興《なりおき》に愛せられず、その賢明の名が天下に高かったのに、四十を越えるまで斉興が家督を譲らなかったことは、すでに書いた。その斉興がついに隠居して家督をゆずったのは、幕府の無理強《じ》いによることも書いた。斉興が斉彬をきらったのは、斉彬の性格が積極的で、進取の気象に富んでいるからであった。あんな性質では、当主になったら、金のかかることばかりして、せっかく自分が生涯かかって建て直した藩の財政をめちゃめちゃにして、藩はまた昔のあの最も苦しい貧乏所帯になってしまうと考えたのである。

斉彬は家督をついで当主となると、斉興の案じた通りのことをはじめた。私生活には倹約して、余計な金は一文も使わないようにつとめたが、領内の政治と日本全体のためには、おしげもなく金をつかった。それはずっと書いて来た。これが先《ま》ず斉興の苦痛のたねだ。

「やはり、おれの思った通りだ。くだらんことばかりしおって」

と、ひやひやしている。

斉彬は領内の政治においては、斉興時代のやり方をびしびし改革する。斉興の時代は財政建直しという絶対の必要があったので、ずいぶん領民から苛酷《かこく》なとり立てをしたが、このやり方は建直しがすんだ後も続行された。建直しの時代は経済官僚が藩の要路に立つ必要があったわけだが、この連中が建直しの後まで要路をしめていた。経済官僚というやつは、皆が皆ではないが、多くは経済のことしかわからない。民を搾取することしか知らない連中が多い。だから、必要がなくなった後にも搾取をつづけた。

斉彬は襲封すると、この連中を他に移して、どしどし改革して行った。これも気に入らない。

「使うばかりで、補塡《ほてん》することは少しも考えない。わが藩の財政はやがて昔にかえる」

と、心配でならない。

斉彬が天下の政治や日本の運命について、深く憂慮して、同じ心の大名や阿部正弘《まさひろ》老中らと往来して運動するのも気に入らない。

「外様《とざま》大名は天下の政治に関係してならないというのは、東照公の定めおかれた大典だ。それをかたく守って、自分の領国の政治さえしっかりとやっておればよいのだ。あれのすることは、危険な火遊びだ。今にえらい目に逢《あ》うにきまっている」

と、心痛一方でない。

斉彬が篤姫《あつひめ》を家定《いえさだ》将軍に入輿《にゅうよ》させた時には最も不機嫌になった。

「こんなところまで栄翁《えいおう》様に似て」

と、ほとんど絶叫しそうになった。栄翁というのは、斉興の祖父重豪《しげひで》の隠居してからの名である。重豪は生れ時を間違えた英雄であった。一体、江戸時代の太平の時期の大名はおとなしい平凡な人がらであるのが最も安全であった。なまじ英雄的素質を持っていると、幕府の機嫌を損じて、家の安泰にさしつかえるので、家老や重臣らが懸命に矯《た》め直した。だから、賢いといわれる人々でも、一般社会では普通人、大ていは普通人以下であった。要するに江戸城中においては城中のしきたりと規則の通りにふるまって目立たず、家や領内においては家老らの言いなりになって自分の意志のままにふるまわないのが、よい殿様だったのである。

ところが、重豪はまるで違った。自らの意志一ぱいに生きた。しかし、封建の体制が碁盤の目のようにしっかりときまって、幕府の統制が行きとどいている太平の世だから、英雄的覇心のやりようがない。それが、公生活にも、私生活にも、途方もなく豪華ぜい沢なことをすることになる。公生活では、領内に学校をこしらえたり、医学校をつくったり、薬草園をひらいたり、天文館をひらいて暦を出したり、学者を集めて博物辞典ともいうべき『成形図説』を編纂《へんさん》させたり、中国語辞典『南山俗語考』をこしらえたり、薩摩の風俗を文化的にしたりした。私生活では、西洋の文物を好んで、長崎出島《でじま》のオランダ屋敷の代々のカピタン（商館長）と親交を結び、西洋の書籍や器物をさかんに買入れた。オランダ屋敷の医官であったシーボルトとも親交があって、医学書の編纂を頼んだり、動植物学の教えを乞《こ》うたりしている。彼は中国語によく通達していて、侍臣らとの日用の会話は中国語で弁ずるほどであったが、オランダ語も勉強している。

彼のこの西洋好きの影響を受けて、彼の子の一人である昌高《まさたか》も洋学好きになったが、昌高は豊前《ぶぜん》中津《なかつ》の奥平《おくだいら》家の養子になったので、中津藩には洋学好きの空気が出来て、家老クラスの人で洋学を学ぶ者もあるほどとなった。福沢諭吉《ゆきち》は中津藩の人であるが、諭吉が洋学を学びはじめたのは、藩中にこの空気があったればこそのことである。諭吉が明治開化史上の巨人となった源をたどれば、島津重豪に到達する。

重豪の末子は斉溥《なりひろ》（後に長溥）で、これは筑前藩黒田家をついだ。勝海舟《かつかいしゅう》の洋学の師匠はこの藩の永井助吉（青崖《せいがい》）であるが、永井のような洋学者がこの藩にいたのも、斉溥が洋学が好きであったからで、これまた重豪に源泉がある。

こんな風に、重豪は、幕末、明治初年の日本洋学の一つの水源をなしているのである。

しかしながら、これらのことは公私いずれも金のかかることである。薩摩藩の財政困難は長い間に自然に進んで来たことではあるが、重豪のこのやり方で、ガクンと深刻になり、借財五百万両という途方もないことになった。金の使用価値から言えば、今日の二兆円か、三兆円にもあたろう。こんな借金が出来たのだから、領民はきびしく取立てられることになり、藩士らも知行《ちぎょう》持ちは半額献上、扶持《ふち》取りもそういうことになる。皆塗炭《とたん》の苦しみであった。

重豪は大借金のうちに隠居して、子の斉宣《なりのぶ》が立って、財政建直しにかかったが、重豪はそのやり方が気に入らないと言って、斉宣を隠居させ、孫の斉興を立て、知恵を貸して財政建直しにかからせた。重豪は間もなく死んだので、斉興ひとりでやらなければならないことになったが、艱難辛苦《かんなんしんく》、やっとやりぬき、財政は建て直った。

人間は現実に難儀を経験している時よりも、安楽な境遇になって昔をふりかえる時の方が、いやな気のするものだ。藩士らも、

「二度と再びあんな目に逢いたくない」

と思うにつけても、重豪がきらいになる。えらい太守様ではあったが、おかげでわれわれはドン底の貧乏苦を長い間なめさせられたと、身の毛のよだつほど気にならざるを得ない。

斉彬が、斉興にきらわれたのも、一つには原因がある。斉彬は重豪の曾孫《ひまご》だが、重豪は八十九まで生きた。これは斉彬の二十六までだ。重豪はこの曾孫を大へん愛して、幼い時は自ら抱いて入浴し、成人してからも手許《てもと》に招いて親しく話しするのを楽しみ

にしていた。曾祖父《そうそふ》の豪邁《ごうまい》な性質を遺伝している上に、こうして薫陶を受けたので、斉彬は英雄的気性の人となり、西洋好きとなった。生れた時代が違うので、重豪の西洋好きは趣味的で、単に便利でめずらしいものを愛するというに過ぎなかったが、斉彬においては西洋の物質文明の利器を使わなければ急速に日本の国力を増強することは出来ず、従って日本の独立を守り通すことは出来ないというにあった。この違いはあったが、斉興の目には同じように単なる西洋好きとしかうつらない。よう似たものだ、栄翁様みたいに身代をめちゃめちゃにする危険があると、気にいらないのである。

この重豪は、十一代将軍家斉《いえなり》の岳父《しゅうと》であった。家斉は一橋家から入って将軍になった人であるが、まだ一橋家にいる頃に娘を縁づけていたので、しぜん将軍の岳父ということになり、大へんな勢いとなったのである。

こんなわけだから、斉彬が篤姫を家定将軍に入輿させると、

「ああ、こんなところまで、栄翁様の真似をする」

と、斉興は最もにがにがしく思ったのである。

次には、斉彬の琉球《りゆうきゆう》にたいする態度を不愉快に思った。安政四年秋、斉彬は家臣市来四郎と琉球奉行の高橋縫殿《ぬい》とを召して、最も重大なこと六か条を命じた。

一つ、数年前から那覇にフランス人ふたりが滞在している故、琉球政府を説いて、琉球王の名義をもって、この者共に仲介させて、軍艦一隻、商船一隻をフランス

から購入せよ。ただし、いずれも蒸気機関を装置し、備砲その他の器具類一切完備のもの。

一つ、右と同じ要領をもって、元込《もとご》め雷管式小銃を年間六、七千梃《ちょう》の製造能力のある機械を数台購入せよ。

一つ、新式の小銃の製造機が入手出来、小銃の製造が緒につけば、わが藩は他藩の注文も引受けて製作するつもり故、諸藩の旧式小銃は皆廃品となる。中国は欧米諸国を毛ぎらいしてその製品をもきらっているという故、日本の廃銃を買うよう交渉せよ。交渉がまとまったなら、それには琉球をあたらせよ。もとより、琉球にはマージンを支払うのである。

一つ、幕府はアメリカの要求に応じて国内数か所を開港場とするよう約束することになるようである。アメリカとの条約が結ばれれば、英・仏その他とも結ばざるを得まい。しかしながら、国内の中央地帯の港は、京都朝廷その他の反対によって開港はむずかしかろう。自分はわが山川《やまがわ》港と奄美《あまみ》大島を開港場として幕府に推薦し、そのかわりにあてたいと思う。その瀬ぶみに琉球那覇の泊《とまり》港を開港させたい。琉球政府を説得して、その運びにせよ。

一つ、琉球政府を説いて、中国政府に交渉させ、福州における琉球館を拡張し、中国貿易を増大させよ。

一つ、右に関連して、中国から台湾の一港に土地を租借し、中国への中継寄港地を作る交渉をさせよ。

一つ、薩摩から数人、琉球から数人の少年をえらんで、琉球人であることにして英・仏・米の三国に留学させたいと思う。琉球政府を説得して、フランス人らにその世話を依頼させよ。

以上であった。

しかし、この七項目のどれ一つとして、斉興を刺戟《しげき》しないものはない。とりわけ、この七項目を総合すると、ゆゆしいことになる。琉球は中国と薩摩とに両属している国であるが、薩摩に所属していることは中国には絶対に秘密にしている。しかし、これを推進すれば、この秘密が中国に知れる。知れれば中国は怒って、琉球の中国貿易を停止するに違いない。薩摩は中国貿易の利を失うことになる。薩摩は、琉球を通じての中国貿易によって、破産にひんした藩財政を立直すことが出来たのだ。それほど利の多い中国貿易の利を失うことは、斉興のがまん出来ることではなかった。

軍艦や汽船や小銃製造機械を買入れたり、秘密に留学生を欧米に送ることがいずれも恐ろしく金のかかることであるのも気に入らないが、さらに心配なのは、幕府の怒りに触れて、藩が危険になることである。

最も心配なのは、どうやら斉彬は琉球を薩摩の所属から解放しようと考えているらしいことである。薩摩が琉球を属国としていることの最大の利は、ここを通じて中国貿易を営んでいたことであるが、斉彬はすでに幕府が開国に踏み切る以上、琉球を所持する必要はないと見て、これを解放しようとしているらしい。だからこそ、那覇の泊港を開港場とするとともに、奄美大島にもこれを開き、薩摩本土の山川港も開港場としようとするのである。

斉彬は父に気がねして、父の時代の家老、重臣らを、政治の要路から遠ざけはしたが、なお格式の高い地位においていた。この連中は斉彬の施政に快くない。一々江戸の斉興に批判的意見を加えて報告していたのであるが、この琉球にたいする方針が斉興を刺戟したことは非常なものであった。

「けしからん。琉球は先祖家久《いえひさ》公がこれを征服されて以来、代々家に伝え、家の経済を潤すこと一通りや二通りのものではない。永く子々孫々に伝うべき家の宝の国である。斉彬一人の存念をもって解放してよいものではない。何たることを考えているのだ」

と、煮えかえるばかりに立腹した。

状況によって推理すると、斉興は、自分の時代の主席家老島津豊後《ぶんご》がこの当時城代家老として国許にいるのに対して、斉彬を毒殺せよと密命を発したようである。

豊後はこの密命を受けて、ためらった。お家万代のためとはいえ、あまりにも思い切ったことである。踏み切れないで、思案していると、こんどは斉彬は、

「天下のために兵をひきいて上京する」

とふれ出して、毎日兵を猛訓練しはじめた。

豊後にとって、これはもう幕府にたいする明らかなる謀反としか思われなかった。

「お家の滅亡は必至だ。もはややもうやむを得ない」

と、同志の者に命じて毒を盛らせたと、ぼくは推理している。

人を、しかも一藩の主《あるじ》を毒殺するということは、ありそうもないことと、現代人には思われる。しかし、江戸時代には往々行われている。現代になって、何かの必要があって江戸時代の諸藩主の墓を発掘した場合、遺体を調査してみると、毛髪や骨から多量の砒素《ひそ》が検出されることが、よくあるのである。「君は一代、お家は万代」とか、「君を以《もっ》て尊しとなさず、社稷《しゃしょく》をもって尊しとす」とかいうようなことばは、江戸時代の武士の常識であった。お家万代のためにならないと見れば、殿様を無理隠居させたり、巧みに毒殺したりということは、よくあったことなのである。斉彬もその手にかかったと、ぼくは推理しているのである。これについては、ぼくはなおいろいろな状況証拠を持っているが、めんどうになるから、これくらいでやめておこう。

ぼくはこの時、斉彬に盛られた毒は亜砒酸《あひさん》系のものであったろうと推察している。下痢を伴う腹痛があり、心臓が衰弱するというのが、この毒薬の中毒症状である。斉彬は手製の鮨《すし》を蓋物《ふたもの》に入れて居間の違い棚にのせているのが常であったから、これに毒物を投ずるのはきわめて容易であったはずである。

ともあれ、斉彬の容態は次第に悪化して、西郷が梁川星巌の宅を訪問し、頼三樹三郎の慷慨《こうがい》ぶりを実見し、帰宿して斉彬にたいして報告書を書いた七月十四日には、もう絶望的となっていたのである。人間のはかなさだ。西郷が最も希望に満されて、懸命な努力をしている時、斉彬の命の炎は南国のはてで燃えつきようとしていたのだが、それを西郷は全然知らなかったのである。

十五日、斉彬は側役の山田壮右衛門を呼んで、脈をとってみよといった。山田は斉彬の右手の脈をとってみると、全然脈がない。

「脈がないじゃろう」

山田がおどろいて、左手をさぐってみたが、これまたない。斉彬はかすかに笑った。

「もはや助からぬいのちじゃ。ついては、後のことを申渡しておきたい。周防《すおう》（久《ひさ》光《みつ》）殿と家老らを呼ぶように」

山田は仰天して、言われた通りに、久光や重臣や一門の人々に知らせた。人々はおどろきあわてて登城して来た。

斉彬は久光を枕許《まくらもと》に呼び、苦しい呼吸とともに言った。

「わしはとうてい再び起《た》つことは出来ぬ。今明日のうちだ。ついてはあと目のことだが、ご辺の長男又次郎《またじろう》殿に娘の暐姫《てるひめ》をめあわせて家督を相続させ、哲丸《てつまる》は又次郎殿の養子にいたすよう。わしの遺言であることがわかれば、家中いずれも納得するはずである」

斉彬の相続するまで、家中は大分もめた。斉彬は斉興の長男であり、幼時から世子に立てられていたのだが、斉興がこれに家督を譲ることを好まず、久光を立てる心になっていたので、久光を推立てようとする一派があって、ずいぶん惨烈なさわぎがあったのだ。だから、斉興は斉彬亡きあとは久光を立てようとするに違いないが、そうしては家中がおさまらず、またさわぎがおこるに違いないと見たので、久光の子の又次郎を立て、それは自分の遺言であることを家中に触れ出せと、とくに言ったわけであった。

またこうも言った。

「又次郎はまだ十九の弱年だ。この多事多難な時局は骨がおれるであろうから、そこはご辺が後見となってよく補佐してもらいたい。わしの志のほどは、ご辺はよく知っているはずである。ご辺がこの志を継いでくれるなら、わしは死んでも心残りはない」

今はの際におけるまで、日本のことともに藩内の党争のことまで案じて、行きとどいたことばであった。久光は涙をこぼした。

「仰せられましたことは、一々かしこまりました。何とぞ心安らかに思召《おぼしめ》し下さいますよう。拙者は不肖の者ではございますが、ご遺言の旨を体《たい》し、あらんかぎりつとめることをお誓い申します」

「安心しました。くれぐれも頼みますぞ」

斉彬はうれしげに微笑し、兄弟別れの水盃《みずさかずき》をした。

かくて、翌十六日の暁方《あけがた》、星の光の薄れ行く頃、むなしい人となった。

斉彬が稀世《きせい》の英主であったことは、歴史家が口をそろえて言っているところだ。天が彼に十年の余命を仮したなら、維新史はよほどに違ったものとなったろうというのも、口をそろえて言うところだ。その斉彬が最も思い切ったことを実行に移そうとした矢先に急死したのは、天命というよりほかはない。

西郷は国を出る時の斉彬の命令に従って、斉彬が兵をひきいて出て来た時のために、相国寺《しょうこくじ》の裏手一帯の人家を兵の止宿《ししゅく》先として借りる約束をした。また、江戸へはもう下らず、斉彬の寄託した手紙類は、藩邸から公用便で江戸藩邸に送り、それぞれのあて先にとどけるように手配した。幕府が天皇を関東から彦根《ひこね》に遷《うつ》し申す計画をしているという風評があるので、とても江戸へなぞ行っておられないと思ったのである。

当時、鍵直には吉井幸輔《こうすけ》、伊地知龍右衛門のほかに、北条右門が福岡から出て来ていた。北条右門のことについては前に書いた。

また、筑前藩士の平野国臣《ひらのくにおみ》も止宿していた。平野は北条と筑前で知合になっていたので、斉彬の計画を聞くと、用事にかこつけてあとを慕って出て来たのである。

これらの西郷を中心として鍵直に止宿している一団は、斉彬の上京に一切の望みをかけて、指おり数えてそれを待ちつつ、必要な運動をつづけていたのである。

七月二十四日午後、西郷が外出先から帰って来て間もなく、藩邸の留守居伊集院太郎右衛門が手紙を持たせてよこした。

「唯今《ただいま》、お国許藩庁より急報があった。去る十六日暁天、かねてご病気中であった太守様がご永眠遊ばされた由、ただ驚くのほかはない」

という意味の文面だ。

おどろきあきれた。夢かと疑った。急には本当とは思われない。吉井、伊地知、また北条右門、平野国臣にも見せた。いずれも、あっと声を立てて、急にはことばも出ない。

ともかくも、藩邸で、くわしい話を聞こうと、西郷は、吉井と伊地知とを同道して、藩邸に駆けつけた。

伊集院は待っていて、藩庁からの通知書を見せた。もはや、信ずるよりほかはない。深い悲しみが、どっと襲って来た。声をあげて号泣したい思いをこらえて、ぽろぽろと涙をこぼしつづけた。西郷にとっては、斉彬は主君であり、恩師であり、慈父であり、神であった。この人によって、人がましくなれ、この人によって天下のことを知り、この人によって天下のことに働ける身になったのだ。

（この先、誰を頼りにしよう）

と考えた。

斉彬によって、日本を蔽《おお》っていた暗雲は晴れ、日本は新しい日本として立直るはずであった。そして、今や機会熟し、準備成り、足をあげるだけがのこされていたのに、こんなことになったのだ。

深い悲しみに閉ざされている西郷の胸にふとさした疑いがあった。

（太守様のこの突然のご死去は、自然のものであったか、どうか）

この疑惑は、見る見る、夕立雲のように濃く、重くなって、胸にひろがった。斉彬の世子時代から藩中にあって対立し、いく多の悲惨な事件をおこした党派の争いが、このことに無関係とは思われなかった。天下のために兵をひきいて上京しようとする間際に、こんなことになるとはあまりにもタイミングである。

（太守様の英明と英断とを、お家を危くするものと常に不安がっていたご隠居が、姦《かん》党《とう》共に命じて、一服盛ったのではないか）

はげしい怒りが、分厚く、ひろい胸に、渦を巻いてまきおこった。ご隠居を、城代家老の島津豊後を、その他の姦党共を、一人一人、踏みつぶしたいと思った。

しかし、それは出来ないことであった。ご隠居は前藩主であり、太守様のご実父だ。

代々の主家だ。豊後以下の者共は、その命令を受けてしたのだ。この疑いは、口に出すことすらもつつしまなければならないことだ。

漏らすことの出来ない怒りは、悲しみとからんだ。

「死のう」

と、一足飛びの決心となった。

(すべて、主君の生前とくべつな寵遇《ちょうぐう》をこうむった者は、昔は殉死したものと聞く。かねてのご恩遇にお報いするためじゃというが、おいの場合は、かたきも討つことが出来ん世の中に生きながらえていることは出来んから、死んであの世に行って、太守様にご奉公するためじゃ。この上は、一日も早く国にかえって、ご墓前で腹を切ってお供しよう)

と考えた。

しかし、そのためには、それ以前にしなければならないことがある。近衛忠凞が斉彬の計画を助成するために大車輪の活躍をしているので、近衛家に行って斉彬の死報を伝えなければならない。

だから、近衛家に行った。

忠凞はもう藩邸からの知らせで知っていた。月照も来ていたが、二人ともぼうぜんとして、口もきけないという表情でいる。

「せんないことじゃったなあ」

とだけ、忠澂は言った。

「とんとこれまでの夢でござりました。拙者はすぐ国許に帰ります」

とだけ言って、西郷は鍵直にかえった。もう夕方である。人々に顔を合わせるのもいとわしいような気がして、ひとり奥まったへやにこもって、荷物など片づけていると、へやの外に足音がして、

「西郷はん」

と、呼びかけた。月照の小柄な姿がそこにあった。

「ああ、これはお上人」

「追うて来ました。入ってよろしいか」

「はい。しかし、ここはせもうごわす。あちらでお目にかかりましょう」

「いや、いや、あんたはんおひとりのところでお会いしとうおます」

「そうでごわすか。では、むさいところでごわすが、お入り下さい」

荷物をおしかたづけ、座ぶとんを出して、請《しょう》じた。月照はそのふとんにすわって、じっと西郷を凝視した。もう薄暗のこめている中に、月照の白い顔にひとみがすわって、ややしばらくして、言う。

「西郷はん。あんたはお国に帰らはって、殿さんのお墓の前で追腹《おいばら》切ろうと考えてお

いやすね」

「いや、そんなことはごわはん。太守がああなった以上、もはや拙者の当地での仕事はなくなりましたので、帰国しようというだけのことでごわす」

「おかくしなさらんでも、よろしい。あんたが殿さんのご恩を思い、殿さんをお慕いして、おあとを追おうとなさるお気持は、わしにはようわかります。しかし、それでは、殿さんは決してお喜びにはなりまへんで。それどころが、きっと、何でわしの志をつがんのか、なんで日本の難儀を見捨てて来たと、きつうおこらはりまっせ。あんたの殿さんは、そんなお人がらどっせ」

薄暗の中に、月照の声は切々とひびいた。

西郷の胸には火がつき、顔は火のようにほてり、大粒の汗を吹き出し、大きな目からぽろぽろと涙がこぼれ、大きなからだがふるえ出した。おし出すような声で言った。

「そうでごわした。そうでごわした。わしは間違っていもした……」

大獄はじまる

ちょうどこの頃、日下部伊三次《くさかべいさじ》が江戸から上って来ていた。日下部はもと水戸《みと》につかえていたので、水戸藩士らに親しい人が多い。井伊《いい》が水戸老公をはじめ、尾張慶勝《おわりよしかつ》、越前慶永《えちぜんよしなが》らに厳重な処分をし、その政治活動をすっかり封じ去ったのを憤激して、水戸の有志らにむかって、こう相談を持ちかけた。

「拙者は三条前内府公をよく存じ上げています。三条公は慷慨《こうがい》の志のあられる忠直なお人がらで、至尊のご信任も厚いお方です。三条家は井伊家と姻戚《いんせき》のご関係がありますが、前内府のお人がらから推察しますと、定めて大老のなすところに憤っておいでであると存じます。どうでござろう、京に行って、三条公によって朝廷に運動して、井伊を罷免し、老公や尾州《びしゅう》侯や越前侯の処分を解除せよとの勅諚《ちょくじょう》を下していただくことは、必ず成功することと、拙者は信じています」

水戸の有志らにしてみれば、渡りに船の提案である。

「やって下さるか。ぜひ頼みます」

となって、日下部は中山道《なかせんどう》をとって上京して来た。それは斉彬《なりあきら》の死去の報がまだ達せず、西郷《さいごう》らが鍵直《かぎなお》で着々と運動を進めている頃であった。

日下部は薩摩《さつま》藩士であるから、着京するとすぐ薩摩屋敷に顔を出したが、出してみると、斉彬が近く大兵をひきいて、大決心をもって上京して来ることがわかった。日下部はよろこんだ。

「そういうことならば、天下のことはもはや成ったと同じです。拙者の運動はやめて、太守様のご着京をお待ちしましょう」

と、西郷らに合流して、運動をつづけていた。

そこに、七月二十四日、斉彬の悲報が到着した。

日下部は失望したが、本来の望みに立ちかえって、梁川星巌《やながわせいがん》、頼三樹三郎《らいみきさぶろう》、梅田雲浜《うめだうんぴん》、池内大学等の浪人学者らと共に、運動をはじめた。

人々は水戸に勅諚を下してもらい、その勅諚をもって、井伊のなした処分を自然解消させようという計画を立てた。

猛運動がはじまった。日下部は以前から三条家とは知合だから上京するとすぐ出入りしている。薩藩士だから近衛《このえ》家にも出入りしている。知己をたどって青蓮院宮《しょうれんいんのみや》にも拝謁して、運動する。当時の水戸の京都藩邸の留守居役《るすいやく》は鵜飼吉左衛門《うがいきちざえもん》であったが、これとも、その子の幸吉《こうきち》とも、往来して手をつないで運動する。日下部の運動ととももに、浪人学者らもそれぞれの手蔓《てづる》をたどって朝廷に働きかけた。

運動は成功した。それは根本的には、至尊をはじめ公家《くげ》達が一通りならず幕府にたいして憤激していたからである。朝廷では、三家か大老が上京して説明せよと沙汰《さた》してやったのに、幕府は、「水戸と尾張は不都合があって将軍の意にかないませんから、隠居蟄居《ちっきょ》を命じました。大老は政務多端で上京出来ません。そのうち間部《まなべ》老中を上京させましょう」

と、木で鼻をくくるような返事をよこしたのだ。

また、米国との条約調印にたいしては、天皇は反対の旨を仰せ出《いだ》されたのに、これと調印したばかりか、引きつづきオランダ、ロシヤ、英国とも調印し、近いうちにはフランスとも調印しますと上奏して来たのだ。違勅したばかりか、天皇の意志をさんざんに踏みにじったのだ。

天皇はお怒りのあまり、ついに、

「まろは退位する」

と、仰せ出された。一時のお怒りに駆られてのおことばではない。度々仰せ出されている。よほどにご決心が堅いのである。

天皇がこうであられる以上、公家達の多くが、憤りを同じくすることは当然である。もちろん、中には井伊の処置に同意な公家もあった。その代表者は公家の最高位にある九条関白であったが、こう朝廷全体が硬化して来ては、関白の権威でもどうにも出来ない。朝廷はアンチ井伊の空気に支配されていた。こんな風であったから、日下部らの運動も成功したのである。

七月末になると、勅書の草案も大体出来て、不日《ふじつ》に鵜飼吉左衛門に勅書をお下げわたしになることになった。

西郷は、月照《げっしょう》の忠告によって帰国して殉死することを思いとどまり、報国の機会を待っていたが、このことを月照から聞いて、

(待てよ)

と、考えた。

彼は水戸藩のことをよく知っている。水戸は天下の輿望《よぼう》のあつまっている藩ではあるが、内実は藩の意見が二つにわれて、世間の考えているほど強力な働きの出来るところではない。とりわけ、こんどの幕府の処分によって、老公反対派はうんと頭をもち上げているはずである。老公派は心こそやたけにはやっていようが、頭首を失って実力はなくなっているはずであると判断した。

(もし、せっかく勅書をご下付になっても、お受けすることが出来ないようなことがあっては、朝廷のお名をおとし、水戸藩も立つ瀬があるまい)

と、思案した。

そこで、月照を訪問した。

「この前伺いました、水戸家へご下賜のご勅書のことでごわすが、くわしい話をお聞かせ願えんでしょうか」

「それでは、陽明家（近衛家）に行きまほ。陽明家にはくわしいことがわかっているはずどす」

近衛家に行って、老女の村岡《むらおか》を通じて、忠煕《ただひろ》から話してもらい、勅書草案の写しも見せてもらった。

この勅書は、幕府の外交問題処理にたいする天皇の不満、幕府が天皇の意志を蹂躙《じゅうりん》したばかりでなく、事後いささかも礼節をつくさなかったことにたいする天皇のお怒り、それらにたいする心ある国民の怒りと抵抗、その抵抗にたいして井伊の敢《あえ》てとった処置——安政大獄《あんせいのたいごく》がいかに不条理なものであったかを語るものであり、安政大獄が谷川の流れの中の巨巌《きょがん》のように維新運動を激化させて、これまでの単なる日本強化運動から倒幕という革命運動になった理由を、最もよく説明するものであるから、少々綿密に現代語訳してみよう。

「先般、幕府は、アメリカとの条約調印は余儀ない次第であったから、その説明のために間部詮勝《あきかつ》老中を上京させると言上して来た。

一体、前に堀田正睦《ほったまさよし》老中が条約調印の件について伺いのために上京して来た時、諸大名の意見を聞きたい故、それを取りまとめて奏上するようにと勅諚あったのに、それはせず、大老は無断調印の処置をとっている。それでは単なる無断調印ではなく、違勅ということになる。これほどの国の大事に、このような軽率なはからいをするとは、料簡《りようけん》のほどがわからない。将軍は賢明な人であるのだから、役人共の処置がよくないと言わざるを得ない。こんな風では、外患どころか、国内のおさまりもどうかと、陛下は深くご憂慮でありますぞ。

国難来の感最も痛切な時であるので、陛下は朝廷も幕府も心から打ちとけて合体し、日本の永久安全の道を講じたいと、一筋に思召《おぼしめ》された故、三家か大老に上京させよとご沙汰《さた》あったのに、幕府は水戸・尾張は謹慎中であると言上して来た。どんな罪過があって両家が謹慎を命ぜられたのか知らないが、両家は徳川本家の羽翼としてただならない家である。今日のように外国船がどしどし入って来るという非常時に、そんなことでは、天下の人心も動揺するであろうと、陛下のご憂心は一方でない。

前の勅諚で、三家以下諸大名の意見を聞きたいと仰せ出されたのは、日本の永久の安全と、公武（朝幕）合体とをはかり、叡慮《えいりよ》を安んぜんとなされたためで、単に外交問題のためではないのに、このような内憂があっては、陛下のご心配は一通りではない。

これは日本の一大事である故、大老、閣老、その他三家、両卿《きよう》、家門、外様《とざま》、譜代《ふだい》の諸大名、全部集まり、真心を打開けて相談し、国内の平和と朝廷と幕府との親和とがいよいよ長久なように、皆で徳川家を扶助し、天下の人心を一致させ、外侮をふせぐようにとの勅諚《ちょくじょう》、以上の通りである」

以上が本文の大意で、別紙がついている。

「この勅諚は、もちろん国家の大事のために下賜されるのであるが、徳川家のためを思召されての仰せ出されでもある故、会議をひらいて徳川家の安全の道を講ずるようにと、特におことばを添えられ、勅諚の趣旨を諸大名にも通達し、とくに三家、両卿、家門以上には隠居に至るまで達するようにと仰せ出されている」

連署は、左大臣近衛忠凞、右大臣鷹司輔凞《たかつかさすけひろ》、内大臣一条忠香《いちじょうただか》、前内大臣三条実萬《さねつむ》、大納言二条斉敬《なりゆき》、同近衛忠房の六人で、九条関白は除外されている。これは親井伊派であるためである。

一見したところ、勅諚本文にも、別紙にも、天皇の徳川家にたいするご遠慮あるいはご愛情があふれている。これが井伊大老を最も刺戟《しげき》し、最も苛烈《かれつ》な弾圧と検挙とをおこす動機になったことは不思議なようであるが、よく読むと、この勅諚は、井伊が水戸、尾張、一橋《ひとつばし》、越前家にたいして行った処罰をまるで認めていない。「どんな罪過があって処分されたか知らないが」などと仰せられているのである。井伊にたいする最も痛烈な不信任状といってよい。井伊が激怒し、この密勅降下に働いた連中を大検挙する気になったのは、そのためである。

西郷は勅諚の内容を拝見すると、月照に、自分の見る水戸藩の内情を語って、

「せっかくこんなありがたい勅諚が下りましても、水戸家がお受けせず、あるいはお受けはしても奉ずることが出来ないようなことがありましては、朝廷のご威光を損じ奉る結果となり、何とも恐れ多いことです。前もって拙者が江戸に下り、水戸家の意向を瀬ぶみしたいと存じますが、いかがでごわしょうか。このことはよほど慎重に遊ばしませんと、影響するところが大きいと思うのでごわす」

と言った。

水戸藩の内情を知っているだけに、西郷はよほどの不安を感じたのだ。この西郷のカンは的中した。安政大獄がおこり、それが最も苛辣峻烈《からつしゆんれつ》なものとなったのは、この密勅降下が動機となったのであり、またこの大獄が一波万波を呼んで、日本は狂瀾怒濤《きようらんどとう》、血で血を洗う惨烈な時代に入って行ったのである。

後のことと考え合せると、この西郷の不安は、月照にはよくわからなかったらしいが、西郷が殉死の決心から立直って、国家のために働こうとの新しい意欲に燃えているのを見て、働く場をあたえたいと思った。

「そらええ考えどす。お願いしてみまほ」

といって、近衛家に行って、忠凞に西郷の申出をとりついだ。

「なるほど、大事をとる必要はある」

忠凞は三条実萬と相談した上で、近衛から大封書を西郷にさずけて、江戸に下らせることにした。

八月二日、早暁に京を出発、昼夜兼行して八月七日の昼頃、江戸に入った。

すぐ三田《みた》の藩邸に入る。ここには有村俊斎《ありむらしゅんさい》、堀仲左衛門《ほりちゅうざえもん》、有馬新七《ありましんしち》らの同志がいる。何よりも先《ま》ず、斉彬の急死のことが話題になる。いずれも斉彬の引兵上京に全希望をかけて、待ちに待っていた人々だ。話せば先ず涙になった。

その後、西郷は京都における日下部や浪人学者らの運動によって、水戸家に密勅が下賜されることになり、自分がその瀬ぶみに下って来たことを語った。勅書の内容についても説明した。

この勅書が無事に水戸藩にとどき、諸藩にも伝達されれば、井伊排除は諸大名の強力な輿論《よろん》となり、井伊は大老をやめさせられ、朝幕一致、挙国一致は直ちに成ると考えて、人々の意気は大いに上ったが、江戸の形勢は西郷の考えた以上に悪化していた。

人々は言う。

「当地の形勢は、井伊の暴圧の威勢は益々《ますます》たくましく、尾州家では付家老《つけがろう》の竹腰《たけのこし》が井伊と紀州の水野忠央《ただなか》とに合体して、主君の慶勝《よしかつ》公にそむき、有志の者を全部しりぞけ、長谷川惣蔵《そうぞう》は国もとに追いかえされ、田宮弥太郎《やたろう》（如雲）は要路を遠ざけられ、慶勝公は孤立して手も足も出ない有様になっておられます」

と、尾張のことを説明し、さらに、

「水戸にたいしてはまた一段ときびしく、老公は駒込《こまごめ》の下屋敷におしこめられ、これを分家の人数や尾州家付家老竹腰、紀州家付家老水野忠央の人数が番をするように、幕府の目付から通達しました。過ぐる八月一日には、老公を捕縛する命令が到達するとて、水戸家では一同異常な決心をしたとのことです。町奉行のさしずのあり次第、同心や火消の者共がくり出すことになっている由で、人心兢《きょう》々《きょう》たるものがありました。右のような次第で、邸中へ入りこむことが、先ず困難ですぞ」

という。

「そうでごわすか。しかし、何とか達成しとうごわす」

皆で、いろいろと工夫したが、思わしい方法がない。西郷は腕を組んで、人々の言うところを聞いていたが、言う。

「遠くから見ただけで困難をかこっていてもしかたはごわはん。ともかくも、あたって砕けて見もす。運がよければ、入りこむことが出来もそ」

翌日、白昼、小石川《こいしかわ》の水戸屋敷にむかってみると、案外、なにごともなく、すらすらと通されて、家老の安島帯刀《あじまたてわき》の長屋を訪ねて、安島に会うことが出来た。安島とは面識がある。斉彬の生前、度々使いとして訪ねて、親しいなかになっているのである。

安島は西郷を迎えて、斉彬の死にたいする弔詞をのべた。西郷は礼を言い、水戸家の受けた幕府の処分についてくやみを言った後、

「貴藩の今日の有様をうかがいとうごわす」

と言った。安島の顔には苦しげな色があらわれた。

「とんと火の消えたようでござる。お恥しいことながら、貧すれば鈍するで、家中の不和が再燃しましてね。ご承知でもござろうが、わが水戸家には以前から両党派の対立がござる。専一にお家大事を心掛ける派と、お家も大事だが日本全体のことを先ず考えるのが義公（光圀《みつくに》）以来のお家の精神であるという派とでござる。斉昭《なりあき》が藩主となって以来も、両派の争いはつづいて、斉昭が隠居いたさねばならなかったことにも、お家大事派の策動が大いに原因のあることは、かくれなきことでござる故、貴殿もご承知のことと存ずる。しかし、その後、斉昭が幕譴《ばくけん》をゆるされ、隠居の身ながら幕政顧問などに任ぜられることになりましたので、この派はずっとひっそくして勢いがふるわずなりましたが、こんどのことからまた勢いを持ちなおし、『だから言わんことではなかった。お家のことさえ一心に守っておれば、かような災難などおこりはしなかったのだ』

と言い出したのでござる。われわれにしてみれば、色々と申条《もうしじょう》あるのでござるが、現在かかる未曾有《みぞう》の災厄におちいっていることとて、返すことばもない有様です。そ

の上、幕閣からいろいろと干渉がござって、お家大事派の勢いは日にます有様で、情勢まことに面白くないのでござる。お恥しき至り」

予感は的中したのだ。よくこそ大事をとって瀬ぶみに来たと思った。

「よくわかりました。ご同情にたえません。しかし、一張一弛《いっちょういっし》は天の道でござる。いつまでも北風ばかりは吹きません。やがて南風の日もござろう」

となぐさめてから、

「実は拙者はこういう用件をおびて来たのです」

と、使命を伝えた。

安島はおどろき、両手をついて謹んだ姿になって聞く。

「ことがここまで運ぶについては、ご承知の弊藩の日下部伊三次が、貴藩の有志諸君と相談して京に入り、浪人学者の人々とともに、三条公を通じて運動したことによるのでごわすが、唯今《ただいま》お話をうけたまわったところでは、とうていお受けのお出来になるご情勢ではないように思われますが、いかがいたしましょうか、ご内勅の写しの入っている陽明家のお書付をここにこうして持参しているのでごわすが」

安島は返答が出来ない。思案している。苦しげだ。西郷はつづけた。

「拙者の考えを申せば、このまま京へ持ちかえった方がよいと思いますが、いかが。せっかくご下賜になった勅書を、お受けしかねるといってお受けにならんでは、またお受けになっても奉ずることが出来られんでは、義公以来、朝廷のご信頼の厚い貴藩の面目にもかかわることですから、幕府の監視がきびしくて、貴藩邸に入ることが出来なかったという名目にして、そこはほどよく拙者がつくろいましょう。いかがでしょうか」

西郷は安島が気の毒で気の毒でならなかった。安島は涙を拭《ふ》きながら答えた。

「まことに恐れ多く、また残念なことではありますが、そうしていただければありがたいことです。拙者ら同志の者は拝受して、出来るだけのご奉公をいたしたいのでござるが、今申上げたような藩状では、お受けしても、ご叡旨《えいし》にそむき申す結果になるに相違ないと思わざるを得ないのです。ご芳情まことに感謝にたえません」

「ご心中、よくわかります」

情の厚い西郷は、もらい泣きした。

西郷は水戸邸を去って、市《いち》ケ谷《や》の尾州屋敷にむかったが、ここは連絡すべき人物が全部要路を去っているので、どこを訪ねようもない。屋敷の外から、むなしく足をめぐらした。

薩摩屋敷へかえると、同志の連中が首を長くして待っている。西郷は水戸藩の内情を語り、

「それにしても、水戸藩にはもう談ずるに足る人物はおらんようでごわす。藤田、戸

田の両先生がなくなられて以来、水戸の勢いが昔のようにないことは、おたがいわかっていたが、こげんまで人物が凋落《ちょうらく》しているとは驚きもした。すぐれた人物さえあれば、党派の争いもこうまでなりはせんのでごわすがなあ。それで、お書付は持ってもどりもした。このまま奉還した方がよかと思うのでごわす。それにつけても、よくこそ正式の勅書以前にくだって来たと思いもすよ」

と言った。その後、俊斎に、

「おはんは藩役人に帰国願いを出していると言うておじゃったが、ぜひ帰国の許しをもろうて、このお書付を京に持って行き、月照上人におかえし申して下さらんか。上人にあてて、わしがくわしか手紙を書きもすから」

「よろしゅうごわす。そげんいたそう」

俊斎は快諾したが、すぐ問いかえす。

「それで、オマンサアはどうおしやるつもりでごわす」

「わしはしばらくこちらに用事がごわす」

俊斎は藩役人に帰国の許しをもらって江戸を離れて、西に向った。八月十一日のことであった。

西郷が江戸にとどまったのは、江戸が間もなく大へんなさわぎになるだろうと見たからであった。西郷の観察によると、尾、水の両藩は非常に憤激しているらしく見える。従って、幕府からさらにきびしい沙汰《さた》を下しても、両藩は受返し受返しして命を奉じないであろうから、幕府としては一層手強《てごわ》く出るに相違なく、そうなれば両藩は益々《ますます》激し、必ず変がおこるに違いないと見た。

西郷のこの推察を裏づけるような事実がいくつもおこった。水戸藩ではよほどの人数を国許《くにもと》から呼びよせた。江戸城中の吹上御苑《ふきあげぎょえん》に牢獄《ろうごく》をつくり、ここに水戸老公と越前慶永とを入れることにしているなどの流言が流れて、越前家ではひどく緊張して、もし幕府がそんなことを要求して来るようなら、鍛冶橋《かじばし》の屋敷を焼きはらい、そのまぎれに慶永を国許に落とそうと相談して、薩摩藩に薩摩の船で越前へ連れて行ってもらいたいと依頼して来たりした。

このさわぎの間の二十六日、薩摩の老公斉興《なりおき》は江戸を出発、国許に向った。斉彬の死後のことを片付けるためである。西郷は月照に手紙を書いた。

「弊藩の隠居が伏見通過の際、近衛公に頼んで、一朝有事の際は朝廷の力になってくれよと交渉してもらいたい。そうすればわれわれが事をおこした場合、御所の守衛等の名目で国許から兵を取寄せるに至って都合がよいから」

という文面だ。西郷はさわぎになったら、兵をあげる心組みをしていたのである。

一方、西郷が出た後の京都。

京都では、あれほど西郷に言われても、水戸の情勢がそれほどまで窮迫衰弱しているとは思わなかった。八月七日の夜、正式に勅諚《ちょくじょう》降下のことが決定して、翌八日、武家伝奏の万里小路《までのこうじ》正房《なおふさ》は水戸の留守居役鵜飼吉左衛門を呼び出して、勅諚を下付した。

捧持《ほうじ》して、吉左衛門が藩邸にかえると、日下部伊三次も来ている。伊三次としては、苦心さんたんして、やっとここまで漕《こ》ぎつけたのだから、うれしいのはもとよりだ。祝杯を酌みかわした後、どうしてこれを江戸に持って下るかについて相談した。本来なら吉左衛門自身が持って行くべきだが、現在水戸藩は所司代付属の役人や井伊家の密偵らの注意の的になっている。留守居役である吉左衛門が京都から消えては、すぐ目をつけられることは明らかだ。

相談の結果、吉左衛門の息子の幸吉がその役目にあたることになった。

かくて、即夜、幸吉は大坂蔵屋敷詰めの小役人某と偽名して、わざと見苦しい垂駕《たれかご》に乗って京都を出発、東海道をとって下り、同時に日下部は写しを持って中山道をとって江戸に向った。故障があってとどかなかった場合の用心である。

幸吉は十六日の深夜、小石川屋敷の近く春日町のはたご屋に入り、旅装を改めて、藩邸内に安島帯刀を訪問した。

安島は先日の西郷の訪問で、話はついていると安心し切っていたのに、とつぜん幸吉が勅諚を奉じて下って来たというので、仰天した。しかし、こうなってはどうすることも出来ない。深夜ではあるが、とりあえず御殿に人を走らせて、当主の慶篤《よしあつ》に知らせると、慶篤も驚きながらも、早速に来いという。

この勅諚下賜は、大へんなさわぎになった。水戸家では、幕府に報告すると同時に、写し数通をこしらえて、尾州、紀州、田安《たやす》、一橋の四家には伝達したが、さらに諸家に伝達しようとすると、幕府はきびしく差しとめた。勅諚の旨を奉ずるのだといってもきかない。無理にそうするなら、慶篤を隠居させて、分家の高松松平家の頼胤《よりたね》に相続させると言って強迫した。

水戸家はひそかに越前藩へは伝達しようとして、密使を送ったが、越前藩は幕府の威を恐れて受けなかった。

水戸の藩論も分裂した。正義派は勅諚であるからあくまでも遵奉すべきであると主張し、お家大事派は幕府がそんなにいやがるものなら、勅諚は奉還すべきであると主張し、はげしく対立をつづけている間に、正義派が二つに分裂した。主流派の主張にたいして、現実の情勢が勅諚遵奉を強行することを許さないから、朝廷に事情を訴えて返還しようと主張する分派が出来たのだ。水戸藩はこの三派がもみ合って、収拾することの出来ない混乱におちいった。

以上の混乱がおこったばかりか、これを契機として、幕府の圧迫は一層の峻烈《しゅんれつ》さを加えて来た。井伊はこの勅諚降下は、斉昭がひそかに朝廷に策動したためと見た。京都における井伊のスパイ網は、長野《ながの》主膳《しゅぜん》によって緻密《ちみつ》に張られている。九条関白家の諸大夫《しょだいぶ》島田《しまだ》左近《さこん》などはそのスパイ網の最重要部分だ。長野の不在の間はかわって主宰している。日下部伊三次と鵜飼吉左衛門とが共謀し、浪人学者らを抱きこんで、三条や近衛や青蓮院宮に運動して、この運びになったことはすぐ探知出来た。もちろん、日下部がもと水戸藩士であったこともわかった。

ここまでわかれば、井伊としては十分だ。

「震源地は水戸のご隠居だ」

と、結論した。勅諚の真の趣旨が、井伊が斉昭らに行った処分を無効化し、ひいては井伊排斥に持って行く含みのあるものだから怒りは一層だ。

「けしからぬ陰謀おやじめ、その儀ならば……」

と、徹底的に水戸藩を圧迫し、内政干渉して、藩の要路から正義派を一掃し、お家大事派にかえた。

これらのことは、やがて安政大獄となり、日本はじまって以来の大疑獄となるのである。西郷の憂えは的中したのである。

西郷は、十九日には前夜、鵜飼幸吉が勅諚を奉じて水戸邸に入ったことを知った。

「しまった！」

と、思った。

(幸吉殿が京都を出たという八日は、おいがこちらについた日の翌日だ。おいの申上げたことをご信用ならなかったのじゃ)

と、口おしかった。

彼の予見は着々と実現して行く。

(言わなかったことか!)

とは思いながらも、不安な思いで観察をつづけていたが、有馬新七、堀仲左衛門の二人と、相談し、その結果、こう決定した。

「諸藩の有志らを結集し、朝廷に運動して、最初の朝廷の予定通りに勅諚を諸雄藩に下してもらい、雄藩連合の勢力をつくり、井伊一派を誅《ちゅう》し、幕府の姿勢を正させよう。これはすなわち、勅諚ご下賜の精神を生かすことであり、また故斉彬公のご遺志を継ぎ申すことである」

そこで、分担をきめて、江戸方面は有馬と堀とがあたり、京都方面は西郷があたることにした。

西郷は出発の朝、越前家に行って、橋本左内《はしもとさない》に会った。越前家では慶永が幕譴《ばくけん》を受けて以来、家老から諸役人までいつも上下《かみしも》を着て、謹慎の意を表することにしていたので、左内も上下姿であった。西郷は旅装のまま縁ばなに腰かけて、長時間左内と談話した。要旨は雄藩連合のことだ。

「現在のところ、弊藩はごらんの通りの有様で、何のお手伝いも出来ませんが、いよいよとなったら、主人を説いて、全力をあげてご一緒に働かせていただきます」

と、左内は言った。

西郷はやがて辞去したが、これが二人の相見た最後であった。この翌々月、左内は幕府の嫌疑を受けて親類あずけになり、一年後に江戸伝馬町《てんまちよう》の獄に下され、数日の後斬罪《ざんざい》に処せられるのだが、その時西郷は遠く南海のはて奄美《あまみ》大島に流されの身でいるのだ。神ならぬ身の、そんな予想のつくはずはなく、再会を約して別れたのであった。

八月三十日、京都についた。もちろん、鍵直に投宿する。ここには伊地知龍右衛門、北条右門、平野国臣《くにおみ》のほかに、有村俊斎が加わっていた。西郷は江戸の同志と計画したことを語った。人々の喜んだことは一通りではない。深夜に至るまで、運動の方法について、熱心に話し合った。

翌日は清水寺《きよみずでら》に月照を訪れて、江戸のくわしい事情を説明し、現在の計画を語り、尽力を頼んだ。

運動がはじまる。近衛家を通じ、また浪人学者らとも談合して、それぞれにひいきにしてくれる公家《くげ》達を通じて、朝廷に働きかけた。中にも平野国臣は梅田雲浜の宅にしばしば出入りして相談した。

この頃、朝廷では九条関白と両武家伝奏との処分問題がやかましかった。この人々が幕府に味方して、事毎に天皇のご意志の発動のさまたげをなすというので、天皇もご不満であり、有志の公家らも快からず思っていた。民間の志士らも、これを獅子《しし》身中の虫として、梅田雲浜などは、これをご排除にならなければ、今に朝廷の大難となるであろうと、青蓮院宮に上書までした。

ついに天皇は九条関白と両伝奏とに辞職せよとお諭しになったので、三人とも辞表を提出した。しかし、これは幕府の諒解《りようかい》を必要とするので、実際に職をやめるのはそれからのこととして、とりあえず九条は内覧《ないらん》を辞退し、両伝奏は大納言を辞官した。内覧は九条のあとは近衛忠熈を関白にすることに決定して、内覧は忠熈に宣下された。内覧は関白の職務であるから、近衛が関白の実務をとることになったのである。

このような朝廷内の人事異動は、西郷らには自分らの運動が好調に進んでいるためとしか思われなかった。そこで、皆で相談の上、平野にこんな相談を持ちかけた。

「あんたも見られるような好調となった。きっとわれわれの希望通り、近く勅諚が諸大藩に下るに違いない。ついては、あんたは国許《くにもと》にかえり、手蔓《てづる》をたぐって筑前侯(斉溥《なりひろ》)にこの旨を説いて、大いに力をつくしていただくようにし、またあんたの藩内に同志をこしらえて下さらんか。斉溥公は、わしがこの前先君の命を受けてこちらへ出て来る時にお目通りしてお話ししたが、あの節は大いにやると仰せられたのでごわすから、必ず話はつくと思いもす。殿様へ申し上げられるには、工藤左門《くどうさもん》殿が働いて下さるでごわしょう」

工藤左門はもと薩藩士井上出雲守《いずものかみ》だ。先年のお由羅《ゆら》騒動の時、北条右門と脱藩して、斉溥に庇護《ひご》されているのである。

「ようごわす。大いにやりましょうたい」

平野は飄々《ひょうひょう》として西にむかった。

九月七日、平野が京を出た翌日か翌々日の夜、梅田雲浜が召捕られた。

雲浜の捕縛の底には、長野主膳の魔手が動いている。長野はある時は彦根《ひこね》に、ある時は京に、ある時は江戸にいて、縦横の暗躍をつづけていたが、密勅降下についてはつい手ぬかりして知らずに過ぎた。自らの手腕に大自信を持ち、また最も周密な諜報《ちょうほう》網《もう》を持っていると信じ切っていただけに、口惜しさは痛烈なものがあった。一体、刻深な性質なのである。

「今に見ろ」

と、きびしく探索して、水戸藩士と浪人儒者らとが共同謀議して、密勅降下に働いたことを知った。浪人儒者の中で、彼が最も目をつけたのは雲浜であった。

若狭《わかさ》小浜《おばま》の藩主酒井《さかい》忠義《ただあき》は、雲浜の旧主である。雲浜は名は源次郎《げんじろう》、雲浜という号は小浜の地名である。酒井忠義は井伊によって新しく所司代となり、八月十六日に江戸を立って上京の途についた。長野はこれを桑名《くわな》まで出迎えて、京都の情勢を説明し、浪人学者らの説が堂上衆《とうしょうしゅう》の議論をいやが上にも反幕的に駆り立てていることを説き、

「この悪儒者共の中で、最も兇悪《きょうあく》なのは梅田源次郎であります。この男は先般の密勅降下にもずいぶん働いた証拠があるばかりでなく、その後、関白殿下の辞職願や両伝奏の辞職願にも関係があります。この者が、獅子身中の虫を除かなければ、朝威は幕府におさえられ、ついに伸びるの時なく、皇国の威も忽《たちま》ち地に墜《お》ち、千載ついに振うの時はござるまいなどと、けわしいことを書き立てて、青蓮院宮に奉ったのが、ことのおこりなのであります。ご着京の上は、ぜひこの者を召捕りになるべきであります」

と言った。

旧君臣の情がある忠義は弱った。一体忠義は雲浜に好感をもっている。雲浜の方も旧主として忠義に好意を抱いている。忠義が井伊によって所司代に新任されたと聞きこむと、酒井家の重臣に書を飛ばして、井伊に合体されることはこの際危険である。お考え直しをいただきたいと忠告したほどである。

こういう仲だから、長野の言うことを言を左右にして受けつけなかった。

長野は不本意で彦根にかえったが、もちろんあきらめはしない。策を新たにして出るつもりである。

忠義は九月三日、京に入った。すると、その日、雲浜は上下姿になって、東山三条の蹴上《けあげ》（今都ホテルのあるあたり）まで出かけて、忠義に拝謁を願い出た。忠義は引見した。雲浜は忠義の問いに応じて、京都の事情を説明した後、

「以上の通りでございますから、唯今《ただいま》の京都は太守様がお所司代などをお勤めになるところではございません。第一、彦根侯は主上をはじめ満廷の憎悪の的になっています。殿様は、この彦根侯と同調していると思われておいでになるのでございますから、取返しのつかない災厄に陥り遊ばすは必然であります。速かにご病気をお申立てになって、お国許へお帰りになるべきでございます」

と、切諫《せっかん》した。

忠義は立腹した。

「いらざることを申すな。そちはわしを危いと申しているが、さようなことをはばからず口走るそちの方こそ気をつけい。人の頭の上の蠅より、自分の上の蠅だぞ」

と叱りつけて、追いかえした。

忠義は京へ入ったが、雲浜のことが気になった。考えつづけた末、やはり召捕らなければならないかと考えていると、翌日、伏見奉行の内藤豊後守正縄《ないとうぶんごのかみまさただ》が来た。いろいろ京の話を聞いているうちに、雲浜の話が出る。召捕らねばなるまいと思う心が強くなった。そこで、内藤に言った。

「梅田は拙者の旧家来でござるが、さようなことをしているとはけしからぬこと、召捕らねばなりますまい。その手配をして下さらぬか」

「かしこまりました」

と答えて、内藤は辞去したが、その足で京の東町奉行の岡部《おかべ》土佐守《とさのかみ》豊常《とよつね》の役宅を訪れ、忠義の命を伝えた。

岡部が承諾したので、内藤はこのことを家来に命じて忠義に報告させておいて、伏見に帰った。

内藤の去った後、岡部は禁裡《きんり》がかりの役人から、今日九条関白の内覧辞退が聞きとどけられ、近衛忠凞に内覧の宣旨が下ったとの報告を受けた。これは禁裡内において九条の勢力が衰え、近衛の勢力がのびて来ることを示している。雲浜は近衛の気に入りだ。岡部はいろいろと考えざるを得なかった。京都詰めの役人は、出来るだけ禁裡と協調してやって行くべきもので、仲が悪くなってはいろいろとやりにくいのである。

そこで、翌五日の朝、忠義を訪問して、このことを語り、

「梅田を召捕りましては、必ず近衛殿のごきげんを損じましょう。一先《ひとま》ず逮捕のことは見合せてはいかがでござろうか」

「さようか、いたし方なきこと」

忠義は、雲浜をにくいとは思っていない。助けられるものなら助けたいのである。

その日、忠義は長野主膳に用事があって、用人の三浦七兵衛《みうらしちべえ》を長野の許につかわした。その頃、長野は彦根から出て来て、江州大津《ごうしゅうおおつ》の宿屋に泊っていた。三浦は午後三時すぎにそこについて、主命を達した。

用談がすむと、長野は言った。

「この前、桑名でご主人に、梅田《うめだ》源次郎と申す悪儒者のことを申上げておきましたが、いかが処置なさいましたか」

三浦は、一旦《いったん》は逮捕の手続きを取ったが、朝廷内の情勢の変化のために中止したことを語った。長野は蒼白《そうはく》な顔を少しうつ向け、黙って聞いていたが、やがていとも静かに言う。

「それでは、貴殿のご主人は、やがて近衛殿が関白となられ、関東のご趣意と反対の方針をとられ、水戸老公や一橋卿《きょう》へ勅命を出されても、そのままお従いになるご料簡《りょうけん》ですな」

「いや、それは……」

と、三浦があわてたが、長野はつづける。

「しばらく黙って拙者の申すことをお聞きなされよ。幕閣ではそんな勅命などが出ては、公儀は朝敵ということになりますので、そういうことにならぬよう、精々《せいぜい》穏便におさめたいと心をくだいておられるのです。そのためには、先ず梅田を召捕り、その口から徒党の者を四、五人も聞き出し、これを召捕ってしまえば、悪謀の堂上方《とうしょうがた》もおびえ、自然前非を悔いてお鎮まりになると思うのです。仮に一騒動になったとしても、日本のため、朝廷のために、不忠不義の逆徒を公儀がお罰しになるのです。何のはばかるところがありましょう。ここの道理を酌み分けられるなら、ご主人もそんなにおはばかりにならねばならんこととは思いませんがね。勅命だとて、むやみに恐れられることはないと思いますがね」

「………」

「この前、拙者はご主人に申しました。〝梅田は疑うべくもない悪謀の張本人でござる。お公儀は朝敵、ご大老も朝敵、これにくみする者は皆朝敵であると、その手紙にしたためているのです。もし所司代においてお召捕りになれないご事情がありますなら、関東から直接に捕手《とりて》をおつかわしになることになりましょうが、それでは急場の間に合いません。ぐずぐずしているうちには、近衛殿が関白となられて、不承知をとなえられるおそれもあります。かくては、最も重要な証拠人、張本人を逃がすことになります故、拙者が彦根の手で召捕りますが、いかが〟と申したのです。ご主人はご返事をおにごしになったのでござるが、それについては何とも仰せられませんでしたか」

「いえ、申しはしたのでござるが……」

「何と？」

「勝手次第にいたすがよかろうと……」

長野は激した色は見せない。かわらぬ冷静さで言う。

「そうですか。しからば、拙者はこれから上京、勝手次第にいたしましょう。しかしながら、念のために申しておきます。拙者がこんど江戸からこちらに上ってまいりましたのは、ご主人が間部ご老中のご着京までに万事の整理をつけておきたい故、拙者を貸してくれと、主人掃部頭《かもんのかみ》にお頼みになったからでござる。つまり、唯今のところ、拙者は井伊家からご主人に貸されている身です。もしご主人にお手落のことがあっては、拙者は主人に申訳のないことになります。

それについて、特に申上げておきますが、梅田は間部ご老中がご上京になれば、即座にお召捕りになることになっている人物でありますが、そうなっては、ご主人のご面目が立ちましょうか。所司代としての職を空しゅうなさっているということになりはしますまいか。

水戸家に密勅が下りました当時、梅田が貴藩の坪内孫兵衛《つぼうちまごべえ》殿へ出した手紙に何とありましたか、ご大老をはじめご老中方を、〝天下をあやまり候姦邪《そうろうかんじゃ》の役人共〟と書き立て、〝速かに右の者を相除くべく〟と書いていました。ご主人はこの書面をごらんになったはずです。

もし掃部頭のことをお考え下さるなら、こちらからこと改めてお願い申すまでもなく、どうなさるべきか、お考えのおつきにならないはずはありますまい。それをこちらに召捕らせ、高みの見物して過そうとは、少しおかしくはござらんか。町奉行などの所存にまかせてご猶予あること、時節がら不似合なことのように、拙者には思われます」

「…………」

「しかし、それでもかまわぬというのでござれば、拙者が町奉行を頼んで召捕りましょう。町奉行が不承知なら、彦根から人数をとりよせて召捕ります。天下の大事、国家の存亡にかかわること、捨ておくことは断じて出来ません」

激せず、せかず、最も冷静な調子で、しとしとと説き進める。青白く澄んだ細おもての顔には一種沈痛な表情がある。三浦は見えない縄でがんじがらめに縛り上げられるような気がした。

「これから帰って、今一度主人に申してみます。今晩京へ来ていただけませぬか」

「まいりましょう」

長野は三浦をかえした後、井伊の公用人宇津木六之丞《うつぎろくのじよう》に手紙を書いて、上述のことを報告した後、

「さてさて、町奉行（京東町奉行岡部土佐守豊常）の無思慮なること！　このままでは天下の大乱、眼前に生ずべきことは言うまでもありません。何という臆病神《おくびようがみ》がついたのでありましょうか」

と慨嘆し、梁川星巌も悪謀の問屋であるから召捕らなければならないと書いている。もっとも、星巌はこの三日前の二日にコレラで死んでいる。

長野はその夜京に行き、忠義に会ったが、ついに説きつけることが出来なかった。しかし、あきらめない。翌日、伏見に行き、奉行の内藤正縄に会って、ついに内藤の手で召捕ることを承知させた。

忠義の諒解《りようかい》を得なければならないので、その夜、内藤と同道して京に出、忠義に面会をもとめた。忠義はその夜は会おうとせず、同夜西町奉行の小笠原長常《おがさわらながつね》の役宅で会うことにした。こうして、翌七日の夜、忠義はついに説得された。

狙いをつけたら決してあきらめない執念の強さはおどろくべきものだ。レ・ミゼラブルの警視ジャヴェールを思わせるものがある。ジャヴェールが法律の狂信者であったように、長野もまた幕府制度の狂信者であったのである。

こうして、雲浜は七日の夜半、召捕られて、身柄《みがら》は伏見に連れて行かれ、伏見奉行所の牢《ろう》に入れられた。これが、安政大獄の開幕である。

雲浜捕縛の時から数時間前の九月七日の午後七時頃、鍵直に到着した旅の武士があった。有馬新七であった。西郷が出発してから数日の後に江戸を出て来たのである。

「情勢がかわった。それでおいは駆け上って来た」

と、新七は西郷らに語った。

江戸においては、井伊の圧迫政治は益々《ますます》ひどくなり、それは京都にもおよぼすつもりらしく、老中間部詮勝が上京することになり、自分より一日おくれて江戸を出発、中山道を取って来ることになっている。間部の上京目的は、単に条約調印問題について朝廷に説明し、諒解を得るためではなく、朝廷にたいして強力な圧迫を加えるつもりらしく思われる。こうなってはとうてい尋常一様の手段では行かぬ、早く諸藩に勅諚《じょう》の写しを下してもらって、諸藩連合して兵をくり出し、井伊をたおし、幕政を改革しようというのであった。つまりクーデター計画である。

西郷が江戸で新七らと打ち合せた計画は、諸藩連合の勢力をつくって、その圧力で事をなすというのであったが、これは諸藩連合の兵を挙げることによって井伊をたおして幕政を改革することになっている。わずかに一週間の間に、こう計画が変ったのは、情勢の変化がそれほどはげしかったからである。

幕政を改革するとは、具体的には、将軍家茂《いえもち》をやめさせて一橋慶喜《よしのぶ》にかえ、越前慶永を大老的職につけようというのであった。こうして根本が定まれば、他は自然に改革されるというのであった。

新七はこの計画をひとりで立てたのではない。日下部伊三次、水戸藩士鮎沢伊太夫《あゆざわいだゆう》、幕臣勝野豊作《かつのほうさく》、堀仲左衛門らと合議して立てたのだ。

「ようごわしょう」

と、西郷は答え、皆酒をくんで、夜ふけに至るまで談笑して、寝についた。その頃、梅田雲浜の家に捕吏がふみこみ、雲浜を逮捕したのだが、もとより知るはずはなかった。

翌日は秋晴れのいい天気であった。西郷は早朝、月照に手紙を書いて、新七の上京して来たことを知らせ、来てくれるように言ってやった。

間もなく、月照が来た。新七はくわしく江戸の情勢を語り、自分らの計画を打ちあけ、それについて詳細に書いた文書をさし出し、

「近衛公にさし上げていただきとうごわす」

と言った。

月照はその文書をふところにして、近衛家さして行った。

午後の二時頃、月照が来た。

「あの文書は、たしかに近衛公にさし上げました。公はご覧遊ばされて、これで今の関東の様子がよくわかる。やがて叡覧《えいらん》にもそなえようと仰せられました」

新七の喜びは言うまでもない。西郷はもちろんだ。皇室にたいする日本人の感情は、現代になってずいぶん変った向きもあるが、この時代の日本人は皇室を日本の正義の中心と考え、国の救いのもとはここにあると信じ切っていたのである。

西郷、有馬、有村、伊地知、北条の五人は、月照を中心にして、いろいろと談論し、

月照の帰って行ったのは夕方の五時頃であった。

　夜に入って、鵜飼吉左衛門から使いが来た。新七は自分の上京とその目的を知らせて、会いたいと言ってやっていたのである。鵜飼の使いは、

「お会いしたいとは思うが、世間がさわがしく、また幕吏の目もきびしく光っている時であるから、わざとお会いしません」

　という口上を伝え、さまざまな季節のくだものを渡して、帰って行った。

　その後間もなく、藩邸から使いが来て、今、大坂の蔵屋敷からとどいたといって、西郷あての封書をとどけた。

　家老島津豊後からの手紙であった。豊後は、江戸から国許《くにもと》に向う斉興を迎えるために、国許から大坂に出て来て、蔵屋敷に滞在しているのであった。こういう内容だ。

「勅諚のお写しが、近衛公のお直筆のお手紙とともに当屋敷にとどいたについて、江戸の老公（斉興）にお伺いを立てたところ、老公は自分に、〝京へまいってお請けを言上せよ〟とおさしずがあった。自分はそのつもりでいたところ、このほどまた老公からお便りがあって、〝お請けは自分が伏見についてから、直筆をもってするから、一先《ひとま》ず待て〟と申しよこされた。さればそのつもりで、朝廷方面をつくろっておいてもらいたい」

　いい方には考えられない。斉興の心に迷いが出て来たに違いないと思った。皆に見

せて、

「やはりすらすらとは行かんもんでごわすな」

と言った。

豊後は、アンチ斉彬派の大立物だった。斉彬の急死には最も密接な関係を持っている人物だと、西郷は疑っている。最も憎いと思っている。しかし、斉興の大のお気に入りだ。大事のためには感情はおさえて利用しなければならないと思って、これを近衛から説得してもらい、豊後から斉興を説かせ、諸藩に先立って、勅諚を奉じて幕府に圧力を加えることに踏切らせたいと、いろいろ手をつくしていたのだ。

近衛家は天皇につぐ尊貴な家だ。ここに参上をゆるされ、当主たる忠凞に拝謁し、直々にことばをいただくのは、薩摩のような大藩の家老でも、めったにないことであり、なかなか名誉になるのだ。その橋渡しをしてやるといえば、豊後はきっと大喜びで話に乗るであろうし、近衛から直々に頼まれれば、感激して説得に努力するであろうと考えていたのであった。

しかし、これで、肝心の豊後の上京拝謁がさしとめられてしまったのだ。斉興は頑固な保守主義者ではあるが、頭はいい人である。西郷ら若い者の策動を読みとって、豊後が利用されかかっているのを警戒したのだと思われた。

「何とか、新しく方策を講ずる必要がある」

と、皆でいろいろと相談し合った。

斉興は今日伏見の藩邸に到着したはずであるから、その滞在中に有利な保証を得たいと思うのであった。

「しかし、老公は冒険はせんお人だ。薩摩が立てば諸藩もつづいて立つということがはっきりすれば立ちなさろうが、でないかぎり、むずかしい。諸藩に早く勅諚が下り、その情勢が出来るようにすることが先決ではないかな」

と、考え深い伊地知が言った。

その通りである。

西郷は、今さらのように斉彬のことが思い出されてならない。斉彬さえ生きていれば、諸藩がどうの、ご隠居を説きつけてこうのというような面倒は、一切なかったはずだ。薩摩が立ちさえすれば、斉彬の勢望によって、諸藩は靡然《びぜん》として同調し、ことは立ちどころに成ったはずである。

(一人の存在で、こうも違うものか。薩摩の実力は先君のご在世の時と今と変りはないはずだ。しかし、今では薩摩が立っても、それだけでは諸藩が同調するとは思われない。勅諚を下してもらって、諸藩のうちに下ごしらえをしてからでなくてはならんのだ。先君の存在はそれほど偉大であったのだ)

と、胸をしめつけられた。

その夜が明けると、まだ薄暗い頃、月照が来た。皆まだ寝ていた。

「これはお早く」

おどろきながらも、起きて迎えると、月照は興奮しきった顔になっている。

「大変どす。梅田雲浜はんがつかまえられました。おとといの夜なかやそうどす。星巌さんにも捕方が向いましたが、これは三日前にコロリで死んではるので、奥さんの紅蘭《こうらん》さんを連れて行ったそうどす。この検挙はまだひろがるやろう思います」

人々は興奮した。

なかにも、有馬新七は梅田と同じ闇斎《あんさい》学徒で、親しく交際のあるなかだ。最も痛切な衝撃であった。

一同、車座になって、相談した。

「情勢がこうなった以上、かねて選にあずかっている雄藩だけでなく、いやしくも志ある大名には皆勅諚を下し、奸賊《かんぞく》を征伐し給うべきでごわす。越前侯や土佐侯などは、水戸に勅諚の下ったことを聞いて、願わくはそのお写しでも拝見したいと申されたということを、拙者はその藩士に聞きました。かかる風でありますから、国々の諸大名に勅命を下し給うなら、長州侯、因州《いんしゅう》侯らも直ちに馳《は》せ参ずるでありましょうから、東西一時に立って奸賊を誅《ちゅう》するに何の難しいことがありましょう」

と、有馬は論じ立てた。

越前家が、水戸家からの勅諚《ちょくじょう》の写しを伝達して来たのを拒絶したことは前に述べたが、新七はこんな工合《ぐあい》に聞いていたのであろう。武家時代の諸藩はそれぞれ見栄《みえ》があるので、藩の名誉のために、よく飾り立ててものを言うのである。新七にかぎったことではないが、若いし、自分が純真であるだけに、人を信ずることが厚く、従って希望的観察が多く、従って計画も疎漏になるのである。

月照が言う。

「そんなようにして広く勅諚を下し給うことは容易ならんことどすさかい、それはとても出来まへんやろ。それにしても、水戸に勅諚を下された時、近衛公や三条公などが談合されまして、それぞれゆかりのある堂上方《とうしょうがた》から勅諚の写しをつかわされているはずどすから、越前や土佐には三条公から行っとるはずどすが、どないしたのどすやろ」

いぶかしげな顔になっていた。

有馬は強い調子で言った。

「越前と土佐に到着していないことは確かです。これは拙者がその藩人から確かに聞いたことで、両侯とも度々そのことを申しておられる由でごわす」

有馬はウソの言える人間ではない。彼はたしかにそう両藩士から聞いたのであろう。

「ともかく、陽明家へ行って見まほ」

月照は近衛家さして立去った。

そのあと、人々の話はまた検挙のことになる。

「おいどんらにも目ぼしをつけているかも知れんな」

と、有村が言うと、有馬は笑った。

「そう思うて、先ずはずれはなかじゃろ。水戸家にどうして勅諚が下ったかということは、きっと厳重に探索したろうからな。そうすれば、その探索線に日下部どんが浮かびあがって来る。日下部どんは現在では薩藩士じゃ。当然薩藩士に目をつける。ぞろぞろと目について来るわな。西郷吉之助《きちのすけ》、有村俊斎、伊地知龍右衛門、北条右門、有馬新七とな。吉之助どんなどは、さなきだに目立つ風貌《ふうぼう》じゃ。見おとしはせんわな。アハハ、アハハ」

「酒でも飲みもそや。来たら手をつかねて、おめおめと縛られはせん。斬って斬って斬りまくり、目にもの見せた上で斬り死にするばかりでごわす」

と、有村は肩をそびやかした。

「よかろう」

というので、酒をとりよせた。

市中のうわさを聞くため、一番目立たない北条右門が外出し、やがて帰って報告する。梅田雲浜、池内大学、山本貞一郎らが捕えられた、その他うわさを聞いて逃げ出した者も多数あるという。

池内大学は医者兼儒者で、陶所《とうしょ》と号して、青蓮院宮家や三条家に出入りし、長野主膳が、梁川星巌、雲浜、頼三樹三郎とともに悪謀四天王と目ぼしをつけている人物である。しかし、捕えられたというのは誤聞で、この時は京を逃げ出している。その後、十月二十五日に京にかえり、翌日自首して出た。

山本貞一郎は、信州《しんしゅう》の大庄屋《おおしょうや》の子で、一時水戸家につかえていたので、一部の水戸藩士と合議して、勅諚降下運動とは別に、勅使を江戸に派遣してもらって、井伊を免職にし、井伊の水戸家に行った処分を解除してもらう運動をつづけていたのだが、これも逮捕以前にコレラで死んでいるから、この時捕えられたというのは誤聞だったのである。

西郷といい、有馬といい、またこの山本といい、さらにこの以前の日下部といい、彼らの運動を見ると、天皇をよほどに権威あるものと信じ、勅諚の前には、幕府といえどもどうすることも出来ず屈服するよりほかはないと信じていたようである。天皇の権威は、日本では無上なものとされてはいたが、現実の政治面では必ずしもそうではなかった。天皇は精神面、あるいは宗教的な意味において、日本の最高の権威として尊崇するが、現実の政治面では幕府が最高権威で、朝廷にはタッチさせないというのが、家康以来の幕府の方式である。彼らがそれを無視して、天皇のご命令をオール・マイティと信じていたのは、彼らの皇室崇拝が熾烈《しれつ》だったからであり、そんな風に彼らをしたのは、江戸二百五十年の間に盛況をきわめた学問のせいであり、時代の変化のためである。

不安なその日その夜があけて、翌十日、この日も快晴であった。

朝、また月照が来る。

「昨日、近衛殿にまいって、越前家と土州《としゅう》家に勅諚のお写しが行っていないそうどすいうことを申上げましたら、ご所で近衛公が三条公にお会いやしてお聞きなさいましたところ、それはまだつかわしていないと仰せられたそうどす。それでは早速につかわそういうご相談がまとまりましたが、そのお使いを誰にしよう仰せられます。わたくしは、差出たこととは思いましたが、それはその話を持ってお出《い》でた有馬さんをおつかわしになるのが一番よい思います申しましたら、そうしようときまりました。どうどっしゃろ」

新七は感激した。

「ありがたいことです。必ず無事に使命を達します」

と、平伏して答えた。勅諚を奉じて下る光栄もだが、この勅諚をとどけたら、正気が春雷のように発動し、井伊の暴圧を一気にはね飛ばす各藩の動きがおこるに違いないと、胸の高鳴る思いがしたのである。

彼らのこの見通しは甘かったわけだが、それは前述のように彼らの尊王心が純粋にすぎて、人もまた自分と同じだと信じ切っていたからである。

みな興奮し、酔ったようになって、いろいろと談合した。

やがて月照は、

「それでは、わたくしは陽明家に行きますが、あとでまた来るか、使いの者をよこすことにします」

と言って、立去った。

そのあとで、ふと西郷が、

「今はやっとるコロリによくきく療法を、わたしは水戸の桜任蔵《さくらじんぞう》殿に聞いていもす。世間に教えてやる方法はないでごわしょうか」

と、その方法を説明した。

当時、京坂の地はコレラの大流行で、死者が多かったのである。

すると、伊地知が言う。

「わたしはそれとは別な療法を知っとります。水間《みずま》どんのはじめなさった療法でごわす」

水間は久二郎といって、蘭方《らんぽう》医兼天文学者で、鹿児島城下の天文館に勤務している。その子孫はぼくの郷里の隣村で、今も医者を営んでいる。

文章で書いてはり出すがよかろうということになって、伊地知が筆をとって、和文体のしゃれた文章にして、鍵直の外の格子戸にはり出した。すると、集まるものひきも切らず、それを写して立去ったが、総計で千五、六百人にもおよんだという。

そんなことをしているうちに正午になった。その頃、月照から西郷に、すぐ近衛家に来てほしいと言って来た。

早速に出かけて行くと、月照が待っていた。

「殿下がお会いになります」

と、庭伝いに奥へ連れて行く。忠漑は待ちかねていて、いつもと違って縁側に上げられた。

「実は和尚《おしょう》のことやが、どうやらうさんくさいやつがウロウロと嗅《か》ぎまわっているらしい。和尚は出家の身ながら、日本の国のために働いてたものやが、関東は国のためより、大老や老中らの都合ばかり考えて、その工合の悪い働きをしているもんは、容赦せんつもりでいるらしいのや」

そうか、月照のようなお人にまで目をつけたのかと、西郷は胸をしめつけられるような気がした。月照は朝廷のご尊崇が厚く、朝廷の法会や読経会《どきょうえ》に列するほどの高僧だ、幕吏の手がおよぶはずはないと、これまではその危険など全然考えなかったのである。

忠漑はつづける。

「こんな時召捕られては、どんな目に逢《あ》わされるか知れへん。しかし、嵐は長うつづくものやない。いつかはやむにきまっている。それで、その間、どこぞへ逃げていてもらおう思うのや」

西郷は黙って聞き入っていた。

「幸い、奈良にはまろの知るべがある。そこへ行って、しばらく身をひそめていただこうということになったけど、一人では途中が不安や。どうやろ、その方、護衛して行ってはくれへんか」

奈良の知るべとは、春日《かすが》神社か、興福寺《こうふくじ》だ。春日神社は藤原氏の氏神《うじ》、興福寺は氏寺《でら》だ。藤原氏の総本家である近衛家とはもっとも関係が深いのである。

「かしこまりました。たしかにお引受けします」

と、西郷は答えた。

なお相談がつづけられ、夜なかに月照を近衛家に迎えに来ることにきまった。

そのあと、西郷は、藩の隠居の斉興が一昨日から伏見に滞在しているから、この物騒がしい時には、京都がいろいろと不安であると説いて、京都警衛のことを引受けさせてもらいたいと頼んだ。

「頼んでみる」

と近衛は答えて、原田才輔《さいすけ》という者を呼んで、それと西郷とに相談させた。

原田才輔は元来薩摩藩士だが、鍼医《はりい》であるところから、近衛家の侍医としてつかえている。もう七十二という老人だ。斉興の鍼術《しんじゅつ》ご用をうけたまわったことがあってよく知られているのであった。

「拙者が、殿下のご書面をいただいて、伏見にまいり、老公に説きましょう」

と、原田は言った。

西郷は、辞去する前に、有馬をいつ頃うかがわせたらようございましょうかとたずねた。

「そうやな。お写しは夕方頃にはとどく手はずになっているさけ、夜分になってからよこしなはれ」

辞去して、鍵直にかえり、ことの次第を人々に語った。皆ふるい立った。早速に相談にかかり、俊斎が西郷とともに月照につき添うことになった。万一の際には腕っぷしが強くなければならないが、伊地知は不具の身だから、年が若くて体格強壮、剣に覚えのある俊斎がよいということになったのだ。

夜に入って、有馬は近衛家に行ったが、やがて帰って来た。

「たしかに、殿下から、勅諚《ちょくじょう》の写しと三条公のご直書をいただいてまいった。この通り」

と、有馬は二通の封書を見せて、

「これを土州家にわたし、越前家と宇和島家には、土州家から達するようにとのおことばであった」

と言い、また、

「この前の勅諚降下のあと、阿波《あわ》と因州にも写しをおつかわしになり、その請書《うけしょ》もまいっているとて、その写しを拝見して来た。〝徳川家をご扶助の思召《おぼしめ》し、誠にありがたく存じ奉る、万一、ことある時は、勅書を捧《ささ》げ奉って一番に駆《は》せ参じ、忠勤を尽し奉ります〟という文面であった。また、加賀《かが》にもつかわされた由で、その請書も拝見したが、これはどっちつかずのあいまいなものであったわ」

と言った。

さらに慨然として、有馬は言う。

「主上は、幕府が叡旨《えいし》をふみにじり、条約に調印したことをご逆鱗《げきりん》あること一方でなく、かくまで武臣に辱しめられては、皇祖皇宗にも申訳なきこと故、退位するとまで仰せ出《いだ》された由でごわす。この国の臣子たるもの、憤らずにおられましょうか。たとえいかなる艱苦《かんく》に逢おうとも、わしはこのお使いを首尾よく果し、やがてかねての計画に従って、再び都へ馳《は》せ上り、姦賊《かんぞく》共を誅伐《ちゅうばつ》するぞ！」

決意のほどが、満面に痘痕《あばた》のある恐ろしい顔にぎらぎらとあふれていた。

人々は酒宴をひらいた。別盃《べっぱい》を兼ねて、計画の前途を祝すためであった。

この別盃の間に、いろいろな相談が行われた。

一つ、西郷と有村とは、月照を無事奈良に送りとどけたら、すぐ薩摩にかえり、藩政府を説得して藩兵をくりのぼせる。もしそれが出来ない時は、有志の者三、四百人を集めて馳せ上る。

二つ、もし捕吏にかこまれて月照を送りとどけることが出来ない節は、月照には事情を話して死んでもらい、二人は斬りぬけて伏見奉行所に斬りこんで斬死にする。

三つ、伊地知は都にとどまって、北野あたりに家を借りて、有馬の上京を待つ。全国に手はずがついて義兵の集まって来るまでには相当時日がかかるから、それまでここで二人は運動をつづける。

飲むほどに、語るほどに、人々の意気は昂揚《こうよう》して、淋漓《りんり》たる酒宴になった。

念のために言っておく。この時の彼らの目的は、井伊をはじめ現幕閣の老中らをしりぞけて、幕政を改革して朝命をよく奉じさせようとする、つまり公武合体による挙国一致の体制を作るにあって、幕府を打倒しようというのではなかったことだ。やがて人々は幕府否定の思想になって行くのだが、それは現在進行中の検挙が最も苛烈《かれつ》、大規模に行われ、その断罪が峻刻《しゅんこく》をきわめたので、

「こんな風では幕府の存在は日本のためにならない。日本には朝廷があるのだから、これを中心にして団結すればよい。それが本来の国がらにも合っている。幕府はいらぬものだ」

となったのである。つまりは、井伊の圧迫政治が駆り立てたと言えるのである。

やがて夜半になる。

新七は同志の人々と別れをつげて出発した。勅諚の写しと三条公の直書とを文箱《ふばこ》に入れて厳重に包装して首にかけ、雇った駅馬に打ちのった。人目をはばからなければならないので、西郷らも宿の店先まで送っただけであった。

西郷らにも時刻が来た。身支度して宿を出た。三条御幸《ごこう》町に竹原好兵衛という町家があって、月照の親しくしている家なので、ここへ一先《ひとま》ず月照を連れて来て旅支度させるという手はずになっていたので、俊斎はそこに行って待つことにして、途中で別れて、西郷はひとり近衛家に向った。

近衛家についてみると、月照は重助という下僕を連れて待っていた。重助は明治になるまで生きていて、清水寺で忠僕茶屋というのを出して、人々に愛せられて幸福な余生を終った人間だ。この時二十一であった。

近衛に会い、くれぐれもまた頼まれて、西郷は月照主従をともなって、竹原家へ行き、用意してあった行脚僧の服装を月照にさせてみたが、やさしく優雅な風貌《ふうぼう》の月照にはまるで似合わない。芝居の行脚僧じみて、つくりものであること歴然としている。坊さんが坊さんの服装をして似合わないというのはおかしな話だが、用意してあったのが禅宗の雲水坊主の粗剛なものだったからである。

西郷は大きな腕をくんで、とつおいつながめて言った。

「いかんなあ、かえって人目を引きもすなあ」

月照は大きな饅頭笠《まんじゆうがさ》の下で、こまって苦笑している。

変装して似合わないとなれば、そのまま行くよりほかはない。

「しかたはなか。和尚に駕籠《かご》に乗っていただこう。おいどんら二人はその供侍という格でついて行くのじゃ。相当格式の高いお坊さんの神詣《かみもう》でか寺詣でくらいには見えるじゃろ」

と、西郷が言うと、

「捕方は至るところにいもす。奈良どころか、伏見に行きつくまでの間に、怪しまれもすぞ。その時はどうするのでごわす」

と、俊斎は異議を言う。

「薩摩の坊さんじゃと言いぬければよかろ」

「わしらはもとより薩摩なまりがごわすが、上人は純然たる京ことばでごわす。役人共が直接上人に話しかければ、一ぺんにわかりもすぞ」

「幼少の頃からこちらの本山に来て修行しとられるので、すっかりこちらのことばになってしまわれたのじゃと言いぬければよか」

俊斎は服しない。

「そげん甘手《あまで》に乗るやつらでごわすか！　梅田が捕えられた時は、四十人ばかりの捕《と》手《て》が立ちどころに集まって来たそうでごわすぞ。オマンサアの言やるように、ぐずぐずと問答なんどしている間に、何十人何百人というう捕手が集まって来るでごわしょう。そうなっては、どう働いても逃れようはごわはん。捕手の集まらん前に、はじめの打合せ通り、一気に斬りたおし、まっしぐらに伏見目がけて走り、奉行所に斬りこんで、伏見奉行をたおし、斬死にしようじゃごわはんか」

と激語する。

西郷は腹を立てた。

「何ちゅう乱暴なことを言やる。上人は日本の宝じゃ。じゃから、近衛殿下はその庇《ひ》護《ご》を深くお頼みになったのじゃ。殿下はわしにおまかせになったのでごわすから、わし一人でやる。おはんのような血気の勇にはやる乱暴者はもういらん。もどりなされ」

と叱りつけた。

俊斎はむくれて食ってかかる。

「わしはオマンサアのさしずは受けもはん。わしが上人と相親しんでいるのは、日本にたいする忠誠の念をたがいに認め合っているからでごわす。わしが上人の警護の任にあたったのも、このためでごわす。オマンサアに頼まれたからではごわはん。オマンサアは近衛公にご委任を受けたといわれもすが、わしの忠誠の念、上人を敬慕するの情は、近衛公はよくご存じでごわすから、近衛公がオマンサアにご委任になったご心中には、わしのこともあったに相違ごわはん。もどれとは何ちゅうことでごわす！」

「もどりとうなかなら、わしの言う通りにしなされ。とりこし苦労をしてもしかたがなか。臨機応変に、なんとかなるじゃろう」

この論争の間、月照は微笑を浮かべて沈黙しているだけであったという。微笑し、苦笑するより、月照としてはしかたはあるまい。

論争のおわる頃、夜が白んで来たので、出発した。俊斎が先頭に立って八方に目をくばりながら進み、数十歩おくれて月照の乗った駕籠、西郷はそのわきにつきそい、重助はあとに従った。

この当時、京の駕籠かきは土地の悠長な気風で、まことにのろかった。しかし、走らせてはかえって怪しまれるので、いら立つ心をおさえて、のろいにまかせた。

京の町中を行く間に、度々奉行所の手先き風の者に出会ったが、どれも凝視はしながらも、とがめる者はなかった。ついに竹田《たけだ》街道に出た。竹田街道は東《ひがし》ノ洞院《とういん》通が真直ぐに南にのびてなるのだから、今の京都駅構内の新幹線乗場の入口あたりからはじまっていた。それを半里ほど行って、鴨川《かもがわ》にかかった橋を渡ったところに茶店があって、捕吏ていの者が三十人ばかり床几《しょうぎ》に腰をおろして休んでいた。

(すわ、ことだ!)

と、俊斎はきびしく緊張したが、西郷は一向平気だ。

「ちょっと休みもそや」

と、俊斎に言って、駕籠かきにさしずして、駕籠を茶店にかき入れさせ、捕吏ていの者共のまん前にすえさせた。

床几に腰をおろし、俊斎に、

「おはんは時刻を間違うとったぞ。早う出すぎたぞ」

と、大あくびしながら言った。俊斎もぬけ目なくあくびしながら、

「そのようでごわすな。まあぼちぼち行けば、ちょうどよか頃になるでごわしょう」

西郷はまた言う。

「のどがかわいてならん。ゆうべの宿屋が塩からかものを食わせたので、いくら水を飲んでもかわく。おはんはどうじゃ」

「わしもかわきもす」

「茶をもらおう」

西郷は茶を注文した。茶店の女中は茶を持って来たが、ついでに駕籠へも持って行く。

「お客様、お茶をお上りやして」

駕籠の窓が少しあいて、手が出て、受取ったが、その手があまりにも白く、あまりにもやさしい。二人はひやりとしたが、幸い捕吏共は見ていなかったようである。

胸をなでおろしたい気持で、わざと声高にいろいろな話をし、かなりな時間をすごしてから、ゆっくり茶店を出た。

伏見の藩ご用の宿屋文珠四郎《もんじゅしろう》の家につき、奥座敷におちついて、やっといくらか心を安んじた。

談合がはじまる。こう警戒が厳重では、奈良につくまでの間にどうなるかわからない。たとえつくことが出来ても、京と目と鼻の土地のことだ。後の危険ははかりがたいものがある。

「いっそのこと、九州にお連れした方がよくはごわすまいか」

と、西郷がいうと、月照はかえって気が進んだ風で言う。

「こんな大事な時に、逃げかくればかりしているのも、すまんことどす。九州に行って、諸大名方に説いて志を奮い起こしてもらうことが出来たら、この上のことはありまへん」

「では、そうきめましょう。幕府のきびしい検察が九州までおよぶとは思われもはんが、もしそうなったら、薩摩にお供しましょう。薩摩は昔から中央の力の入らない国でごわすから、絶対に安全です」

話はきまった。

きまったところで、西郷は月照にいう。

「拙者に一つお願いがあります。京でしかけている仕事のために、拙者がこれから引返すことを許していただきたいのでごわす」

その仕事のために、月照もこれまで奔走して来たのだ。すぐ諒解《りょうかい》した。

「ええですとも。どうかわたしらの分まで働いて下さい」

「ありがとうごわす」

といって、西郷は俊斎に、

「俊斎どん。これからの月照さんのお供は、おはんに頼む。無事にお供をして行って下され。大坂まで行けば、吉井《よしい》どんがいる。よく相談して、出来るだけ早く立ちなされ。国へお供するにしても、だしぬけに帰っては、藩庁の機嫌をそこのう恐れがあるから、よく藩内の様子をたしかめてから入りなさるがよかぞ」

といって、京都に引きかえした。

西郷の去った後、月照、俊斎、重助の三人は、三十石船の出るのを待った。やっとその時刻になったが、なかなか出ない。客がまだ集らないというのだ。じりじりしたが、といって特別に借切船を仕立ててはかえって人目を引くおそれがある。待つよりほかはなかった。

全責任を負わされている俊斎の心配は一通りではない。ついに月照に言った。

「万一捕手が来たら、拙者は捕手と闘い、隙をついて一気に伏見奉行所に斬込んで、奉行を殺して切腹して死にもす。手をつかねておめおめと縄にはかかりもはん。上人もまた死んで下さい」

こんなことは、この際言う必要のないことである。言われる月照にしてもいやな気持であったろう。だから、西郷が出発に際して竹原好兵衛の宅で俊斎を叱りつけたのだが、また言ったのだ。強く勇ましいことが好きでも、腹のあまり出来ていない年若な者にはよくあることだ。

「あんた、今になって死んでくれとは、どういうわけどす」

と、月照は言う。

俊斎は、月照ほどの人でも、こんな場合に臨むといのちを惜しむものか、やはり武士のようには行かんものらしいと思っていると、月照はつづけた。

「死生の覚悟は心一つのものどす。平生からそれは決定《けつじょう》してます。改めて覚悟せんならんことはおまへん。わしはいつでも、どこでも死ねます」

いつもの、おだやかな調子で、やさしい微笑さえ浮かべて、自若としている。俊斎は心ひそかに感嘆して、再び言わなかったと、彼自身、後年語っている。

昼頃になって、やっと船が出た。さまざまな職業の人間が、男女とりまぜ乗っている。ずいぶん多い乗客だが、怪しげな者は一人もなく、途中の枚方《ひらかた》でもとがめられることなく、のどかに船中の人々と雑談しながら、淀河《よどがわ》を下った。

八軒屋についたのは黄昏時《たそがれ》であった。一行は人々の四散したあと、先《ま》ず腹をこしらえたいが、どこで食べようと相談した。月照は、「大坂はわたしの子供の頃育ったとこどす。知っている家がたんとあります。そこへ行って、温いものでもこしらえてもらいましょ」

　という。俊斎は首をふった。

「知っている家に行くのは危険でごわす。いずれは探索方のものがあとを嗅《か》いで来るでごわしょうから手がかりをのこすことになります。今朝方の、吉之助サアの、あの手で行こうじゃごわはんか。つまり、わざと人の出入りの多か食べもの屋に入るのでごわす」

「いいでしょう」

　と、月照は笑った。

　江戸堀四丁目の、薩摩屋敷からそう遠くない店に入った。諸客入れこみの店であるが、別室があって、他の客を入れないで飲食出来るようになっているので、そこに通してもらった。

「どうやら無事に来もしたな」

「ほんまに」

　重助をまじえて三人は祝福し合って食事の注文をしたが、注文の品物の出来てくる間に、俊斎は書面をしたためて、店の者に頼んで吉井にとどけてもらった。

　食事をしていると、吉井がやって来た。迎え入れて、俊斎は事情を語った。

「よか、わかった。かっこうな家がある。藩の常雇いの上仲仕で幸助《こうすけ》というのがいる。そいつの家に頼むことにする」

「ほう、オマンサアと同じ名でごわすか」

「ハハ、その通り、わしと同名なだけあって、町人ながら気概のある者じゃ。行って話して来る」

吉井は出て行ったが、すぐ帰って来た。

「話はついた。出よう」

一同ついて出る。

幸助というその仲仕の家は、大目橋《おおめばし》の櫂屋町《かいや》にあった。大目橋は江戸堀にかかっている橋、藩邸のつい近くだ。幸助は人々を迎えて、あいさつした。

「ごらんの通りせまい家でごわりますが、お泊りになるくらいのことはさしつかえごわりません。ご心配なく、いく日でもお泊り下さいますよう」

まことに親切で、篤実な様子である。


一方、西郷の方——

西郷は京に引きかえすと、先ず近衛と鷹司太閤《たいこう》とを説いて、一層活潑《かっぱつ》に運動をつづけてもらおうとしたが、近衛は月照が幕吏に目をつけられて以来、自分にも幕府の疑惑がかかっているものと思い、弱気になっている。おじけづいたのである。

西郷は、その気力をかき立てるのにずいぶん努力したが、一旦《いったん》消えかかった火はなかなかおこり立たない。そこで、鷹司太閤の方から朝廷に活を入れることにした。鷹司家の諸大夫《しょだいぶ》の小林良典《こばやしよしのり》は志ある人物なので、鷹司家と姻戚《いんせき》の関係のある水戸の留守居役鵜飼吉左衛門から、小林を説得してもらい、小林から太閤に説いてもらった。効果はあった。太閤は大いに張り切った。

この頃、朝廷では、かねて幕府から願い出ている家茂の将軍宣下の許可問題について、論議されていた。これについて、近衛は、

「間部老中が近日に着京したら、これを願いの通りに許し、万事これまで通り関東にまかせるということにしよう」

と主張する。昔にかえして幕府の機嫌を取ろうというわけである。これにたいして、太閤は、

「そうはならぬ。一応はさしとめてくわしく吟味すべきじゃ。次代の将軍を誰にするかについては、叡旨《えいし》は年長賢明の者にせよと仰せられているとはっきりと指定してやった。関東はそれをふみにじったのだ。そこをはっきりとたださなければならん」

と主張するのであった。

次は京都の事情と江戸方面の事情とを照合して、機に臨んで適当な方法を講ずるこ

とであったが、これにはこれまで堂上方《とうしょうがた》との連絡がかりをつとめていた月照がいなくなったので、まことに不便であった。

第三は、隠居斉興を動かして、相当数の兵を京坂地方にとどめさせることであった。斉興は伏見を去って、大坂の藩邸に移っていた。そして二十六日まで滞在する予定になっていた。何としてでも、それまでの間に口説きおとす必要がある。残念なことに、斉彬にたいしては直接に上申する機会をふんだんに持っていた西郷だが、それは斉彬とだけの特別な関係で、斉彬が死んでしまえば、徒目付《かちめつけ》と鳥頭《とりがしら》と庭方とを兼役しているというだけの下級武士にすぎない。とうてい斉興に面謁することは出来ない。

西郷は月照から近衛に手紙を出させ、かねて西郷からお願いしていることにご尽力いただきたいと説かせた。近衛は原田才輔を大坂につかわして、斉興に説かせた。斉興は、

「時節がら、幕府の命がない以上、とうてい出来ない」

と答えた。また、

「わしの聞くところでは、西郷も公儀ににらまれているそうじゃ。早う国に引上げるように申せ」

と言った。

西郷はこの報告を聞くと、大坂に下り、吉井と相談した上で、斉興に、大坂駐兵の

必要を説いて上書した。島津豊後《しまづぶんご》には訪問して説いた。

西郷の上書に動かされたのか、島津豊後の説得に動かされたのか、斉興の心がふっと動いた。

「江戸から連れて来た供の者共を相当数とめておこう。公儀には、いずれ近々に又次郎《またじろう》があと目相続のために出府せねばならんが、遠路のことでかれこれ支障があって、多人数国許《くにもと》から召連れることが出来んから、そのためにこちらにとどめおくということに届けるよう。近衛家には豊後を上らせて申上げる」

この人数は五十余人であった。西郷のよろこびは天にも上るばかりだ。豊後に会ってまた説いて、その意志をかためさせ、近衛に返答する場合の要領を注意した。

西郷は京に帰ると、近衛に会って、豊後がまいりましたら、豊後から斉興によく説いて、皇室のために尽させるように、お話し下さるようと言った。

「そらまあ、言うことは言うが、ききめがあるやろか」

間部老中が昨日着京しているので、近衛は恐怖しきって、どうもなまぬるい。かき立てねばならない。

「ほかならぬ殿下の仰せられること、ききめのないことがござろうか。しかし、それには最もききめのある方法がごわす。隠居は、家の極位極官である従三位《じゅさんみ》中納言になりたいのが多年の望みでございます。従三位は、昨年故斉彬が百方の運動して、いただいてやりましたが、中納言はまだでございます。されば、こんどのことで朝廷に忠誠を抽《ぬき》んでれば、それも望みなきことではないと、匂わしていただけば、隠居の心は大いに動くと存じます。薩摩の精兵が京坂の地に駐屯して朝廷のためには万死敢《あえ》て辞せぬという強い態度を見せていれば、間部老中といえども、堂上方にどうすることも出来ませんから、なかなかのご奉公になりますわけで、恐れ多い申条《もうしじょう》ながら、中納言に任ぜられましても、過褒《かほう》とは申せぬかと存じます」

「そらまあ、そういう理窟《りくつ》にはなるな」

と、近衛はうなずいた。

こうした運動の間には、こういうこともあったと、有村俊斎が後年語っている。

大坂の仲仕幸助の家に落ちついて一両日後、俊斎は京都の西郷らの運動がどうなっているか、気になってならない。そこで、月照に、

「大坂はまだおだやかなようでごわす。さし当っては危険もごわすまいから、上人のことは当家の主人と吉井どんとに頼んで、拙者はちょっと京に行ってのぞいて来とうごわすが、ゆるしていただきとうごわす」

と、言った。俊斎の今の任務は月照を堅固に護衛することにあるのだから、こうしたやり方は、ぼくには軽躁《けいそう》なように思えて、腑《ふ》に落ちないのであるが、若いだけに、京都のことがどうなっているか気になってならなかったのであろう。

「そうどすか。お行きなはれ。そのかわり、ちょっとお頼みしたいことがあります。急に涼しゅうなって来ましたよって、肌寒うおます。寺に行って、わしの着物を取って、お帰りの時持って来て下され。坊官《ぼうかん》の近藤に手紙を書きますよって、持って行ってお渡し下されば、万事心得て渡してくれます」

「承知しました」

月照は手紙を書いて渡して、ことばを添えた。

「この手紙の中には、これから四国（月照の父玉井鼎斎《たまいていさい》は讃岐《さぬき》多度《たど》郡の生まれ、月照も同国出生との説もある）に行くいうて書いておきましたが、それは万一の時の用心のためどす。あんたの口から実際のことを告げて、近衛家にもそう申上げるように言うておくれやすな」

「かしこまりました」

俊斎は京都に入ると、先ず清水寺の成就院《じょうじゅいん》に行き、近藤に会って、月照の頼みをはたした。坊官の近藤は名は正慎、元来は清水寺の僧で、後山伏となり、その後還俗《げんぞく》していたのを、月照が取立てて坊官にしたのだ。間もなく幕府に捕えられ、月照のことについてきびしい拷問に逢《あ》ったが、決して自白せず、死を決して食を絶つこと十余日、それで死ねなかったので、舌をかみ切って死んだ。気性のはげしい人だったのである。

俊斎は成就院を辞去して、月照の着物包みをぶら下げて、鍵直に行った。鍵直の者は西郷から、有村は都合で急に帰国することになったと聞かされていたが、用事でも思い出して引返して来たのだろうと、それほど不思議がりもしない。

「おや、お帰りやす。大坂からどすか」

と、迎えた。

「うん、ちょっとな」

すすぎをして、勝手知った二階に上って行く。家中震動するようないびきが聞こえている。それが西郷のものであることはよく知っている。吉之助サアは寝ておじゃると思いながら、その座敷に入った。

誰かが入って来たという意識はなかったが、ふと西郷の眠りは浅くなった。いびきがやんで、薄目をひらくと、人の姿が見えた。座敷に入って来る姿だ。

(見たような姿だ……)

と思った時、まるい青々とした頭に気づいた。

(俊斎どんじゃな)

と思うと同時に、俊斎どんは月照さんを護衛して九州に行くために大坂に下ったはずと思い出した。

一瞬よりも短い間に、西郷の胸には、子供の頃からむやみに強がって、軽率なことばかりする俊斎の性質と、何かゆゆしい失敗をして月照の身の上に一大事が起ったに違いないという推察とが、一ぺんに浮かび上った。

むくッと起きあがり、大きな目をくわっとみひらき、どなるようにさけんだ。

「おはんな、上人をどげんしやったのじゃ！　上人をどげんしやったのじゃ！」

俊斎はおぼえずすわった。早口に言った。

「ご心配にはおよびもはん。上人は無事に大坂にお連れして、今は吉井サアのよく知っておじゃる家にあずけてごわす。至って安全な家でごわす。吉井サアがついておじゃるのでごわす。少しも心配はいらんのでごわす。わしはこちらのことが心配になって、お手伝いすることがありはせんかと思うて来たのでごわす。上人と吉井サアの許しをもろうて来たのでごわす。ほんとでごわす」

西郷はやや安心した。早く上人を九州へお連れすればよかのに、余計なことをすると思いもしたが、俊斎の身になってみれば、こちらのことが気になるのも無理はないと思いもした。西郷は、少年の頃からの同志ではあるが、俊斎が軽躁にすぎる性質なので、生涯あまり信用していないようである。

投水始末記

老中間部《まなべ》詮勝《あきかつ》は、九月三日に江戸を出発、中山道《なかせんどう》をとって、十七日に京都に入ったのだが、話を少しさかのぼらせなければならない。

間部が十四日に、近江《おうみ》の醒《さめ》ヶ井《い》宿についたところ、そこに長野主膳《しゅぜん》が京都から来て待っていた。主膳が井伊《いい》のふところ刀であり、師事さえしている人物であることは、間部はよく知っている。早速、人を遠ざけて会う。

主膳は京都の情勢をくわしく物語った後、

「京都にご到着になったら、早速、水戸《みと》の留守居役鵜飼吉左衛門《うがいきちざえもん》をお召捕になるべきであります。彼のせがれ鵜飼幸吉《こうきち》は八月八日の勅書をたずさえて江戸へ下った犯人でありますが、その節至ってみすぼらしい姿に身をやつし、偽名をして下ったのであります。一体、お公儀においては、天朝を尊崇されるために、堂上《とうしょう》のことといえば、摂家や宮方のお使いでも、途中の宿々で杖払《つえばら》いをつけ、きびしくうやまい申すことになっていますのに、勅書をさようなあつかい――申さば盗賊同様のふるまいをして持ち下ったこと、朝威をおとす非礼非法、言語道断なことでありますから、かようなことをさせなさる近衛《このえ》左府公が内覧なさることは不承知であると、仰せ立てられませ。九条殿下を関白職につなぎとめ申すには、これが最も効果がありましょう」

天皇から強要されて関白辞職の表を提出している九条尚忠《ひさただ》は大の幕府びいきだから、これをつなぎとめて依然関白にしておきたいというのが、幕閣の意向だ。この問題は間部が江戸を出発して後におこり、間部は信州路でこれを知った。以後の彼の旅程がはかどらなかったのは、これについての江戸からの指令を待ったためと、工夫が立たなかったからである。今、長野に、いかにも大義名分を立前《たてまえ》にしたらしく見える策を授けられて、

「いかにもそうだ。さようにいたそう」

と、よろこんだ。

長野は鵜飼の次には鷹司《たかつかさ》家の諸大夫《しょだいぶ》小林民部大輔《たいふ》良典《よしのり》、三条家の金田《かねだ》伊織《いおり》を召捕れといった。

「堂上方一統、この頃の時勢のかげんで、のぼせ上っておられます。冷水三斗、頭から浴びせかけて、ふるい上らせ申すが一番ききめがあります」

「よしよし」

間部は、京都西町奉行小笠原《おがさわら》長常に、大津まで迎えに来ているように使いを出し、

十六日大津につくと、小笠原に鵜飼父子の捕縛の手配をするように命じた。小笠原は命をかしこみ、夜八時頃、大津を出て京に帰った。

翌日、間部は京に着き、旅館と定められていた寺町二条の角の妙満寺《みょうまんじ》に入った。

こうした時、西郷《さいごう》の計画はどうなっていたか？

間部が着京して、もし朝廷にたいして暴悪な処置に出るようなことがあったら、直ちに薩摩《さつま》兵をもって義兵を挙げる。そうすれば土佐と土浦藩とが呼応して立つことになっていた。

西郷は土佐の志士らとも連絡をつけ、土浦藩とは大久保要《おおくぼかなめ》によって連絡をつけていたのである。尾張《おわり》藩にも連絡をつけつつあった。

以上は西郷が在江戸の日下部伊三次《くさかべいさじ》と堀仲左衛門《ほりちゅうざえもん》とにあてた手紙にあることである。

その手紙の中で、西郷はこう書いている。

「間部や酒井所司代らの兵は弱兵ですから、直ちに撃破出来ます。そうなれば彦根《ひこね》城を乗りおとすことになります。その節は関東でも挙兵して井伊屋敷を攻めつぶし、井伊をたおして下さい」

西郷の意気は大いに上っていたのである。

さて、間部と、長野主膳だ。

間部は京について妙満寺に入った翌日、鵜飼父子を町奉行所に呼び出し、そのまま捕えて、収檻《しゅうかん》させた。

この翌々日、鵜飼吉左衛門が十八日付で江戸へ出した手紙と、西郷の出した手紙とが、大津で長野主膳に押収された。長野はここに巨大な蜘蛛《くも》のように網を張って、通信文書の検閲をしていたのである。鵜飼の手紙の内容はわからないが、西郷のは、長野が大意を書きのこしているのでわかる。

「間部侯が当地で暴悪な方針に出るなら、打払い、彦根城を一挙にとりつぶす」

というのであったという。

鵜飼の手紙と西郷の手紙とは、おそろしく長野を興奮させた。彼は井伊の側用人《そばようにん》宇津木六之丞《つぎろくのじょう》にこう書き送っている。

「もしこの書類の押収が一両日でもおくれたら、書類は水戸家にまわり、容易ならざることになるのであった。まことに好運であった。これというのも、間部侯の決断が速かったからである。決断が遅ければ、鵜飼父子の召捕もこう神速には行かず、従って大事になるところであった。大悦に存ずる」

また、こうも書いている。

「薩・土・長から軍船を差向けるという風評があるので、大坂・堺《さかい》・兵庫などへ、京からもの見の与力《よりき》、同心《どうしん》をつかわしたり、それぞれの藩の蔵屋敷を内偵させたりしている。九州へんにも京都町奉行から隠密《おんみつ》を出している」

主膳はこの大獄においては大魔王の観がある。井伊も、間部も、酒井も、一切彼の方寸でおどらされているように観取されるのである。

彼はこの頃は京にいながらも、表面は彦根にいることにして、間部のところには夜間ひそかに出入りしていたが、酒井所司代のところにはまるで出入りせず、これとの連絡は九条家の諸大夫島田左近《しまださこん》がかわってとり行っていた。酒井忠義《ただあき》の態度が煮え切らないので、気がゆるせなかったのである。

間部は、鵜飼父子を召捕らせた後、病気と称して参内もせず、寺に引きこもっていた。そして、ジェスチャーによって、公家《くげ》達を恐怖させる演出をおこなった。刀を研いでいる自画像をえがき、これを「月夜老夫磨刀像（月夜に老夫刀を磨するの像）」と名づけ、比叡山《ひえいざん》の僧某に賛をさせた。

胸中自有安逸意（胸中おのずから安逸の意あり）

笑向長空撫佩刀（笑って長空に向って佩刀《はいとう》を撫《ぶ》す）

という賛だ。これをやたら訪問者らに見せた。すごんで見せたのである。大いにテロリズム（恐怖政策）をとりますぞと、公家さん達にたいして演出したのである。

公家さん達は、鵜飼父子が捕縛されてびくびくしているところに、この演出だ。戦《せん》慄《りつ》した。

（これまで召捕られたのは、浪人ものばかりやったけど、こんどは藩士、それもご三家たる水戸の、しかも留守居役《るすいやく》という重職をやったのや、こんどは公家やぞ」

と、色を失った。

二十二日になると、いよいよこの不安が実現した。鷹司家の諸大夫小林良典、同家の儒者三国大学《みくにだいがく》、三条家の諸大夫金田伊織、絵師の浮田一蕙《いっけい》、頼三樹三郎《らいみきさぶろう》らが検挙された。浮田と頼とは浪人だが、他は皆公家の家臣で、官位も持っている人々だ。

「そら、はじまりましたで」

と、恐怖は一方でない。

長野はこの恐怖の様をこう書いている。

「小林良典を召捕りましたところ、悪謀方の公家衆大恐怖、近衛左府公もふるえ出しました。同日（二十二日）夜、近衛公、鷹司輔凞《すけひろ》公、三条公らが参内の際、間部侯が暴悪をなさると陛下に訴えられたそうですが、何とも方策が立たなかったといいます。翌日の夜、太閤鷹司政通《まさみち》殿下のお邸《やしき》に堂上方六人ご参会になったところ、皆々大恐怖の様子でありましたので、九条殿下が、〝かくなる上はありていに白状するよりほかはあるまい〟と申されたところ、三条（実萬《さねつむ》）殿はいよいよもって大ふるいされました由」

検挙は江戸でもはじまり、京都ではさらに進み、とどまるところを知らず拡大して行った。

鍵直宿の連中にも、当局の目が向きはじめた。目明し共が毎夜のように鍵直に来て、主人に泊り客のことをたずねた。

「どうにもならん。まるで身動きが出来ん。しばらく大坂に立退《たちの》こう」

ということになって、九月十九日、一同、鍵直を出て、伏見に行き、文珠屋《もんじゅや》に入ったが、二、三日泊まっている間に、伊地知《いじち》が言う。

「わしは京都を去るに忍びん。それに、おはんらと違うて、わしのことは幕府役人に知れているはずはなか。当分当地にいて様子を見たい。諒解《りょうかい》してほしい」

皆おどろいてとめた。

「それはやめなさるがよか。幕府の探索は意外に行きとどいとるぞ。おはんが格別なことをしておらんでも、わしらと一緒に鍵直に泊まっていたというだけで、しょびくに違いなか。不自由なからだでは、機敏に働いて逃げることも出来はせん。一緒に大坂へ下ろう」

といったが、きかない。

しかたなく、伊地知をのこして、三十石船で大坂に下った。

二十二日、大坂についてみると、斉興《なりおき》は二十六日まで滞坂という予定をくり上げて三日前に出発しており、斉興がのこしてくれるはずになっていた五十余人の兵も、形勢が急になったので、前々日に帰国してしまっていた。こういう時にこそ必要な兵だったのにと、憤慨もすれば、腹も立ったが、どうしようもない。

（一体、ご隠居は兵共に何と申してのこされたのだろう。順聖公（斉彬《なりあきら》）の父御様《ててご》とは思われんお人じゃ）

と、またしても思い出すのは斉彬のことであった。

ともあれ、月照《げっしょう》のところへ行く。つもる話をしていると、吉井《よしい》が追っかけて来た。

「大変じゃ。おはん方が京を立ってから、鍵直では大へんなことがおこったというぞ」

「何じゃと」

「今、京のお留守居の伊集院《いじゅういん》（太郎右衛門《たろうえもん》）殿から知らせて来たのじゃが、鍵屋《かぎや》の主人とおふくろとが奉行所に呼ばれて、吉之助《きちのすけ》サアのことについてきびしく尋問されたそうな。おはんらが大坂に立ったと白状すると、すぐ四十人ほどの捕方がこちらに向ったという。吉之助サアに早う帰国するようにいうのじゃ」

一同目をまるくし、たがいに顔を見合せていると、藩邸から西郷あての手紙をとどけて来た。伏見の文珠屋四郎《しろう》からの手紙だ。

「お三人が出発されて間もなく、数十人の捕方が来て、お三人のことを聞き、厳重に家の内外を探索した。ちょうどその時、伊地知さんは便所に入ってお出《い》でであったので、捕方共は見落して立去った。捕方共は大坂に向ったから、ご用心願いたい。取急ぎお知らせする」

にわかにいそがしいことになった。

「もう一刻も猶予出来ん。幸輔《こうすけ》どん、おはん一つ小倉《こくら》船をやとうてたもらんか。便船など待っておられん」

と、西郷は言った。

小倉船というのは、豊前《ぶぜん》の小倉と大坂とを往復している三十石くらいの旅客船で、借賃は貸切で二十五両内外、食料は一人一日百五十文くらい、舟子は六、七人、日数は風がよければ五日、時には十七、八日もかかったものという。

吉井は蔵役人という身分を利用して心当りに頼んで、翌二十三日、一艘《そう》の小倉船を下関《しものせき》までの約束で雇い、夜になるのを待って、船を薩摩屋敷の裏門近くの土佐堀《とさぼり》に持って来てくれるようにきめた。

夜半、一同大目《おおめ》橋《ばし》櫂屋《かいや》町の幸助の家を出て、小倉船に乗りこんだ。一行五人だ。月照主従、西郷、俊斎《しゅんさい》、北条右門《ほうじょううもん》。吉井は岸まで見送りに出た。

乗りこんでしばらくすると、目明《めあか》していの男がどこからかひょこひょこと出て来て、吉井に、

「小倉船はどこにいますやろ」

とたずねた。

「小倉船なんどこの川にはおらん!」

と、吉井は叱咤《しった》するように言った。薩摩なまりの荒々しい調子だ。相手は恐怖して立去った。

ぐずぐずしてはおられない。吉井は、

「早う船を出せ」

と言ったが、船頭は、

「この川は橋が多うござすけん、夜の往来はむずかしかのでござす。夜が明けんば、どもこもなりません」

と言って、出そうとしない。


西郷が甲板に出て周囲を見まわしていると、また捕方らしいやつが出て来た。船から五、六間はなれた岸の柳の木陰に二人いて、ひそひそとささやき合っている。どうやらこの船に目をつけている様子だ。


月照は苫《とま》の下に端坐《たんざ》していたが、俊斎にささやいた。

「どんな風ですかな」

「ちょっとのぞいてごらんなされ。あの木の下に人影が二つ見えもす。この船を見て相談しているらしゅうごわす。きっと捕方でごわしょう。これから先にも伏兵があるかも知れもさん。この船の船頭らがああ言うて船を出そうとせんのも、前もって役人共に言いつけられているのかも知れません。今夜はいのちの瀬戸際でごわすぞ。もし役人共が迫って来もしたら、わしらは一所懸命に防ぎもすから、上人はすきを見て裏門から座敷に入って、留守居の平田伊兵衛《いへえ》の長屋に行って下さい。わしらがうまく敵を追い退けることが出来れば、またお会い出来もすが、敵は大勢でごわしょうから、とてもそれは出来ますまい」

「仰《お》っしゃる通りにします。しかし、どうにかして敵を追い退けて、無事なお顔を見せて下さるように祈ります」

この会話は、後年俊斎の語ったところを筆記した『実歴史伝』の記載によるのであるが、俊斎はなぜこんなことを言ったのだろう。こんなことを言って、月照や重助の恐怖心を刺激するのはよくないことのように、ぼくには思われる。俊斎はこの時二十七という若さだが、真の勇者はこうではあるまいと思われて、ぼくは不満である。

いくら船頭に船を出すように言っても、ぐずぐずいってなかなか出そうとしない。そのうち吉井はちゃんと往来している船のいるのを見つけた。いきなりどなりつけた。

「きさま！　四の五の言うて出そうとせんのは、酒手がほしいのじゃろう。見ろ！　ああして往来しとる船があるじゃないか！　この船だけ橋が多くて出せんと言い張っているとは、不届きなやつめ！　出せ！　この上ぐずぐずしとるにおいては、捨ておかん！　斬って捨ててくれる！」

今にもすッぱぬかんばかりの勢いを見せた。

船頭はおびえて、ともづなを解き、錨《いかり》をあげた。土佐堀から安治川《あじがわ》に出、下って海に出て行くのを、吉井は岸伝いに天保山《てんぽうざん》まで送り、船が帆を上げて西に遠ざかるのをしばらく佇立《ちょりつ》して見送ってから帰った。

船は八昼夜かかって下関についた。船中のことについては格別なことは伝わっていないが、俊斎の追憶談によると、こうある。

月照は毎朝早く起きて、起きるとすぐ手洗い口すすぎ、洗面し、陀羅尼《だらに》（梵語《ぼんご》のお経）を誦《しょう》しながら船べりに立って東方京都の方に向って拝した。

ある時、俊斎が、仏法とは何か、手短くわかりやすく教えて下さいと言ったところ、月照は、

「難問どすな。しかし、こう言うたら、先《ま》ずよいと思います。――仏の教は二つにわけて、慈悲門と智慧門《ちえもん》とになります。慈悲門は衆生《しゅじょう》を慈愛して救うので、殺生業《ごう》など最も戒めます。智慧門は善悪を判断し、善を助長し、悪を断絶する働きどす。折伏《しゃくぶく》いうのがそれどす。一殺多生もそれどす。形として仏像にあらわれると、観世音菩薩《かんぜおんぼさつ》や地蔵菩薩は慈悲門の働きのあらわれであり、文殊菩薩や不動明王《ふどうみょうおう》は智慧門の働きのあらわれということになります。あんた方やわたしらの今やっていることは、奸邪不忠《かんじゃふちゅう》の者をのぞいて国家を救い万民を安堵《あんど》させようとしているのどすから、智慧門のことで、仏道にもかのうていることどす」

と説いたので、皆その説明に感心したとある。

また、ある日、空晴れ、風軽く、満帆に風を受けて船が快走している時、月照が懐紙に矢立の筆を走らせて、

「大坂を出る時、腰おれを数首詠みました。お笑い草どす」

といって示した。

事ありて筑紫《ちくし》に下りける時、浪華《なにわ》にて詠める

難波江のあしのさはりは繁くとも

猶《なほ》世のために身を尽してん

同じ海路にて

追風に矢を射るごとく往く舟の

はやくも事をはたしてしがな

いかばかりうきめ見るとも行末に

心つくしの甲斐はあらなむ

人々は相和してこれを吟じ、その至誠に感動して、おぼえず涙をこぼした。

下関につくと、一行は阿弥陀寺町《あみだいじちよう》の藩の定宿薩摩屋に投宿した。

西郷には下関で一つの計画があった。船の方が早くつくはずであるから、ここで斉興の帰国の行列の到着を待っていて、月照の入国のことをよくお願いしようというのであ

った。しかし、ついてみると、斉興は昨日海峡を渡って南に向っていることがわかった。

西郷は、人々に、

「意外に向うが早く、間に合わんでしまいました。急いで追いつき、お願い申し上げ、いつお出《い》でになってもよかように藩内の都合をつけておきたいと思いもす。それまでは、俊斎どんと北条殿とで、よろしゅうお守りして下され」

といって、一泊もせず、大急ぎで出発した。

それを見送った後、一行はその夜は泊まって、明日は海峡を越えて九州に入る予定にしていると、急に北条がこう言い出した。

「ここに隣接している竹崎という土地に、拙者のよく知っている白石正一郎《しらいししょういちろう》という豪商がいます。吉之助サアも、昨年わしと工藤左門《くどうさもん》（井上出雲守《いのうえいずものかみ》）との紹介で知合になっていなさる人物です。この正一郎も、弟の廉作《れんさく》も伝七《でんしち》も、町人ながら皆憂国の志があり、尊王の大義をわきまえている者です。そこに行って泊めてもらおうではありませんか。ここは薩摩の定宿とはいいながら、他の旅人の泊まるのも多くて、用心も悪いですから」

月照も俊斎も賛成した。あるいは白石の名を知っていたかも知れない。二、三年後には、白石の名は維新運動の志士らの間に最も有名になり、そのシンパサイザーとして、この海峡を通過する志士らは一人として厄介にならない者はないほどとなるのだから、この頃ももう相当知られていたのかも知れない。

「それでは、拙者が先ず行って話をして、迎えの舟をよこさせます」

北条は出かけた。

日暮方、迎えの舟が来た。

当時白石家では主人の正一郎は商用で薩摩に行っていたが、二人の弟廉作と伝七とが迎えて、懇切に待遇してくれた。


一方、西郷の方。

西郷は昼夜兼行で追いかけ、久留米《くるめ》の東北方三里の松崎（今大刀洗《たちあらい》町の字《あざ》）で追いつき、とくに拝謁を願いたいと、おして乞《こ》うたが、左右の者らは、

「お疲れである。それは出来ん」

と言いはって、とりついでくれない。

次の宿場の久留米でも願い出たが、同じである。

ついに島津豊後《しまづぶんご》に面会を申込んだ。豊後は京都での関係もある。会ってくれた。

西郷は、月照と近衛家との関係、ひいては先君斉彬と月照との関係、近衛家から月照のことを頼まれたことなどを語り、藩としても月照を庇護しなければならない義理があるはずだと論じつめ、庇護してくれることを頼んだ。

「なるほど、なるほど、そうか、それはそうじゃな」

と、豊後は趣旨は大いに理解したようであったが、ここが俗物の俗物たるところで、あとで責任を負わなければならないことを恐れて、引受けると明言しない。

「ともかくも、あと数日で帰りつくことじゃ。帰りついた上で、評議することにしよう」と言う。

じりじりしたが、どうしようもない。行列に加わって帰国することにする。

熊本を通過する時、長岡監物《ながおかけんもつ》を訪問した。監物はよろこんで迎え、酒を出して、夜の白むまで歓談した。西郷のこの訪問は、旧交を温め、中央の情勢の切迫を伝えることと以外に、もし薩摩が月照を快く受入れないようであれば、長岡に月照の保護を頼むことも考えていたのだが、長岡との話の間に感じ取った肥後《ひご》藩の空気は、思わしいものではなかった。だからそれについては一言も触れなかった。

鹿児島に帰着したのは、十月六日であった。

斉彬死後の国許《くにもと》の変化については、国の同志からの便りで知っていたが、帰りついてみて、その変化のあまりにひどいのにおどろいた。鹿児島城下の内外が大工業地帯として、軍事産業にも平和産業にも、最も活気ある繁栄をつづけて、日本国内のどこにも見られない景観を呈しているのを見て出発したのは、つい三月半前であるに、今見る鹿児島は、これらの工場はあるいは操業を中止し、あるいは取払われつつあって、火の消えたようなさびしさになっている。

この変化は、国事にたいする藩政府の態度の変化といってよい。西郷の胸は万感にあふれた。

早速、斉彬の墓に詣《もう》でたが、せまって来る感慨に、熱い涙がこぼれて来てとまらない。墓前にひれ伏したまま長い間動かなかった。

それについても、月照のことを考えずにはいられないが、

(こうまで藩の態度がかわった以上、かくまって上げることは、ついには出来ないのではないか)

という、最も悲観的な予感が胸をひたして来るのをおさえることが出来なかった。

帰りに加治屋《かじや》町にまわって、大久保《おおくぼ》を訪ねた。大久保も元気をなくしているだろうと思ったのに、意外に元気がある。不思議に思って、おはんは元気じゃな、と言うと、大久保は笑った。

「くじけてはいかんと思うて、気力をかき立てかき立てしているのでごわす。もちろん、当分はお国は駄目でごわす。順聖院(斉彬)様のなくなられた後のお国は、昔に逆もどりでごわすが、わしは望みを失わんことにしていもす。ご隠居の生きておじゃる間は、もちろん見込みはごわはんが、ご隠居はもうお年でごわす。その後は、久光《ひさみつ》様がご後見になられもす。久光様はまだ若いのでごわすから、ご隠居のようではごわ

すまい。わしはそこに望みをつないでいるのでごわす」

　西郷は飯の中に砂を噛《か》みあてたような気がした。久光は反太守派の連中が旗じるしと仰いでいる人ではないか。太守様の死が尋常でなかったとすれば、当然一枚かんでいる人だ。その人に期待するとはと、はげしいことばが飛出しかけた。しかし、おさえた。皮肉な調子で言った。

「親に似た亀の子といいもすぞ。久光様はじみなご性質じゃというので、ご隠居のお気に入りじゃという。そげん人に望みが持てるかどうか。仮に望みが持てるとしても、間に合うかどうか。今の日本は累卵の危きにあるのでごわすからな」

　そう言いながらも、一蔵《いちぞう》どんは石からでも水をしぼりとろうとする人じゃ、この根強さは自分にはないものだと思って、少し気がなごんだ。

　西郷は、有馬《ありま》や堀《ほり》らといろいろ努力した挙兵計画のことを語った。

「せっかくご隠居を説きつけて、兵をのこしてもろうたのに、肝心な時に蔵屋敷の留守居が国に帰してしもうて、どうにもならんことになりもした。俗吏というやつはしようのなかものと思いもすが、案外、ご隠居がそのさしずしてお立ちになったのかも知れもはん。ご隠居と俗吏、お国はもうどうにもなりはしもはんぞ」

　と、西郷の心はまた絶望的になった。

　思い切りがよい一面、いささか辛抱に欠ける西郷の性質を、大久保はよく知っている。親しい間柄では、友達のこうした性格上の欠点には好意を感ずるものだ。大久保は微笑した。

「まあ、そう言うたものではごわすまい。七十七万石という雄藩の力は、捨てたものではごわはんぞ。そのことは一先《ひとま》ずおいて、有馬サアや堀どんも、危のうでごわすな。何事もなければよかが」

「心配ではごわすが、二人はからだも丈夫なら、気性もたけておじゃる。先ず先ず大丈夫じゃろうと思いもすが、心配なのは龍右衛門《りゅうえもん》（伊地知）どんでごわす。あのからだでごわす。なぜ無理にも連れてもどらんじゃったかと、後悔しとりもす」

「そうでごわすなあ」

月照のことも語った。

「伏見の宿での談合で、九州にお連れして、九州諸大名に遊説する——そういう月照さんの望みもごわして、そうすることにきめて、お連れしたのでごわすが、熊本で長岡監物——おお、そうそう、おはんによろしゅう申してくれというおことばでごわした。長岡殿をお訪ねした際、あの藩内も井伊の暴圧方針に一方ならずおびえていると聞いて、わしは急に心配になりもした。九州までは井伊の暴圧も及びはせんと思うていたのでごわすが、そうでもない様子。何にしても、早うお許しをもろうて、上人に連絡して、迎え入れることにしなければなりもはん。俊斎どんも気が気でなかろでな」

て下され」
「お手伝い出来るとよかのでごわすが。使い走りくらいはしもすから、遠慮なく言う
「いろいろ頼むことになりもそ」
封建の階級の規制は高くけわしい。いくらかでも家老や重役衆に通ずる道を持って
いるのは、西郷一人なのである。先君の寵臣《ちょうしん》であったということで。
西郷は上ノ園の自宅に帰ったが、そこには意外な人が待っていた。俊斎が、西郷の
弟らを相手に、青い頭をふり立てながら、にぎやかに談笑していたのだ。
「おはんな?」
と、おどろくと、俊斎はぺこんとおじぎして、
「いろいろ事情がごわす。これから申し上げもす」
早口に、少し鼻白む風だ。
弟らを遠ざけて、俊斎の言うところを聞いた。
こうだ。
白石正一郎の宅に泊めてもらった翌朝、小舟を雇って九州に入った一行は、夜通し
歩きつづけて、夜の明方に博多《はかた》大浜《おおはま》の北条右門の寓居《ぐうきょ》についた。工藤左門にも連絡し
て、すぐ来てもらった。
その夜、俊斎は、月照と北条に、

「ここまで来れば、大丈夫でごわしょうから、わしも国に帰って、西郷に手伝って、上人を迎え入れる態勢をつくる運動をしたいと思いもす。一人より二人の方が、いろいろ便利であろうと思いもすから」

と語り、二人の同意を得て、その夜すぐ立ったという。

「わしは足が丈夫である上に、昼夜兼行で急ぎもしたので、オマンサア方の行列に、肥後の佐敷《さしき》で追いつきもした。しかし、皆と顔を合わすのは面倒じゃと思いもしたので、佐敷から船を雇うて、阿久根《あくね》に上りもした。じゃから、おとといの夕方、帰り着きもした。オマンサア方よりまる一日だけ早かったわけでごわす」

得意満面だ。なんという男であろうと、西郷はあきれた。自分の手伝いをするといっても、俊斎に何が出来よう。俊斎に出来るくらいのことは、国にいる同志で十分に間に合うのだ。むらむらとしたものがこみ上げて来た。

「おはんは、上人をおきざりにして来たのじゃな！」

にらみすえた。

「おきざりにして来たと？」

俊斎はおどろき、狼狽《ろうばい》したが、忽《たちま》ち怒りを激発させた。

「何ちゅうことを申されもす、吉之助サア！　わしはおきざりになんどはしもはん。ちゃんと上人や北条サアの承諾を得て、もどって来たのでごわす。オマンサアの手伝いをするためでごわす。それを、おきざりにして来たなんどと、人聞きの悪かことを！　取消してもらいとうごわす！　取消しなされい！」

ついにどなり立てる声になった。

西郷の目は一層強くなる。

「俊斎どん。おいはおはんに、上人につき添ってご守護申していて下されと頼んだ。おはんはそれを引受けなされた。忘れなさるな」

最も簡潔なことばだが、調子は重々しい。俊斎は気勢がくじけたが、それでもなお言った。

「おきざりとはひどか言い方を召す。わしはちゃんと、上人と北条サアの諒解《りようかい》をもろうて……」

「おはんがそう言い出したら、それをことわることの出来ん立場にある上人であることを、おはんは考えはなさらんじゃったのか」

情ない男だと言わんばかりの西郷の調子であった。俊斎は新たな侮辱を感じた。

「わしは卑怯《ひきよう》でしたのではごわはんぞ！　ただ、こちらのことが心配になったのでごわす。わしのようなものでも、何かお役に立つことがあるじゃろうと思うたもんでごわすから。決して卑怯や臆病《おくびよう》でしたのではごわはんぞ！」

俊斎は臆病者ではないが、思慮分別がさらになく、軽躁《けいそう》な男だ。こうなっても、まだこんなことを言っている。やり切れなかった。

「もうよか！」

断ちきるように言ったが、目をぱちつかせながらおどおどしているのを見ると、あわれになった。

「誰もおはんを卑怯とも臆病とも思うてはおらん。ただ、思慮において欠くるところがあるから、わしはおこったのじゃ。これからも気をつけなさるがよか」

醇乎《じゅんこ》として醇なる薩摩隼人《はやと》である俊斎は強いことが大好きだ。卑怯臆病でないと言われると、忽ち機嫌を直した。

「そげん言われてみもすと、言われる通りでごわす。わびもす」

素直にわびて、手伝うべきことがあったら、何でも言いつけてくれと言った。

「そのうちには頼むこともごわしょうから、その時は働いて下され」

俊斎は帰って行った。

翌日、西郷は豊後を訪問して、嘆願を重ねた。豊後は言う。

「決して忘れてはおらん。しかし、ご用繁多で、まだ皆と相談しているひまがない。しばらく待つよう」

多用であろうことはよくわかる。間もなく新藩主又次郎《またじろう》が家督相続お礼のために出府しなければならないので、準備に忙殺されているに相違ないのである。

「ご多忙はよくわかりもすが、こちらもさしせまっているのでごわす。出来るだけ早くご相談、ご決定いただきたいのでごわす」

「わかっている、わかっている、しばらく待て」

西郷が島津豊後の宅に行っている頃、俊斎は茶道方関係の上役から呼出されて、尋問されていた。

「おはんは母御の病気看護ということで、帰国のお許しをもろうて江戸を立ったのじゃが、国許《くにもと》帰着まで五十余日もかかっとる。何でこげん長うかかったのじゃ。聞けば京都へんで遊んどったそうじゃな。こちらは島津豊後殿の仰せで尋問しとる。有体《ありてい》に申開きさっしゃい」

俊斎は大坂まで来てみると、母の病気はすでに快癒したと、吉井幸輔の許まで知らせて来ていたので、安心して、京、大坂を見物して来たと知らせた。

翌日は、人がかわって、家老座書役の福永直之丞《ふくながなおのじょう》の尋問を受ける。福永は決して処罰の材料にするのではないという条件をつけて、きびしく聞いた。

「しからば申上げます。先《ま》ず今日の日本の情勢を考えていただきもそ。諸外国の力がひしひしと日本に迫りつつあるのに、国内は大義失墜、皇威衰え、井伊大老は暴威をかざして朝廷に臨み、宸襟《しんきん》安からずおわすと聞こえもす。これが浮説ならば可、万一実説であるなら、皇国の民として坐視《ざし》すべきではごわはん。拙者は〝島津の家臣有村俊斎〟と名のって、大老を斬る所存をきめたのでごわす。もし太守様にせよ、老公にせよ、京近くおわす際、そんなことが起こったら、必ず宸襟を安んじ奉るべき方法をご工夫なさり、決して素通りはなさらんはずでごわす。拙者は数ならぬ身ながら、お家の代表者のつもりでいたのでごわす。お咎《とが》めどころか、おほめをいただくべきことをしたと、かたく信じていもした」

俊斎はこの威勢のよい申開きが大得意で、後年追憶談として、『実歴史伝』に書きとめさせているのだが、藩政府には最も強いショックになり、ひいては月照庇護《ひご》についても警戒する気になったのである。

俊斎はクーデター計画についてはかたく口をつぐんでいたが、藩政府は西郷の京都駐兵についての切願や、こんどの月照庇護の嘆願などによって、彼らの京都滞在にもやもやとした疑惑を感じていたので、俊斎の大言は一層それを強めた。斉彬が死の直前まで進めていた引兵上京に関係があるのではないかと疑った。もしそうであり、それが幕府に知れたら、新藩主又次郎の家督相続にも関係するかも知れないと、不安になり、あわてた。幕府は又次郎の家督相続については、内諾は与えているが、正式にはまだ許していないのである。

「おはんらは、先君からご内訓のお書付などいただいてはいなさらんじゃろうな」

もちろん、否定した。

「たしかに」

「それでは、いただいてはおりもはん！」

「それは度々ごわす」

「そんなら、その人々に手紙を出して、その手紙類は全部焼くように言うてやりなされ。でなくば、大へんなわざわいがかかる」

「人には死以上のわざわいはごわすまい。死なんど、何でもごわはん」

「無思慮なことを申すな！　わざわいはおはんの一身にとどまらん。お家の迷惑になることを、なぜ考えん」

「そうでごわした。そうしもす」

　俊斎は放免されたが、藩政府の不安は一通りでない。俊斎や西郷らが、多分斉彬の生前の計画を継いでであろうが、京でゆゆしい企てをしていたらしいことは、もう疑う余地はないと思った。証跡をすっかり消してしまわないと、どんなことになるかわからないと思った。こんな際、月照を庇護するなど、とんでもないことであった。

　藩政府の空気がこうなったのだから、西郷がいく度豊後を訪ねて嘆願を重ねても、らちのあくはずはないのであった。

「何分にも、わしもお供して出府することになっているので、公私共に多忙をきわめているのでな」

と、玄関ばらいを食うこともある。

そこで、新納《にいろ》駿河《するが》を訪ねた。新納も反斉彬派の巨頭であった家老だ。顔を見るのもいやであったが、懇願を重ねた。しかし、効果はなかった。

重臣の中では島津左衛門と鎌田出雲《いずも》とが旧斉彬派である。左衛門は斉彬時代主席家老として信任を受けた人だが、今ではまるで勢力を失っている。頼みに行ったところ、

「そちも知っていよう。わしは老公にきらわれている。わしが願い出ては、かえって逆になろう」

と嘆息した。

鎌田は斉彬の特命を受けて京に上り、「異国一条についての関東の処置心得がたし。万一の際の朝廷の警衛は島津家に頼みたい」とのご沙汰《さた》書をいただき、それを奉じて斉彬は立つつもりだったのだが、帰って来た時には斉彬はすでに永眠しており、鎌田自身も病気になり、この頃は垂死の床にいた。間もなく死ぬのだ。

西郷の奔走はなんの甲斐《かい》もなく、又次郎は上府の途に上り、豊後は供をして出発してしまった。

「何たることだ！」

西郷は立腹したが、どうしようもない。

しかし、その西郷とて、

（あるいは月照さんは、黒田家との連絡がうまくついて、黒田侯に謁見をゆるされ、黒田侯から諸大名に紹介されて遊説する運びになられたのかも知れない。そうなれば、諸藩がうまくかばってくれて、安全でおられよう）

とも考えた。

日は容赦なく立って、十月ものこり少くなった頃、吉井と伊地知とが帰って来た。二人とも幕吏に目をつけられているというので、京の藩邸の留守居から帰国を強制されたのである。二人は帰途、博多に立寄り、北条右門を訪ねて来たといって、その話をした。

月照は二人の立寄った前日に博多を去って、筑後川《ちくごがわ》の上流地帯の上座《じょうざ》郡に仮寓《かぐう》している竹内五百都《たけうちいおつ》の許に行ったという。竹内は加治木《かじき》郷士《ごうし》で、これも先年の騒動の時筑前《ちくぜん》に脱走し、黒田斉溥《くろだなりひろ》の庇護を受けている人物だ。

北条は吉井らに語ったという。

「博多もうるさくなりました。下関の白石氏から、京の町奉行所支配の目明し二人が来て、いろいろ上人のことを取調べた上こちらに向ったという知らせが来ました。そこで、まだ吉之助サアからも俊斎どんからも、何の連絡もないが、この上は薩摩が一番安全じゃろうということになって、工藤殿と相談して、竹内氏のところへ落したのです。

そうしてよかったのです。その日、それまで上人が寄宿しておられた家に、その京の目明しが黒田家の盗賊方の役人二人を案内者として、多数の捕吏を連れて来て、きびしい詮議《せんぎ》をして行ったのですから。

上人が博多をお立ちの節は洋中藻《わたなかも》平《へい》殿（本名岩崎千吉《いわさきせんきち》、加治木郷士。竹内と同じ閲歴で、同じく黒田家の庇護を受けている）がお供して行きました。竹内氏と相談して、何とか入国の出来る工夫をしてくれることになっていたが、二人とも薩摩脱藩の身の上故、うまく行くであろうかと案じていましたところ、その日、平野国臣《ひらのくにおみ》君が肥後からの旅帰りじゃというて、ひょっこり来ました。話をして、上人のお供をして行ってくれんかと申しますと、〝よろしい、行きまっしょ〟と、気持よく引受けてくれて、上座郡に向いました。平野君がついていてくれるのです。安心していてよいと思います」

幕府の捕吏がすでに九州に入って、月照のあとを執拗《しつよう》に嗅《か》ぎまわっていること、月照がいよいよ薩摩に来つつあることを聞いて、西郷は一層精を出して、要路の間を駈《か》けまわったが、前にも増して高くそびえて感ぜられる鉄壁を、素手で押しているような無力感の日ばかりがつづいた。

西郷は、これは老公や家老らが幕府を恐れるためばかりではなく、先君を憎み、そのなされたことをきらっているためもあると、思った。斉彬が心魂をかたむけて営んだ工場が急速に破壊されつつあるのが、それを証明するように思われた。月照などもし来たら、暗から暗に葬ってしまいたいくらいに思っているに違いないと思った。

「先君を非道にも失い奉ったばかりか、こうまで憎み申すとは……」

漏らすにすべのない怒りが、五尺九寸のたくましい体軀《たいく》のうちにのたうちまわっていた。

怒りと焦慮の間に、飛ぶように日は立って、十一月に入り、中旬になった。

その十一月十一日の朝、西郷が朝食をすませて、座敷にすわって煙草を吸いながら、日のあたっている庭の蜜柑《みかん》の実をぼんやり眺めている時、門を入って来る人影があった。鬱蒼《うっそう》と果樹が繁っているのではっきりとは見えないが、わずかの木の間にちらちらと見えながら来る影は、二人連れであった。

上人ではないかと、胸をつかれる心で凝視していると、確かにその人であるとわかった。月照と下僕の重助。

立って、玄関に出た。座敷に隣接している八畳の間の向うが玄関だ。座敷から見通しである。これがこの地方で最も普通な家の構成なのである。こちらが玄関に出るとほとんど同時に、月照がそこにあらわれた。

「これは上人」

「ああ、西郷さん」

月照は微笑した。ほっとした色がある。長旅のやつれで、灼《や》けて痩《や》せて見えた。

座敷に請《しょう》じ上げたが、南国の開放的な構成の家だ。外を通る者がそのつもりで背伸びをすれば、座敷に誰が来ているか見通せる。祖母の居間になっている奥の小座を大急ぎで取片付けさせて、そこに案内した。

祖母、次弟吉次郎、慎吾《しんご》（後の従道《つぐみち》）、小兵衛、末の妹安、この五人がこの頃の西郷家の家族であった。安が茶の給仕をした。

月照は別れて以後のことを語り、西郷もまた、斉彬死後の藩内の情勢の大変化を語って、連絡の出来なかったことをわびた。

月照は平野国臣に護衛されてこの国に入って来たのであるが、その次第は数奇《すうき》をきわめた。しかし、それを書いていては、話がはかどらない。平野の機転によって、山伏に変装して、京都の醍醐《だいご》三宝院《さんぽういん》から、鹿児島城下の修験僧《しゅげんそう》で薩・隅・日三州の山伏の触れがしらである日高存龍院へつかわされた使僧静渓鑁水《じょうけいばんすい》、平野は弟子僧胎岳院雲外坊、重助は従僕藤次郎《とうじろう》と名のって、関所ならぬところから密入国して来たとだけ言っておこう。

月照は存龍院とは京で顔見知りでもあるので、事情を打明けて頼めば、世話をしてくれると思って、昨夜存龍院方へ行った。存龍院は心中肝をつぶしたが、その夜は鄭《てい》重《ちょう》に待遇して泊めた。

今朝、月照は平野に、有村俊斎に自分が昨夜到着して存龍院方へ泊まっている旨を

知らせる手紙を出してくれと頼んでおいて、自分は重助を連れて西郷を訪ねて来たのであった。西郷は事情を聞いて、

「こうしてお出《い》で下さった以上、藩も決心するでごわしょう。拙者も誓ってご安心をいただけるようにします。万事おまかせ願います」

といった。月照はよろしく頼みますと礼儀正しく言いはしたが、万事を自然に打ちまかせた様子で、まことに平静であったので、西郷は感心した。

月照の帰って行ったのは、正午に近かった。西郷は早目に昼食して家を出、新納駿河の屋敷に行ったが、今日は出勤しているというので、二の丸の家老座に行き、妹《いもうと》聟《むこ》の市来《いちき》正之丞《まさのじょう》に会って、新納への取次を頼んだ。

「ご用多端で会えない」

というので、市来に筆紙を貸してもらって、月照がすでに城下に到着して、一刻も猶予出来なくなったから、かねてお願いしていることを至急講じていただきたい、くりかえし申すように、これはお家の信義にかかわる一大事であることを、十分にご考慮願いたいと書いて、

「これをご家老に渡してたもれ」

と、市来に渡した。

二の丸を出たが、他に運動のしようもない。加治屋町に大久保を訪ねた。有村にも相談すべきだが、この男はどうも相談相手にならない。〝追いかけて来るという、その京の目明し共を野間の関の向うまで行って、斬ってしまえば、それで済むこと。わしがうけたまわりもそ〟くらいのことしか言わないにきまっている。それで済むものなら、苦労はないのである。

大久保は白皙《はくせき》な顔と思慮深げな澄んだ目をもって、聞いていた。先年のお家騒動の際に脱藩した人々が総がかりで月照のために骨折っているという話は、大久保を感動させた。

「世の中というものは、どこでどう因縁がからむか、わからんものでごわすな」

と、嘆息して、すぐつづけた。

「わしにも格別な思案は浮かびもさんが、ともかくも、俊斎どんや、幸輔サアや、龍右衛門サアとも、相談してみようじゃごわはんか」

「上人の話では、今朝わしの家におじゃる時、平野君に、俊斎どんに連絡の手紙を出すようにお頼みになったそうでごわすから、今頃は俊斎どんは存龍院に行っておじゃるじゃろうと思いもす」

「そうでごわすか、そんなら、わしらも行ってみようじゃごわはんか。わしは、月照上人も、平野さんにも、お目にかかりたいのでごわす」

大久保にとっては、中央で日本の立直しのために立働いている人は皆うらやましい。会って親しく話を聞きたいのである。肌で運動を感じたいのである。

「お引合せしたいが、わしとしては、お会いする以上、上人にご安心願えるような保証を持って行きたい。今、懸命に運動中でごわすだけでは、つらいのでごわす」

「それもそうでごわすなあ」

二人ともあぐねて、吉井や伊地知の宅に行って相談してみようかと話し合っている時、俊斎が来た。門内の道を来る時から、何か尋常でないものを感じさせた。案内も乞《こ》わず、どかどかと庭に入って来て、庭に立ったまま、さけぶような声で言う。

「藩政府は、上人達をお着屋《つきや》に移しもしたぞ！」

血相がかわっていた。

平野からの連絡に接して、俊斎がすぐ存龍院に行ったところ、月照ら三人は、つい今し方藩の役人が来て、使者宿に移るように言って、付添って連れて行ったという。使者宿はお着屋とも言って、他国から来る高級な賓客をとめる旅館であるが、経営は民間人にまかせてあり、当時の主人は田原助次郎《たわらすけじろう》と言っていたから、田原屋とも言った。

藩が急にこの運びにしたのは、存龍院が今朝早く新納駿河の許《もと》に人をつかわして、月照の不意の到着を届けて、差図を仰いだからである。西郷が新納を訪問した時、新納がもう出勤していたのは、この処置のためであったのである。

これまでうるさく西郷から嘆願されていることだから、月照の来たことは、新納には意外ではなかった。しかし、それでもおどろいた。彼もまた幕府の追及がこんなに執拗《しつよう》であるとは思っていなかったのだ。

家老座の役人らを集めて、月照を庇護《ひご》すべきか、庇護するとすればいかなる方法でと、評議にかかったが、決定出来ない。

彼らは皆反斉彬派ではあるが、それでも月照が斉彬と関係の深かった人物であるからといって憎んではいなかった。ただ俗吏の常として、厄介なことになったという気持だけが強く胸にこたえていた。皆が皆こうだから、最も肝心なことについての考慮を回避する。きまるはずがない。やっと、

「西郷をはじめ若い連中は、先君のご遺志を奉ずるといって、この月照と策謀して、公儀に目をつけられるようなことを、上方でしでかした。存龍院においては、勝手に若者らと往来面会して、一層面倒なことになろう。使者宿に移して、厳重に監督して、外出徘徊《はいかい》、他人との面会、書信の往復、一切禁ずることにしよう」

とだけきめて、大急ぎで実行に移したのであった。

こんなくわしいことは、もちろん俊斎は知らない。田原屋に厳重に役人が詰めていて、面会させないので、大腹を立てているのであった。

ともかくも、一応行ってみようと、三人そろって出かけた。

門を出てしばらくすると、大久保が言う。

「面会もさせんとすれば、書信を通ずることも禁じているでごわしょうな」

「わしもそれを考えているところでごわした。よか辻占《つじうら》ではなか。面白うなか臭いがぷんぷん立っとる」

憂鬱《ゆううつ》げに西郷は言った。憤ろしかった。巨《おお》きな眼が爆発しそうな怒りを必死におさえて、強くすわっていた。

加治屋町から田原屋のある柳の辻までは一キロそこそこのもの、すぐついた。

案じた通りだ。番人らはどうしても、会うことを許してくれない。西郷は自分と月照との因縁を説いて頼んだが、

「誰にも会わせてはならんという、きびしか仰せつけでごわす」

と、頑として動じない。

「しからば、面会は断念しもす。拙者らが来たことをお取次ぎだけ願いもす」

と頼んだ。来たということだけでもわかれば、月照は力づけられるはずだと思ったのだが、これも、

「事情は同情しもすが、念のためにお伺いを立てた上で、しかるべくはからいもす」

と、まことに頑固で、無愛想だ。

引きとるよりほかはなかった。

西郷は俊斎とともに、毎日、新納をはじめ重臣らを歴訪して、月照との面会の許可と、安全な保護とを嘆願したが、はっきりした返事はなく、日が立って、十五日になった。

この日の午後、藩庁から西郷の家へ、裁許掛簗瀬源之進《さいきよがかりやなせげんのしん》宅へ出頭すべしとの差紙が来た。西郷はこれまでの藩の態度から見て、藩に望みをつなぐことをやめていたが、それでも、〝薩・隅・日三州の太守という面目もあるのだから、不信義なことをするはずはない〟と強いて思い直して来た。今、差紙をもらってみると、今さらのように、吉か凶かと胸がさわいだ。

簗瀬は西郷を座敷に通し、家老座書役の福永直之丞と同席の上で、こう言い渡した。

「昨日、筑前の盗賊方両名が当城下に到着いたした。京の目明し両人は肥後の水俣《みなまた》にとどまっている由、もちろん、おはんがこの間中から嘆願していなさる者を捕縛にまいったのだ。藩では一応、その者のことはまだ届出がない故、当城下に参ったかどうか、少しもわからんと答えておいた。おはんの度々の願い出もあり、色々複雑な情誼《じようぎ》もあることとじゃから、お家としてはかくまってやりたいは山々じゃが、公儀の追捕《ついぶ》まことに厳重である由。色々詮議《せんぎ》をしたが、関内において庇護することは、情勢上無理じゃ。しかし、おはんが情誼をもって庇護するのは、禁じはせん。ずいぶん心をつくして庇護されよ。ただ、お城下で召捕られるようなことがあっては、藩としてはまことに困る。急ぎ連れて、東目《ひがしめ》の関外に立退《たちの》いてもらいたい。さすれば、藩は、筑前の盗賊方には、その者はすでに日向《ひゅうが》方面に立退いたと返答してすますことにする。事態は切迫しとる。必ず今夜中に立退くように。よろしいか、去川《さりかわ》の関の外ならば、どこへ潜伏してもよろしい。家老座の相談では、紙屋あたりがよかろうということであったが、紙屋にかぎりはせん。法華嶽寺《ほっけだけでら》のへんもよかろう。あのへんは山や谷が深いから、潜伏の場所には事欠くまい。なお福山《ふくやま》までの船は、下町会所《しもまちかいしょ》に申しつけて用意させる故、そのつもりで」

この時西郷に申し渡した簗瀬源之進は明治になってからも長く生きていた人であるから、後の人がこの時の藩政府の真意を問いただしたところ、

「西郷にああ内命したのは、月照さんを関内においては、藩が庇護していると幕府がとるから、それを避けるためで、追手共の便宜をはかって捕えやすいようにしてやろうなどの料簡《りょうけん》はさらになかった。幕府の嫌疑を避けることが出来さえすれば、月照さんがうまく潜伏しおおせてくれることは、最も望ましいことであった。しかし、もし捕えられなさっても、気の毒だがしかたはないと思った。要するに、自然のなり行きにまかせるというのであった」

と答えている。

つまり、藩の安全のために積極的に保護しなかったというだけで、悪意を抱いていたわけではなかったというのであるが、西郷にはそうは受取れなかった。

（藩としては深い義理のある月照さんだ。お家の面目にかけても、義理にそむくことをしてはならない人だ）
と思いこんでいるので、危険のただ中に突きやるようなこの申渡しに、腹が立った。
庇護出来ないというのは、庇護する意志がないからだ。お家ほどの実力があり、こ
の広い領地があり、南方には多数の島々まであるのだから、仮にも意志があるなら、
出来ないはずはない。根性が惰弱臆病《おくびょう》であるから、幕府を恐れてこうなるのだ、腰が
ぬけたのだと思った。
（いやいや、もっと深いわけがある。やつらは幕府を恐れるあまり、順聖院様を毒飼
いし申したのだ。月照さんにたいしてこの最も悪意ある態度に出るのは、そのはずだ）
恐ろしい顔になっていたが、一言も抗弁しなかった。抗弁しても、反論しても、効《かい》
のないことがわかっていたから。思い切りはよすぎるほどよい性質だ。
「かしこまりました」
と、一言だけ言って席を立とうとすると、簗瀬はあわてて呼びとめた。
「旅費として金子《きんす》で十両支給することになっていもす。下町会所で受取りなされよ。
また、これらのことは重々秘密にすることになっとる。決して他言せんように」
「かしこまりもした」
西郷は最もはげしい心を抱いて、簗瀬家を出た。西郷は死ぬ決心をしていた。

（月照さんをここまでお連れして来ながら、むざむざと幕吏に渡すようなことをして、どう申訳が立とう。しかし、どうにも方法がつかん。死んでいただくよりほかはなか。そのかわり、おいもお供する。おい自身と、藩全体とをこめての、せめてものおわびじゃ）

と思っていた。この心の裏側には、

（おいは順聖院様のおあとを追うて、あの時死ぬべきじゃった。なまじご計画の精神を生かそうと、生きながらえて色々やったものの、結局はなんにもならなんだ。あの時死んでいれば、こげんことにはならんじゃったのだ）

という思いがあった。

西郷は豪傑の資質を最も大量に持って生まれた男であり、無神経と思われるくらい物に拘泥しなかったが、その倫理感覚（良心）は最も純粋鋭敏であった。世間では、彼のことを清濁《せいだく》併《あわ》せのむ大度量の人物と考えている人が多いが、それは彼をよく知っている者の見解ではない。彼は濁流の中に平然と泳ぐにたえる性質ではなかった。彼は人の長所には常に心から感服尊敬する、最も謙虚な人がらであったが、その人物鑑識は峻厳《しゅんげん》をきわめ、最も重きをおいた鑑別の標準は、心術が清潔であるか否かであった。

この標準に照らす時、月照にたいする藩政府の態度は言語道断であった。一藩の安全のために幕府を恐れて、堂々たる大藩が忘恩不信義、匹夫も恥ずるような不潔な行為に堕していると感じた。

「薩摩の精神は先君とともに死んだ」

と思った。生きて行く気力を失った。

築瀬家の門を出ると、そのあたりの物陰から、大久保と俊斎とが出て来た。

二人の物問いたげな顔を見ると、西郷は噛《か》んではき出すように言った。

「藩庁は腰がぬけもした。自分のことしか考えていもはん！」

二人がくわしいことを聞きたいと言ったが、要領だけ話した。

「藩庁は、オマンサアが友情をもって庇護《ひご》なさるのはかまわんと言っているのでごわすから、日向から肥後に入って、長岡監物殿にお頼みなさってはどうでごわす」

と、俊斎は言った。

肥後の空気が思わしくないことはもう知っている。死のうと決した心には、ゆるぎはないが、さりげなく答えた。

「それも一策じゃなあ。まあ運を天にまかせて、よかようにやりもそ」


話かわって月照の方。

田原屋に移されてからの待遇は決して悪くない。座敷、食膳《しょくぜん》、寝具等、すべて注意のとどいたものを供せられたが、藩庁からの番人が出張っていて、一切外出を禁止され、文書もゆるさない。面会人もある模様だが、それをとりつぎもしない。

これらのことは、事情が好転していることを語るものではなかった。最悪の場合を覚悟する必要があると思われたので、月照は平野に言った。

「万一、幕府に引渡されるようなことがあれば、京か江戸に引かれて、きびしい取調べを受けることになります。どんなむごい拷問にあっても、雲上のことや、近衛公のことや、また同志の人々を連累にするような申条はしない決心はしていますが、人間は弱いもの、ひょっとして口をすべらすようなことがあるかも知れません。それでは申訳ないことになりますよって、危急がせまったら、あんたわしを手にかけて殺して下さい」

悲痛な心情だ。快活闊達《かったつ》な平野であったが、涙をこぼした。

田原屋に来て五日目の日は暮れた。十一月十五日の夜だ。冴《さ》えに冴えた団々たる月が宵からある。西郷が旅支度をして、田原屋にあらわれたのは、夜もかなりにふけた頃であった。

月照はもう寝ていたが、最も会いたいと思いつめている西郷が来てくれたので、よろこんで、大急ぎで起き上り、夜具を片づけて請《しょう》じ入れた。彼らの座敷は二間あって、上の間に月照と平野がおり、下の間に重助がいた。重助は少しにぶい男なので、西郷の来たのに気づかず、下の間でぐうぐう寝ていた。

西郷は、平野とは京都以来はじめて会うのだ。そのあいさつはしたが、あとは黙っていた。月照は敏感な人だ。平生から口数の少い西郷ではあるが、何か心に思うところがあって、平野をはばかって口に出せないでいるらしいと感じた。そこで、平野に言った。

「平野さん、すんまへんが、お茶をもろうて来て下さりまへんか」

「承知しました」

平野は出て行き、もう宿の者が皆寝ているので、つめたい廊下をふんで勝手に行き、自ら道具をさがして茶をいれて持って来た。その間、せいぜい三分か四分、とうてい五分とはかからなかった短い時間に、西郷は月照の前に手をついた。

「藩のにわかな差図で、これから急いで日向に行けとのことでごわす。ご用意を願いもす。こんなつもりではなかったのでごわすが、どうとも力およびもはん。おわび申上げもす。拙者がどこまでもお供します。どこまでも」

この数日、最悪の場合を考えつづけていた月照には、西郷の胸中の決意がそのままに感じ取られた。無量の思いを、ただ一言にこめた。

「ようわかりました」

そこに、平野が茶を持って来た。それをすすりながら、西郷は言った。

「藩の急命がごわして、これから日向に行くことになりもした故、ご支度を願いもす。一先《ひとま》ず船でこの湾の北の奥の福山というところまで行くのでごわすから、くわしいことは船の上で語りもす」

急いで重助を呼び起こし、支度をととのえて、田原屋の裏口から出た。霜月十五夜の月が天心に冴えている。

港に出てみると、乗るべき船は岸壁につけられ、いつでも出せるように用意されていた。苫《とま》をかけた、相当大きな船である。付添の足軽坂口周右衛門《あしがるさかぐちしゅうえもん》は早くから来て待っていた。一同乗りこんで、苫の下に入った。船首に近い位置に月照と西郷とがむかい合ってすわり、となり合った席に平野と坂口とが対坐《たいざ》し、重助は末座にかしこまった。

船が沖に出て帆を上げたのは十一時頃であった。

船は真直ぐに北へ進む。冴えわたる月下に眺望はきわめて鮮明だ。右手に桜島の山ひだの稜線《りょうせん》や麓《ふもと》の部落の民家が手にとるようにくっきりと見え、左手に城山を背景とする鹿児島城と城下町とがいらかの波を月光に光らせている。

やがて、藩庁の内意を受けて下町会所がととのえておいた酒肴《しゅこう》を、坂口が披露して差出した。重詰には月照のための精進料理と他の人々のための魚鳥の料理とが、箱を別にして詰めてある。この行きとどいた心くばりは、藩庁の月照にたいするせめてもの心づくしであったわけだが、西郷の心を解くには至らなかった。

やがて酒をあたためて、酒宴がはじまった。西郷は、やがて死ぬ身、大いに愉快にしようと思った。

「今夜は月もよし、海もおだやか、場所もようごわす。気のつまる話はやめて、大いに愉快に飲みましょう」

と言った。皆異議はない。中にも平野は酒好きだ。

「賛成ですなあ。大いにやりましょうたい」

と、はしゃいだ。

次々に歌が出る。平野は音曲に堪能《たんのう》で、この旅にも笛をたずさえていたから、それを吹きすさんだ。重助まで、丹波《たんば》の馬方唄《うまかたうた》をうたった。

月照は即席に和歌を作った。

舟人の心つくしの波風の
　危き中を漕《こ》ぎぞ出《い》でぬる

答ふべきかぎりは知らじ不知火《しらぬひ》の
　つくしにつくす人の情に

西郷や平野らの誠意ある親切にたいする感謝の歌であるわけだが、「危き中を漕ぎぞ出でぬる」とあるのだから、月照も捕吏がつい間近にせまっていることは知っていたのである。

酒宴半ばに、西郷は月照をさそって苫の下から船首に出た。船はちょうど磯浜《いそはま》の沖を過ぎたあたりを走っている。西郷は岸の方を指点して、あの大きな建物は藩侯の別荘であるが、景色のよいところで陽春の行楽時には遊山船が多数出るとか、そんなことを説明したが、やがてささやいた。

「田原屋でもそのつもりで申上げたのでごわすが、今夜は一緒に死んでいただかねばなりません」

月照はうなずいた。

「ようわかっています」

従容たる様子は平生と少しも変らない。西郷は深く心を打たれた。

月照は懐紙を出し、矢立をとり出し、月明りをたよりにさらさらとしたためてさし出した。

「テニヲハはまだととのっていまへんが、どうでしょう」

受取って、月明りに照らしてみると、二首しるしてある。

　曇りなき心の月と薩摩潟
　　沖の波間にやがて入りぬる

大君のためには何か惜しからむ
　薩摩の瀬戸に身は沈むとも

「いかさま」

おしいただいて、西郷はふところに入れた。

この有様を、平野も、坂口も、重助も、苫のうちから見ていたが、格別気のつくことはなかったという。

間もなく、皆酔いが深くなって、次々にたおれ伏してしまった。船頭《とも》らもあたえられた振舞酒に酔って寝てしまい、舵《かじ》をとる一人だけが寒げに船尾にうずくまっていた。二人は一ぺん苫の下にかえって横になった。死を決しているのだから眠りはしない。人々を油断させるために酔臥《すいが》をよそおったのである。

その間に船は華倉《けくら》、三舟の沖を過ぎた。満帆に風をはらんで、速度はぐんぐん上る。やがて龍ケ水の沖にかかり、大崎ケ鼻に近くなる。

人々がいびきをかきはじめたのを聞きすまして、西郷はむくりと起き、低い入口をくぐって、また船首に出た。月照もつづく。

西郷は陸をさし、そこにまつわる悲しい歴史の話をした。月照は感慨深げにそこを凝視していたが、やがて身をかがめて、右手を海にさしのばした。順風に乗って矢を射る速さになっている。船首に切られる波がしらは白く砕けて激し上り、音を立ててその手を洗った。月照は左の手も洗った。身をおこして、袖《そで》で両手を拭《ふ》き、右手を上げてうやうやしく西方を拝んだかと思うと、左手を西郷の方にさしのばした。西郷はつと寄って右手をのばした。二人は肩を組み合った。次の瞬間、二人はおどって船ばたを離れた。すさまじい水音が立ち、しぶきがきらきらと光りながら高く上った。

舵をとって船尾にうずくまっていた舟子は、この有様を最初から見ていたという。終始吹きざらしの外にいて、寒気のため思考力がにぶって、不思議とも思わず、ぼんやりと見ていたのであろう。水の音に愕然《がくぜん》としてわれに返り、

「あっ！」

とさけんだ。

苫の下の人々も目をさました。

「どうした？　どうした？　何の音だ？」

「誰が落ちたんじゃ？」

とさわぎ立てた。

「お客さんが二人、お客さんが二人！」

と、舟子は絶叫した。

その以前、平野も坂口も、西郷と月照の姿の見えないことに気づいていた。苫の外におどり出した。

船は快速で進みつつある。これでは二人の飛びこんだ位置がわからなくなる。

「帆をおろせ！　船をとめろ！」

と、平野も坂口もさけんだが、狼狽《ろうばい》しきっている舟子らはおろおろするばかりだ。

坂口は薩藩の足軽の中で最も老練な人物だ。さっそくの機転で、舟板をめくって海

に投げこんで目じるしにし、脇差《わきざし》をぬいて帆綱を切った。帆が落ちると、船の速力はぐんと落ちたが、なお半町ほども走ってやっととまった。

急いで漕ぎもどし、月光に光りながらただよっている舟板で見当をつけて、さがしまわったが、まるでわからない。漫々とひろがる海面はうねりの強い波が、傾きかけた月を照りかえしているだけで、何一つとして目にとまるものはない。

重助はこの時二十一だ。少しにぶい男だったというが、月照にたいしては最も厚い忠誠心を持ち、仏様ほどに頼りにしている。悲しみと心細さに、

「院主《いんじゅ》様ア！　院主様ア！　院主様ア……」

と泣声を上げて呼ばわり、ついにはげしく泣き出した。哀切な泣声に平野はやり切れなくなって、どなりつけた。

「泣くな！　泣くよりさがせ！」

いくらさがしてもわからないが、なおあきらめきれず、捜索をつづけていると、忽《こっ》然《ねん》として沸きかえる白波が底から湧き出で、しっかと抱き合った二人が浮かび上って来た。

一同はよろこび、あわてて船を漕ぎよせ、救い上げたが、すでに呼吸はたえ、五体は冷えきっている。この年の十一月十五日は、今の暦では十二月十九日だ。いくら南国の鹿児島でも、夜明前の時刻に長時間海中に沈んでいては、そのはずである。

平野と坂口は自分らの着ていたものを脱いで二人に着かえさせ、からだをさかさまにして水を吐かせたりしたが、何のしるしもない。

船中のことで、手当も思うにまかせないばかりか、海をわたって来る寒風は肌えを裂くばかりだ。

「華倉の浜が近い。漕ぎもどせ」

と、坂口がさしずして、船を漕ぎもどさせたが、漕ぎもどすとなると、風は逆だ。案外時間を食った。

華倉の浜につくと、坂口は部落の家をたたきおこし、若者を三人駆り出して来た。あたかも浜べには城下に積み出すために粗朶《そだ》が積み上げてある。それをぼんぼん燃やし立てて、煖《あたた》めにかかった。坂口が西郷を引受け、平野と重助とが月照にかかった。

一時間ほど、熱心に、根気よく介抱していると、西郷のからだにしだいに温みが出て来、つづいて糸筋のように微《かす》かではあるが、呼吸も通って来た。

「おお、こっちは息が通《かよ》って来もした。そちらはどうでごわす」

と、坂口は元気づいてさけぶ。

平野も、重助も気力が出て、なお介抱につとめたが、なんの変化もあらわれない。最後の手当として、若者らに線香ともぐさを持って来させて、人中《じんちゅう》に灸《きゅう》をこころみたが、やはりなんの変化もない。月照の魂はついにかえって来なかったのである。あたかも安政五年十一月十六日の早暁、夜もすがらの満月が西の山の端に沈みかけ、黎明《れいめい》の光が天地の間ににじむ頃。行年四十六。

月照は死に、西郷は、糸筋ほどに微かに弱々しい気息がかよっているだけである。微かに微かに立っているいのちの炎を死が吹消そうとしている不安な状態だ。

坂口は平野に言った。

「今動かすのは危険とは思いもすが、一刻も早く医者に手当させせんければなりません。またお役所のさしずを仰ぐ必要もあります。お城下へもどりましょう」

平野も同意するよりほかのないことであった。

傷　心

城下の港に帰ると、船をつないだまま、坂口ひとりが上陸して、藩庁に報告した。藩庁では驚愕《きょうがく》して、評議の末、役人が医者を連れ、棺桶《かんおけ》二つをかつがせて出かけ、船中で検視をすませ、月照《げっしょう》の死骸《しがい》と西郷《さいごう》とを下町会所に移した。棺桶を二つも持って行ったのは、すでに幕府から西郷の逮捕命令も出ているので、この際世間に西郷も死んだことに思いこませた方が都合がよいとの機略であった。

こんなことで、藩庁は関係者全部に厳命して、二人の投海事件をすべて秘密にし、しばらく何の発表もしなかったのだが、こんなことはいくら秘密にしても、どこからか漏れるものだ。

大久保《おおくぼ》や俊斎《しゅんさい》らの、西郷の同志らはうわさを聞くと、月照入国にたいする藩庁の処置に強い不満を持っていただけに、大いに疑惑して、

「月照上人と吉之助《きちのすけ》サアが昨夜福山行きの船の中で身投げして死なれたといううわさを聞いたが、臭かと思う。前からの藩庁のしうちから考えて、殺したのではないかと

思う」

と、激昂《げっこう》して、町会所におしかけ、大さわぎとなった。

町会所ではおびえて、事情を打明け、二、三の代表者に西郷の寝ている姿をのぞき見させて、やっとさわぎを静めた。

午後になって、藩庁は、月照の遺骸《いがい》は西郷家代々の菩提寺《ぼだいじ》である南林禅寺《なんりんぜんじ》に移してよろしい、埋葬の儀は追って沙汰《さた》すると達したので、町年寄《まちどしより》波江野《はえの》休右衛門《きゅうえもん》と田原屋の主人田原助次郎《たわらすけじろう》とが世話して、平野《ひらの》や重助とともに南林禅寺に運んで安置した。

同時に西郷は、親戚《しんせき》らを呼び出して、引取って治療を加えることを許した。

西郷が自宅に連れ帰られると、大久保、俊斎、伊地知《いじち》、吉井《よしい》、税所《さいしょ》喜三左衛門（後の篤）、森山新蔵《もりやましんぞう》らの同志の人々が集まって来て、親戚や家族らとともに看護した。

西郷は意識はまるでなく、昏睡《こんすい》をつづけながらも、いく度か多量の水を吐き、いく度か月照の名を呼んだが、意識は返らず、昏睡がつづいた。しかし、水を吐く度にいくらかずつ顔に生気がかえり、呼吸が深く強くなり、脈搏《みゃくはく》もしっかりして来る。人々はよろこんだ。

夜の九時頃になって、口もとをむずつかせて何か言うので、耳を寄せて聞くと、

「小便がしたい」

というのだ。皆で抱きおこし、縁側に連れて出て、吉井がうしろからかかえてさせ

た。おびただしく排尿した。

再び床につれてかえって寝せると、血色は一層よくなって、何か言う。

「わしが紙入の中に、上人の和歌があるはずじゃ」

と、聞きとれた。

一まとめにしてあった濡《ぬ》れた衣類や諸道具の中から紙入をさがして来てあけると、一ひらの懐紙が入っていた。濡れて、西郷の着物の藍《あい》の色が斑々《はんぱん》とにじんでいるそれは、船中で月照がしたためて西郷に示したあの懐紙である。

人々はおぼろな薄墨のあとをたどって二首の歌を読みとり、深く感動した。この懐紙はずっと西郷家に伝わり、今も嫡孫の西郷吉之助（元法務大臣）氏が所有しているはずである。こうして、西郷は確実に生きかえった。


藩庁が筑前《ちくぜん》の盗賊方二人の宿泊先に役人をつかわして、月照の死を告げたのは、翌十七日のことであった。盗賊方はいろいろと問い返したが、話は確実なようであるし、二人にとっては京都町奉行所の目明しからの依頼によることで、自分のことではないしするので、熱心に追及する気にはなれない。

「すでに死亡したことが明白である以上、検視の必要もないことです。また家来の胎岳院雲外坊（平野国臣《くにおみ》のこと）なるものは途中からの同行人で、その者については、公儀から何のさしずもいただいていませんから、拙者共には用のない者です。そちら様でしかるべくご処置下さい。下男は主人変死の証拠人として連れてまいります」

といって、十九日の朝、重助だけを連れて立去った。

その前に月照の死骸は、波江野と田原助次郎とが藩庁の内意をうかがい、平野と重助の名をもって、埋葬した。墓地は西郷家の墓地からほど遠からぬ一もとの老松の下であった。

重助の連れ去られた日の夕方、平野にも申渡しがあった。

「明朝当地出発、大口《おおくち》街道をとって帰れ」

という申渡し。

平野は月照の死後は、当時飛脚宿といっていた原田《はらだ》郷兵衛方に移されていた。他国から来る普通の旅人や飛脚などをとめる宿屋である。月照ならば賓客の礼をもって遇しなければならないが、その従者共には普通の待遇でよいというのであった。馬鹿正直なくらい階級差別のあるところが、封建時代の一特質である。

申渡しのあった翌日早朝、まだ暗いうちに護送の足軽が原田屋に来て、平野を早く起こして早く出立させよと言った。性急なせき立てに、宿屋では朝食の膳部《ぜんぶ》もこしらえず、主人の郷兵衛が竹の皮包みの握飯をもって平野の座敷に来て言う。

「お役人が急いでおられもすから、これを途中で上ることにして、すぐに立って下さりもせ」

そもそものはじめから、平野は藩庁のしうちに腹を立てている。カッとなった。

「わしはこれから七、八十里もあるところに帰って行くとばい。長旅の首途《かどで》には縁起というものがある。膾《なます》ぐらいつけた膳をそなえて祝うのはあたり前のことばい。こげんもんが食えるか！」

とどなりつけ、竹の皮包みを引っつかむと、郷兵衛の顔を目がけて投げつけた。郷兵衛がからだをそらしたので、包みは壁にあたって破れ、飯粒がばらばらと畳の上に散らばった。

郷兵衛は恐れ入り、改めて膾のついた食膳を用意させてそなえたので、きげんをなおし、悠々と喫しおわったが、出発に際しては山伏の姿でなく、侍烏帽子《えぼし》に素袍《すおう》を着、刀を太刀のようにして佩《は》き、笛を吹きながら座敷を三度めぐり歩いたという。鹿児島では、「かまどはらいの神主のような姿であった」と、長く言い伝えたという。平野は異装を好んだ人で、彼の異装好みの話はいろいろ伝わっているが、この時の異装は俊斎や吉井や伊地知らに自分の出発を知らせる策略だったのである。

策はうまく的中して、その日の夜になって、平野が今朝追い立てられて原田屋を出発したといううわさが、俊斎と大久保の耳に入った。二人は原田屋に行って、それをたしかめたあと、同志の森山新蔵に話をして、金子五両出してもらった。森山は豪商で、藩の経済建直しに功があったところから士分に列し、西郷らの同志にもなったのだが、富有であったので、同志らはよく経済的援助を受けているのであった。大久保は父次右衛門《じえもん》が流謫《るたく》中にはしばしば生活費の扶助を受けており、俊斎も刀剣などをもらっている。

夜はもうおそかったが、直ちに出発、追いかけて、夜明前に鹿児島の北方五里、海ぞいの町重富《しげとみ》についた。ここは久光《ひさみつ》の城下である。

二人は平野の泊まっている宿屋に行き、平野に会って、月照を送って来る間のことや、入水《じゅすい》当時のことなどをくわしく聞き、西郷の予後が大いによいことを告げた後、用意して来た五両をおくった。

平野はよろこんだ。

「助かります。実はわしアもう旅費がなくなりましてな。ご領内は藩費旅行ですばってん、関所を出たら、野宿して行くよりほかはなかと、覚悟しとったとです。これでその心配はのうなりました」

別れにのぞんで、二人は付添いの足軽に、平野を鄭重《ていちょう》に待遇してくれるように頼んだ。

平野は二十三日に、大口《おおくち》口の小川内《おごうち》の関を出て、筑前に帰ったが、これで薩摩《さつま》への密入国に自信をつけたのか、翌々年の万延《まんえん》元年にも入国しており、さらにその翌年の文久《ぶんきゅう》元年にも入国している。世に伝承されている有名な、

わが胸の燃ゆる思ひにくらぶれば
　煙は薄し桜島山

の歌は、一説では二度目、一説では三度目の時の作といわれているが、二度目説がよかろう。

平野の出発等のことは、大久保と俊斎とによって、西郷に伝えられた。

西郷はまだ衰弱がつづいて寝ていたが、日に快方におもむきつつはあった。西郷は仰臥《ぎょうが》したまま、一言も口を入れず、大きな目で天井を見ながら聞いた。話がすむと、

「ありがとうごわした。ようそげんして下さった」

とだけ言った。

以前から口数の少い男だったのが、あの時から一層寡黙になっている。その沈み切った目を見ると、よほど何か思いつめているとしか思われない。

(吉之助サアほどの気性の人が、死にそこないなさったのじゃ。さぞ恥じておじゃるであろう。ひょっとすると、また死ぬ覚悟を召しておじゃるかも知れん)

二人はそう思って、吉次郎にそっと語って、刃物類を全部、西郷の目にふれるところからかくさせた。

西郷が死にそこなったことを恥じていることは明らかであった。自殺の方法として

切腹をとらず、投身という方法をとったことも恥じている。床ばなれしてから、友人らにこう語っている。

「わしもはじめ身投げは女・子供のことと思い、切腹を考えたのじゃが、上人のことを考えたので、あげんことになった」

この言葉には切腹なら死にそこなって生恥をさらすようなことはなかったろうにという述懐もある。

一月経って、十二月半ば、堀仲左衛門《ほりちゅうざえもん》が帰って来て、中央の形勢を告げた。井伊《いい》の暴圧は益々《ますます》激しく、いやしくも幕府の方針に反対または批判的である者は、手当り次第に逮捕している。公家《くげ》の家来に手を出すようになったのは間部《まなべ》老中の上京の時からはじまったが、今では諸藩士もはばからない。大名にもおよんでいる。宇和島《うわじま》侯伊達宗城《だてむねなり》も隠居させられた。橋本左内《はしもとさない》、近衛《このえ》家の老女村岡《むらおか》、月照の弟で成就院《じょうじゅいん》の現住職信海《しんかい》、皆捕えられたという。

伊達宗城は先代から井伊とはごく親密なのであるが、井伊は容赦しないのである。

「土佐侯（山内豊信《やまのうちとよしげ》、後の容堂《ようどう》）も危険じゃといううわさでごわす」

と、堀は語った。

橋本左内が検挙されたということは、西郷には最も強い衝撃であった。

「橋本さんまで？　井伊は血迷うとる。幕府の命脈は尽きた！」

と、はげしい調子で言った。

当時の志士らは、西郷もそうであったが、幕府の不為《ふため》をはかろうとする者は一人もいなかった。とくに橋本左内は主家が親藩であるという立場もあって、そうであった。彼は将軍世子問題について京に上り、堂上《とうしょう》らに運動した。朝廷の意向を将軍世子には一橋慶喜《ひとつばしよしのぶ》が望ましいということにまとめて、幕府に要望してもらうことがその目的であった。そのころ浪人志士らはさかんに日本孤立論（攘夷《じょうい》論というほど強いものではない）を説いて、条約の勅許《ちょっきょ》をせきとめていたが、彼は開国論を説いてその妄《もう》を弁じ、そのために世子運動に支障を生じたほどであった。このように、彼は条約勅許問題については、幕府のために大いに働いたのだ。西郷はそのことをよく知っている。

しかし、紀州慶福《きしゅうよしとみ》を将軍世子とするために大老に任ぜられた井伊にとっては、一橋派は皆敵である。橋本は最も優秀な人物であるだけ、最も憎むべき敵なのだ。だから、検挙したのだとしか、西郷には思われない。

（井伊は公私の別のわからない男だ。私憤をはらすために橋本さんを検挙したのだ。幕府のために働き、将来も大いにためになる、日本の最も優秀な人材である橋本さんをだ。一事が万事こうだ。幕府の命脈は尽きた）

と、西郷はいきどおり、嘆息したのである。

西郷のこの見通しが最も正確であったことは、歴史が語っている。安政大獄《あんせいのたいごく》は、志士らの徳川《とくがわ》幕府にたいする観念の分水嶺《ぶんすいれい》になった。それまでは幕府の存在を否定する者は一人もなく、これを強化することによって欧米勢力に対処して行こうと考えていた彼らは、この惨烈な大獄を見て、幕府を有害無用の存在と見なしはじめたのだ。もちろん、一時に皆が皆そうなったのではない。そう考える分子が出来、次第にそれが他にも及び、ついに燎原《りょうげん》の火となり、幕府は倒されるのである。

西郷は深い思案にくれた。

(天下は大乱に陥るであろう)

というのが、その思案の結果であった。

堀は江戸で別れて以後の運動のなり行きも報告した。有馬《ありま》が京から土佐侯あての密書を奉じて下って来ると、密書は宇和島藩の若年寄吉見長左衛門から、藩を通じて土佐侯に届けることにし、大いに諸藩に同志をもとめた。在府中の薩摩藩士としては日《くさ》下部《かべ》伊三次《いさじ》、久木山《くきやま》行道の二人、越前《えちぜん》藩の橋本左内、三岡石次郎《みつおかいわじろう》(後の由利公正《ゆりきみまさ》)、水戸藩の鮎沢伊太夫《あゆざわいだゆう》、原田八兵衛、長州藩の山県半蔵《やまがたはんぞう》(後の宍戸璣《ししどたまき》)、土佐藩の橋本《はしもと》明平《みんぺい》、高松藩の長谷川壮右衛門《はせがわそうえもん》等がその同志であった。

堀と有馬とは日夜にこの人々と会って謀議していると、日下部伊三次が検挙された。京でも大検挙がはじまったと、知らせて来たので、もうじっとしていられず、

「もはや一刻も猶予出来ない。早く井伊を倒さなければ、正義の士は根絶やしにされ、

日本は立直ることは出来んようになる。もう足並のそろうのを待ってはおられない。井伊をたおすのは薩摩の者だけでやろう。十月一日と九日とには、井伊は必ず登城するから、この両日の間に、途中で討取ろう」

ときめた。

しかし、京都方面が心配だ。自分らが井伊を倒せば、必定間部と酒井所司代とは主上を擁して、自分らに不義の名を負わせる工作をするであろうから、至急に越前、長州、土佐の同志らに上京して御所の警備にあたってもらおうと決定して、三藩の同志らに相談した。大体承諾してくれた。

堀らが着々と準備を進めていると、三岡石次郎が来て、

「わが老公（慶永《よしなが》）が井伊のあまりなる暴悪をいきどおり、自ら京都に潜行し、朝廷を守護し、井伊、間部らを征伐する決心をした」

と告げた。

堀も、有馬も、狂喜した。慶永が立ってくれるなら、もはやことは成ったも同じであると思った。早速、これに呼応する計画を立てた。

その計画。

堀は東海道をとって上京し、義挙のきまったことを近衛家に告げ、あたかも黒田斉《くろだなり》溥《ひろ》が参覲《さんきん》交代のため出府する時期にあたるので、近衛公から説いてもらって伏見か大

坂に滞在させ、堀は薩摩に馳《は》せ下って、藩を説いて兵を上京させる。それが出来ない時は誠忠組《せいちゅうぐみ》の同志だけ馳せ上る。

有馬は中山道《なかせんどう》を取って大坂に出て、大坂城代の土屋寅直《つちやともなお》の公用人大久保要《おおくぼかなめ》に説いて、いざとなったら土屋を参加させる。さらに山陰に下り、因州藩《いんしゅうはん》を説得する。藩主池田《いけだ》慶徳《よしのり》は水戸《みと》斉昭《なりあき》の子だから、志はある人である。

この計画に従って、二人はそれぞれの道をとって江戸を出て京に向ったが、堀が京に着いてみると、京の模様は想像した以上だ。朝廷も、一般も、幕府の恐怖政策にふるえ上っている。間部の強力なテコ入れで、近衛は内覧《ないらん》を退き、九条尚忠《くじょうひさただ》が関白に返り咲いている。彼らが最も頼みにした、近衛、鷹司《たかつかさ》、三条らは勢力を失い、気力もなくなり、ただ幕威におびえ、その邸宅は厳重に幕吏に警戒され、よりつきも出来ない。

やがて、江戸から橋本左内が捕えられたという知らせがとどいた。

それでも、堀は越前老公の上京があるかと、京に滞在をつづけていると、大坂の留《る》守居役《すいやく》から、幕府が目をつけているから、早く帰国せよと厳命された。

「しかたなく、もどって来もしたが、お国許《くにもと》も変ってしまいもしたなあ。こうまでとは思いもはんじゃった。先君時代のあのさかんな薩摩はどこへ消えたのでごわしょう。火が消えたような！　幕府を恐れること虎のごとし！　七十七万石の雄藩の面目と薩摩隼《はや》人《と》の意気はどこに行ったのでごわす。月照上人を死なせたのも、そのためでごわす！」

と、涙をこぼした。

西郷はひたすらに黙っていた。悲しみはあったが、いきどおる気力はなかった。いきどおる資格のない自分であると思っていた。

（おいは万事失敗した人間じゃ。身投げさえしそこなった男じゃ。誓って庇護《ひご》を引受け、あれほど頼りにされながら、上人を死なせてしまった。しかも、自分だけ生きのこった。男として、世に顔向けの出来ることではなか。おいは国事を憂えたり、いきどおったりする資格のなか男じゃ）

というかなしい思いが胸の底に沈んでいた。西郷は最も良心的な性質だ。最も英雄的な外貌《がいぼう》の内側に処女のようなセンシブルな心をひそめている男なのだ。

色々言っても、西郷がろくに返事もせず、沈鬱《ちんうつ》な様子でいるので、堀は同情はしながらも、やや不満な心を抱いて立去った。

堀は誠忠組の壮士らに会っては、大いに越前慶永の大決心を語り、やがて中央に大変化の起こることを説いた。堀は学問もあり、才気もある人物だが、空想力が旺盛《おうせい》に過ぎて、自らの議論に興奮し、陶酔し、ついには現実との区別のわからなくなる人であったようだ。越前慶永の大決心というのも、本当だったかどうか。この後一向それが実現しなかったところを見ると、慶永が一時の興奮に駆られて口走ったのを、三岡石次郎がほんとと思いこんだに過ぎなかったかとも思われるのだが、自ら酔う人の熱弁は人をも酔わせる。誠忠組の壮士らは大いに鼓舞された。

「今の藩の要路のひッ腰では、とうてい挙藩一致して乗出すことは望まれない。しかしながら、越前老公が大決心をもって藩をひきいて立たれ、諸藩の志士がこれに応ずることになっている以上、おいどんらもおくれを取るべきではない。同志一同脱藩して馳せ参ずべし」

との意見がもり上り、今にも突出しそうに激揚した。

この空気の唯中《ただなか》にいながら、大久保は冷静だ。堀の陶酔的な熱弁に、かえって不安を感じ、西郷をたずねて、意見をたたいた。

元来強壮な西郷は、この頃ではもうからだは旧に復していたが、心の傷口はふさがっていない。

「おいは敗軍の卒でごわす。今は反省と謹慎だけしておるべきでごわす。意見など申しのべては、世の中に申訳がごわはん。龍右衛門《りゅうえもん》どんと幸輔《こうすけ》どんとに聞いて下され」

と答えた。

西郷の傷心の深さを思って、大久保はいたましかった。

「そうまで身を責めなさることはごわはん。オマンサアは出来るだけのことをなさったのでごわす。天運というべきでごわす。恥じなさるところはさらにごわはん。百敗してなおくじけんことこそ、男ではごわはんか」

とはげました。

西郷は、わしもそうは思うのでごわすが、上人を死なせて一人生きのこったのが、天地に申訳がなかのでごわすと、言いたかった。しかし、言っても返らないことだ。熱いものが胸に満ち、涙になりそうなのを、じっとこらえていた。

（この上つついてはいけない。吉之助サアの心は濡《ぬ》れ紙のように破れやすくなっている）

と、大久保はさとり、さりげなく話題をかえた。

伊地知の家は西郷と同じ上ノ園町にある。帰途訪ねて、西郷の言ったことを語って、意見をたたいた。

「そうでごわすか、吉之助サアのあの気性じゃ。じゃろ、じゃろ」

と、伊地知はうなずいて、

「いかにも、おはんの心配は道理じゃ。用心が過ぎるのもよくなかが、逸《はや》るのも禁物じゃ。どうじゃろう。堀どんに探索と連絡の任を帯びて先《ま》ず出てもろうて、その報告次第で突出ということにしては。わしはそう思うが、幸輔どんの考えも聞いてみよう」

同道して、下加治屋《しもかじや》町に吉井を訪ねると、吉井も同じ意見だ。

そこで、この意見をもって、堀を説いて承諾させ、同志らにも諒解《りようかい》をもとめた。

「お国は日本の南の隅にあるのじゃ。今すぐ駆けつけても遅れはせんかと心配じゃのに」

「関《せき》ケ原《はら》は一日で済んでしもうたのでごわすぞ。六日のあやめ、十日の菊、万事すんでもうてからノコノコ出て行っては、ものほしげに見えもすぞ」

などと、不服な者も多かったが、どうにか説得して、全員に承認させた。

話がきまると、大久保は堀に頼まれて、同道して西郷を訪ね、万事を報告して、ついては堀のために長岡監物《ながおかけんもつ》殿に紹介状を書いてくれないかと頼んだ。

「ようごわす。書きもそ」

筆紙を持って来て、筆を走らせた。

この書簡は、入水《じゆすい》以来、はじめて西郷の書いたもので、当時の西郷の心事を知る唯一の根本資料である。主要部を現代語訳してかかげる。


（前略）すでにお耳に達していることと存じますが、小生は今や土中の死骨で、忍ぶべからざる恥を忍んでいる身の上であります。生きながらえているのは、天地にたいして恥かしい至りでありますが、こうなってはしばらく生を貪《むさぼ》って、皇国のため尽す機会を待つよりほかはないと思っている次第であります。ご笑察下さい。

さて、弊藩の堀仲左衛門と申す者が、この頃帰国して、関東の事情を聞かせてくれました。越前老公がご奮発あって、忠誠のご計画とのこと。心から感動していますが、弊藩は先代の死よりすべて瓦解《がかい》、残念ながら藩としてはとうてい老公の義挙に応じて立つことは出来ませんので、同志の者だけで申合せて突出する決心をしています。

それについて、堀が当地出発、再び東上しますので、なにとぞご引見下されたく、お願い申上げます。詳細の説明はこの書ではいたしませんから、堀から直接お聞取り下さいまし。越前では橋本左内君が捕えられた由ですが、義挙は決して中止しないと申しています由。

この機を逸しましては、もう日本はこれまでと愚考しています。願わくは、天下のため、ご腹蔵なく堀へ申し聞け願います。（後略）

書きおわると、二人に見せて封をして、堀に渡した。

堀は数日の後、出発したが、その数日後、藩庁から西郷に申渡しがあった。

「菊池《きくち》源吾《げんご》と改名、大島本島にまかり下り、潜居しているよう。なお給与等のことは追って沙汰《さた》する」

これは十二月もおしつまった、二十日を過ぎた頃であった。

西郷がどんな処分になるかは、同志一同心配していたことだ。ひょっとして切腹などということにもなるかも知れないと、不安だった。だから、こんな申渡しがあったと知って、皆胸を撫《な》でおろした。

「大島潜居というと、流人《るにん》ではなかのでごわすな」

と、俊斎がたずねた。

「流人ではなか。お扶持《ふち》がつくことになっとるのじゃから。吉之助サアには幕府の目がきびしく向けられとる。大島にやって、幕府の目からかくそうというのじゃろ」

と、伊地知らが説明した。

俊斎は青い頭をかしげ、何か思案していたが、ふと言い出した。

「藩が意外に寛大な処置をしたのは、大いに感心でごわすが、われわれの首領的人物である吉之助サアが、天下の形勢がこうなっている時、大島のような離島におじゃるのは、どうでごわしょう。風雲大いに動いても、動きがとれんことになりもすど。脱走して、長岡殿を頼って肥後に行き、阿蘇《あそ》でも、五箇庄《ごかのしょう》でも、どこでもよか、適当なところに潜伏なさるがよかと思いもす。長かことではごわはん。おいどんらが突出するまでのことでごわすから、長うて三か月でごわす。そうでなければ、一緒に行きなさることは出来はしもはんど」

眉《まゆ》をつり上げ、腕を扼《やく》し、例によって激情的だ。

他の人々も同意する様子であったが、西郷は鄭重《ていちょう》におじぎして言った。

「わしがような死損いのしくじりもんを、そげんまで言うてたもって、お礼の申しようもごわはん。しかし、今のわしが身で、そげんことをするのは、悪あがきでごわす。

わしはこの身を天命にまかせ切ろうと思っているのでごわす。こんどのことは、わしがおらんでも、おはん方がおじゃるのじゃから必ず見事にやれると信じていもす。わしには、しばらく省察のひまをあたえて下され。天がもし再びわしに働かせてやろうと思うているなら、また帰って来ておはん方と一緒に働かせてくれるでごわしょう……」

声が濡れて、とぎれた。

島の西郷

押しつまった十二月二十八日、この年の十二月は大の月なので、大晦日《おおみそか》を明後日にひかえた日であった。この日、西郷《さいごう》は大島行きの砂糖船福徳丸《ふくとくまる》に便乗して、大島に行くことになった。砂糖キビを収穫して製糖するのは、この頃から二月（陰暦）頃までだ。その砂糖を収納してこちらに運ぶ藩船である。

空は晴れているが、季節の寒風が強く、桜島のいただきには雪があった。この程度の風でも、当時の弱小な船と幼稚な航海術では外洋の航行は危険なので、湾口の山川《やまがわ》港まで行って風待ちし、天候を見定めてから乗り出すのが例になっていた。

埠頭《ふとう》には、西郷の家族や親戚《しんせき》が来ている上に、大久保《おおくぼ》ら多数の同志が来ていてにぎやかな見送りになった。西郷はすっかり健康になり、血色もよくなっている。きげんよく語った。

「天下のことはおはん方に引受けてもろうて、わしは当分書物を読ませてもらいもす。前から読みたいと思うていたものをみんな用意して来もした」

通鑑綱目《つがんこうもく》、左伝、近思録、言志四録、嚶鳴館《おうめい》遺草、孫子、韓非子《かんぴし》などがそれであると言った。

やがて船は出て南に向ったが、夕方湾口の山川港に入った。風待ちするためである。なかなか風が直りそうになく、船は数日ここにとどまった。この港の近くには有名な指宿《いぶすき》温泉があり、鰻《うなぎ》温泉があるので、便乗していた人々は皆そこに遊びに行ったが、西郷は船にとどまって読書をつづけた。

ところが、正月二日、思いがけない人が訪ねて来た。伊地知龍右衛門《いじちりゅうえもん》が不自由な足を引きずって、鹿児島から十三里の道を来たのである。

「わしは皆を代表して、今度のことについて、おはんの意見を聞かせてもらおうと思うて来たのでごわす。ここに正助《しょうすけ》（大久保）どんの手紙がある。わからんところがあれば、説明する」

と、伊地知は言う。

西郷は人が出払って無人の船室に案内して、座に請《しょう》じた後、その手紙を披見した。

今度、兄が大島に去られるので、同志一同の落胆は一方でありません。それについて、平素、兄が何事でも機に先立っての遠謀がなければならんと言っておられることを思いまして、十分に計画を練っておきたいと存じます故、ご意見を伺っておきたく、質問の条々を左に列記します。ご教示願います。

第一条　堀君より肥後藩蹶起《けっき》との報来らば、直ちに突出すべきか。

第二条　堀君が不幸にして幕吏に捕えられたら、同志一同の憤激は一方でないであろうが、この際は忍ぶべきか、直ちに起《た》つべきか。

第三条　尾・水・越の三藩は現在藩主が隠居、蟄居《ちっきょ》を命ぜられているが、幕府がもしさらに暴命を加える場合、われら堪忍袋の緒を切って、無二無三に突出すべきか。

第四条　幕府がこの度捕えた人々を極刑に処したり、堂上方《とうしょうがた》に手をかけるような暴挙に出た場合、必ずや人心激動するであろうが、われら同志は成敗をかえりみず突出すべきや。

第五条　肥後の長岡《ながおか》殿と近衛《このえ》殿にあてた紹介状をもらいたい。

第六条　突出の際の藩庁への届け捨ての文書のしたためようについて、連名にすべきか、個々の名にすべきか、途中から送るべきか、突出の際差出すべきか。

第七条　これまで兄が面接された諸藩の有志で、信頼するに足る人物の名を全部教えてほしい。

さらにこの後に、追書《おってがき》として、大久保の個人としての希望が書いてある。

一つ　天朝と国家のため、からだを大事にすることを片時も忘れないでもらいたい。兄は酒はあまりお好みでないが、大食されるくせがあるから、暴飯はとくにお慎み下さい。
二つ　あまり異事にすぎることなさらぬように。兄は正義感と勇気に駆られて、よく思い切ったことをなさる人だが、それが過ぎると、当局の心証を悪くし、召還がおそくなる心配がある。注意してほしい。
三つ　兄の考えつかれたことで、小生の参考になるようなことは、すぐ手紙で教えていただきたい。

西郷は、大久保の友情の厚さに、胸が熱くなった。あふれる涙をおさえかねた。ややあって、言った。
「龍右衛門どん。わしは死に損いの身でごわすが、せっかくの皆さんのおたずねでごわすから、一応の存じよりを書きつけもす」
といって、返事を書いた。

小生は武運つたなく、百策すべて失敗に帰し、この度の大義を後にして、絶海の孤島に身を逃れつつある者、たとえば敗軍の卒、土中の死骨にもひとしき身です。

おたずねのようなことには強くおことわり申して、お答えすべきではないのですが、先君の憂国勤王のお志をよく知り上げていますので、数ならねどもこれに殉じ、そのためにはいかなる恥辱をもたえ忍び、手段のあらんかぎりは尽して行こうと思い定めていますので、汚顔《おがん》（よごれた顔）をもかえりみず、愚案を書きつけます。しかるべく取捨していただきたい。

第一条　肥後藩は独立しては立上らないでしょう。必ず越前藩に問合せ、謀《はかりごと》を合せてから立上るでしょう。越前藩だけではなく、筑前《ちくぜん》、因州、長州の様子をも見てから立上るでしょう。その時は遅疑せず突出すべきことはもちろんですが、それを待ち切れず、死にさえすれば忠臣と心得ての突出は、よろしからず、辛抱忍耐ありたい。

第二条　大小の弁別が必要である。一人の同志のために大事を破壊し、同志全体の破滅になるようなことがあってはよくないと思います。堀君にしても、それは喜ばないところであるはずです。堀君の志をついで本来の目的に邁進《まいしん》することを考えるべきです。あまり大げさなたとえは引きたくないが、小楠公《しょうなんこう》の桜井の訣別《けつべつ》の覚悟がほしい。千騎が一騎になってもわが党の本来の目的を忘れぬことが肝要であろう。

第三条　尾、水、越の三藩主に、今日以上の暴命を下すとは、切腹を命ずること以外にありません。そうなれば、万事破裂です。三藩は必ず立上り、われに応援をもとめて来るでありましょう。あるいはその暇もないほど急激なことになるかも知れませんが、いずれにしても、われら同志は立上り、三藩と死を共にすべきです。これは先君に報い奉る道でもあります。先君はこの三藩とともに天下のことをなそうとされたのですから。

第四条　幕府が堂上方へ云々の暴挙に出るにおいては、全国の勤王諸藩は傍観してはいないでありましょうから、われわれも粗忽《そこつ》な動き方はせず、諸藩と合体して働き、ぜひとも朝廷の難を救うことが肝要です。しかし、憤激のあまり無計画では、かえって朝廷のご難儀をお重ね申すことになります。慎重にふるまっていただきたい。

第五条　肥後の長岡殿と近衛家に紹介状をくれとのことですが、これは貴君一人のご思案での所望であるとのこと。同志一同の相談で異議など出ては、かえってよくないと思いますから、伊地知君へ小生の思案をとくと話しておいた。お聞きとり願います。

第六条　突出の際の藩庁への届け捨ての文書の認《したた》めようについては、これまた伊地知君へよく話しておきました。

第七条　水戸では武田耕雲斎《たけだこううんさい》、安島帯刀《あじまたてわき》、越前では橋本左内《はしもとさない》、中根雪江《なかねゆきえ》、肥後では長岡監物《けんもつ》、長州では益田弾正《ますだだんじょう》、土浦では大久保要《おおくぼかなめ》、尾張では田宮如雲《たみやじょううん》。

なお追伸にご意見下さっていること、ありがたく佩服《はいふく》いたします。必ずご心配下さらぬよう。

この返書は、西郷の薩藩《さつま》の維新運動指導者としての最初の指令書と見てよいものである。離島に去って運動を遠ざかる西郷にたいして、同志はこれほどまで信頼を寄せていたのだ。

福徳丸は正月十日まで山川で風待ちしていたが、十一日に天候がなおったので、払暁に出帆して南に向い、翌日の昼頃には、大島のアザン崎に入った。今日の汽船でもこの島の名瀬《なぜ》から鹿児島まで十五、六時間はかかるのだから、よほどに順風にめぐまれたのである。

アザン崎は、この島の北端に近いところにある笠利《かさり》湾を二里ほど入った西岸の地である。ぼくは昭和三十七年の四月、この地を踏んでみた。今では十戸ほどの家がまるで湖水のように静かで澄明な水をたたえた入江の岸伝いに走る道に沿って、石垣と榕《よう》樹《じゅ》やしゅろ竹や蓬莱竹《ほうらいちく》や、その他さまざまの亜熱帯や暖地性の樹木をめぐらして立ちならんでいるところ、南中国の風物をえがいた唐画を見るように明るく、またものさびた村だが、藩政時代にはなかなかにぎやかであったという。岸のつい近くまで船の碇泊《ていはく》に最も都合のよい水深を持っている上に、湾の向きや湾をとり巻く半島やその山々がどちらから来る風もうまくさえぎるように出来ているので、暴風の時でも波らしい波も立たず、至っておだやかで、船つき場所としても、避難港としても、最適だったというのだ。だから、このへん一帯で生産される砂糖を収納する藩の倉庫があって、生産期には番所と称するその倉庫に役人が多数詰め切ったものだったという。当然、料理屋などもあったのである。

砂糖の生産収納期は冬から春にかけてだ。西郷のついたのはその最盛期であった。一年中で一番ここがにぎやかになる時であった。

今日もなおこの地には、西郷船つなぎの松というのがのこっている。その松のある位置は、やはり海ぞい道のわきだ。福徳丸をつないだのである。

ヤマト船が来たというので、近在の人々が集まって見物していると、船頭らにまじって上陸する西郷の巨大な姿が目につき、皆目をみはった。大小をさし、斉彬《なりあきら》から拝《はい》領《りょう》した島津《しまづ》家の紋章のついた羽織を着ている。えらい人じゃろうとは思ったが、お役人ではないと思った。役人以外に、この島に来る武士は遠島人しかない。

（えらい太か遠島人が来た）

というわさは、その日のうちに付近一帯の村々にひろがった。

アザン崎のあるのは竜郷《たつごう》という村で、その本村はアザン崎から二キロほど北方に行った、やはり入江沿いの村で、西郷の大島居住の間の住所はこの村ときめられていた。

彼のことは、竜郷の間切横目（郷中監察役）の得藤長に世話方を委任してあった。藤長は竜佐運《りゅうさうん》方を当分の寄寓《きぐう》先として用意しておいたので、そこに連れて行った。

竜家は竜郷第一の名家である。何世かの先祖笠利佐文仁《かさりさぶんに》がこの浦何十町歩かを開墾して、竜郷一の豪家となり、功を賞せられて田畑という名字を藩主からもらったが、その後大島島民は必ず一字名字にせよという藩法が出来たので、竜を称するようになったと伝えられている。明治以後は田畑にかえった。

西郷はその竜の本家である竜佐運の本邸にしばらく厄介になった後、やはり竜郷の美玉親行《みだましんこう》という者の家を借りて移り、自炊することにした。

はじめのうち、西郷はずいぶん不愉快な日を送った。天候が雨ばかりつづいたこと、アザン崎に駐在している藩の役人らに西郷が遠島人でないという趣旨が徹底していず、いろいろ不快なあつかいを受けたこと、役人すらこんな風なので島民が遠島人と思うのは当然のことで、西郷が巨大漢であるだけに最も恐ろしく、最も忌むべきものにたいするように接したこと、なれない気候風土のため皮膚病をわずらってまるで元気がなかったこと。

こんな風ではあったが、二月十三日付で大久保と税所《さいしょ》喜三左衛門にあてた手紙には、「島にたいする藩の政治は言語道断な苛政《かせい》で、見るに忍びないものがある。北海道の松前《まつまえ》氏のアイヌにたいする政治もひどい由だが、それ以上と思う。最もにがにがしいことだ。こんなにひどかろうとは予想もしなかった。おどろくべきことである」

と書き送っている。持ち前の正義感は、どんな場合にも曇りはしないのである。

薩摩藩が琉球《りゅうきゅう》諸島と奄美《あまみ》群島とを征服し治下においたのは江戸初期の慶長《けいちょう》十四年だが、以後これらの島々は薩摩の最も苛烈《かれつ》な搾取対象でしかなかった。

とりわけ、重豪《しげひで》、斉興《なりおき》の代に財政建直しにかかってからはひどかった。財政建直しはどこの藩でもずいぶん難儀し、かつ長期間かかるのだが、薩摩が比較的容易に成功出来たのは、琉球を通じての密貿易の利と、奄美諸島をしぼりにしぼったためである。奄美諸島の一番の産物は黒砂糖であるが、藩は一戸一戸に厳重に生産高を割当て、それに達しなければ容赦しなかった。子供が砂糖キビをかじったといってはきびしく処罰したというのだ。

割当が過重である上に、大部分が税として取上げられ、のこりに代価が支払われるわけだが、米をはじめ日用の雑貨類すべて藩から出している特売所でもとめなければならず、これがまた不当に高価で、せっかく得た金も全部吸い上げられた。全然、監獄部屋の組織であった。島民の生活は常に餓死一歩前であった。

西郷はこんなことを冷たく見ておられる人間ではない。いきどおりとあわれみをもって、島の政治を見ていた。

間もなく、西郷の事情は好転した。天気もよくなったし、役人らの待遇も改まったし、島民らの態度も改まった。皮膚病もなおった。西郷は読書のかたわら、山に銃猟に行ったり、海に漁《すなど》りに行ったりして、日を送った。

この頃、島民の子供を三人、ぜひにと頼まれてあずかって、教育することになった。西郷がはじめ厄介になっていた竜家は、その頃主人の佐運は東間切与人《ひがしまぎりよひと》となって、島の東部地方に行っていた。与人は大庄屋《おおしょうや》と下代官を兼ねたような役で、島民の任ぜられる役人として最上のものであった。そこで留守宅は長男の佐文がまだ幼かったので、佐運の弟の佐民《さみん》が留守をあずかっていた。佐民は西郷の人物にほれこんで、

「竜家の持家で小浜に一軒空家がございますが、それにお移りになって、兄の子の佐文と一族の子供ら二人をあずかり、手習と書物読みを教えて下さらんでしょうか」

と、頼んだ。

西郷は引受け、竜家の小浜の持家に移って、子供らをあずかることになった。子供らはまだ幼いので、大して役には立たなかったが、使い走りや薪ひろいくらいはした。

この頃の西郷の教育ぶりとして、島に伝承されている話がある。

ある日、西郷は子供らに聞いた。

「お前ら、大へん家内が仲のよい家と、仲の悪い家のあることを知っとるじゃろう」

「はい、はい」

子供らは争って答える。

「きっと、一家が仲よくくらせる方法があるに相違ない。いや、あるのじゃ。それは何じゃと思うか。皆、よく考えて、言うてみよ」

子供らは可愛い顔をかしげて考えこんだが、やがて一人が言う。

「五倫五常を守ることであると思います」

五倫とは、父子親あり、君臣義あり、夫婦別あり、長幼序あり、朋友《ほうゆう》信ありという、人と人との間がらを正しくする道のことであり、五常とは、仁・義・礼・智・信の、人たるものの常に身に備えるべき大事なことであり、いずれも儒教で教えることだ。子供らは、いつも論語か何かで教えられていることを思い出して言ったのだ。

「お前はどう思う」

と、別の子供らに聞くと、これもまた、

「わたくしも五倫五常を守ることだと思います」

という。

西郷は笑った。

「お前らの言うことには間違いはない。しかし、それは看板じゃ。そんなしかつめらしいことでなく、もっと身近かにあるはずだ。それに気づいて言え。さあ、考えよ。とっくりと考えよ。身近かにあるはずだ。さあ、何だ、さあ、何だ……」

子供らは考えに考えたが、わからないと言った。西郷は言った。

「欲を忘れることだ。ここに一つ菓子があるとせよ。大へんおいしい菓子だ。皆食べたい。そこを、皆ががまんして、兄は弟にゆずり、弟は兄にゆずり、子は父母にゆずり、父母は祖父母にゆずるというように、皆が欲を忘れてゆずれば、一家は必ず仲よくなる。骨のおれる仕事のある場合は、皆が楽をしたいという欲を忘れ、争ってやるようにすれば、いやでも一家は仲よくなる。欲を忘れること、これが五倫五常のもとだ。すべて学問は、こんな工合《ぐあい》に、身近かなところに考えなければ、身についた、役に立つものにはならんのだ。よく覚えておくがよい」

西郷の教育のやり方は、こんな風であった。この欲を忘れるということは、西郷が生涯の修養の目標にしたことである。

「いのちもいらず、名誉もいらず、金もいらぬという人間は始末にこまるが、この始末にこまる人間でなければ、天下の大事に任ずることは出来ない」

というのは、最も有名な西郷のことばである。世間ではこれをアウト・ローの人間をたたえたことばのように思っている人があるが、大違いである。これは無欲に徹し切った、近頃のはやりことばで言えば自己否定しきった人間を賛美したのだ。「始末にこまる」とは、誘惑のすべのない無欲の人格という意味なのだ。

こうして子供らを相手に村夫子《そんぷうし》としての生活をつづけている間に、西郷の人がらはしだいに島人らを引きつけ、皆が慕うようになり、子供の教育を頼む者がふえ、その住いは寺子屋のような様相になって来た。

要するに、平和な日が流れて行った。


この間に、内地においては井伊《いい》の恐怖政策は益々《ますます》強行され、災厄はついに堂上《どうしよう》にもおよび、太閤鷹司政通《たいこうたかつかさまさみち》、前左府近衛忠凞《このえただひろ》、前右府鷹司輔凞《たかつかさすけひろ》、前内府三条実萬《さんじようさねつむ》に入道謹慎することを迫り、天皇がなんととりなされても聴かず、四公はついに落飾《らくしよく》隠居した。

青蓮院宮尊融法親王《しようれんいんのみやそんゆうほうしんのう》も隠居永蟄居《ながちつきよ》に処せられた。内大臣一条忠香《いちじようただか》、二条斉敬《にじようなりゆき》、久我《こが》建通《たてみち》、広橋光成《ひろはし》、万里小路正房《までのこうじなおふさ》、正親町三条実愛《おおぎまちさんじようさねなる》らも謹慎を命ぜられた。

土佐侯山内豊信《やまのうちとよしげ》も隠居謹慎を命ぜられ、以後容堂と称する。

水戸には密勅を返還せよと迫り、水戸の激派の人々は憤激して、下総《しもうさ》の小金まで押出し、大へんなさわぎになった。

八月末、十月はじめ、十月末に二回と、都合四次にわたって、幕府は大獄関係者の処分をした。

水戸《みと》斉昭《なりあき》永蟄居、当主慶篤《よしあつ》差控え、一橋慶喜《ひとつばしよしのぶ》謹慎、川路聖謨《かわじとしあきら》隠居差控え、岩瀬《いわせ》忠震《ただなり》、永井《ながい》尚志《なおむね》免職差控え等々。

水戸藩士安島帯刀切腹、同茅根《かやね》伊予介《いよのすけ》、鵜飼吉左衛門《うがいきちざえもん》父子、橋本左内、頼三樹三郎《らいみきさぶろう》、吉田松陰《よしだしょういん》、飯塚喜内《いいづかきない》の七人死罪、鮎沢伊太夫《あゆざわいだゆう》獄門、その他遠島、永謹慎、押込め、重追放、中追放、追放、所払、構い、叱り等に処せられた者ほとんど六十人。

梅田雲浜《うめだうんぴん》、藤井但馬《ふじいたじま》、山本縫殿《やまもとぬい》、日下部伊三次《くさかべいさじ》、月照《げっしょう》の弟信海《しんかい》、成就院《じょうじゅいん》の坊官近藤正慎らは獄死、勝野豊作《かつのほうさく》は逃走中病死したが、この人々の家族で処罰された者もある。

西郷の親しかった土屋家の公用人大久保要、藩の同志大山正円《おおやましょうえん》はともに国許《くにもと》永押込めとなった。実に未曾有《みぞう》の大獄であった。

大獄のこの帰着は、西郷にはこの年中には聞こえず、翌年春になってわかった。

この年、島は大へんな不作で、米も島中に払底、砂糖も不出来で、島民らは大へん難儀した。西郷には年六石の扶持米《ふちまい》がついているのだが、人の難儀を見ておられない彼は、病人や頼りない老人によくめぐんだので、ついには自分の飯米がなくなり、鹿児島の自宅から米を二石とりよせてしのいだ。

鹿児島の同志らは機会のある毎に、いろいろな見舞品を西郷に送っているが、彼は島人らに乞《こ》われれば、おしげもなく分ちあたえた。着島して間もなく、島役の吉田七郎に出した手紙にも、

「先日は蠟燭《ろうそく》をおねだり申上げたところ、過分に下されてありがたくお礼申上げます。これも少々余計にありましたところ、諸方からねだられ、よんどころなく分与してしまいました」

とある。人の困っているのを見ているに忍びない性質なのである。島人が慕いなつかないはずがない。

かと思うと、こんなこともあった。

当時の在島役人は島民の砂糖生産にたいして最も苛酷《かこく》な取立てをしたが、この年は不作であったので、割当額に達しない島人が多かった。役人らは自分らの成績に関するとあせり、その島民十数人を呼び出して、

「うぬらはかくしているのじゃろう」

と、日夜に責めさいなんだので、苦痛にたえず、自殺をくわだてる者まで出て来た。

西郷は以前からこうした役人共のやり方をいきどおっていたので、旅支度して四里余の道を本役所のある名瀬まで行き、在番役相良角兵衛《さがらかくべえ》に面会をもとめた。

西郷は相良とは以前から面識がある。あいさつを終った後、言った。

「オマンサアは長く地方《じかた》役人をしておじゃったお人でごわすから、こと新しく申上げるのは釈迦《しゃか》に説法でごわすが、作がらというものは、天候によって増減のあるもの。じゃから、はじめの見積りは一時の予定にすぎんことは申すまでもなかことでごわす。

これを動かすべからざる収穫として、その額に達せん民を責めさいなむのは、民政の任にある者のすべきことではなかと思いもす。どうか島民共をゆるしてやっていただきとうごわす」

相良はすなおには聞けない。俗吏ほど威張りたがるものであり、縄張根性の強いものだ。遠島人同様の分際で生意気なことを言うと思いもしたのだろう、突っぱねた。

「この島の砂糖製造のことは、全部わしの権限にあることでごわす。おはんの口ばしを入れなさるべきことではごわすまい」

西郷はむっとしたが、おさえた。

「いかにも、その通りでごわす。しかしながら、今のようなことが行われていては、殿様のご徳望をおとし、ご体面にもかかわると思いもすから、お家の家来として、わしは黙って見ているわけには行かんので、お願いに上ったのでごわす。しかし、オマンサアが職制を楯《たて》にとってそう言われるなら、わしは他の方法を考えんければなりもはん。事の顚末《てんまつ》をくわしく書面にして殿様に上申し、この非法を改めていただくことにしもそ。そのつもりでいて下され」

と言って、辞去した。

西郷はその足で、見聞役の木場《こば》伝内《でんない》を訪ねた。木場は前から西郷と知合であり、役目で中央にも出て、時代の空気を知っており、西郷らの行動に同情的であった。

西郷は憤激をぶちまけ、相良との問答の次第を語った。木場はおどろき、

「まあ待ちなされ。わしからも相良どんに話してみもすから」

となだめた。

「オマンサアがお話しになるのはご随意でごわす。わしはわしですべきことをしもす」

と言って、西郷は立去った。

木場は相良の宅に行き、西郷の意見の正しいことを言い、西郷が藩侯に上申すれば、殿様はそんなむごいことが実行されているとはご存じないから、驚いて藩庁に下して審議させられる、相良のためによくないであろうと諫《いさ》めた。

「西郷は先君の無二の寵臣《ちょうしん》でごわしたから、殿様はきっと上書をごらんになりましょう」

とも言った。

一体、こんどのことは以前からのしきたりでやったので、相良がはじめたことではない。しかし、それが殿様のお声がかりで藩庁の問題になってくると、振合《ふりあい》がちがって来る。相良は処分を受けるばかりでなく、役人としての前途もふさがる。官僚機構とはそういうものなのだ。

相良は古い地方役人だから、そのへんの呼吸はよく知っている。大いに後悔して、すぐ下役人を集め、十三か所の出張役場に急使を走らせ、拘束してある島民らを釈放するように達しておいて、木場とともに馬を走らせて西郷を追った。

西郷は途中の民家に休んで、持参のむすびをひらいて遅い中食《ちゅうじき》をしていた。二人は馬をおりて近づいた。相良は鄭重《ていちょう》におじぎして、

「先刻はよかことを教えに、わざわざ遠方から来てたもうたのに、至らんことを言うてしまいもした。おわびを申上げもす。あれから木場殿がおじゃって、いろいろ言うて聞かせて下さって、目がさめもした。すでに島中に急使を走らせて、島民を釈放するようにしもしたから、殿様への上申は見合せて下さるよう、お願いしもす」

西郷は心とけて、

「そうわかっていただきもせば、何よりのことでごわす。わしも面倒なことはしとうはごわはん」

と、しばらく談笑して別れ、てくてくと竜郷に帰ってみると、竜郷ではもう拘束されていた島民らが家に帰って働いていたという。

こういうことで、西郷にたいする島民らの敬愛の情は深まる一方であった。

またこんなこともあったという。

藩は大島各島の砂糖の買上げと物品専売のことをつかさどらせるために三島法（本島、喜界《きかい》、徳之島《とくのしま》の三島）という法度を立て、その役所を三島方というのだが、その役人らは、役職が島民の生活に直接の関係があるだけに、権威にほこって高慢なものが多かった。当時中村某という役人がいて、とりわけ暴慢で、島人らは疫病神《やくびょうがみ》のよ

うに恐れきらっていた。

　西郷はこの男が城下の冷水《ひやみず》町の丸田家の食客であった時期を知っているだけに、上見ぬ鷲《わし》のふるまいをするのを、かねてからにがにがしく思っていた。誠実を愛する彼は、昔を忘れて驕慢《きょうまん》であることを、生涯を通じてきらっている。

　ある時、島民の家で酒宴がひらかれ、西郷も招待されて行った。中村も来ていて、上座にあって傲然《ごうぜん》として盃《さかずき》を上げていたが、酒のまわるにつれて、益々《ますます》暴慢になり、ついに酔狂をはじめた。いろいろなことに難くせをつけて、わけのわからないことを言う。皆がはらはらしてちぢみ上っているので、図に乗って狼藉《ろうぜき》する。

　末座にいてしずかに談笑していた西郷は立上って、その男の前に行き、

「わいは丸田どんの厄介になって、朝晩に手水鉢《ちょうずばち》の水かえをしておった頃のことを忘れたか！　その高慢はなにごとじゃ！」

と、大喝して、大きな拳《こぶし》をかためて、グワンと頭をなぐりつけた。

　中村はおどろき怒ったが、自分をにらみすえている大きな眼を見ると、おびえ立ち、こそこそと立去り、以後は高慢乱暴をしなくなったという。

　このことも、「えらいお人じゃ、あの恐ろしか役人すら、グーの音も出んで逃げかえった」と、島民らの敬意をかき立てた。

　その他、さまざまなことが、島には伝承されている。島の猟師と猪狩りに行った話、

島人の間にある巫《みこ》（ユタという）信仰の迷信を打破した話、木場伝内に話し、得藤長と協力して、奴隷を解放したこと等、西郷に関する話は大島には実に多く、今日に至るまで、島における西郷の人気をすさまじいものにしている。恐らく鹿児島本土より、この島の方が西郷を尊敬しているだろう。

こうして、島の生活にとけこみ、島民との親しみが深くなると、ついに島の娘と結婚することになる。

ある日のこと、竜佐民が来て、

「おひとり身では、炊事、洗濯、掃除等、いろいろご不自由でありましょう。嫁をもらいなさりませんか」

と言った。

一体、島に来ている役人や遠島人が、在島中に島の女をめとって家庭を営むのは、当時普通に行われていたことであった。正確に言えば、これは妾《めかけ》であるが、島の人々の方では妾とは考えていない。正式の嫁入りのつもりでいる。だから、正式に嫁入りの支度をして来、迎える方でも婚姻の儀式をもってする。つまり、島妻ともいうべきものであった。しかし、この妻は藩法によって本土に連れて行くことは禁じられていたから、一時妻であることは言うまでもない。西郷は笑って、手を振った。

「わしはいつまでもこの島にいることの出来る身ではごわはん。お召返しがあれば、その日にも帰らんければならん身でごわす。一生連れ添うことの出来ん身で、それでは相手が気の毒でごわす。ご親切はありがとうごわすが、それはやめていただきもそ」

しかし、佐民はきかない。実はもう得藤長とも相談し、兄の佐運にも話して、相手もきめて、得心させてある。竜一族の佐栄志《さえし》の娘愛加那《あいかな》（かなは愛称であり、敬称である。古語の「かなし」に語源を持つことばのようだ）であるという。

「愛加那どんなら、なおさら気の毒でごわす」

西郷もこの娘のことはよく知っている。美しくやさしい娘だ。

けれども、佐民は口説いてやまない。

西郷は、島に来た当座は、ひたすらに本土にかえって、国事に働きたいとあせっていたが、この頃ではしょせん帰国はおぼつかないのではないかという気がし、それにつれて、もし帰れないのなら、この島で逸民《いつみん》としておわってもよいと思うようになっていたように、ぼくには観察される。西郷は生涯を通じて、隠遁癖《いんとんへき》のあった人だから、島の平和さや、自分を慕っている島人の純朴さに触れている間に、そういう気になったと考えても、不思議はなかろう。

ついに、愛加那をめとることを承諾し、めとった。それは安政《あんせい》六年十月のある日、西郷は三十三、愛加那は二十三であった。

この頃、西郷は、「尽人事而待天命（人事をつくして天命を待つ）」と大書した額を壁間にかかげていたという。「敬天愛人」とは、後年彼が好んで書いた文字だが、この頃からその心境——天にまかせ切る信仰と、私欲を去って人のために尽すのが道の本然であるという悟りに達したのであろう。言うまでもなく、敬天は月照とともに投身して自分だけが助かったということにたいする悩みの末の開悟であり、愛人は彼の生れながらの本性でもあるが、島民との接触や子供らを教育している間に磨きがかかって一つの悟りとなったのであろう。

結婚後も、彼が扶持米《ふちまい》をあわれな人々に恵むことがつづき、夫婦の飯米がなくなることがよくあった。ある時、愛加那があまりなこととなげくと、西郷は、

「わしらは若くて元気なのじゃ。薯《いも》と塩だけでもりっぱに生きて行けるが、年寄や病人、乳の出ない母親には、たとえ一合の米でも、医者の薬と同じじゃ。見殺しには出来んじゃろうが、しんぼうせい」

と、さとしたと伝える。

結婚してから三、四か月たって、翌年（万延《まんえん》元年）二月になると、従来、年六石であった扶持米が十二石に増額され、煙草その他の日用品まで送って来、鹿児島の留守宅に二十五両という金が藩主から下賜されたという知らせが入った。

（不思議なこと）

と、西郷は首をひねった。

この頃、どういうものか、鹿児島の同志との連絡が切れて、くわしい事情が彼にはわからなかったのだが、鹿児島では大変革が行われていたのである。

二つの公武合体論

鹿児島の変革は、すべて大久保《おおくぼ》の働きであった。

大久保が、斉興《なりおき》隠居は老年だからいずれは死に、後は久光《ひさみつ》が藩政後見となるに違いないと、久光に望みをかけたことは、前にちょっと触れたが、西郷《さいごう》が南島に去ってしばらくすると、久光に接近する工作にかかった。

久光は碁が好きで、重富《しげとみ》から時々城下に出て来た時には、今の照国《てるくに》神社の位置にあった南泉院《なんせんいん》という天台《てんだい》宗の大寺の末寺吉祥院《きっしょういん》の住職真海《しんかい》を呼んで相手させた。真海は同志税所《さいしょ》喜三左衛門（篤）の実兄である。大久保はこれに目をつけた。税所に頼んで、真海に碁の弟子入りした。

時々吉祥院に出入りして碁の稽古《けいこ》をしている間に方法を見つけて、度々久光に上書して、世界の大勢、日本の当面している難局、朝廷と幕府との現在の関係、諸藩の動き、先君斉彬《なりあきら》の志などを知らせた。

久光という人は、相当かしこく、読書なども好きな人ではあったが、鹿児島で生れ、鹿児島で育ち、一歩も国外に出たことのない人なので、世間知らずであった。当時は現代のように新聞や雑誌や時局解説の書物などがあるわけではないから、その方面のことは、まるで知らなかった。だから、つまり、大久保は久光を教育したことになる。

久光は、反斉彬派の人々が旗じるしにしていた人であるから、大久保の同志――誠《せい》忠組《ちゆうぐみ》の人々はきらっていた。しかし、大久保は敢《あえ》て接近をはかったのだ。七十七万石の大藩の権力をやがて一手に握りしめる人だ、これを利用せん法はないという考えから。もちろん、誠忠組の人々には秘密にだ。

久光は大久保の教育によって、天下のことに目ざめ、藩内に故斉彬の遺志をついで結束している誠忠組という頼もしい若者の団体があることを知った。しかし、用心して、大久保とはまだ会わなかった。

大久保の先見は的中した。安政《あんせい》六年九月、斉興は死に、久光が藩主の実父として、藩政後見となった。同時に久光の身分は殿様なみということになった。藩主の実父ではあるが、これまでは身分は分家重富家の当主で、正確には臣列にあったのだ。これは後に行って重要なことになるから、覚えておいてもらうとありがたい。

久光は天下のことに目ざめ、斉彬の志をついで、中央に乗り出す決心はしたが、藩政府の枢軸は斉興以来の島津《しまづ》豊後《ぶんご》ら保守派によって組織されている。心のままにならないのであった。

その頃、一年ごしの大獄の処分が行われ、天下は、戦慄《せんりつ》したが、同時にその裏面には最も激烈な計画がはじまった。その頃、誠忠組の同志として江戸にいたのは、堀仲《ほりちゅう》左衛門《ざえもん》、有村俊斎《ありむらしゅんさい》の次弟雄助《ゆうすけ》、三弟治左衛門らであったが、水戸藩の有志らにこう働きかけた。

「井伊《いい》の暴悪は坐視《ざし》するに忍びません。一つ貴藩と弊藩の有志だけで井伊をたおし、一方京都方面で九条関白をしりぞけ、酒井所司代をたおそうではありませんか。そうすれば、天下の人心は激動して、正気がふるいおこるでありましょう」

水戸《みと》の有志らは激し切っている。孤掌鳴りがたいので歯を食いしばっていたのだ。この呼びかけは乾燥しきっている藁束《わらたば》に火を落したようなものであった。

「よろしかろう」

と、燃え上り、相談は忽《たち》ちきまった。

堀は有村雄助と連名で、大久保と兄俊斎とにあてて、

「しかじか故、出来るだけ急いで突出して来てもらいたい」

と言ってよこした。大久保らはこの手紙を重立った者十数人に見せた。

「突出じゃ、突出じゃ」

と、忽ち皆激し上った。吉井《よしい》や伊地知《いじち》のような沈着な人々までそうであった。

大久保は、久光をかついで藩全体として乗り出す準備を進めつつある。藩政府を改

造して、進歩派の者で中枢を組織させれば、きっとその運びになると信じている。今突出などしてはならないと思った。しかし、誠忠組のこの結束と勇気とは、久光を動かすテコの用をなすと思った。

そこで、誠忠組の連中には、集団で突出するには陸路はとれない、海路による以外はないと主張し、森山新蔵《もりやましんぞう》に金を出させ、有馬新七《ありましんしち》を日向《ひゅうが》の細島《ほそしま》につかわして、鰹船《かつおぶね》二隻を買わせ、突出の日取がきまったところで、かねて親しい藩主忠義《ただよし》(又次郎)の小姓谷村愛之助《たにむらあいのすけ》を訪問して、ことの次第を語って、

「我々の案ずるのは、我々がいたずらに事を好む暴勇の徒とされて、我々の父母兄弟にきびしいお咎《とが》めが下り、そのために天下正義の士の間にお家の悪名が立つことである。我々が国を去った後、我々の真に志のあるところを、太守様に申上げていただきたいために、こうして参ったのだ。それまでは絶対に秘密に願いたい」

といった。谷村が黙っているはずはなく、きっと忠義に報告し、忠義はまた久光に報告して相談するに違いないと計算を立ててのことであった。

大久保の計算はあたった。久光は忠義と相談し、自邸に大久保を呼んではじめて会い、相談をかけた。

その結果、誠忠組に藩公から諭告書が下った。

方今は、世上一統に動揺し、容易ならざる時節である。自分は、万一時変到来の節は、順聖院様のご深意をつらぬき、国家（藩のこと）を以《もっ》て忠勤をぬきんずべき心得である。各有志の面々は自分のこの心をよく諒解《りょうかい》して、国家（藩）の柱石として立ち、不肖な自分を輔《たす》け、国名（藩の名誉）を汚さず、誠忠をつくしてくれるように、ひとえに頼みに思うぞ。以上。
安政六年十一月五日
忠義　花押
誠忠の士の面々へ

という諭告書だ。

人々は感動し、泣いた。異議する者は一人もなかった。これは現代人にはわからない心理であろうが、父祖代々、主家とともに最も緊密な運命共同体として生きて来、物心のつくかつかないかの頃から、日夜に君恩を説かれ、忠誠を尽すべきことを教えられて来たのだから、不思議はない。現代では封建諸侯の君臣関係を階級闘争と労資関係だけで割切ることがはやるが、それだけで割切れるものではないのである。歴史上のことは歴史時代の人になったつもりで見ることもしなければ、真相はわからないことが多いのである。

ともあれ、この諭告書で、誠忠組の壮士らは、藩主と久光との全藩勤王の志を信じて、一斉突出を中止したのであるが、間もなく久光は、藩政の中枢部の改造にかかった。島津豊後を城代家老に移し、斉彬時代に仕置家老《しおきがろう》であった島津下総《しもうさ》（前名左衛門）を仕置家老にした。城代家老は非常の際藩主の名代となるというだけで、平時には何の仕事もない閑職なのだ。これをはじめとして、要職には皆斉彬時代の人々を任用した。つまり、斉彬の遺志をつぐ姿勢をはっきりと見せたのであるが、これらの改革が、大久保の教育によるものであることは言うまでもない。

この改革が、西郷への優遇となったわけであった。

大久保は西郷に、藩政府の改組が行われ、島津下総等の斉彬時代の要人らが皆返り咲いたことを知らせてはやったが、久光の特別な恩恵で、西郷にたいする優遇となったことは知らせなかった。

一つには自分の画策の自然の結果なので、恩着せがましくなりそうなのがいやであった。二つには久光の恩恵と知っては、西郷が辞退する恐れがあった。彼は西郷が久光によい感情を持っていないことを知っている。その口から聞いたのではないが、斉彬の急逝にからんで、久光も一役買っているのではないかと疑惑しているらしいことを知っている。そんな人の恩恵を受けることは、西郷の性質では出来ないに違いないと思ったのであった。

ここでちょっと話を江戸方面に移さなければならない。

本国における誠忠組の運動方針が変ったことは、江戸の同志にくわしく書送られたが、当時のこと、急にはとどかない。その間に、情勢は意外に進展していた。

水戸人らは、井伊の圧迫にはやりにはやり、

「井伊は今日の万悪の根元だ。これを倒さないかぎり、幕府の姿勢は正されず、この危機に対処する日本の途はひらけない」

と、在府の薩摩《さつま》の有志らに、井伊襲撃の即行をせまった。

当時の薩摩の在府者は、堀、有村兄弟、高崎五六、田中謙助《たなかけんすけ》、山口三斎《やまぐちさんさい》等だ。藩公の諭旨書《ゆししょ》によって運動方針が大転換したという連絡はまだとどいていない。

「よかろう。国許《くにもと》では準備はすでに完了し、いつでも突出出来ると言って来ている。早速に連絡いたそう」

と返答した。

こんなくわしいことは、大久保は知る道理はなかったが、不安はあったので、

「自分が出府して、説得しましょう」

と、久光に願い出たが、久光はミイラとりがミイラになるおそれがあるとて、許さず、

「堀を呼び返そう。堀が首領株なんじゃから、これを呼び返せば、何にも出来んじゃ

ろう」

と言って、「内用あり」という名目で、堀を呼び返す命令を急送した。大久保もまた、くわしく国許の運動方針の変化を説明した手紙を出し、くれぐれも軽挙を戒めてやった。

江戸では、こまったと思ったが、相談の結果、逆に国許の連中を説きつけようということになって、堀と高崎とを帰国させた。

江戸帰りの二人を迎えて、誠忠組の壮士らの心ははげしくゆすぶられ、また突出熱が燃え上ったが、大久保は懸命におさえつけた。

「われわれの目的はあくまでも大義にある。水戸衆との約束はいわば小義だ。これに縛られて大義を忘れてはならん。今日の日本は、一井伊をたおしたくらいではどうにもなりはせん。それ故に挙藩勤王でなければならんのだ。今は浪人働きの時代ではない」

というのが、その論旨であった。

江戸では、国許のことがわかりはしたが、日夜に井伊の圧迫政治を見ている上に、水戸衆の突上げがある。はやりにはやって、度々使いを出して、突出を要求する。その度に誠忠組はいきり立つ。大久保はそれをおさえながら、久光にせまって中央乗出しを説いた。

久光もその気は大いにあるのだが、島津下総が言うことを聞かない。下総は斉彬に信任され、斉彬の計画には全面的に同意して努力したのだが、それは斉彬の手腕・力倆《りきりよう》・声望を全幅的に信頼していたからで、久光はとうていそのがらではない、なまじいなことをしては、お家を危くすると思っているのだ。

こうして、万延《まんえん》元年の三月三日の桜田《さくらだ》の事変となった。この事変の時、在府していた誠忠組の同志では、有村雄助と治左衛門だけであったので、二人だけが参加した。治左衛門は桜田門外で斬りこんで井伊の首を挙げて死に、雄助は水戸の同志金子《かねこ》孫二郎《まごじろう》外一人と、一挙の成功した報をたずさえて、京に向った。薩摩の同志が京に駆け上って来ると信じて、これとともに禁裡《きんり》の守衛に任ずるためであった。

しかし、薩摩人らは京都には上らず、雄助は途中、江戸の藩邸から出した追手に捕えられた。その追手のかしらは坂口周右衛門《さかぐちしゆうえもん》、西郷と月照《げつしよう》との最期の船中にいた足軽小頭である。

雄助は薩摩に送り返され、その夜、切腹を命ぜられた。

有村兄弟の母は蓮寿尼《れんじゆに》といって、和歌のたしなみの深い人であったが、三男を桜田で死なせ、二男をこうして死なせて、悲しみにたえず、こう詠じている。

雄々しくも君につかふるますらをの
母てふものは悲しかりけり

武士のきびしい道をよく知り、立派な武士にと子供らを育て上げて来た母が、その子が最も武士らしい死をとげたことによって、永遠にかわらない母性の愛情を一時に爆発させたのだ。千古の絶調というべき名歌である。

桜田事変の知らせが西郷にとどいたのは、三月末か四月はじめであった。西郷は大久保からのその手紙を早速披見したが、いきなり、

「チェストー！」

とさけんで、はだしで庭にとびおり、刀をひきぬいて、

「チェストー！　チェストー！　チェストー！……」

と絶叫しながら、庭の大きな松の幹に斬りつけた。愛加那《あいかな》がおどろきおびえ、すくんでいると、やがて刀を鞘《さや》におさめ、足を洗って座敷に上った。

「おい、焼酎《しょうちゅう》をわかせ。肴《さかな》もこしらえよ」

という顔がいかにもうれしげだ。

「どうおしやったのでございもすか」

と、愛加那がきくと、

「お前に語ってもわからんことじゃ。焼酎の支度の前に佐民《さみん》殿を呼んで来い。すぐ呼んで来い」

といって、竜佐民を呼ばせ、

「やあ、佐民どん、実にうれしかことがごわしてなあ、とうとうわしがなかまが、井伊大老の首を挙げもした。日本はこれから変りもすぞ。正義はついに伸ぶるの時を得たのでごわす。飲まんではおられんので、来ていただいたわけでごわす」

と説明した。佐民はいつも西郷からいろいろなことを聞いている。

「ほう、そうでごわすか。それはそれは」

と、よろこんだ。手紙を見せてもらい、ともに祝盃《しゅくはい》をあげて痛飲したという。

水・薩の計画は、元来は西郷が立てたものがいく変りもして、この形になったのである。うれしかったはずである。

桜田事変のあった翌月、大久保は勘定小頭格《かんじょうこがしらかく》に昇進したが、これが同志らの心に疑惑を呼びおこした。

「一蔵《いちぞう》どんは久光公に取入って、近頃では公の代弁者のようになっている。昇進したのは、その報いかも知れん」

大久保が、誠忠組の同志らを懸命におさえつけているのは、全藩を動かして強力な運動に持って行くためである。そのためには藩政府を改組して、久光の自由になるものにすることが必要だと思って、久光の信頼している久光側近の臣中山尚之助《なかやましょうのすけ》と仲よく交《まじわ》りはじめたのだが、同志らにはこれも疑惑のタネだ。しぜん、誠忠組の左派はかたまって、分派の形をなした。その首領は有馬新七だ。純粋すぎるほど純粋な有馬には、屈折の多い大久保のやり方があき足りない。

当時、日本人の生活を最も苦しめたのは、開国によっておこった物価騰貴と不景気であった。

物価の値上りは、その頃外国商人が日本から好んで買ったのは、生糸、茶、水油、蠟《ろう》、雑穀等であったが、生産力の貧弱な時代なので、忽《たちま》ち品不足になり、値段が上り、連鎖反応で一切のものが値上りしたのだ。

不景気は通貨の流出が原因であった。当時欧米では金一銀十五の割で取引されたのに、日本では金一銀六の比率であったから、金がどしどし流出した。銅銭も日本では洋銀一ドル対四千八百文であったのに中国では一ドル対一千文ないし千二百文であったから、日本で銀で銅銭を買って中国で売れば四倍以上のもうけになった。これまたざらざらと流出した。

普通、不景気の時は物価は安くなり、それがいくらか生活のゆとりになるのだが、この時代は不景気で物価高というのだから、国民は挟みうちにされていると同じで、苦しみは一通りではなかった。

もちろん、これは開国貿易そのものが悪いのではない。開国の準備不足とやり方の拙劣さのためであるが、当時の人はそうは考えない。巷《ちまた》には開国を呪う声が満ちた。

井伊の登場以来反幕精神に燃えている志士らはなおさらのことだ。

「それ見ろ、案のじょうだ。開国条約は破棄すべきである。外国人は追っぱらってしまえ！」

という論がさかんになった。この以前の開国反対論は、単なる日本孤立論であったが、この頃から攘夷《じょうい》論となるのである。

鬱屈《うっくつ》している誠忠組の分派の人々は、もちろんこの説になる。

「長崎を襲って、外国人らを追っぱらおう。そうすれば、いやでも戦争になる。幕府は覚醒《かくせい》し、国民もまた目ざめる。条約はもちろん破棄される」

と、計画を立てた。思い切った無謀さだが、皆大まじめだ。脱藩して実行することにして、ひしひしと計画を進めた。

これを大久保に知らせてくれるものがあった。大久保はおどろいて、一同を森山新蔵の宅に集め、堀（堀はこの頃次郎と改名）とともに口をつくして説諭し、どうにかなだめつけた。

やがて、大久保は小松帯刀《こまつたてわき》を見つけた。小松は藩の名家の生れだが、この頃までそう目立つ存在ではなかったのだ。大久保は中山尚之助に紹介し、久光に会わせた。

久光も内閣を改造したいと思っている。小松を側役《そばやく》（官房長官）、中山を小納戸《こなんど》（官房主事）とした。

小松を中心にして、中山、大久保、これに堀を加えて、日夜に家老座改組を相談した。久光がバックアップしたことは言うまでもない。しかし、こんなことはきっかけがなければやれないものだが、なかなかそれがなかった。

こうして日本の西南隅で、大久保がさんたんたる苦心をしている時、中央の情勢は大変化した。

井伊の横死は幕閣を強く反省させた。従来の強圧方針から朝廷と融和する方針に切りかえる気をおこさせ、その具体策として取上げたのは、家茂《いえもち》将軍に皇妹和宮《かずのみや》の降嫁《こうか》を請願することであった。

元来これは井伊が生前とりかかった策で、発案者は長野《ながの》主膳《しゅぜん》であった。その狙いは降嫁という名目で和宮を人質にし、公武一和の美名の下に朝廷を家康《いえやす》時代のようにロボット化するにあった。しかし、狙いがあまりに見えすいているので、天皇も和宮も絶対ご反対で、行きなやんでいる間に、桜田門外の変がおこったのである。

井伊の死による政策転換に、幕府は改めてこれを取上げた。目的は違う。もう井伊のように朝廷をロボット化しようとは思わない。和宮というテコ入れで幕府の権威を高め、同時に朝廷を懐柔し、世の執拗《しつよう》な条約反対運動を封じようと思ったのだ。

この請願はなかなか聴許にならなかったが、幕府は手をかえ品をかえ、大いに黄白《こうはく》

を公家衆《くげ》に散じて運動した。天皇もついに心を動かされ、

「条約を破棄して、嘉永《かえい》以前の状態に返すなら考えてみよう」

と仰せ出《いだ》された。幕府は、

「今から七、八年から十年の間に、和戦いずれかの方法によって、必ず破棄して、昔に返します」

と約束した。幕府はどういう料簡《りょうけん》だったのだろう。やがてこのために命脈をちぢめるのである。

ともあれ、降嫁は聴許された。万延元年九月十八日のことである。

このことが喚起したといえる。まじめに公武合体による国論の統一を考える者が出て来た。その最初の人物は長州人長井雅楽《ながいうた》である。彼の説はこうだ。

「鎖国攘夷は日本古来の風ではない。徳川《とくがわ》三代の島原《しまばら》の乱以後のものだ。その以前は神代以来、日本は自由に外国と交通していた。朝廷も、一般も、先《ま》ずこれを知らなければならない。

今日、朝廷でも、一般でも、条約破棄だの、鎖国だの、攘夷だのといっているが、そんなことはもはや現実の問題として不可能である。守るべき力あってよく攻め、攻むべき力あってよく守るのだ。鎖国するには外国に乗出して戦えるほどの力がなければならんが、今日の日本にその力があるか。

現在の日本としては、開国の方針の徹底以外にはないのに、幕府は朝廷を憚《はばか》って、自由なる外国渡航を許さず、貿易は片貿易となっている。これでは利は彼に吸いとられるばかりで、十年経たないうちに日本は虚脱してしまうであろう。

これをいかにすべきか。

公武合体による国論の統一が先決である。将軍か、身分高き一族か、老中かが上京して、数年来の幕府不臣の罪を心から闕下《けっか》にわび、朝廷はこれをご宥恕《ゆうじょ》あって、勅諚《ちょくじょう》をもって断乎《だんこ》開国のことを仰せ出さるべきだ。この公武合体によって、国論の統一は出来るのだ。

かくて、日本は兵を練り、士気を振作し、多数の軍艦を建造し、五大洲に押出し、盛んに交易を行うべきだ。国威おのずから揚り、諸外国また恐れはばかるようになる」

長井はこの論を文久《ぶんきゅう》元年の春文章にして、「公武合体、開港遠略の策」と題して、藩主慶親《よしちか》に差出して、これをもって国論の統一をはかれば、朝廷からも幕府からも喜ばれ、必ず成功する、愛国の道にもかない、また長洲藩の威望を天下に重からしめるであろうと説いた。

慶親はよろこんで中央に遊説させた。長井は先ず京都に出て公家達に説いて大いに喜ばれ、次に江戸に下って幕府の老中らに説いた。老中らとしては、これが成功すれば、天皇にご約束した条約破棄のこともお流れに出来る。またよろこんで、

「毛利《もうり》家の忠誠、まことに神妙である。よろしく頼む」

と、心から依頼した。

長井の羽ぶりは飛ぶ鳥も落さんばかりだ。報告を聞いて、毛利慶親も自ら乗出すことになった。

もっとも、一般志士らには恐ろしく評判が悪かった。彼らはこう言って非難した。

「長井の説は、幕府に朝廷をからあがめさせることによって朝廷を籠絡《ろうらく》し、開国説に同意させ申そうとするのだ。せんずるところ、幕主朝従の公武合体によって国論を統一しようとするのだ。にくむべき姦策《かんさく》である」

長井を憎む者は長州藩内にもいた。吉田松陰《よしだしょういん》の門人らだ。安政大獄で、松陰が江戸に送られたのは、幕府の要求によるのだが、この時期に長井は江戸藩邸の要人であった。またかねてから松陰とウマが合わなかった。このため、松陰は長井に売渡されたのではないかと疑っていた。松陰自身がそう思っていたくらいだから、門人らはなおさらだ。

「恩師のかたき!」

と、いつも思っていた。その上、松陰は大獄に激して、生前もう幕府を見はなして、今日の日本人の第一の道は、幕府をたおすことにあると、門人らに説いていた。その門人らに、幕府を助ける長井の説が受入れられるはずはなかった。

「奸物《かんぶつ》め！　藩のつらよごしめ！」

というのが、彼らの共通した気持であった。

一般志士や長州藩内の松陰門下の人々の長井説にたいする悪評は別として、長井の評判のよさ、それにつれての長州藩主の評判のよさに、久光はおそろしく刺戟《しげき》された。

久光が藩政後見になって以来、一筋に思いつづけて来たのは、亡兄斉彬の遺志の継承である。兵をひきいて京に出て、力をもって幕府にせまり、朝旨を遵奉させるというのだ。一種のクーデターであるが、狙いはこの形で公武合体して国論を統一し、日本を強化して難局を乗切ろうというのだ。

これを長井説にくらべれば、長井のは幕府の恭順を朝廷が嘉納《かのう》して、幕府の開国を認めることによって公武合体し、国論が定まるというのであり、久光のは幕府が朝命を奉じて幕制を改革することによって合体の実が上り、国論の統一が出来るというのだ。要約すれば、前者は幕主朝従の合体であり、後者は朝主幕従の合体であるといえよう。

久光は斉彬ほどの器量の人ではない。またその西洋ぎらいは天性的ですらある。斉彬のように最も積極的な開国論を抱いているはずはない。単にその遺策の形骸《けいがい》を踏襲することによって、公武合体による国論の統一、朝廷にたいする忠誠だけを考えていたのだが、長井の評判を聞いて、あせった。（大事をとったり、家老に気がねしたりして、今まで待ったが、こうしてぐずぐずしている間に、おれの出る幕はなくなって

しまうような）

そこで、小松帯刀、中山尚之助をはじめとする側近の者と、大久保、堀らを加えて、引兵上京の策を練りはじめた。

大久保にとっては、うどんげの花咲く春を待ち得た気持だ。寝食を忘れて参画した。大体の構想が出来たので、久光はこれらを家老座に下して、詮議《せんぎ》を命じた。

家老座はおどろいた。島津下総以下、こんな冒険には大反対である。久光には荷が勝ちすぎると思っている。

「容易ならぬこと、お考え直しを願い上げます」

と答えた。久光はこんどは引き退《さが》らない。

数回の折衝があって、ついに下総は、

「私共、それでは職にとどまることは出来ません」

と言った。

久光には思うツボである。宿願である家老座の改組が出来るのだ。

「いたし方のないこと、さらばやめてもらおう」

と、全部やめさせた。

西郷召還

久光《ひさみつ》は万事独裁で、思うがままに藩政府を改造した。主席家老に喜入摂津《きいれせっつ》、側役《そばやく》に中山尚之助と小松帯刀《こまつたてわき》、小納戸《こなんど》に大久保《おおくぼ》と堀《ほり》とを抜擢《ばってき》した。誠忠組《せいちゅうぐみ》の連中も大いに任用した。吉井《よしい》と俊斎《しゅんさい》とが徒目付《かちめつけ》、有馬新七《ありましんしち》が造士館《ぞうしかん》訓導、柴山愛次郎《しばやまあいじろう》と橋口壮助《はしぐちそうすけ》とが糾合方《きゅうごうかた》（図書係）。長い間危険過激視されて冷飯を食わされつづけて来た誠忠組にあたたかい日があたり、春風が吹いて来たのである。

久光は、「来春を期して、久光自ら兵をひきいて上洛《じょうらく》する」と決定して、ひそひそとその準備にかかった。

先《ま》ず堀次郎を江戸に出した。堀の役目は二つ。一つは忠義《ただよし》の参観《さんきん》延期の工作。忠義の参観交代は桜田事変などのために延引をつづけているので、もう延ばすわけに行かないのだが、久光が引兵上京するのに江戸に出ていては人質に取られていると同じになる。何としても延ばす必要があったのだ。もう一つは、久光にしかるべき公式の格式を得ること。久光は国許《くにもと》でこそ藩主の実父で、全政権を掌握しているが、柳営においては単に島津《しまづ》一門というにすぎない。それではこんどの乗出しの目的上こまる。しかるべき格式を得る必要があった。以上の二つが堀出府の目的であった。

京都方面の工作にもかかった。久光に上洛せよとの勅命を下してもらうためだ。これを二段にして工作する。一段は下工作で、中山尚之助が受持つ。斉彬《なりあきら》の時代、薩藩《さつま》から薩摩の古名工波《なみ》ノ平行安《ひらゆきやす》の刀を天皇に献上する願いを出して聴許されていたが、斉彬の死によって延引していた。またこの頃、久光の養女貞姫と近衛《このえ》忠房《ただふさ》との縁談が持上っていた。中山はこの二つのことを表面の使節として上京し、それが済んだら、久光上京の趣旨を説明し、近衛家を通じて上奏し、上京せよとの勅命を下してもらう下工作をする。

第二段は本工作で、大久保が受持つ。中山のあとを受けて事を進め、勅命をもらって来るのだ。

ことがここまできまると、

「吉之助《きちのすけ》サアをご召還あるべきじゃ」

という声が誠忠組からおこった。

大久保も熱心に願い出た。

「西郷《さいごう》は先君がこの計画をお立てになった当初から、仰せを受けて奔走した、最も重要な人間です。堂上方《とうしょうがた》にも、天下の賢諸侯方にも、諸藩の名士にも、幕府の重職にも、顔の通っている者であります。ご召還あって、この度のご用をつとめさせらるべきものと存じます」

西郷の召還には、島津下総《しもうさ》以下の前家老座の人々も賛成だ。彼らは彼らで、

「西郷は順聖公の薫陶を受け、仰せを受けて多年国事に尽瘁《じんすい》して来た男だ。慎重で軽はずみな性質ではない。今日の久光公の浮き足は、誠忠組の連中が説き立てたためだ。誠忠組の首領である西郷が帰ってくれば、きっと誠忠組をおさえてくれる。従って、久光公の浮き足もとまる」

と、考えたのである。

このように、全藩の輿望《よぼう》が集まって、召還命令が出されたのは、十一月末か十二月はじめであった。

召還命令が西郷の許《もと》に到着したのは、十二月二十日であった。

西郷は十月から住宅を新築にかかり、あたかもその日は成就祝いの日で、人々を招待して、蛇皮線太鼓でさんざめいていたと、島では伝えている。

この前年の正月二日、愛加那《あいかな》は男の子を産んで、菊次郎《きくじろう》と名づけたが、この頃また妊娠していた。西郷としては、やがて生まれる子もいれて母子三人の、これからの生活の方法もつけておかなければならない。西郷にとって、この召還命令はうれしかったか、かなしかったかわからないものであったろう。

ともかくも、西郷は水田一反、畑一反を買って、愛加那の名儀にした。「子孫のために美田を買わず」とは西郷の受用した句であるが、それは子孫を遊惰にするような巨額な財産はのこさないという意味で、母子三人のつましい生計のために田一反、畑一反を用意するくらいのことは、抵触《ていしょく》するものではない。別れればもう生涯再会を期することの出来ない妻子のためにこれを用意した哀々たる心理は想うべきものがある。

彼はまた名瀬《なぜ》に行って、これまで世話になった役人らにもお礼と暇乞《いとまご》いのあいさつにまわったが、木場伝内には最も親しかっただけに、愛加那と菊次郎と生まれる子とのことをよく頼んでいる。

西郷は後にのこる妻子のために、毎日いそがしく駆けまわった。

江戸における堀の運動は難航をきわめた。

久光の格式獲得が先ずうまく行かない。大奥の天璋院《てんしょういん》夫人（家定《いえさだ》将軍未亡人。斉彬の養女篤姫《あつひめ》）や、島津家の親戚《しんせき》の大名黒田《くろだ》斉溥《なりひろ》、南部《なんぶ》信順《のぶゆき》、分家の日向佐《ひゅうがさ》土《ど》原《わら》の島津《しまづ》忠寛《ただひろ》らに頼んで、百方運動したが、ついに不成功におわった。参観延期もうまく行かない。ついに苦しまぎれに、三田《みた》の藩邸に放火して焼失させ、出府しても居場所がないと言い立てて、やっと延期をとりつけた始末であった。

彼が江戸に滞在していた頃、長井《ながい》雅楽《うた》が開港遠略の論をとなえて、京都を風靡《ふうび》した後、江戸に下って来て老中らを説きつけ、日の出の勢いになった。才子だけに、堀はこれでは長州によって公武合体は実現し、薩摩は後塵《こうじん》を拝することになると恐れた。

そこで、長井を訪問して、

「弊藩も貴藩と全然同意見です」

と言って、しきりに往来した。長井としては薩摩のような大藩が自分の説に同意とあっては、大いにうれしい。堀を歓迎し、他に向って、

「薩摩侯も拙者の意見には全面的に同意しておられる」

と言い立てたのは当然のことであった。


京都方面の工作もうまく行かなかった。

名剣献上と縁談とは支障なく運んだが、かんじんの勅命下賜の件がかんばしくない。近衛《このえ》忠凞《ただひろ》は安政大獄の恐怖からまだ回復せず、中山尚之助に会うことも避けて、長男の忠房に応対させて、

「久光さんの志はわかるが、今は和宮がご降嫁になったばかりのところや。お上《かみ》はきびしい条件をつけてお許しになった。今は幕府がそれを忠実に奉ずるかどうかを見ているところや。時機ではない」

と言わせたのだ。中山は押返して言ったが、下工作のことだから、あまりねばらず

に辞去して、帰国の途についた。

この頃、薩摩に平野国臣《ひらのくにおみ》が潜入して来た。平野はこの前年十月にも潜入して来ているが、それは桜田事変のあと幕吏と筑前《ちくぜん》藩吏の両方からの探索が急であったから、それを避けるためで、その滞在も長くはなかったのだが、その短い滞在の間に作ったのが、前に説明した、あの「わが胸の燃ゆる思ひにくらぶれば」のあの歌である。

こんどの彼の入薩は、全日本の志士らの動向に関係がある。

今年、すなわち文久《ぶんきゅう》元年の秋頃、江戸で妙なうわさが立った。筆頭老中の安藤信正《あんどうのぶまさ》が国学者の塙《はなわ》次郎（保己一《ほきのいち》の子）に命じて、廃帝の故事を調査させたといううわさ。このうわさは、志士らに非常な衝撃をあたえた。幕府は天皇を退位させようとしていると思った。

薩摩の陪臣《ばいしん》（小松帯刀の実家肝付《きもつき》家の臣）である伊牟田尚平《いむたしょうへい》は、江戸に遊学中、出《で》羽《わ》清川村の出身である清河八郎《きよかわはちろう》の感化で慷慨《こうがい》家となり、麻布《あざぶ》古川橋で米国公使館の通訳官ヒュースケンを斬り、以後藩邸を飛出して浪人志士となっていたが、安藤老中や塙次郎を斬る計画が志士らの間にめぐらされていると聞くと、仙台に飛んだ。当時清河が諸国遊説の途に上り、仙台にいたので、これに報告し、自分らも何かやるつもりだったのである。

清河は伊牟田の報告を聞くと、

「そんなことは下ッ端の連中にまかせておけ。おれは勅を奉じて同志を募り、尊皇攘《じょう》夷《い》の義兵をあげようと骨を折っているのだ」

と、一蹴《いっしゅう》した。伊牟田は清河を尊敬している。これを聞いて益々《ますます》まいって、実は拙者は伊勢《いせ》の外宮《げくう》の御師《おし》の山田大路《おおじ》という人物を知っている、この者は中山大納言忠能《ただやす》公の妹君を妻としているが、何か役には立つまいかといった。

清河の胸に忽《たちま》ち策が組上った。山田の紹介で中山大納言に近づき、大納言を通じて一封の奏書を天覧に供し、何らかの密旨をいただいて九州に下り、薩摩の有志を十五、六人も連れ出し、甲州から関東を横行して義兵を募り、尊皇攘夷の義兵を上げよう、もしくは京都地方の方が工合《ぐあい》がよかったら京都でやろうという策。

早速、仙台を出発して、伊勢に行って山田に会い、もと中山家の諸大夫《しょだいぶ》であった田中河内介《かわちのすけ》への紹介状をもらった。

京都に行って、田中に会って、胸中を打ち割って相談すると、田中は、宮中方面のことは自分が引受けるから、あんたは九州に行って、九州人に同志を募れといった。

「拙者はこの春九州に行ったが、九州の有志はまことに頼もしい。これを手に入れることがかんじんだ。九州に下って、青蓮院宮《しょうれんいんのみや》の令旨《りょうじ》が下ることになっていると言って説けば、皆すぐ味方になる。そうしなさい。青蓮院宮のことは、拙者が引受ける」

といって、九州の有志者らの名を列挙した。壮大な計画である。清河の好みにぴったりだ。

「やりましょう」

清河は、弟分の安積《あさか》五郎、伊牟田尚平の二人を帯同して九州に下った。

その清河が肥後《ひご》の有志者の宅に滞在している時、平野国臣と会った。

当時、平野は『尊攘英断録』という七千余言の漢文の時局対策論を書いて、これを薩摩侯へ献じようと考えているところであった。

その趣意は、挙国一致策を説いたものではあるが、公武合体論ではない。

「薩摩のような富強な大藩が朝廷に討幕の勅をいただき、鳳輦《ほうれん》を奉じて東征し、箱根《はこね》に行在所《あんざいしょ》を置いて、幕府に降伏をうながし、降伏すれば寛宥《かんゆう》して諸侯とし、然《しか》らざれば断乎《だんこ》これを伐《う》つ。かくして、日本は天皇を中心とする、最も強固な結束を持つ国となることが出来、外難を克服して、国の独立を確保し得る」

という、討幕論であった。この時点ではまことに乱暴な意見のようだが、この六、七年後には、大略この段取をもって、維新は成ったのだから、最も鋭敏な見識である。

平野はこれを筑後久留米《ちくごくるめ》の水天宮《すいてんぐう》の前宮司で、九州における志士らの総帥《そうすい》といわれている真木和泉守保臣《まきいずみのかみやすおみ》に見せた。保臣は全面的に賛成で、早く薩摩に行って薩摩侯に献上せよとすすめた。

平野は薩摩に密入国するために、肥後に来ていたのだ。清河にももちろん見せた。清河も入薩をすすめる。

平野が入薩にかかると、伊牟田尚平が、

「わしもまいろう。今薩摩で側役《そばやく》の重職にある小松帯刀は、わしが旧主肝付家の生れでござる。この縁故によって小松を説き、小松から久光に説かせることが出来る」

という。

平野は筑前藩の足軽飛脚と名のって小川内《おごうち》の関から入って、無事に鹿児島まで行くことが出来たが、伊牟田は脱藩者なので、山を越えて密入国したところ、忽ち発見して捕えられた。しかし、小松帯刀に関係ある者であると言い張って、とうとう小松に連絡をつけた。

大久保は特に乞《こ》うて、二人の取調べ役を引受け、『尊攘英断録』を読み、二人の計画していることをよく聞き、藩の計画もある程度打明けた上、藩から十両ずつの餞別《せんべつ》まで出させて、二人を釈放した。二人は国外に出るまでの間に、街道筋の方々で、有馬新七、田中謙助《たなかけんすけ》（前名直之進）、柴山愛次郎、橋口壮助、是枝柳右衛門《これえだりゅうえもん》、美玉三平《みだまさんぺい》等の人々と会って、相当深い相談をした。これは皆誠忠組左派の人々で、後の寺田屋《てらだや》事変の関係者だ。事変は一朝一夕に醸成されたものではないのである。

大久保が京にむかって出発したのは、平野らを取調べた翌日の十二月十七日のことであった。領内を出て、肥後の水俣《みなまた》まで行った時、帰国して来る中山尚之助とばったり会った。中山は近衛家の態度を語り、思ったよりむずかしゅうごわすぞと結論した。いろいろ談合し合った後、一応相談し直してみる必要があるということになって、連立って引返した。

久光は中山の話を聞いて、断乎たる調子で、大久保に言った。

「もう勅書はいらん。俺の上京の説明だけして来い」

大久保はまた出発した。文久元年もあと二日におしつまった二十八日であった。大坂につくと、蔵屋敷の留守居から意外なことを聞いた。幕府はこの頃、参覲《さんきん》延期の許可を取消し、天璋院夫人からの火事見舞という名目で三万両を薩藩に下賜し、早く屋敷を再建して急ぎ参覲せよと命じたというのだ。ただならぬ薩摩の動きを感知したに違いなかった。

「もう引くに引けぬ場だ」

きびしく思い定めて京に上って、忠房に謁して、和宮降嫁は幕府が朝廷を骨抜きにする姦計《かんけい》にすぎないと論断し、朝廷は今は人質をとられたと同然だから、万一のご用心のためにも兵力を備えらるべきであると説き、薩摩の出兵数、部署、出兵方法等を語り、京における駐兵の場所を賜わるように尽力ありたいと言い、さらに続けた。

「かくして、すでに久光到着の上は、勅使を関東に立て、一橋公を将軍後見に、越前老公を大老とするよう、ご勅命いただきます。その際、もし幕府が命を奉ぜぬ時は主席老中安藤信正に誅伐《ちゅうばつ》を加える旨をお申添え願います。また別勅を尾州《びしゅう》、仙台、因州、土佐等の諸大藩に下されて、各藩談合して、皇国のために忠誠の道を講ぜよと、お命じいただきたくござる」

と、引兵上京の眼目である幕制改革のことを述べておいて、

「このようにきびしく仰せつけられ、諸雄藩また連合して幕政を監視します以上、幕府はもう叡旨《えいし》にそむくことは出来ません。必ず恐れ入って命を奉じましょう。もし奉ぜず、反抗の色など立てましょうなら、天下有志の諸浪士が蹶起《けっき》して、討幕の義挙を起こすことになりましょう。いずれにしても、幕府は手も足も出ません」

大久保がここまで言えたのは、平野らに会って、浪人志士らの意気込みと計画を知っていたためであることは言うまでもない。

「なお、勅使ご差遣の暁には、九条関白のご退職、お父君忠凞公の関白ご就任、青蓮院宮のご幽閉解除のことも、仰せ出《いだ》していただきたくございます」

忠房は口もきけない。青くなってふるえていた。実際次々に打出されて来ることばの端々でも幕吏の耳に入ったら、どんなことになるかわからない。幕府は融和政策をとり、公武一和のムードが大いにもり上っている時ではあるが、捨ておくはずはない

のである。

だのに、大久保はなお恐ろしいことを言う。

「今日世上では色々な説をなす者があり、幕府などたたき潰《つぶ》し、古制に復して天朝帰一の国にするこそ、大義の道にもかない、当世の役にも立つと論じています。しかし、これは色々と困難が予想されますので、わが藩は干戈《かんか》を用いず、幕府の存立を認め、これを扶助する公武合体のご叡旨を奉じて、これをなしたいと思います。これが先代斉彬の志でもありました。しかしながら、やむを得ざる仕儀に立到りますなら、幕府は倒してしまうことになるかも知れません。お含みおき願います」

この「しかしながら」以下のことばは、大久保が単なる公武合体主義者ではなく、公武合体は現在の段階として認めているので、実は倒幕主義者であって、情勢次第では倒幕の挙を辞さない心であったことを示している。これは西郷伝中の大疑問を解く重要な鍵《かぎ》の一つになるのだ。ぜひ記憶ねがいたい。

大久保は強いて返答はもとめず、言うだけのことを言うと、さっさと京を辞した。

九州路に入って、筑後の羽犬塚《はいんづか》宿について、先触れによって用意させておいた駕《かご》に乗りかえようとしており立った時、一人の武士に声をかけられた。

「卒爾《そうじ》ながら、貴殿は薩州《さっしゅう》藩の大久保一蔵殿ではござらんか」

年の頃五十前後、服装も顔立ちも至って上品な、総髪の武士だ。

「大久保でござるが」

「拙者は真木和泉保臣と申すもの」

「ああ、真木殿ですか。これはこれは」

　大久保は真木のことについては、平野国臣から聞いている。真木は薩摩から帰って来た平野から薩摩のこんどの計画を聞き、また大久保が京都方面へ行ったことを聞いていたので、帰途に会いたいと思って、待っていたのであった。

「少々お暇をお割《さ》き下さるまいか」

　と、真木は言う。帰りを急いでいる大久保だが、平野から北九州の志士の中心人物であると聞いている真木の頼みをことわれなかった。

「少々のことならば」

「ありがとうござる。少々で結構でござる」

　真木は用意していた家に連れて行き、茶菓を出し、酒肴《しゅこう》を出してもてなしながら、久光の計画についていてたずねた。大久保は鹿児島で平野に語ったよりくわしく語った。京で近衛家が煮え切らなかったので、久光の命に従って、上京の宣言だけして来たことも語った。

「それはかえってよろしゅうございました。今朝廷は長井雅楽の俗説にまどい給うて、公武合体によって今日の難局が乗り切れると思っておいででありますが、公武合体で乗り切れる時期はもう過ぎています。今はもう朝廷を中心とする本来の日本の姿に返ることによってのみ、強い力は生まれるのです。長井の藩である長州の大勢もそうなっています。かような時節には、なまじ公武合体を目的としてのお召しの勅命などはお受けにならず、天下の形勢坐視《ざし》するに忍びずとだけご声言あって上洛《じょうらく》なさる方が、天下の望みに応じ給う所以《ゆえん》であります」

と言って、真木は自分らの計画も語った。

清河八郎はすでに京にかえって挙兵の準備中であり、自分は北九州と防長二州の志士を糾合して京に上ることになっていると語った。聞いていると、今にも全九州、いや日本中の志士らが一斉蜂起《ほうき》しそうな感じであった。

大久保には深い感慨があった。安政《あんせい》五年夏という時点においては、クーデターによる幕制改革という斉彬の立てた策は、破天荒な清新さであったが、わずかに三年半後の今日ではもう古色蒼然《こしょくそうぜん》たるものとしか、一般志士らには見えなくなっているのだという感慨。

大久保は久光が骨髄からの公武合体主義者であり、秩序好きの形式主義者であり、浪人など大きらいであることを知っている。従って、真木らの計画に同調することはないであろうとは思ったが、ひょっとすると、久光の計画しているようなことでは間に合わず、ことは討幕まで行かずにはすまないかも知れないという気もしたので、言った。

「ご説、一々ごもっともです。久光は一通りならぬ決心をもって出て行くのでありますから、各々のお力を拝借しなければならないことも多々あることと存じます。その節はよろしくお願いいたします。さりながら、天下のことは微妙であります。こじらかしてはなりません。くれぐれもご自重あるよう願います」

「久光公のご奮発をうかがい、喜びこの上はありません。お心づけの段は、万事かしこまりました」

　大久保は真木に送られて宿場にかえり、早駕に乗った。鹿児島に帰りついたのは、二月八、九日頃であった。この数日後の二月十一日、西郷をのせた船が、枕崎《まくらざき》に着いた。西郷を迎えに行ったのは枕崎の船であったので、枕崎に帰着することはわかっていた。だから、二、三日前から、弟の吉次郎や誠忠組の同志らが枕崎に迎えに来ていた。西郷はこの人々に迎えられて、その夜は枕崎に泊まり、積る話をした。中央の情勢や、藩の現状や、中央乗出しのこともくわしく聞いたが、西郷を最も驚かしたのは、島津下総一派が退けられていることであった。斉彬の信任を得ていたこの人に、西郷は相当強い好意を抱いているのだが、同志らは久光が下総を退けたことによって、薩摩に夜明けが来たとして、

「誠忠組の時代が来もした」

と、得々として中央進出のことを論ずる。急に日あたりがよくなったので逆上していると、にがにがしい気になるのを、おさえることが出来ない。何よりも、彼は久光が大きらいなのである。

彼が久光をきらうのは、斉彬のかたきの片割であると信じているからだ。斉彬の死が良死でなかったとは、彼の疑ってやまないところだ。斉彬が死ねば得をするのは久光だ。中心になって姦計《かんけい》をめぐらしたのは斉興《なりおき》であろうが、久光も全然無関係であろうはずはない、一枚嚙《か》んでいるはずと疑っている。

その久光が順聖公の大策を実行しようとするなど、とんでもないことだ、神聖をけがすものだと思わずにはいられない。潔癖で、感情が強い上に、神に捧《ささ》げるような敬慕の念を斉彬に抱きつづけている西郷としては、これは無理ならないことであった。

西郷と久光

翌日の二月十二日、西郷《さいごう》は鹿児島に帰着した。五十七、八キロの道だ。早朝に立ったのだが、夜に入って着いた。

疲れてもおり、家族ら、とりわけ老祖母などは泣いて再会をよろこんだが、ゆっくりしてはいられない。食事を共にしただけで、

「大事な用がごわすから、ちょっと出て来もす」

と言って、家を出た。

島津《しまづ》下総《しもうさ》の屋敷を訪ねた。深夜であったが、下総は西郷が帰着早々に訪ねて来たのをよろこんで、酒など出して歓待した。

「枕崎《まくらざき》に着いて、お退《ひ》きになっていることを聞いて、驚きもした。ご意見がお合いにならんじゃったのじゃろうとは推察していもすが、くわしく伺いたいと思うて、まかり出てもした。拙者のお呼返しに必ず関係のあることと思いもすから」

「それよ。公は功業にあせっておいでじゃ」

下総は、久光《ひさみつ》とその側近らの計画をくわしく語り、それに反対したために退職しなければならなかったいきさつを語って、

「策は人によって行われる。どんな立派な策でも、その任でなか人がやっては、行われはせん。順聖公なら必ず見事に成功されるに違いないが、久光公では行きはせん。公もなかなかのお人ではあるが、貫禄《かんろく》が足りん、声望がない、お家を危くするだけだと思うたので、きびしくお諫《いさ》めしたのじゃが、聞いていただけんばかりか、お役を退かなければならんことになった。それで、わしはそなたに望みをつないだ。公がこうまではやりなさるのは、誠忠組《せいちゅうぐみ》がはやっているからじゃ。これをおさえることが出来るのは、そなただけじゃと、一筋にそなたの帰りを待っていた。どうか、お家のために、奮発してほしいのじゃ。頼む」

老いた目には涙が光っている。

「出来るかぎりのことはしもす。拙者もそう思うたので、こげん夜ふけもかえりみず、上ったのでごわす」

下総はなお頼むと言い、やっと安心した風であった。

西郷は誰にもかくしている胸中の疑惑を、今こそただすべき時であると思った。声をひそめた。

「つかんことを伺いもすが、順聖公のご最期は尋常なご病死じゃったのでごわしょうか」

下総の顔はひきしまった。

「ご病死じゃ。典医の坪井芳洲《ほうしゅう》はコロリであろうと申した。しかし、なぜそげんことを言うのじゃ。容易ならんことじゃぞ」

「それを押切っておたずねしているのでごわす。あの大事な瀬戸際に、ご急病でなくなられたというのも、腑《ふ》に落ちもはんし、話に聞くご容態は、拙者の知っているコロリの容態とちがうように思われるのでごわす。順聖公のご家督相続は、ご隠居の欲したまわぬところでありました。当時の家老衆もそうでありました。呪詛《じゅそ》さわぎもおこりもした。そのために嘉永《かえい》のさわぎもごわした。拙者は公のご最期を良死であったと信ずることが出来んのでごわす」

西郷の双眼には涙があふれた。

「容易ならんことを言う」

困惑し切った表情が下総の顔にはある。

「どちらなのでごわす！」

ひくい声ながら、叫ぶようであった。

「それを聞いて、どうするつもりじゃ。何があっても、お家はわしらの主家じゃ。わしらはお家に忠義をつくさねばならんのじゃ。わしは坪井の診断《みたて》を信じているぞ。譜《ふ》代《だい》の臣として、そのほかにどういう道があるか」

下総の目にも涙があった。

「……仰せの通りでごわした」

西郷は目をおさえていたが、また言う。

「一つだけ伺いもす。久光公はご関係なかったのでごわしょうな」

「まだ言うのか！」

下総が叱るように言うと、西郷はかがやきの強い、大きな目で、きっと見た。強い調子で言う。

「拙者は順聖公に特別なご恩をこうむった者でごわす。公のお命をちぢめ奉った人々に忠義をつくすことは出来もはん。譜代の臣として、お家に忠誠をつくすのは当然のことでごわすが、久光公は殿様のご実父というだけで、主《あるじ》ではごわはん。まして、久光公がそのことにご関係があったとすれば、なおさらのことでごわす。それでお伺いしておきたいのでごわす。拙者は今度のご奉公をしたら、それでお家への道はすんだことにして、世を捨てるつもりでごわす。はっきりと申上げておきもす」

下総はたじろいだ。しばらく黙った後、言った。

「それほどに思いつめているのか。そんなら言うて聞かせる。久光公は全然ご関係はない。公は窮屈なほど心正しいお人がらだ。そげんことがあろうはずはなか。わしはそう信じている」

「そうでごわすか」

うなだれた。

間もなく辞去した。

空には二月十二夜の月がある。方々の屋敷の塀の上には梅が咲いている。おだやかな春の夜だ。その中を大きなからだを運んで行く西郷の胸には、一筋の思いがしんとしずまっている。

(順聖公は毒飼いにあっておなくなりになったのだ……)

世を捨てたら、島にかえりたいと思った。風雲を忘れるには、島が一番よい。しかし、それは藩法がゆるしてくれるまい。

せつないばかりに、島の妻子のことが胸にせまって来た。

翌日は早朝、福昌寺の斉彬《なりあきら》の墓に詣《もう》でて、墓前の敷石にぬかずいて、長い間熱心に祈念した。

祈るところは、久光のこんどの計画についてであった。彼には久光に斉彬の遺策を継承する資格があるとは思われなかった。たとえ斉彬の死は久光の知らないところで行われたものであっても、正義の観念に照らして、久光にはその資格はないと思われるのだ。

さらに力量の点から考えても、鵜《う》の真似をする烏《からす》としか思われない。藩を危くするだけと思うのだ。彼は下総の憂心を告げ、自分も同じ意見であると言い、夢でなりともお示しを賜りたいと祈念した。

福昌寺を出ると、南林寺《なんりんじ》に行き、月照《げっしょう》の墓に詣で、先祖の墓にもお詣《まい》りした。

その日も風のない、あたたかい日であった。西郷は真昼の日に照らされている町々をなつかしく見ながら、午《ひる》を少しまわった頃、上ノ園の自宅に帰ってみると、藩庁から、二時までに小松帯刀《たてわき》の屋敷に来るようにと言って来ていた。

何の用事で呼ばれるのか、わかっている。どうせ気に入られないことを言わなければならないのだと思うと、気が重い。ものうい気持で中食《ちゅうじき》をしたためて、出かける用意をしていると、大久保《おおくぼ》が来た。

大久保は風采《ふうさい》がよくなっている。元来身だしなみのよい男ではあったが、尾ひれのついた感じで、立派になっている。

「お迎えにも上らんで、失礼でごわした。お久しぶりでごわす」

と、礼儀正しくあいさつした。こう言われた以上、こちらとしては、ご多用のことは存じていもす、ご出世お喜び申上げもすというのが礼儀だが、それが西郷には言えない。久光に取入って出世したのが気に入らない。久光のために上京策のことについていろいろ工作しているのはなお気に入らない。だから、それをはぶいて、

「お久しぶりでごわす。島にいる間は、物を送っていただいたりして、いろいろお世話になって、ありがとうごわした。今度のお呼返しも、おはんのお骨折でごわすとか。

お礼を申しもす」

　といった。もちろん、なつかしくないことはない。色々語りたかったが、小松屋敷へ行く時刻がせまっているので、そう言うと、わしも参るのでごわす、一緒に参ろうという。

「そらよか都合じゃ」

　といいながら、西郷は考えていた。小松の屋敷でいきなり顔を合せては、迎えにも出ず、あいさつにも出なかったことになるので、その前にこうして来たのじゃなと。この周到な気のくばりようは、まことに礼儀正しいものとは思いながらも、何か冷笑したくなるものがあった。西郷は自分ながらこの心におどろいた。

　上ノ園から、今の鹿児島市電朝日町停留所の西側一帯あたりにあった小松屋敷まで、かなりに遠い。二人は絶えず談笑をつづけながら歩いた。二人ともあせりに似たものを感じていた。大事なことをわざと避けているような気がしてならないのだが、何かはばかるものがあって、素直にそれに触れられない。ついに着いてしまった。

　西郷は小松と初対面だ。いんぎんにあいさつをかわした。間もなく、中山尚之助が来た。これとも初対面だ。三人のそろったところを見て、西郷は考えた。

（なるほど、この三人ともう一人堀《ほり》が加わって、それが久光公の四天王、智嚢《ちのう》というわけか）

やがて、小松が今度の計画を語り出した。

西郷は大きな腕を組んで、黙って聞いていた。相槌《あいづち》一つ打たない。深い淵《ふち》に小石を投げこんでも、いくらかの反響はあるのに、まるで手ごたえが感ぜられない。小松は不安になって、いく度も中山と大久保の顔を見ながら語りおえて、西郷の意見を徴した。

腕組を解いて、西郷は言う。

「ご趣旨はよくわかりもした。しかし、勅書を申し下すには、朝廷内に手蔓《てづる》が必要でごわすが、それはどうなっていもすか。近衛《このえ》家にもちろんご依頼になったのでごわしょうな。また、幕府に強制するにしても、藪《やぶ》から棒にせまったところで、うろたえさせるだけで、実効は上りもさん。前もって閣老中の有力者と渡りをつけ、諸雄藩とも連絡しておいて、勅書が下ったらすぐに遵奉するという諒解《りょうかい》を得ておかんければならんのでごわす。順聖公はそれだけの段取をつけて、ご実行になろうとしたのでごわすが、これらはどうなっているのでごわしょう」

大太刀を大上段にふりかぶって、真向微塵《みじん》と斬下すにも似た西郷の態度である。小松はすくんだ。

「それは何にも出来ておりもさん。実はしかじかでごわす」

と、大久保は、京の運動、江戸の運動、いずれも失敗したことを語った。

あらましのことは、昨夜下総から聞いているが、わざと驚いた顔になった。

「ほう、そういうことなら、勅書を申し下すというのが、先《ま》ずなかなかのことでごわすな。しかし、仮に申し下すことが出来たとしてでごわす、幕府がもしことば巧みにお請けの旨を奉答しながら、実行せん場合は、どうなさるつもりでごわす。ないこととは言えもさんぞ。当方としては、勅書の権威上、黙過するわけには行かんが、口先だけでもお請けはしとるのでごわすから、すぐ兵を加えるというわけには行きもさん。せっせと実行をうながすほかはないが、幕府は必ず引きのばし策に出もす。その場合、一年も二年も滞京していることが出来もすか。そこの都合はどうなっているか、お伺いしもす」

鋭いダメ押しだ。三人は返事が出来ない。幕府が老獪《ろうかい》な延引策に出るであろうことは、従来のやり方から見て、十分にあり得ることだ。西郷の指摘を待つまでもなく気づかなければならないことだ。不覚というよりほかはない。

次の質問にうつる。

「すでに兵をひきいて上京する以上、単に駐兵するためではない。京の守衛のためでごわす。とすれば、その実を上げなければなりもさん。つまり、酒井所司代を追いのけ、朝廷監視の任にある彦根《ひこね》藩の力を排除せんければならんのでごわすが、その覚悟が久光公にすわっておられもすか」

形骸《けいがい》だけの遺策踏襲で、功業をあせっているだけのことであろう、それが今の日本に何になる、生意気なことはやめろ、と言わんばかりの西郷の語気だが、これにも返答出来ない。

さらに言う。

「幕府が勅書のご趣旨を奉ぜん場合には、違勅の罪をたださねばなりもさんが、諸藩との連合がないのでごわすから、独力征伐ということになりもす。久光公にはそのご決心がついておられもすか。ついておられるにしても、もし幕府が外国の公使らと組んで、外国軍艦に大坂湾を占領させ、お国許《くにもと》との連絡を絶つ策に出た場合は、どうなさるおつもりでごわすか。幕府と外国公使らとの懇親は一通りではごわはん。あり得ないことではなかと思いもすぞ」

巨砲を連発するように、次から次へと打出して来る西郷の質問のいずれにも、三人は返答出来なかった。

三人は最も意外であった。彼らは、この大策の実行に西郷ほど喜んでくれる者はなかろうと信じ切っていた。最も頼もしく、最も力ある同志として働いてくれるであろうと思っていたのだ。だからこそ、召還したのだ。狼狽《ろうばい》しながらも、いぶかった。中にも、大久保は、しまった、やはりここに来るまでの間によく話し合うべきであった。おれにあるまじき不覚であったと後悔していた。

西郷は無遠慮に断定した。

「そげんとりとめもなかことで、ようもかほどの大事を思い立たれたと、わしは驚いていもすぞ」

とどめを刺すに似た論断だが、西郷自身はこれでも儀礼の衣《きぬ》を着せているつもりでいる。修飾のない言い方が許されるなら、久光公に出来ることではないと言いたいのだ。

ずっと黙っていた中山が口を出した。

「じゃから、おはんの帰りを待っていた。おはんにいろいろ働いてもらおうと思って、首を長くして待ちわびていたのでごわす。今おはんが申されたようなことは、全部おはんにまかせもすから、大いに働いてもらいたいのでごわす」

きげんを取るような言い方だ。久光の信任最も厚く、今では藩中第一の権勢の人である中山が、ここまで言うのは、よくよくのことだ。しかし、西郷は首をふった。けんもほろろに答える。

「ことわりもす。これがご内評中というなら、いたしようもごわすが、こげんし腐らしてから、まかせると申されても、出来ることではごわはん」

中山の顔色がさっと変った。

中山は西郷にたいしてある成心《せいしん》を抱いていた。それは西郷の声望があまりに高いからだ。誠忠組の壮士らの間に圧倒的なもののあるのは不思議ではないとしても、こんどはじめてわかったことだが、前家老座の連中も高く買っている。上京策を実行することになってからは、その他の連中も、これは西郷の役どころじゃと言っている。

家格を言えば士分最下の扈従《こしょう》組、前職は徒目付《かちめつけ》お庭方、現在は流人同様の大島居住の無役の身でありながら、驚嘆すべき人望だ。事実上の藩主である久光も、とうていこれほどの人望はない。

中山は久光の心に、ある劣性コンプレックスのあることを知っている。久光は斉興《なりおき》をそそのかして斉彬の襲封をさまたげた斉興の愛妾由羅《あいしょうゆら》の子であり、反斉彬派の者共がかついでいた人間であるというので、藩中の評判は元来よくない。しかも、早くから臣籍に下っていて、上《かみ》通りに復したのは、三年前からである。正確には二年五か月にしかならない。さむらい等の心には、十分な尊敬心と忠誠心とがまだ生じていないのではないかとのコンプレックスが、久光にはある。

久光にたいする最も深い忠誠心を持つ中山には、それがひしひしとわかって、いたましいと思っている。早く皆が順聖公にたいしたような心を抱くようにしたいと、いつも心を砕いている。

だから、西郷がこんなに人気が高くてはこまると思わないではいられない。元来、彼は統制好きなのである。

(功烈、主《あるじ》を凌《しの》ぐというべきだ。久光公のためによくない人物なのではなかろうか)

と、会わない前から心配していたのだが、今日はじめて会ってみると、遠慮も会釈もなく、木ッぱみじんに久光の計画をけなしつけた。自分にたいして最も不遜《ふそん》な口をきいた無礼も腹が立つが、それは言うに足りない、仮にも太守様のご実父で、藩政後見の役にある人のご計画をこんなに言うことがあるものか、案じていた通り、久光公のおためにならない人物であると、深く含んだ。

席はしらけた。

小松と大久保とは、いろいろ説得につとめたが、西郷は受けつけない。

「おはん方とこの上議論をしても、埒《らち》はあかん。どう考えても、わしには疎漏しごくの計画としか思われん。久光公に直々に申上げとうごわす。その手続きをして下され」

「それはもう予定してごわす。両三日中にお召出しになることになっていもす」

と、小松は答えた。

「万事、その時のことじゃ。もう気づまりな話はやめもそ」

のんびりと、大島の話をはじめた。島の風俗、島の女の話、狩の話、釣の話、いろいろ滑稽《こっけい》な話をしては、自分も笑えば、人も笑わせる。

(笑うどころのことか、こげん目にあわせられながら)

中山は小松にも大久保にも不愉快であった。

小松屋敷を出ると、中山は二の丸御殿に行き、久光に目通りした。

「どうであった。西郷はどんな人物だ」

と、久光は問うた。

「それより、本日の顚末《てんまつ》を申上げます。おのずから人物も明らかになるであろうと存じます」

中山は会見のいちぶしじゅうを語った。

久光は顔色を変えた。

「西郷はそのような人物か」

「ありのままを申上げたのでございます。毛頭私意は加えておりません。拙者には好意の持てそうもない人物でございます」

「彼を呼び返したのは、順聖公の計画の時に大いに働いて事情に通じているというからであった。それでは呼び返した甲斐《かい》はないではないか」

「御意《ぎょい》」

「自信の強い、相当傲慢《ごうまん》な性質のようだな」

中山はそれには答えず、

「彼には声望がございます」

と言った。だから、自信やにもなろうし、傲慢にもなろうという意味であった。臣下にしてこれほどの声望のある者は、おためによろしくないと存じますとの意もふくめたのであった。

久光にはすぐわかったが、わかったといえば、家来に嫉妬《しっと》していると思われそうだ。それは誇りがゆるさない。きめつけた。

「声望があればこそ、全家中が呼び返すようにと願い出たのだ。わかり切ったことを申すものではない」

「はっ」

中山は説明するつもりで、久光を仰いだ。久光は手を振った。

「退《さが》れ」

久光は居間にかえって、むずかしい顔ですわりつづけた。

西郷のことばの真意は明らかだ。自分と順聖公とを比較して、自分をはるかにおとれりとして、がらにないことをするなと言っているのだ。自分が亡兄におとっていることは知っているが、家来の、しかも身分のひくい西郷から、そう言われたことはくやしかった。

「無礼なことを言う」

とつぶやくと、一層心が激して、からだがふるえて来た。まだ見たことのない西郷を空《くう》に描いてにらみつけようとしたが、大男で、眉《まゆ》が太く、眼が大きいというだけの知識では、どうにも形にならなかった。

ふと、前家老座の下総らの辞職のいきさつが念頭に上って来た。彼らが自分を諌《いさ》めたのも、斉彬と自分とを比較してのことであったと思い至った。屈辱感に顔が熱くなって来た。

やつら、おれを何と思っているのだ！

「ぜったいに退《ひ》かぬ！　必ずやりぬいてみせる！　見返してやる！」

歯がみしたいほどの気持で、声に出してつぶやいた。

翌々日の二月十五日。

久光は西郷を前職たる徒目付《かちめつけ》、庭方に復職する辞令を出しておいて、引見《いんけん》した。

久光は西郷をはじめて見るのである。大きなからだや、太い眉や、よく光る大きな眼は、圧迫的ですらあった。

(なるほど、これはただものではない)

と思った。しかし、それは好意をともなったものではなかった。史書を好んで読んでいる久光は、唐《とう》の安禄山《あんろくざん》、本朝の安倍貞任《あべのさだとう》は巨大漢であったというが、こんな男であったろうか、いずれも叛逆《はんぎゃく》の臣だなと思っていた。

みずからこんどの計画と決心とを説明して、意見を徴した。小松ら三人にはああ言っても、おれには違おう、相当色ある答えをするはずと思っていた。

西郷は昨日大久保の訪問を受け、いろいろな説明を聞き、また明日は慎重に答えてもらいたいと頼まれた。しかし、だからと言って、この大事なことに、心にもないことは言えない。三人にしたと同じ質問を連発した。ことば使いだけ鄭重《ていちょう》にした。

もちろん、久光には返答出来ない。むらむらと不快感がつのって来た。

西郷は胸を張り、光る目でこちらを真直ぐに見て、言う。

「公は順聖公のご大策を実行するのだと仰せられましたが、当時と今日とは時勢もちがっています。当時は公武合体によって挙国一致することが、外患に対処する唯一無上の方法でごわしたが、今日においてもなおそれでよいか、そこにも疑いがごわす。順聖公は何ごとにも神のような洞察力のあるお方であり、凝滞するところなき自由無《む》碍《げ》なご手腕の方でごわしたから、今日ご存命であれば、幕府は解消して、朝廷を唯一の中心とする日本本来の姿とするお策をお立てになったかとも、拝察されるのでごわすが、それは一先《ひとま》ずおくとしましても、公と順聖公とでは一様にはまいりません。順聖公は天下の人皆そのご賢明を仰ぎ、天下の望みの集まっているお方でごわしたが、それでもそのご大策をお立てになりますには、朝廷方面にも、幕府内部にも同志をつくり、諸雄藩とも同盟し、水も漏らさぬ周到な前工作を遊ばされもした。しかるに公は朝廷におかせられては無位無官、柳営においてはお席もないご身分でごわす。有力な諸大名とはもちろんご交際はあられません。はばかるところなく申せば、ジゴロ

（地五郎・田舎者）でごわす。しかも、このご不用意でごわす。お乗出しあっても、事が成ろうとは拙者には考えられもはん」

勇気は西郷の特性である。正と信ずる場にあたっては、何ものにも恐れない。神にたいするほど敬慕していた斉彬にたいしてさえ、直言してはばからなかった。斉彬が又次郎《またじろう》を養子にし、哲丸《てつまる》を順養子にすると言った時には、猛烈に反対して決して下らず、ついに斉彬は死に至るまでその発表をひかえたほどだ。久光などを恐れはしない。しかも、この時は久光の暴走をせきとめるのを、お家にたいする最後のご奉公と信じている。あとは隠居して世を捨てるつもりだ。

しかし、久光を「ジゴロ」と言ったのは失言であった。順聖公のかたきの片割れと思いこんでいる心が、つい言わせたのである。

思い切った西郷のことばに、居合せた人々は青くなった。この中に大久保もいて、「しまった！」と唇をかんだ。

久光だけは変らない。心中は煮えかえるようであったが、表情は少しも動かさず、冷静に言う。

「その方の申すことは一々理があるが、すでに京へも江戸へも届けずみだ。江戸へは太守が病気故、代理としてわしが参ると届けた。もうやめるわけに行かん。いつもの参覲《さんきん》の姿で出て行き、やれるだけやるつもりでいる。あまり大仰に考えんでもよかろう」

妥協の手をさしのべたわけだが、西郷は受けつけない。

「仰せではごわりますが、非常の事は非常の用意あってこそ出来もす。普通の心で出来るものではごわはん。今の際は固く守ることが適当と存じもす。すでにお届けずみなら、公におかれても病気をお言立てになり、ご中止あって、三州に割拠して力を養い、時運の際会を待たるべきであると存じもす」

久光の出発は二月二十五日と内定していたのだが、西郷のこの強硬な反対のために、三月十六日に延期された。


久光は西郷をにくいとは思ったが、その人物、わけても権貴をはばからず堂々と直言する勇気には感ぜずにいられなかった。名君は亡兄だけではなく、自分もなり得ることを見せて心服させ、その経験と手腕とを役立てたかった。

十六日、直命として、

「参府確定を条件として、策を立ててみるように」

と、通達させた。

西郷は翌日、上下二策を立て、文書にして提出した。

上策は——参府中止、国許《くにもと》割拠の策。

下策は——藩の汽船天祐丸《てんゆうまる》で関東に直航せよ。陸路をとれば、必ず京都で異変がおこる。

久光にとって、上策は計画の全面否定であり、下策は計画の精神を骨抜きにするものだ。気に入らない。

西郷は、献策が容《い》れられなくても、すでに言うだけのことを言い、するだけのことをした、お家にたいする奉公の道は終った、この上は機会を見て隠居するだけだと思っている。献策した翌日には、

「足痛のため湯治にまいりたい」

と、届け捨てにして、指宿《いぶすき》の二《に》月田《がつでん》温泉に行ってしまった。ここには島津家の別荘があり、斉彬もよく行った。

指宿は暖いところだ。この季節には一面の菜種が刈取られ、煙草が植えつけられ、すくすくとのびて行く。温泉にひたっては斉彬の思出にふけり、附近の山々を歩きまわっては、遠く南の海をのぞんで、恐らくはもう永久に再会出来ないであろう妻子のことに思いを馳《は》せては、涙をこぼした。涙多い性質なのである。

西郷が城下を去った後、鹿児島には諸藩の有志らが続々と来た。平野国臣《くにおみ》と真木和泉によって、久光の引兵上京が宣伝されたからである。肥後の志士代表として宮部鼎《てい》蔵《ぞう》、松田重助、豊後《ぶんご》岡《おか》藩の代表として小河一敏《おごうかずとし》、高野真右衛門、とりわけ長州からは

藩命をもって来原《くるはら》良蔵と堀真五郎とが来て、ほんとに討幕に乗り出すのなら、弊藩も事を共にしたいと申込んだのだ。

長州では長井雅楽の開港遠略策が松陰の門下生らによってきびしく批判され、藩庁の要人らもそれに動かされ、長井の声望がガタ落ちになったところに、真木和泉の高弟淵上郁太郎《ふちがみいくたろう》が来て、真木の最もラジカルな勤王攘夷《じょうい》、幕府否定論を説き、薩摩《さつま》の計画のことを告げたので、全藩をあげて色めき立ったのである。

真木和泉も、子息菊四郎と門人二人を連れて薩摩に来、久光に建白書をたてまつった。大久保は、平野や、伊牟田《いむた》や、真木に会って、志士らの動向については相当深い知識を持っていたのだが、現実にこういうことに逢《あ》ってみると、不安に似た気持すら覚えた。

(順風じゃからといって、烈風や暴風では、船をくつがえされてしまう恐れがある。操縦する必要がある。吉之助《きちのすけ》サアこそ、最も適任じゃ)

と思った。大至急帰って来てくれるようにと手紙を書き、早飛脚で指宿に差立てた。

西郷はもう世捨人《よすてびと》のつもりだ。この上、藩のご用をつとめる気はなかった。しかし、大久保の依頼とあっては、すげなくは出来ない。帰って来た。指宿にとどまること二週間、三月はじめであった。

その夜、大久保の宅に行くと、待ちかねていた。平野や伊牟田のことから、真木のことを語り、諸藩の志士らが続々と来たことを語り、

「この天下の形勢は、藩の計画の遂行には順風のようなものでごわすが、ほうっておくと暴風になりかねもはん。うまく加減をとって、よか程度におさえておく必要がごわす。オマンサア、その役を引受けて下さらんでしょうか。堀どんが行ってはおじゃるが、荷が勝ちすぎもす。オマンサアでなければならんことじゃと思いもす」

西郷は組んでいた腕を解いた。

「もう公武合体ではいかんのでごわす。この前も久光公に申上げたように、順聖公が生きておわせば、もうそげんところにうろうろしてはおじゃいもさん。必ず幕府解消、朝廷帰一の策をお立てになるに違いなかのです。わしは再び世に出ん決心をしているのでごわすが、わしの申すことを含んでたもるなら、引受けもそ。わしは、今日の勢い、久光公の考えておられるような生ぬるかことでは納らず、必ず討幕まで行くと見ている。おはん方がそれを認め、その時のために志士衆を統制せよといわれるのなら、引受けよう。真の意味で順聖公のお志を継ぐことでもごわす。どうでごわす」

巨眼は最も強い光をはなって、大久保を見つめた。大久保は大きくうなずいた。

「ようごわす。他の人は知らず、わしもそう見ていもす。その含みでやって下され。わしら二人が背負って立とうじゃごわはんか」

忽《たちま》ち西郷の眼に涙があふれた。

「おはんにその覚悟がある以上、いやを言う筋合はなか。嘉永以来、夢にまで見た時が来たのじゃ」

大久保は早速久光に拝謁して、久光の上京のうわさに、天下の有志者らが強い衝撃を受けてざわめき立っているから、西郷をその統制役に任じたいと説いた。くわしく立入っては説明しない。激し切っている人心は不測の変を生ずる恐れがある、西郷ならばりっぱに統制し得るであろうと言った。

「よく考えて、あとで沙汰《さた》する」

と、久光は答えたが、実はもう西郷を使う気はなくなっている。憎悪感すら抱くようになっている。西郷、西郷と、西郷がおらんければ、何にも出来んようなことを皆言うているが、堂々たる薩藩が、一西郷がおらんければ、これしきのことが出来んというのか、おれがやってみせるぞ、という気になっている。

久光はある面では鋭い人だ。西郷の言ったことと、島津下総の以前の諫言《かんげん》との間に、脈絡相通ずるもののあることを感じて、西郷め、下総に言いふくめられているのではないかと、疑いを抱いていた。すると、中山尚之助が、西郷が下総の実弟である桂《かつら》右衛門の宅によく遊びに行くことを告げた。

西郷が島から帰って来た夜、下総を訪問し、藩の現状と久光の上京計画のこととを聞き、憂えが一致したことは事実であるが、この頃桂の宅に行くのは、そのためではない。下総派と新内閣との調和をはかりたいと思ったためであり、また桂が海防取締を命ぜられて大島に赴任することになっているので、島の妻子のことを頼むためであった。彼は決死の覚悟で、大久保の頼んだ任務につこうとするのであった。

しかし、中山はそうは思わない。久光もそうは思わない。下総一派と手を結んで、久光政権の転覆をはかっているのではないかと疑ったのだ。江戸時代における諸藩の家柄家老は、漢語のいわゆる社稷《しゃしょく》の臣だ。特定の君につかえるのではなく、お家につかえるのだ。お家のためにならないと判断すれば、廃立することも許されていた。強いものであった。当主の実父というだけの、しかも殿様並となって二年半そこそこにしかならない久光にとっては、不安がる十分の理由があったのである。

久光は西郷を島に追いかえしたかったが、全藩の輿望《よぼう》の集まっている西郷を、はっきりした証拠もないのに、それは出来ない。

(一応形だけでも働かせることにせんければ、輿論が承知すまい)

と、判断したので、再び大久保が願い出た時、

「しからば、九州各地の情勢の視察を申付けよう。視察したらば、下関《しものせき》でわしの来るのを待っているよう。その上で、あとのことは申付けよう」

と言った。本心はもうきまっている。下関から帰国させるのだ。やらせてみたが、役に立たなかったといえば、理由は立つのだ。

本書は、一九八八年初版の角川文庫旧版全五巻を全四巻に再構成したものです。なお本書中には、精神薄弱、どもり、めくら、不具、狂信者といった現代では使うべきではない差別語、並びに今日の医療知識や人権擁護の見地に照らして不当・不適切と思われる語句や表現がありますが、作品発表時の時代的背景と、著者が故人であること、作品自体の芸術性・文学性を考え合わせ、底本どおりの表記としました。

（編集部）

新装版《しんそうばん》
西郷隆盛《さいごうたかもり》 一
海音寺潮五郎《かいおんじちょうごろう》

平成29年 5月25日 初版発行
令和6年 12月15日 12版発行

発行者●山下直久

発行●株式会社KADOKAWA
〒102-8177 東京都千代田区富士見2-13-3
電話 0570-002-301(ナビダイヤル)

角川文庫 20349

印刷所●株式会社KADOKAWA
製本所●株式会社KADOKAWA

表紙画●和田三造

●お問い合わせ
https://www.kadokawa.co.jp/ (「お問い合わせ」へお進みください)
※内容によっては、お答えできない場合があります。
※サポートは日本国内のみとさせていただきます。
※Japanese text only

ISBN978-4-04-105067-5 C0193

角川文庫発刊に際して

角川源義

第二次世界大戦の敗北は、軍事力の敗北であった以上に、私たちの若い文化力の敗退であった。私たちの文化が戦争に対して如何に無力であり、単なるあだ花に過ぎなかったかを、私たちは身を以て体験し痛感した。西洋近代文化の摂取にとって、明治以後八十年の歳月は決して短かすぎたとは言えない。にもかかわらず、近代文化の伝統を確立し、自由な批判と柔軟な良識に富む文化層として自らを形成することに私たちは失敗して来た。そしてこれは、各層への文化の普及滲透を任務とする出版人の責任でもあった。

一九四五年以来、私たちは再び振出しに戻り、第一歩から踏み出すことを余儀なくされた。これは大きな不幸ではあるが、反面、これまでの混沌・未熟・歪曲の中にあった我が国の文化に秩序と確たる基礎を齎らすためには絶好の機会でもある。角川書店は、このような祖国の文化的危機にあたり、微力をも顧みず再建の礎石たるべき抱負と決意とをもって出発したが、ここに創立以来の念願を果すべく角川文庫を発刊する。これまで刊行されたあらゆる全集叢書文庫類の長所と短所とを検討し、古今東西の不朽の典籍を、良心的編集のもとに、廉価に、そして書架にふさわしい美本として、多くのひとびとに提供しようとする。しかし私たちは徒らに百科全書的な知識のジレッタントを作ることを目的とせず、あくまで祖国の文化に秩序と再建への道を示し、この文庫を角川書店の栄ある事業として、今後永久に継続発展せしめ、学芸と教養との殿堂として大成せんことを期したい。多くの読書子の愛情ある忠言と支持とによって、この希望と抱負とを完遂せしめられんことを願う。

一九四九年五月三日